Senta Richter

OPUS
Die Begegnung

Senta Richter wurde 1987 in Wuppertal geboren. Nach ihrem Studium der Germanistik und der Kommunikations- und Medienwissenschaft arbeitete sie im Marketing. Sie liebt nicht nur Jugendbücher und Sushi, sondern auch Grammatik, weswegen sie seit 2015 im Master Sprachwissenschaft studiert.
Mit der Veröffentlichung ihres Debütromans „OPUS – Die Begegnung" hat sie sich einen Kindheitstraum erfüllt.
Sie lebt in ihrer Geburtsstadt und arbeitet an weiteren Romanen.

SENTA RICHTER

OPUS

Die Begegnung

Roman

Copyright © Senta Richter 2015
Alle Rechte vorbehalten.

Lektorat: Colin Winterberg
Coverdesign: © Mybookcovers / Mia Bernauer
Coverfotos: © Aleshyn_Andrei und Peshkova / www.shutterstock.com

ISBN-13: 978-1517219406
ISBN-10: 151721940X

www.senta-richter.de
mail@senta-richter.de

Für C.

*Fantasie ist wichtiger als Wissen,
denn Wissen ist begrenzt.*

Albert Einstein

PROLOG

Das graue Muster der Fliesen verschwimmt vor seinen Augen, doch er beißt die Zähne zusammen und schleppt sich weiter.

Einatmen. Ausatmen. Nicht denken, nur atmen.

Keuchend erreicht er das Waschbecken und stützt die Hände auf das kalte Porzellan. Die Augen, die ihm im Spiegel entgegen blicken, schwimmen dunkel und grün in ihren Höhlen. Langsam beugt er sich vor, um sein Gesicht aus der Nähe zu betrachten. Wirr und vom Schweiß verklebt fallen ihm die Haarsträhnen in die Stirn. In seinem Ohr vibriert immer noch der Schmerzensschrei.

Er ballt die Hand zur Faust. Wie konnte es so weit kommen? Ist er völlig verrückt geworden?

In einem Anfall plötzlicher Wut reißt er sich das Hemd auf und starrt auf seine nackte Brust hinab. Über seinen Oberkörper schlängeln sich schwarze Linien, die unter seinen kurzen Atemstößen heftig erbeben. Zögernd hebt er die Hand und fährt mit den Fingerspitzen über die verschlungene Zeichnung, um dann den Arm fallen zu lassen, als hätte er sich verbrannt.

Was hat er nur getan?

Das Adrenalin pumpt die Erinnerungsfetzen zurück in seinen Kopf. Er sieht sich selbst, wie er auf den Asphalt einprügelt, dann aufspringt und weit mit der

Faust ausholt, bevor ...

Er kneift die Augen zusammen, doch das Blut an seinen Händen kann er nicht ausblenden. In der Dunkelheit hatte es fast schwarz ausgesehen.

Er presst die Faust gegen den Mund und erstickt ein lautes Stöhnen. Für Reue und Ausflüchte ist es zu spät. Er ist zu weit gegangen. So weit, dass ihm jetzt nur noch ein einziger Ausweg bleibt.

Seine Hand zittert, als er nach dem Gegenstand auf dem Brett unter dem Spiegel greift. In diesem Moment zieht sich seine Lunge wie ein verkrampfter Muskel zusammen. Keuchend ringt er nach Luft. Jeder Atemzug durchzuckt ihn wie ein Messerstich. Er krümmt sich nach vorne und hustet heftig in seine Faust.

Es geht vorbei, beschwört er sich selbst. Es muss vorbeigehen. Seine Finger krallen in das Porzellan, das gequält in der Verankerung quietscht.

Als er endlich wieder Luft bekommt, lehnt er die Stirn an den Spiegel. Die Wände drehen sich, und sein Brustkorb fühlt sich an, als wäre er mit heißem Wasser gefüllt. In Zeitlupe tastet er nach der Rasierklinge über dem Waschbecken. Das Metall glänzt kühl, und die Ecken sind rasiermesserscharf.

Mit zusammengepressten Kiefern setzt er die Klinge auf der Brust an, direkt auf den verschlungenen Linien. Er verachtet sich dafür, dass seine Hand weiterhin bebt, und schließt einen Moment die Augen. *Das ist die einzige Lösung.*

Dann drückt er die spitze Klinge nach unten. Der Schnitt ist tief und durchfährt ihn wie ein Stromschlag. Als er wieder zusticht, zuckt seine Hand so stark, als gehörte sie nicht zu seinem Arm.

Weiter. Und tiefer.

Blut verklebt seine Finger, und der Schmerz hämmert heiß in seiner Brust, doch er lässt nicht nach.

Und endlich – geschafft.

Sein Körper schwankt, als er sich den kleinen goldenen Chip, der in seiner Brust verborgen war, vor die Augen hält. In der glänzenden Oberfläche erkennt er sein Gesicht. Sein Kiefermuskel pocht, so fest hat er die Zähne aufeinander gebissen, und von seiner Stirn tropft kalter Schweiß. Das leuchtende Grün seiner Augen flackert.

Er hat es geschafft. Hier in seiner Hand ruht alles – seine Vergangenheit, seine Zukunft. Sein ganzes Leben.

Niemand würde ihn finden.

1

Manchmal reicht ein einziger Moment, in dem du nicht aufpasst, um alles zu verändern. Du schließt für eine Sekunde die Augen – und plötzlich zerbricht dein Leben in tausend Stücke. Deine Träume zerbersten in grauen, flimmernden Staub, den du, so sehr du dich auch bemühst, nicht mit den Händen zusammenhalten kannst.

Glitzernde Staubkörner rinnen durch deine Finger und dringen in jede deiner Poren, sodass dir das Atmen immer schwerer fällt – und du schließlich nur noch eins willst: Aufgeben.

***

Ich runzle die Stirn und lasse den Blick über die feucht glänzende Leinwand gleiten, die auf der Staffelei vor mir lehnt. Irgendwas stimmt nicht mit dem Bild, denn an mindestens drei Stellen blitzt die weiße Grundierung hervor. Wahrscheinlich habe ich die Farbe doch mit zu viel Wasser angemischt. Ich schneide eine Grimasse. Ich sollte nochmal ganz von vorne anfangen, aber dazu ist es eigentlich – oh!

Mir fällt fast der Pinsel aus der Hand, als plötzlich der Vibrationsalarm meines Handys losdröhnt. Hab ich mich erschrocken! Wer ruft mich an diesem düsteren Sonntagabend noch an. Und wo steckt mein altersschwaches Smartphone überhaupt?

Suchend drehe ich mich in meinem Zimmer um. Auf dem Schreibtisch stapeln sich Kopien, Schnellhefter und Bücher, und der Laminatboden ist mit offenen Farbtuben vollgestellt, die einen penetranten Ölgeruch verbreiten. Der Anrufer bleibt hartnäckig, und ich springe verwirrt hin und her, bis ich schließlich den Papierhaufen auf meinem Schreibtisch zur Seite pfeffere. Dabei sticht mir die körnig kopierte Zelle auf dem obersten Blatt ins Auge. Mist, ich muss dringend die Arbeitsblätter für die Doppelstunde Bio ausfüllen, bevor ...

Ach da!

Meine Finger schließen sich um das vibrierende Handy und – autsch! Ich beiße mir auf die Lippe, als ein scharfer Schmerz durch meine Hand schießt.

Dass ich nach so langer Zeit immer noch vergesse, dass meine rechte Hand nicht mehr zu gebrauchen ist, ist wirklich nicht zu fassen!

Ich stoße mich etwas zu heftig an der Tischkante ab, sodass mein Federmäppchen über die Ecke kippt. Ich will noch danach greifen, aber zu spät: Krachend ergießen sich die Stifte über das Laminat.

»Was ist das denn für ein Lärm, Mila?«, tönt mir die Stimme meiner besten Freundin Marie entgegen. »Alles okay? Wo steckst du?«

Ich klemme das Handy zwischen Ohr und Schulter ein, um nach dem Stiftemäppchen zu angeln, und dehne und strecke dabei die schmerzenden Finger. Schon besser.

»Nichts passiert«, antworte ich. »Mir ist nur was

runtergefallen. Ich hätte nicht gedacht, dass ich das jemals sagen würde, aber ich muss dringend mein Zimmer aufräumen. Das Chaos reicht mir fast bis zum Hals. Bald ergreift es Besitz von mir, und dann –«

»Wie? Dein Zimmer?«, unterbricht mich Marie verblüfft. »Du bist zu Hause? Was treibst du denn noch da?«

»Wieso –« Ich stocke und schnappe dann nach Luft. »Verdammter Mist, nicht schon wieder!« Ich schlage die Faust gegen die Stirn. Nochmal autsch!

»Oh Mann, Mila, du gewinnst bestimmt mal 'nen Preis mit deiner Schusseligkeit. Der Palast wartet auf dich – ich warte auf dich! Das gibt's doch jetzt nicht. Nachdem du diese Woche schon zweimal zu spät gekommen bist, bin ich davon ausgegangen, dass du deinen Job heute endlich mal ernst nehmen würdest. Ich wundere mich echt, dass du noch nicht hochkant rausgeschmissen wurdest!«

»Tut mir leid, ehrlich, ich hab gemalt und – hey, ich bin schon fast auf dem Weg. Halt so lange die Stellung, okay? Ich komme, so schnell ich kann.«

»Das klingt großartig, Chaosqueen, bis gleich«, Maries Lachen schwirrt mir ins Ohr, dann legt sie auf. Und ich reiße mir in Windeseile meinen alten Kapuzenpulli über den Kopf und werfe mir das erste saubere Sweatshirt über, das ich in dem Klamottenhaufen auf meinem Bett finden kann.

»Shit, shit, shit!«, fluche ich, während ich Handy, Geldbörse und Schlüssel in meine Tasche fege und dabei den wackeligen Bücherturm neben meinem Schreibtisch zum Einsturz bringe. »Ich bin echt die mieseste Aushilfe aller Zeit!«

Mit einem Arm in der Jacke rase ich zur Wohnungstür, wo mich wie immer unser goldgerahmtes Familienfoto anfunkelt. Aber warum sehen unsere vier lachenden Gesichter heute so verschwommen aus?

Ich fasse mir auf die Nase und fühle – nichts. Verdammt, meine Brille!

Ich haste zurück in mein Zimmer, zerre sämtliche Schranktüren auf und fliege dann in unser winziges Bad am Ende des Flurs.

Oh, ein Glück, die Brille liegt auf dem Waschbecken. Keine Ahnung, wie sie ausgerechnet dahin kommt, aber das ist jetzt egal. Ich kann Marie nicht schon wieder so lange warten lassen!

Wenige Sekunden später sause ich den unebenen Trampelpfad zur Straßenbahnstation hinab. Riesig und grau erheben sich an den Seiten die Hochhäuser unserer ziemlich hässlichen Neubausiedlung. In der Abendluft bauscht sich ein Duft nach altem Holz und Regen. Die Sträucher rascheln im frostigen Wind, der seit Wochen nicht nachlassen will und mir nun immer wieder den Jackenkragen zur Seite schlägt.

Ich hätte einen Schal mitnehmen sollen. Gänsehaut kribbelt meinen Nacken hinauf. Wir haben Mitte September, aber es sieht nicht so aus, als würde uns der goldene Herbst noch einen Besuch abstatten. Ich ziehe den Kopf ein, um meine Ohren vor dem kalten Sturm zu schützen.

In diesem Moment blitzen am Ende der Straße die milchigen Lichter der Straßenbahn auf. Mit zusammengebissenen Zähnen lege ich einen Zahn zu, obwohl ich jetzt schon vollkommen aus der Puste bin. Genauso habe ich mich diese Woche in der Sportstunde gefühlt, kurz bevor ich auf dem Hockeyfeld zusammengebrochen bin. Weil ich fast ein Jahr nicht am Sportunterricht teilnehmen konnte, stagniert meine Kondition irgendwo bei Null.

Oder eher bei minus einer Million.

Kurz bevor sich die automatischen Türen schließen, zwänge ich mich durch den summenden Spalt und klammere mich außer Atem an eine blaue Haltestange. Geschafft!

In der Bahn ist es warm und sehr hell, und es riecht nach dem kratzigen Stoff der Sitze, von denen so gut wie alle frei sind. Erleichtert wische ich mir über die verschwitzte Stirn – und erstarre, als mein Blick in die gelblich beleuchtete Scheibe trifft.

Zwei riesige hellblaue Augen starren mir aus einem vom Rennen rot angelaufenen Gesicht entgegen, und vom schnellen Atmen hebt sich der Brustkorb meines Spiegelbilds wie verrückt.

Hastig rücke ich meine dunkle Vollrandbrille zurecht und ziehe meinen verrutschten Parka nach unten, der in dem grellen Licht schrecklich zerknittert aussieht. Wann habe ich das Teil zuletzt gebügelt? Richtig, noch nie.

Das Mädchen in der Scheibe rollt die Augen und holt tief Luft. Keine Frage, das bin ich: Ludmilla Grimm, siebzehn Jahre, Oberstufenschülerin und Chaotin aus dem Bilderbuch.

Ich streiche mir ein paar wirre Haarsträhnen aus den Augen. Meine Zottelmähne ist viel zu lang, aber ich schaffe es einfach nicht, mich von den dicken dunkelbraunen Strähnen zu trennen. Das letzte Jahr hat schon viel zu viele Veränderungen mit sich gebracht.

Ich lege den Kopf zur Seite, und dabei stechen mir die dunklen Farbspritzer auf meinen Wangen und am Kinn noch deutlicher ins Auge.

Na großartig, ich habe mal wieder mehr Farbe auf meiner Haut als auf der Leinwand verteilt. Mein sonst so blasses Gesicht sieht aus, als wäre in direkter Umgebung ein prall gefüllter Kakaobecher explodiert.

Ich reibe mir über die verschmierte Schläfe und strecke meinem Spiegelbild die Zunge raus, bevor ich mich auf den nächstbesten Sitz fallen lasse.

Egal. In der Arbeit ist es zum Glück so düster, dass wahrscheinlich niemand die Farbreste bemerken oder sich gar darüber wundern wird.

Eins. Zwei. Drei. Vier ...

Beim vorletzten Glockenschlag des Kirchturms rauscht die Straßenbahn in die Haltestelle ein. Ich falle fast auf das feuchte Kopfsteinpflaster, so eilig springe ich aus der Bahn, und überquere bei Rot die ausgestorbene Kreuzung.

Neunzehn Uhr. Was bedeutet, dass meine Schicht vor einer halben Stunde begonnen hat. Ich unterdrücke ein Seufzen und erhöhe mein Tempo.

Wie eine verlassene Kulisse liegt die Straße im trüben Abendlicht. Als ich kleiner war, hat es sich bei dieser Gegend um das belebteste Viertel der Stadt gehandelt, doch seit auf der anderen Seite des Flusses ein riesiges Einkaufszentrum eröffnet wurde, verkommt dieser Teil immer mehr. Was ziemlich schade ist, denn neben gemütlichen Cafés gibt es auch schöne Parks und Marktplätze, die wir früher oft mit der ganzen Familie besucht haben. Als es noch eine ganze Familie gab.

Ein klirrend kalter Wind bläst mir die Haare in die Augen, als ich in eine Gasse mit hohen Altbauten einbiege und an das Bild zurückdenke, das ich halbfertig auf der Staffelei stehen gelassen habe. Die Kleckserei sah nicht mal ansatzweise wie ein Ölgemälde aus.

Warum habe ich mich überhaupt für dieses dämliche Kunstprojekt angemeldet? Dass ich den Gips erst seit ein paar Wochen nicht mehr trage, wäre die perfekte Ausrede gewesen.

Genervt trete ich gegen einen kleinen Stein, der holpernd an der Mauer eines Hauses abprallt. Ein trockenes Knirschen lässt mich herumfahren. Mein Herz hämmert vor Schreck, und ich recke den Hals, doch die Straße hinter mir bleibt leer. Eng aneinander gedrückt parken dunkle Autos an den Seiten und lassen auf der Fahrbahn kaum Platz für mehr als eine Wagenbreite.

Gerade will ich mich wieder umdrehen, da biegt ein Schatten um die Ecke. Ein großer, schlanker Mann mit dunklem Haar steuert im Licht der flackernden Laternen direkt auf mich zu. Er hält sich sehr gerade und hat den Kragen seines teuer aussehenden Mantels hochgeschlagen. Über seiner Schulter baumelt eine Business-Ledertasche, die im Takt seiner festen Schritte auf und ab wippt.

Ich rechne damit, dass er um mich herum marschiert, doch –

»Hey, aufpassen!«, ich stolpere zurück. Spinnt der? Mit meinen knappen eins sechzig bin ich zwar nicht gerade ein Riese, aber auch ganz bestimmt nicht unsichtbar!

Wie erstarrt bleibt der Typ vor mir stehen und hebt den Blick, als wäre er aus einem tiefen Traum erwacht. Sein Gesicht liegt im Schatten, daher bin ich mir nicht sicher, ob darin tatsächlich für eine Sekunde kalte Wut aufblitzt. Dann schüttelt er den Kopf und stapft so dicht an mir vorbei, dass ich einen kurzen Blick auf sein grimmig verzerrtes Profil erhasche. Das wild zerzauste Haar trägt er tief gescheitelt, sodass es ihm bis über die Augen reicht.

Verwirrt schaue ich ihm nach, wie er davon stürmt. Was ist das denn für ein komischer Typ? Mit seinem langen, dunklen Mantel erinnert er mich irgendwie an Keanu Reeves aus den alten Matrix-Filmen – nur die blickdichte Sonnenbrille fehlt.

Was wohl in seiner Tasche ist? Wie er den Arm darum krallt, hat er irgendwas ziemlich Wichtiges dabei. Ob das –

Sein plötzlicher, angestrengter Husten reißt mich aus meinen Gedanken. Er presst die Faust vor den Mund, um ihn zu unterdrücken, dennoch spüre ich, wie sein heiseres Keuchen in meinem Körper vibriert.

Das klingt aber gar nicht gesund.

Der Mann wird langsamer, bis er schließlich schwankend stehen bleibt und die Schultern nach vorne zieht. Im nächsten Augenblick kann ich nur fassungslos zusehen, wie er im Halbschatten auf die Knie stürzt. Seine Tasche prallt auf den Boden und kippt zur Seite. Er krümmt sich nach vorne und hustet so heftig, dass mein Magen vor Schreck einen Salto schlägt.

Ich beiße mir fest auf die Lippe. Und jetzt? Sollte ich nicht fragen, was ihm fehlt und ob ich was tun kann? Aber ... ich muss doch zur Arbeit. Sofort. Ich bin sowieso schon viel zu spät dran. Für Heldentaten hab ich absolut keine Zeit – und keine Nerven.

Mit einem unbehaglichen Ziehen im Bauch stolpere ich auf dem feuchten Kopfsteinpflaster weiter.

Geh schneller, bete ich wie ein Mantra vor mich hin. Geh zur Arbeit. Er hat sich bestimmt nur verschluckt. Er ist ein erwachsener Mann, er kommt schon klar. Außerdem war er total unfreundlich zu dir und hat sich für seine Rempelattacke nicht mal entschuldigt. Lass ihn einfach in Ruhe, das wird das Beste sein.

Als ich an seiner zusammengekauerten Gestalt vorbeihusche, zucke ich zusammen. Sein Keuchen lässt nicht nach und bohrt sich in mein Herz.

Augenblick mal, nennt man das nicht unterlassene Hilfeleistung? Ich bleibe stehen und kaue in der frostigen Abendluft an meiner Lippe. Alles in mir drängt mich, so schnell wie möglich zur Arbeit zu flüchten und die Tür hinter mir zu zu werfen. Aber ich kann ihn doch nicht einfach dort hocken lassen, als hätte ich nichts gesehen?

Einen Moment kneife ich die Augen zusammen. Okay, wenn er in zehn Sekunden nicht nochmal hustet, gehe ich weiter. Eins. Zwei. Drei.

Ich fahre zusammen, als er hinter mir erneut in einen keuchenden Husten ausbricht.

Wieso hab ich nur dieses verfluchte Helfersyndrom? Ich wirbele herum, und mein Magen schrumpft zu einem harten Ball zusammen, als ich mich seiner zusammengekrümmten Gestalt nähere. Einen halben Meter vor ihm bleibe ich stehen und drücke meine Hände vorm Bauch gegeneinander.

Der Typ kniet im Schatten zwischen zwei schwankenden Lichtkegeln. Erst jetzt bemerke ich, dass aus seiner Tasche ein dickes Buch gerutscht ist, nein, ein in Leder gebundenes Notizheft, das gegen sein Bein stößt. Der Sturm rauscht über den Dächern und faucht in den Baumkronen. Meine Ohren sind schon halb abgefroren.

Ich will endlich ins Warme, denke ich, während ich in die Hocke gehe.

»Hey«, sage ich und stocke, denn meine Stimme

wird von einem neuen Hustenanfall übertönt. »Alles in Ordnung?«

Er zuckt zusammen und drückt die Faust fester vor den Mund. Die Augen unter den widerspenstigen Haarsträhnen hat er zusammengekniffen. Sein Gesicht liegt in der Dunkelheit, trotzdem stelle ich überrascht fest, dass er nur wenig älter als ich sein kann – vielleicht neunzehn oder zwanzig; sein ultraschicker Matrix-Mantel hat genauso wie die Business-Ledertasche einen ganz anderen Eindruck vermittelt.

Wohin ist ein Typ wie er in dieser heruntergekommenen Gegend unterwegs? Warum kriegt er keine Luft mehr? Ein feiner Schweißfilm glitzert auf seiner Stirn.

»Was ist los? Kann ich – äh ... was für dich tun?«, frage ich verunsichert.

Er hustet einmal mehr zur Antwort und presst schließlich hervor: »Nein, es ist nichts, geh weiter.« Seine Stimme klingt heiser, dunkel und irgendwie seltsam, obwohl ich nicht sagen kann, warum. »Verschwinde einfach.«

»Oh ... Okay.« Als ich mich fast schon erleichtert aufrichte, fällt mein Blick auf das dicke Notizbuch, das direkt vor mir auf den feuchten Steinen liegt. Automatisch greife ich danach und schlage es auf den Knien wahllos in der Mitte auf, um fast im selben Moment verdutzt die Brauen über der Brille anzuheben.

Auf den ersten Blick wirkt die Doppelseite im Zwielicht beinahe schwarz, wie mit einem abstrakten, dichten Muster bemalt. Doch dann erkenne ich, dass die dünn linierten Seiten akribisch beschriftet sind. Mit Zahlen. Nichts als Zahlen, die sich in unendlicher Folge aneinanderreihen, in einer winzigen, akkuraten Schrift, die einerseits wie gedruckt aussieht, gleichzeitig vollkommen fremd. Die Ziffern werden von einzelnen Großbuchstaben wie »F« und »X« unterbrochen. Was bedeutet das wohl?

Langsam hebe ich den Zeigefinger, um eine andere Seite aufzuschlagen, doch bevor ich das Papier berühren kann, fliegt die Kladde aus meinen Händen und schlittert über den rissigen Steinboden aus meinem Sichtfeld. Eine Hand schießt aus der Dunkelheit hervor, schlingt sich um mein Handgelenk und reißt es zurück.

Was –?

Ein jäher Schmerz rast von meiner verletzten Hand durch alle Nervenenden. Perplex starre ich zu dem Kerl auf, der plötzlich über mir steht. Sein Gesicht ist wütend verzerrt, seine Augen und Wangen liegen in gespenstisch tiefen Schatten.

Plötzlich habe ich das Gefühl, als hätte mir ein Muskelprotz direkt in den Bauch geboxt.

Ich bin so bescheuert! Ist das alles etwa ein Trick gewesen, um mich auszurauben? Und ich wollte dem Kerl sogar helfen!

Hastig komme ich auf die Füße, um mich von dem Typen loszureißen, doch der Griff um mein Handgelenk ist stramm und lässt keinen Millimeter nach. Heiß pocht der Schmerz in meinem Arm.

»Was soll das?«, meine Stimme hallt in der leeren Gasse wider. »Lass mich sofort los, oder du kannst was erleben!« Meine halbgare Drohung geht in ein überraschtes Keuchen über, als der Kerl einen schnellen Schritt auf mich zu macht und ich direkt in sein vom Laternenlicht angestrahltes Gesicht blicken kann. Ich zucke heftig zurück. Die Zeit, die kühle Luft, der dunstige Abendhimmel stehen eine Sekunde still.

Grün. Leuchtend grün.

Die Welt setzt sich in pulsierenden Wellen wieder in Bewegung. Ich schnappe nach Luft. Was sind das für Augen? Scharf und kalt wie Eis starren sie zu mir hinunter. Sie leuchten so hell, dass sie blenden, gleichzeitig glühen sie unendlich dunkel, wie eine ferne Erinnerung am Ende des Tages.

Mein Kopf dreht sich plötzlich wie auf einer wilden Schiffsfahrt. Was ist das für eine verrückte Farbe? Warum – schießt sie mir direkt in den Bauch? Mein Atem geht viel zu schnell und schlägt hektische Wölkchen in die Luft.

Als sich der Typ zur Seite dreht, um keuchend in seine Armbeuge zu husten, nutze ich meine Chance, indem ich meine Hand aus seiner Umklammerung zerre und ein paar Schritte zurück stolpere. Ich komme nicht weit, denn ich pralle mit dem Rücken gegen den Seitenspiegel eines geparkten Autos.

Der Kerl nimmt langsam den Ellenbogen herunter und dreht sich zu mir um. Automatisch weiche ich zurück, und der Seitenspiegel bohrt sich in mein Fleisch.

Er starrt mich an, und ich kann den Blick nicht von seinen Eisaugen lösen. Meine Brust hebt und senkt sich wie verrückt.

Mittlerweile hat es angefangen zu nieseln. Unsichtbar fällt der Regen auf mich nieder und klebt die kalten Haarsträhnen an meine Stirn.

»Lass mich das nächste Mal einfach in Ruhe«, presst er hervor. In seiner schneidenden Stimme nehme ich plötzlich einen merkwürdigen Akzent wahr. Er wendet sich ab.

»Aber ich wollte doch nur – hey, warte doch mal!«, verdattert hebe ich die Hand, während er zwischen den

Autos auf die enge Straße tritt und den Kragen seines teuren Mantels wieder hochschlägt. Ohne mich zu beachten schiebt er die Kladde in seine Tasche zurück, und bevor ich auch nur ein weiteres Wort sagen kann, ist er auch schon in der trüben Dunkelheit verschwunden.

2

Fünf Minuten später wehe ich durch die schwere Doppeltür des »Filmpalastes«, dem ziemlich angestaubten Programmkino, in dem ich seit fast zwei Jahren als Aushilfe arbeite.

»Ein Palast ist unser Kino deswegen, weil wir auf wahre Schmuckstücke internationaler Filmgeschichte spezialisiert sind«, hat Peter, der fünfzigjährige Besitzer, mit feierlicher Miene bei meinem Vorstellungsgespräch erklärt und dabei eifrig seinen kleinen schwarzen Hut in der Hand gedreht.

Peter ist ein echter Charlie Chaplin und außerdem der kauzigste Typ, den man sich vorstellen kann. Aber das ist wahrscheinlich der normale Lauf der Dinge, wenn man seit Jahren sein Herzblut in ein eher schlecht laufendes Programmkino mit lediglich einem muffigen Saal steckt, in dem obendrein die Filmspule regelmäßig den Geist aufgibt.

Der Eingangsbereich ist schmal, und die niedrigen Wände sind mit verblichenen Filmpostern beklebt. Einen Moment lang bleibe ich zwischen Cary Grant und Audrey Hepburn stehen und atme in der staubigen Luft tief durch.

Was ist da eben nur passiert? Erst bricht der Typ auf offener Straße zusammen und dann verschwindet er schneller, als ich »Piep« sagen kann. Und noch dazu mit einem Gesicht, als wäre ich der Teufel in Person. Das hat man davon, wenn man jemandem helfen will. Nächstenliebe wird definitiv überbewertet. So ein Spinner!

Langsam streiche ich mir ein paar Haarsträhnen hinter die kalten Ohren. Ich bin mir ziemlich sicher, dass ich den Kerl noch nie gesehen habe. Aber warum kommt mir sein Gesicht mit den dunklen Brauen und den unglaublich grünen Augen so bekannt vor?

Seufzend stoße ich mich von der schweren Tür ab. Der klaustrophobische Gang mündet in einer hohen Halle, von der auch der Kinosaal abgeht. Sofort steigt mir der klebrig-süße Duft der Popcornmaschine in die Nase. Gedimmtes Licht fällt aus mehreren hundert Glühbirnen, die in langen Reihen an der Decke eingesetzt sind. Über eine altmodisch geschwungene Treppe gelangt man ins Obergeschoss, wo das Büro und die ziemlich düsteren Toilettenräume untergebracht sind.

Meine Schritte werden durch den dicken, ehemals roten Teppich gedämpft, über den man auf eine halbhohe schwarze Theke zusteuert. Diese nimmt fast die gesamte hintere Wand ein und wird indirekt beleuchtet.

Maries Lockenkopf taucht hinter dem Tresen auf. »Da bist du ja endlich, Mila! Wo hast du gesteckt? Du hast doch gesagt, du machst dich direkt auf den Weg. Ich war kurz davor, einen Suchtrupp loszuschicken!«

Als ich durch die hüfthohe Absperrung zum Mitarbeiterbereich schlüpfe, runzelt sie die Stirn. Ihr silbernes Nasenpiercing blitzt in der Dunkelheit. »Hey, ist was passiert? Du siehst aus wie damals, als ich mich als Horrormönch verkleidet und vor eurem Klo auf dich gewartet hab.«

Grinsend stelle ich meine Tasche ab. »Erinnere mich nicht an den Horrormönch! Ich habe dieses traumatische Erlebnis gerade erst verarbeitet.« Ich fasse meine schweren, feuchten Haare im Nacken zusammen und drücke sie leicht aus. »Aber ich hab eben wirklich was ziemlich Verrücktes erlebt. Nein, wohl eher *überlebt*. Es war echt – seltsam.«

Meine Freundin setzt sich mit verschränkten Armen auf den schmalen Tisch, auf dem das antike Kino-Telefon und allerhand Zettel, Flyer und Stifte herumfliegen.

»Seltsam? Das klingt doch gar nicht schlecht«, Maries dunkelbraune Augen funkeln noch mehr als die leuchtend pinken Fleshtunnel in ihren Ohrläppchen. Alle paar Wochen wechselt sie die Plastikdinger, als würde die jeweilige Farbe ihre Stimmung widerspiegeln. Ansonsten trägt sie fast nur schwarz, was gut zu ihrer olivfarbenen Haut passt.

Wir waren schon zusammen im Kindergarten, und fast genauso lange hilft sie im Filmpalast aus, da sie um drei Ecken mit Peter verwandt ist. Als ich irgendwann in einem Nebensatz erwähnt hab, dass ich mir auch einen Nebenjob suchen will, hat sie Peter sofort angerufen und alles arrangiert. Manchmal mag ich mir gar nicht vorstellen, was ich ohne sie machen würde.

»Jetzt erzähl schon. Bist du deswegen so spät dran gewesen? Aber du hast doch gesagt, du hättest gemalt. Das kann man übrigens nur unschwer erkennen.« Marie tippt mir gegen die Stirn, worauf ich halbherzig mit dem Ärmel über meine verschmierte Haut reibe.

Mist, die unfreiwillige Kriegsbemalung hatte ich schon fast wieder vergessen.

»Da war dieser Typ auf dem Weg zum Kino«, antworte ich nachdenklich. »Er hatte wirklich – beeindruckende Augen.« Das blendende Grün taucht vor mir auf, und unwillkürlich werden meine Knie weich. Schnell schüttele ich den Kopf und schäle mich aus meiner feuchten Jacke.

»Was? Ich hör wohl nicht richtig!« Marie grinst mich an. »Ludmilla Grimm, du interessierst dich doch sonst nie für irgendwelche Typen. Ich raste aus! Komm, setz dich endlich und erzähl mir alles.«

»Stopp!«, wehre ich ab und muss über Maries Begeisterung lachen. »So wild war das Ganze gar nicht. Soll ich nicht lieber die Getränke aus dem Keller holen? Der erste Film geht doch gleich los.«

»Alles schon fertig, Mila, keep cool.«

»Oh. Ja, dann – danke.« Das schlechte Gewissen brennt in meinem Bauch. Ich komme zum dritten Mal in kürzester Zeit zu spät zur Arbeit und meine Kollegin – und beste Freundin! – muss wegen meiner Vergesslichkeit doppelt schuften.

»Jetzt gräm dich nicht«, grinst Marie, als würde sie meine Gedanken lesen. Was sie vermutlich kann. »Dafür kannst du später den Müll im Kinosaal einsammeln. Dann sind wir quitt.«

Ich schüttele mich lachend. Mich im muffigen Saal nach altem Papier, Popcornresten und klebrigem Kaugummi zu bücken gehört nicht gerade zu meinen Lieblingsaufgaben. Aber heute sage ich: »In Ordnung, geht klar.«

Im Mitarbeiterraum verstaue ich Parka und Tasche in meinem Spind und binde mir die schwarze Taillenschürze mit der fast verblassten Aufschrift »Filmpalast« um.

Es stimmt, was Marie sagt: Wirklich komisch, dass ich direkt damit herausplatze, was für außergewöhnliche Augen der Kerl hatte – ich muss wohl ganz vergessen haben, dass er mich erst über den Haufen gerannt und wenig später ziemlich unsanft gepackt hat.

Langsam reibe ich über mein immer noch pochendes Handgelenk. Ausgerechnet diese Hand musste er zusammenquetschen. Sie hat ja seit dem Unfall noch nicht genug gelitten. Bescheuerter Kerl.

Ich puste mir eine Strähne aus den Augen und ertappe mich dabei, wie ich ihn wieder vor mir sehe: seine dunklen Augenbrauen über den leuchtenden Augen. Die wilden Haare, die der Wind hin und her bewegt hat. Seine breiten, irgendwie kantigen Schultern in dem dunkelblauen Mantel. Prompt werde ich rot. Verdammt, was ist plötzlich los mit mir? Wieso kribbelt mein Bauch wie verrückt?

Ehrlich gesagt war ich noch nie richtig verliebt – der Nachbarsjunge, mit dem ich in der Grundschule Händchen gehalten und Herzchensticker getauscht habe, zählt wahrscheinlich nicht. Ich weiß nicht genau, woran das liegt, denn ich würde mich selbst nicht als besonders wählerisch oder verklemmt bezeichnen. Marie will mich dauernd verkuppeln, aber bisher hat mich noch kein Typ wirklich umgehauen.

Meine einzige Erfahrung in dem Bereich beschränkt sich auf den Abend der Geburtstagsfeier meines Bruders Leo. Nach vier Gläsern Erdbeerbowle lag ich plötzlich Joshua, einem Schulfreund, im Arm, aber nicht mal da hat es irgendwie gefunkt. Oder gekribbelt. Oder wenigstens gezuckt. Und weil der Kuss irgendwo zwischen »Schneckenrennen« und »Waschmaschine«

rangiert hat, hat er nicht unbedingt Lust auf mehr gemacht. Im Gegenteil, mir ist die ganze Aktion immer noch unglaublich peinlich.

Warum habe ich also jetzt dieses Prickeln im Bauch? Der Kerl hat sich vorhin doch wie ein Psychopath aufgeführt.

Verwirrt betrachte ich meine Hand mit den blassen Narben, die sich rund um das Gelenk bis unter den Sweatshirtärmel schlängeln. Dann knalle ich die Spindtür zu.

»Au!« Ich verdrehe die Augen und stecke mir den Zeigefinger in den Mund, den ich mir im Türspalt eingeklemmt habe. Manchmal weiß ich echt nicht, wo ich den Kopf habe. Zum Glück will Marie nach dem Abi Medizin studieren und freut sich über jede Gelegenheit, mich zusammenflicken zu können.

Nachdem ich mir die dunkelbraunen Farbreste aus dem Gesicht gewischt habe, stoße ich die Tür zur Kinohalle auf und binde mir dabei einen dicken, zerzausten Pferdeschwanz. Überrascht bleibe ich stehen, denn mir tönt eine vertraute Stimme entgegen.

»Wir waren gerade in der Nähe, als es so stark zu regnen anfing, und da dachten wir, wir probieren mal was anderes aus. Ist ja wirklich – äh, nett hier.«

Automatisch ziehe ich die Schultern zu den Ohren und denke eine Sekunde lang daran, einfach auf dem Absatz kehrt zu machen und zurück in den Pausenraum zu flüchten. Aber zu spät.

»Hey, Mila! Cool, dich zu sehen. Ich wusste gar nicht, dass du auch hier arbeitest.«

Ich unterdrücke ein Stöhnen und setze stattdessen ein Lächeln auf, während ich mich an den Kisten mit Sprite vorbei schlängele und neben Marie trete, die gerade zwei Tickets gelöst hat.

»Hi, doch, ich arbeite hier«, antworte ich ziemlich geistreich und hebe den Blick.

An der Theke lehnt ein großes schlankes Mädchen in einem beigefarbenen Trenchcoat. Um den Hals hat sie einen Schal im Burberrymuster geschlungen, und das karamellfarbene Haar glänzt im gedimmten Licht.

Das ist Christina, die selbst ernannte Miss America unserer Schule. Sie ist eigentlich ganz nett – aber ihre perfekte, durchgestylte Art führt mir immer vor Augen, was mir selbst fehlt. Sie ist der Typ Mädchen, der immer toll aussieht – auch morgens nach dem Aufstehen mit einem Kissenabdruck im Gesicht und geschwollenen Augen. Ihr Vater ist der Chef von irgendeiner riesigen Wirtschaftsgesellschaft. Das Auto, mit dem sie zur Schule gefahren wird, ist fast so groß wie Mamas und meine Wohnung.

Neben Christina taucht jetzt ihre ältere Schwester – Caroline heißt sie, glaube ich – auf, die ich vom Sehen kenne. Sie lächelt uns unverbindlich an.

»Wie weit bist du denn mit dem Ölbild?«, fragt Christina. »Ich hab meins letzte Woche abgegeben. Ich schätze, ich hab das Thema ziemlich gut getroffen.«

»Oh, toll. Ich hab heute angefangen«, antworte ich und höre selbst, wie lahm das klingt. »Bis zum Abgabetermin ist ja noch ein wenig Zeit.«

Dass Christina wie ich gerne malt, habe ich erst vor ein paar Monaten erfahren, als ich mich im Kunstunterricht plötzlich auf dem Platz neben ihr wiedergefunden habe. Wir haben nämlich beide Kunst als Leistungskurs belegt. Doch bis auf ihre Bitte, ihr meine Aufzeichnungen für die Klausur zu leihen, haben wir nicht gerade viel miteinander gesprochen. Da fällt mir ein, dass sie mir meine Unterlagen noch gar nicht zurückgegeben hat. Ich beiße mir auf die Lippe.

»Ehrlich? Du hast erst heute angefangen? Nächste Woche ist doch schon der Stichtag.« Christina strahlt mich an. »Ich bewundere dich für deine Nerven, Mila. Du erledigst wirklich alles auf den letzten Drücker. Ich könnte so kurz vor Schluss nicht so ruhig bleiben. Ich hätte total Angst, durchzufallen oder die Technik zu vermasseln. Wie geht's eigentlich deiner Hand? Der Gips ist seit einer Weile ab, oder?«

Ich zucke zusammen und ziehe den Ärmel übers Handgelenk. »Ja«, sage ich. »Alles gut.«

Marie wirft mir einen kurzen Blick zu und schiebt dann zwei prall gefüllte Popcorntüten über den Tresen. Christinas Schwester greift danach und wendet sich zum Gehen. Christina dagegen beugt sich über die Theke, als wäre ihr spontan ein Einfall gekommen. »Hey, sag mal, was macht eigentlich Leo? Er hat dich lange nicht besucht, oder?«

Oh. Leo. Reflexartig fummle ich an meiner Brille herum. Ich hatte schon fast vergessen, dass Christina vor Ewigkeiten ein Auge auf meinen Bruder geworfen hat. Als er fürs Studium weggezogen ist, bin ich davon ausgegangen, dass sie ihn endgültig abgeschrieben hat.

»Ich hab Leo wirklich ein paar Wochen nicht gesehen oder gesprochen, aber ich denke, dass alles in Ordnung ist.«

»Arbeitet er noch bei dieser Zeitung in Berlin?«

Ich nicke. »Es läuft nicht schlecht. Er arbeitet wie immer an einer großen Story, die ihn als kritischen Spitzenjournalist bekannt machen wird.« Und nebenbei studiert er. Sollte er zumindest.

Christina ist mein trockener Tonfall offensichtlich

entgangen, denn sie sieht mich vollkommen ernsthaft an und nickt eifrig. »Klar, in Berlin kann Leo viel mehr erreichen als in unserer popeligen Stadt im Nirgendwo. Er schafft das ganz sicher, er hat's einfach drauf. Sag mir Bescheid, wenn er wieder in der Gegend ist; ich würde ihn echt gerne mal wieder sehen.«

»Klar, das mache ich.« Vielleicht.

»Gut.« Sie zwinkert mir zu, und ich zupfe unbehaglich an einer Haarsträhne herum. Summend dreht sich die Popcornmaschine hinter uns. In dem alten Gemäuer knackt irgendwo eine Diele. Der Wind rauscht durch die Türritze.

»Na dann, viel Spaß«, überbrückt Marie das Schweigen.

»Danke. Wir sehen uns nach dem Film«, Christina winkt uns zu und verschwindet dann mit ihrer Schwester im Kinosaal am anderen Ende der Halle. Lautlos schwingt der dunkelrote Samtvorhang vor der Eisentür zu.

»So eine Zicke. Ihr sollte mal jemand sagen, dass sie mit diesem komischen Pony ganz bestimmt nicht wie Heidi Klum aussieht«, erklärt Marie stirnrunzelnd, während sie ein paar Popcornkrümel vom Tisch fegt. »Mach dir nichts draus, was sie über dich gesagt hat. Sie hat ja keine Ahnung.«

Ich nehme die Brille ab und reibe mir kurz über die Augen. »Aber sie hat ja recht. Ich bin wirklich spät dran mit dem Bild. Und meine Technik lässt auch zu wünschen übrig.«

»Dafür bist du die bessere Künstlerin. Ich hab ihre Bilder doch letztens gesehen, als ich dich von eurem Kurs abgeholt hab. Sie sehen aus, als hätte sie alles irgendwo abgepaust und die fehlende Kreativität mit einem Eimer Farbe kompensiert. Deine Zeichnungen haben Stil und Wiedererkennungswert.«

Ich zucke die Schultern und lächele müde. »Danke. Aber so schlecht ist Christina gar nicht. Und sie hat ziemlich viel Erfolg. Weißt du, ich habe gehört, dass sie in Kontakt mit mehreren Galeristen steht und schon mindestens fünf ihrer Werke verkauft hat. An Arztpraxen und Rechtsanwaltskanzleien. Als Schülerin ist das schon was Besonderes.«

»Ach, Quatsch. Anwälte hängen doch alles auf, was neutral und unaufregend aussieht. Das hat bestimmt ihr Daddy in die Wege geleitet«, meint Marie, aber ich habe plötzlich einen Kloß im Hals.

»Und jetzt kommen wir nochmal auf diesen Typen zurück, der dir schöne Augen gemacht hat«, fährt meine Freundin gutgelaunt fort. »Hast du seine Nummer? Wann siehst du ihn wieder?«

»Nein, so war das alles gar nicht«, erwidere ich und muss wieder über Maries sprühende Augen lachen. »Man kann das Ganze nicht mal als richtige Begegnung bezeichnen. Also, das war so ...« Kurz fasse ich das Erlebnis zusammen und ende mit den Worten: »Ist sowieso egal, weil ich ihn nie wieder sehen werde. Zum Glück. Ich glaube, er ist ein ziemlich arroganter Schnösel. Und er hat definitiv einen Dachschaden.«

Marie legt den Lockenkopf schief. »Sag niemals nie. Man sieht sich immer zweimal im Leben.«

»Quatsch! Darauf kann ich gerne verzichten.« Ich mache eine wegwerfende Handbewegung und wende mich dann den Gästen zu, die gerade in die düstere Kinohalle getreten sind.

Gemeinsam mit Marie schließe ich um ein Uhr morgens die Doppeltür des Filmpalastes. Da Marie und ich noch nicht achtzehn sind, dürfen wir offiziell nicht die Spätschicht schmeißen, aber Peter, unser Chef, ist der Meinung, solange es niemand merkt, ist das alles kein Problem. Marie beschwert sich zwar häufig über die langen Schichten, aber für mich ist die Rechnung einfach: Mehr Stunden bedeuten mehr Geld. Und außerdem haben wir morgen sowieso erst später Schule.

Als Marie zuvor die Kassette mit den Einnahmen des Tages in den Schrank geschoben hat, glitzerten in der Kasse nicht mehr als ein paar Münzen. Kein guter Abend. Eher ein typischer Sonntag. Während ich das ratternde Rolltor herunterziehe, frage ich mich unbehaglich, wie lange ich den Job im Filmpalast wohl noch behalten kann. Irgendwann wird Peter uns sicher nicht mehr bezahlen können. Ich schüttele den Kopf und verscheuche den Gedanken. Abgesehen von dem fehlenden Einkommen würde ich auch den Filmpalast an sich sehr vermissen. Mir gefällt dessen nostalgische, warme Atmosphäre einfach so gut. Jeder Abend, den ich hier verbringe, ist wie eine Auszeit von der zwickenden Wirklichkeit.

In der für September ungewöhnlich eisigen Luft drückt mich Marie kurz an sich. »Komm gut nach Hause, Mila. Bis morgen!« Sie wohnt direkt um die Ecke und verschwindet mit fliegenden Locken in der Nacht. Ich ziehe meine dünne Jacke bis zum Hals zu, bevor ich mich gegen den kalten Wind in Richtung Straßenbahn stemme. Für eine Sekunde blitzt ein leuchtend grünes Augenpaar in der Dunkelheit auf, und mein Herz stolpert. Was für eine verrückte Farbe. Sie geht durch Mark und Bein. Ich grabe die Hände tief in die Taschen und ziehe den Kopf ein, während ich mein

Schritttempo erhöhe.

Als ich ziemlich durchgefroren zu Hause eintreffe, ist Mama noch nicht wieder da, denn ihre eigene Spätschicht, die im Krankenhaus, endet erst in den frühen Morgenstunden.

In meinem Zimmer starrt mir das Ölbild unverändert fleckig entgegen. Ein paar Augenblicke stehe ich vor der Staffelei und lasse die zittrigen braunen Linien auf mich wirken.

Nein, das sieht alles ganz und gar nicht gut aus.

Ich beiße mir auf die Lippe. Und jetzt? Welche Farbe soll ich nehmen? Welches Motiv würde sich gut machen?

Mr. Benett, unser Kunstlehrer, hat uns für diese Arbeit völlige Freiheit gelassen. Er kommt aus England und ist eigentlich ein cooler Typ, Anfang dreißig mit braunen Rehaugen und kunstvoll zerzausten Haaren. Obwohl er sich selbst immer als »Herr Benett, mit einem N und zwei T« vorstellt, haben wir ihn von Anfang an nur »Mr. Benett« genannt. Das passt einfach viel besser zu seinem britischen Akzent und dem karierten Tweedsakko, das er dauernd trägt.

Mr. Benett überrascht uns oft mit ziemlich ausgefallenen Ideen. Wie bei dem aktuellen Projekt, an dem wir uns freiwillig beteiligen konnten, um die Öltechnik zu üben.

»Das Thema lautet 'Farbe als Inspiration'«, erklärte er und wischte an der Tafel herum. »Es gibt keine Regeln. Seid aufmerksam und mutig und beobachtet, wohin euch die Farben leiten und was sie mit euch machen.«

Da ich den Gipsarm erst seit ein paar Wochen nicht

mehr trage, hätte ich bei diesem Projekt nicht mitmachen müssen. Ich weiß nicht, was mich geritten hat, als ich mich doch dafür gemeldet habe. Christina hat recht: Jetzt werde ich durchfallen oder bestenfalls eine miese Note kassieren.

Ich werfe mich auf mein Bett und strecke die Arme über dem Kopf aus. Mein rechtes Handgelenk pocht und sticht wie gewohnt. Als ich die Augen schließe, tanzen vor mir leuchtend grüne Sterne.

Grün?

Grün. Wie die Augen des seltsamen Typen.

Ich wühle mich aus meinem Bett, das ich schon seit Tagen als zweiten Kleiderschrank missbrauche, und greife nach einer fast vollen Tube Waldgrün. Einen Klecks verteile ich auf meiner verschmierten Farbpalette und gebe einen Schuss Porzellanweiß und Bronze hinzu, bevor ich die weichen Farben mit einem Pinsel vermische. Der vertraute Ölgeruch steigt mir in die Nase.

Langsam trage ich das neu angemischte Hellgrün auf der Leinwand auf. Zart schimmert die lasierte Farbe auf dem dunklen Untergrund.

Nicht schlecht. Ich ziehe eine weitere Linie. Und noch eine, diesmal schwungvoller. Plötzlich fangen meine Finger an zu prickeln, wie immer, wenn mich ein unerwarteter Inspirationsschub packt. Wie ferngesteuert fliegt mein Pinsel über die Fläche.

Mir entfährt ein leiser Pfiff, als ich mich schließlich ein Stück zurücklehne und mein Werk betrachte. Jetzt verstehe ich, was Mr. Benett damit gemeint hat, dass sich Öllasuren im Idealfall wie Hologramme von der Oberfläche abheben.

Das neu aufgemalte Grün hat sich wie eine dünne

Platte aus Glas über das gesamte Bild gelegt. Unter dem Grün schimmern die braunen Farblinien durch und werfen weiche Schatten über die Leinwand, sodass mich das Ganze an eine samtige Wolkendecke erinnert, die sich in einem Teich spiegelt.

Wow. Ich habe die irritierende Augenfarbe des Typen erstaunlich realistisch eingefangen. Sein seltsam kalter Blick taucht vor mir auf, und unwillkürlich bekomme ich eine Gänsehaut. Hastig schüttele ich den Kopf und wasche meinen dicken Pinsel in einem Glas aus.

Obwohl ich mich eigentlich über das unerwartet gelungene Bild freuen sollte, spüre ich plötzlich einen Kloß im Hals. Bevor ich weiter darüber nachdenke, löse ich das Bild schnell von der Staffelei, um es zum Trocknen auf den Boden zu legen.

Während ich die verstreuten Farbtuben einsammele, lege ich mir im Kopf einen Plan für morgen – oder eher für heute, schließlich ist es schon nach Mitternacht – zurecht: Eine Doppelstunde Latein muss ich hinter mich bringen und vor dem schrecklichen Bio-Kurs am besten noch schnell die Arbeitsblätter über Gene und Chromosomen ausfüllen. Vielleicht kann ich einen Blick auf Maries Antworten werfen, bevor ich die mendelschen Regeln wieder komplett durcheinanderbringe. Ein Glück, dass sie einen anderen Bio-Kurs besucht als ich, denn ihr Lehrer kaut die gleichen Arbeitsblätter immer schon eine Woche früher durch.

Morgen Nachmittag steht der Arzttermin an, den ich seit dem Unfall zweiwöchentlich habe. Und abends muss ich wieder im Filmpalast arbeiten – diesmal hoffentlich ohne Verspätung und ohne eine neue Begegnung mit einem Psychopathen mit unverschämt grünen Augen. Was war das nur für ein komischer Typ?

Mein Bauch kribbelt plötzlich, und unwillkürlich packe ich die Farbtuben in meinem Arm fester. Als ich spüre, wie mir etwas Klebriges über die Finger läuft, starre ich verwirrt nach unten.

»Oh, shit!« Meine Hände sind von dickflüssiger Ölfarbe völlig schwarz und glitschig. Automatisch lasse ich die Tuben fallen. Was für eine Schweinerei!

Die verklebten Hände von mir gestreckt sehe ich mich nach einem Tuch um, um das Malheur abzuwischen, und schnappe mir schließlich ein altes Sport-T-Shirt vom Boden. Vielleicht kann ich das farbfleckige T-Shirt als Ausrede nutzen, um beim nächsten Mal in der Schule nicht am Hockeytraining teilnehmen zu müssen. Dann hätte ich zumindest ein Problem weniger.

Augen rollend schiebe ich die Farbtuben mit den Füßen zur Seite – und erstarre. Fassungslos blicke ich auf die Bescherung, die sich vor meinen Füßen ausbreitet.

»Oh. Nein!«

Die Farbtuben, die ich vorher in den Händen gehalten habe, sind ausgerechnet auf die frisch glänzende Leinwand gefallen. Mitten auf dem leuchtenden Grün dehnt sich ein schwarzer See aus, der in dicken Bahnen in alle vier Ecken quillt.

Ich stürze auf die Knie und tupfe mit meinen T-Shirt-Händen auf der Oberfläche herum, obwohl mir klar ist, dass ich die schwarzen Flecken niemals abwischen kann. Nein, durch mein heftiges Schrubben reibe ich sie nur noch tiefer in die grüne Fläche ein. Die schöne Wolkendecke sieht wie zersprungen aus. Katastrophal zersprungen. Wütend stöhne ich auf und schleudere das dreckige T-Shirt in eine Ecke.

Nach langer Zeit, nach einer ganzen Ewigkeit habe

ich endlich ein perfektes, beeindruckendes Bild gemalt – und nun ist es verdorben. Und das nur, weil ich schon wieder an diesen Typen gedacht habe! Warum bringt er mich nur so komplett durcheinander?

Trotz meiner schmierigen Hände werfe ich mich auf mein Bett und ziehe mir die Decke – die sich als Kapuzenpulli herausstellt – über den Kopf.

Dieser dämliche Kerl. Hoffentlich sehe ich ihn nie wieder!

3

Die Nacht hat sich wie eine Decke über der Welt ausgebreitet und umhüllt die Bäume mit schwarzblauen Schatten. Über den Himmel jagen riesige graue Wolken, und die Luft klirrt so kalt und frostig wie in einer Januarnacht, obwohl gerade erst der September begonnen hat. Alles ist leer und dunkel. Die nächste Straße liegt mit ihren flackernden Laternen mindestens einen Kilometer entfernt.

Zwei einsame Gestalten stehen sich am Ufer eines breiten Flusses gegenüber. Das Wasser schäumt und wirft sich immer wieder gegen das Ufer. In der unruhigen Oberfläche spiegelt sich verzerrt der Mond.

»Hast du ihn gefunden?«, fragt die erste Gestalt, ein älterer, hoch aufgerichteter Mann mit blitzenden Augen. Der Sturm reißt seine Worte fort und treibt sie über den schwarzen Fluss. Aus der Tasche seines Mantels zieht er einen Mundschutz, den er sich gegen die untere Gesichtshälfte drückt. Der Stoff leuchtet unnatürlich hell in der Schwärze der Umgebung.

»Nun antworte schon«, knurrt der Mann.

Sein Gegenüber, ein junger Mann mit dunklem Haar, schüttelt den Kopf, woraufhin der Alte wütend schnaubt. »Du hättest besser auf ihn aufpassen müssen. Wenn du ihn jetzt nicht findest und aufhältst, ist alles vorbei

– alles, wofür wir gearbeitet haben, alles, woran wir glauben. Dann kann ich für nichts mehr garantieren. Dann sind wir alle in Gefahr.« Seine Stimme dringt dumpf hinter dem Mundschutz hervor.

Der junge Mann beißt die Zähne zusammen. Die Schatten der Bäume malen ein zuckendes graues Muster auf sein Gesicht. Er hat die Arme vor dem Körper verschränkt und gräbt die kalten Finger in den Oberarm.

»Ich weiß, was auf dem Spiel steht«, erwidert er betont ruhig. »Ich habe schon alles versucht, um ihn zu erreichen, doch er ist mir wieder entwischt.« Schaumkronen spritzen auf das Ufer. »Als ich ihn zur Vernunft bringen wollte, ist er durchgedreht. Ich erkenne ihn kaum wieder.« Mit den Fingerspitzen berührt er seine Lippe, an der sich eine leichte Kruste abzeichnet.

»Er ist eine Bedrohung«, bekräftigt der alte Mann und hustet trotz seines Atemschutzes in seine Armbeuge. Das Geräusch wird vom Wüten des Sturms fast verschluckt. »Und er ist gefährlich. Nein, mehr noch: Er ist eine tickende Zeitbombe. Nicht auszudenken, was passiert, wenn er hier zu jemandem Kontakt aufnimmt. Er wird jeden, dem er begegnet, ins Unglück stürzen. Du musst ihn so schnell wie möglich finden, bevor eine Katastrophe passiert!« Er schweigt kurz. »Wenn er sich weigert, zu kooperieren, wirst du ihn unschädlich machen. Er ist es nicht wert, dass seinetwegen ein Chaos ausbricht. Verstanden?«

Der jüngere Mann schließt die Augen, bevor er langsam nickt. Hinter seinen Lidern flackert der Fluss. Ein eisiger Windstoß wirbelt ihm die Haare aus der Stirn.

»Verstanden«, nickt er dann. »Ich habe schon einen Plan.«

4

»Mila, hier bin ich!«

Nach kurzem Suchen entdecke ich Maries olivfarbene Hand, die mir eifrig von der Rückwand der Schulkantine zuwinkt, und setze mich eilig in Bewegung. Meine Sohlen quietschen über den feuchten Linoleumboden. Vor den Kassen haben sich summende Schlangen gebildet, die bis auf den verregneten Schulhof hinausreichen. Um die Mittagszeit bricht die Mensa immer aus allen Nähten. Schnaufend erreiche ich den Vierertisch, an dem Marie mir einen Platz frei gehalten hat, und lasse mein Tablett auf die Tischplatte fallen. Ein Matsch aus Pommes und weich gekochten Möhren starrt mir entgegen. Ehrlich, ein Gourmet darf man in unserer Kantine nicht sein. Na ja, dafür ist es günstig.

Als ich mich setze, stoße ich versehentlich meinem Nachbarn den Ellenbogen in die Seite. Der Junge, ein dünner Typ aus der Mittelstufe, verschluckt sich an der Cola, die er gerade hinunterstürzen will, und prustet laut über den Tisch.

»Tut mir leid, war keine Absicht!« Peinlich berührt schaufele ich mir eine Portion Pommes in den Mund und fange dabei Maries amüsierten Blick auf.

»Kaum bist du da, Mila, ist Chaos angesagt. Typisch!« Sie schiebt mir einen Blaubeermuffin aufs

Tablett und wirft sich ein paar Locken aus der Stirn.

»Hab dir was Süßes mitgebracht. Ich hoffe, das lenkt dich ein bisschen von dem Farbunfall ab. Das war ja wieder eine echte Mila-Aktion. Aber ehrlich gesagt ...«

Sie schweigt gedankenverloren und dreht an einer Strähne herum.

»Ehrlich gesagt haben mir die Flecken richtig gut gefallen. Doch, im Ernst!«

Ich habe Marie heute Morgen ein Foto des nächtlichen Farbdesasters geschickt, was sie mit einer Horde trauriger Smileys quittiert hat. Jetzt rolle ich die Augen und stopfe mir schnell eine weitere Gabel in den Mund, damit ich nicht antworten muss.

»Die schwarzen Flecken machen das Bild erst richtig interessant«, fährt meine Freundin fort. »Das Grün darunter wäre sonst viel zu leuchtend und viel zu perfekt. Jetzt hat das Bild irgendwie mehr Charakter.«

Ich setze ein Lächeln auf. Es ist so nett und typisch von Marie, dass sie mich aufbauen will, aber ich weiß es besser. Ich bin ein untalentierter Schmierfink mit zwei linken Händen.

Der Junge neben mir hat endlich mit dem Husten aufgehört und packt sein Tablett zusammen.

»Hey!«, ruft Marie plötzlich. »Ich hab 'ne super Idee! Du solltest das Bild für deine Bewerbung einreichen. Das wäre absolut genial, meinst du nicht? Wie weit bist du eigentlich damit?«

»Womit?«

»Mit der Bewerbung für die Ausstellung, du Superbrain!«

Ausstellung? Kurz muss ich überlegen, wovon Marie spricht. Dann zucke ich die Achseln. Diese Sache hatte ich schon komplett vergessen.

Der Pommesmatsch verschwimmt plötzlich vor meinen Augen, und ich drehe das Gesicht zur Seite, bevor Marie wieder etwas darin liest, das ich verstecken möchte. Möglicherweise sollte ich ihr endlich die Wahrheit über meinen Entschluss sagen – oh!

Alle Überlegungen verpuffen ins Nichts, als am gegenüberliegenden Tisch ein dunkler Haarschopf aufblitzt, der mir merkwürdig bekannt vorkommt. Halb verdeckt von Maries Lockenkopf schultert ein großer Typ in einem dunkelblauen Mantel seine Ledertasche und ... Mein Atem stockt. Das kann doch nicht wahr sein!

»Was ist, Mila? Hab ich 'ne Pommes an der Stirn kleben?«, fragt Marie über das Stimmengewirr. »Hallo, schläfst du?«

In diesem Moment dreht sich der Mann in meine Richtung, lächelt seine Begleiterin an – eine Frau Mitte zwanzig in einer hellen Bluse – und verschwindet, ein Tablett balancierend, in Richtung Ausgang.

Ich atme langsam aus. Nur zwei neue Referendare. Nicht er. Nicht der Typ mit den leuchtend grünen Augen. Das wäre auch zu irre gewesen, wenn ich ihn in der ordinären Schulkantine wiedertreffen würde.

»Wovon träumst du schon wieder?«, reißt mich Maries Stimme aus den Gedanken. »Dir ist manchmal echt nicht zu helfen, weißt du das?« Sie schiebt den leeren Teller zur Seite. »Ach so, was ich dich fragen wollte: Hast du Lust, nach deiner Schicht im Filmpalast bei mir vorbeizukommen? Dann können wir ein bisschen bequatschen, was wir für die Party noch brauchen.«

Mein Herzschlag beruhigt sich langsam. »Klingt gut«, erwidere ich abwesend. »Ich hab heute die erste

Schicht und bin dann so um halb zehn bei dir.«

»Super! Und vergiss deinen Job heute zur Abwechselung mal nicht.« Maries Finger trippeln eine stumme Melodie auf die Tischplatte. »Ich freu mich schon total auf unsere Party. Bis Freitag sind's nicht einmal mehr vier Tage!«

»Deine Party«, korrigiere ich kauend. »Es ist schließlich dein Geburtstag.«

»Klar, mein Geburtstag, das bedeutet haufenweise Geschenke für mich, aber da wir die Party gemeinsam schmeißen, musst du vorher genauso schuften wie ich.«

»Na toll. Ich kann's kaum erwarten«, sage ich und rolle die Augen. »Oh, kannst du mir noch schnell deine Bio-Arbeitsblätter zeigen? Ich hab's gestern nicht mehr geschafft ...«

Ein paar Stunden später sitze ich in einem leuchtend weißen Wartezimmer und blättere in einer Illustrierten, bis mich schließlich die blonde Arzthelferin aufruft.

»Ah, hallo, Ludmilla, wie geht's?« Dr. Braun, ein irgendwie immer gut gelaunter Mann mit buschigem Schnurrbart, kommt ins Behandlungszimmer und drückt mir so behutsam die Hand, als würde sie aus rohen Eiern bestehen. Ich setze ein Lächeln auf und reibe an einem Farbfleck auf meiner Jeans herum, als er mich wieder loslässt.

»Gut«, sage ich. »Es geht mir gut.«

Der Arzt röntgt wie immer meinen rechten Arm und macht einige Dreh- und Tastübungen. Ich beiße die Zähne zusammen, als der dumpfe Schmerz in meinen Knochen zu pulsieren beginnt.

Als wir uns wenig später an dem schmalen Besprechungstisch gegenüber sitzen, wirkt Dr. Braun nachdenklich. Er krault sogar seinen grauen Bart.

»Wie lang ist der Unfall jetzt her, Ludmilla?«, fragt er.

»Fast ein Jahr«, sage ich, obwohl mich die Antwort selbst überrascht. Schon ein Jahr?

»Für so eine Verletzung ist das kein besonders langer Zeitraum«, erklärt Dr. Braun, als könnte er meine Gedanken lesen. »Mach dir keine Sorgen. Es wird immer besser werden. Aber es gibt etwas, das mich wundert.«

Ich horche auf. »Was denn?«

Der Arzt schweigt kurz und blickt stirnrunzelnd auf die Ausdrucke vor sich. »Die Röntgenbilder und Untersuchungen zeigen schon seit mehreren Wochen keinerlei Auffälligkeiten, trotzdem fällt es dir bei unseren Übungen weiterhin schwer, die Finger zu bewegen. Ludmilla ... Ich glaube, du setzt dich selbst zu sehr unter Druck. Du kannst nicht erwarten, dass so eine komplizierte Verletzung keinerlei Spuren hinterlässt. Verstehst du, was ich meine?«

Nach ein paar Sekunden nicke ich, obgleich ich nicht genau weiß, worauf er hinauswill. Natürlich ist mir klar, dass der Unfall alles verändert hat. Niemand weiß das besser als ich.

»Wie geht's denn deinem Bruder?«, fragt Dr. Braun freundlich. »Ist bei ihm alles in Ordnung?«

»Danke, ich glaube, Leo geht's gut«, antworte ich und beiße mir auf die Lippe. In letzter Zeit werde ich ziemlich oft nach ihm gefragt. Vielleicht sollte ich ihn endlich mal anrufen. Aber irgendwie fühlt sich das falsch an.

»Schön, das freut mich«, lächelt Dr. Braun. Ich habe

den Eindruck, dass er noch etwas hinzufügen möchte, doch stattdessen erhebt er sich. »Dann bis in zwei Wochen, Ludmilla. Schone deine Hand noch ein wenig. Und denk dran, was ich dir gesagt habe.«

Wie durch ein Wunder treffe ich kurze Zeit später überpünktlich im Filmpalast ein. Und niemand bemerkt es, denn Peter, mit dem ich heute die Schicht teile, ist noch gar nicht da. Typisch.

Schnaubend verstaue ich meine Tasche im Pausenraum, bevor ich die zusammengerollten Tickets für den Abend aus dem Schrank fische. Flackernd erleuchtet sich das Foyer mit dem ausgeblichenen Teppich, bevor die Lüftung hustend zu arbeiten beginnt. Automatisch halte ich mir die Nase zu, denn der erste heiße Luftstrom pustet immer den dichten Staub auf. Nur einmal im Monat geht Peter höchstpersönlich mit einem laut röhrenden Staubsauger durch die Halle und den Kinosaal.

»Das reicht vollkommen«, erklärt er immer. »Außerdem muss ich Strom sparen.«

Nachdem ich die Popcornmaschine angeworfen habe, bleibt noch ein bisschen Zeit, bis der erste Film losgeht, daher hole ich das zerknitterte Bewerbungsformular aus meiner Tasche und setze mich damit hinter die Theke. Durch die Ritzen der Eingangstür dringt dumpf das Trommeln des Regens.

Mit gerunzelter Stirn starre ich auf den Bewerbungsbogen, an den mich Marie heute Mittag erinnert hat. Langsam blättere ich die Seiten durch. Ehrlich gesagt habe ich bisher noch keinen Blick hineingeworfen. Ich hab's immer weiter aufgeschoben, bis ich das Formular schließlich vergessen habe. Oder zumindest fast vergessen.

Ich kaue auf meiner Stiftspitze herum, als ich mich daran erinnere, wie mich Mr. Benett nach der letzten Unterrichtsstunde vor den Sommerferien angesprochen hat. »Oh, Ludmilla, einen Moment, bitte.«

Ich weiß noch, dass ich stocksteif stehen geblieben bin und mich innerlich für ein paar nett gemeinte Ratschläge gewappnet habe, denn die letzten Monate hatte ich am Kunstunterricht nur passiv und ziemlich abwesend teilgenommen. Durch den dicken Gips konnte ich nicht mal eine gerade Linie zeichnen.

»Ich weiß, die letzte Zeit war nicht einfach für dich«, fing Mr. Benett an, als ich vor seinem Pult stand und meine Tasche auf die Schulter zog – etwas ungelenk mit der gesunden linken Hand. »Trotzdem fände ich es toll, wenn du bald wieder an deine früheren Leistungen anknüpfen würdest.« Er hatte in seiner Lehrertasche herumgekramt. »Was ich dir sagen wollte: Für das Ende der Saison plant die Kunsthalle in Kooperation mit den lokalen Schulen eine Ausstellungsreihe. Die Aktion nennt sich 'Die Schule der Kunst', vielleicht hast du schon mal davon gehört.«

Als ich verwirrt nickte, fuhr er fort: »Einige unserer Kunstschüler erhalten die Möglichkeit, ihre Werke zu präsentieren, Kontakte zu knüpfen und sich mit Galeristen und Kunsthändlern auszutauschen.« Er machte eine kurze Pause und starrte mich aufmerksam mit seinen braunen Augen an. »Wenn du deinen Gips in ein paar Wochen los bist, würde ich mich freuen, wenn du wie früher zu malen anfängst. Daher habe ich dich für die Aktion vorgeschlagen, Ludmilla.«

Was?

Ich war so sprachlos gewesen, dass ich seine weiteren

Ausführungen nur verdattert abnicken konnte. Mein Lehrer drückte mir das mehrseitige Formular in die Hand und sagte mit wissendem Lächeln, dass er sich auf meine Bewerbung freuen würde. Ich schluckte und schaffte es gerade so, ein »Äh, danke, Mr. Benett« herauszuquetschen, bevor ich davon stolperte.

Und jetzt sitze ich hier, den Kopf in meine immer noch kaputte Hand gestützt, und weiß nicht, was ich tun soll.

Die Schule der Kunst – das ist wirklich eine große Sache. Schon seit mindestens fünf Jahren verfolge ich die Ausstellungsreihe über das Internet und verschiedene Kunstzeitschriften, und jetzt kommt die Aktion sogar in unsere Stadt – irgendwo im deutschen Nirgendwo, wie Christina sagen würde.

Schon mehrere bekannte Künstler haben bei 'Die Schule der Kunst' zum ersten Mal ihre Werke präsentiert. Das kann ein echtes Sprungbrett sein.

Ich seufze. Aber keins für mich. Ich habe schon eine Entscheidung getroffen. Eine gute und richtige Entscheidung. Nachdrücklich streiche ich mir die Haare hinter die Ohren. Warum mache ich mir also überhaupt Gedanken zu der Sache? Sie würden mich doch ohnehin nicht nehmen. Ich bin viel zu – mittelmäßig. Und auch wenn der Gips jetzt ab ist, kann ich das Ganze mit meiner demolierten Hand sowieso vergessen.

Irgendwie verärgert denke ich an das verschmierte Bild von gestern Nacht zurück und kritzele auf der aufgeschlagenen Seite der Bewerbung herum.

Warum hat Mr. Benett mich nur dafür vorgeschlagen? Wollte er mich ärgern oder mich vorführen? Dabei ist er doch sonst so ein netter Lehrer.

»Arbeitskontrolle!«

Peters runder Kopf taucht so überraschend über meiner Schulter auf, dass ich von meinem Stuhl hochschieße. Das Herz hämmert mir gegen die Rippen.

Peter grinst und zieht seinen schwarz glänzenden Frack zurecht, der im wahren Leben ziemlich overdressed aussehen würde, hier aber einfach nur passend wirkt. »Na, wobei habe ich dich gerade erwischt, Schätzchen? Wofür bezahle ich dich eigentlich? Fürs Träumen bestimmt nicht!«

Ich stoße die Luft aus. »Ich träume doch gar nicht: Ich bereite mich mental auf den Ansturm vor, der losbrechen wird, sobald wir die Türen öffnen.«

»Sehr witzig«, sagt mein Chef und nickt dann auf die Bewerbung hinunter. Er trägt ein würziges Parfüm, das mich in der Nase kitzelt. »Ein neues Projekt für die Schule? Macht ihr jetzt auch Designs für Fragebögen?«

»Was? Ach so, nein, das ist nichts.« Hastig übermale ich die beiden dunklen Augen unter dem wilden Haar, die ich an den Rand der Bewerbung gestrichelt habe. Wie kommen die denn dahin? Ich habe offensichtlich keine Kontrolle mehr über meine Hand.

In diesem Moment schwingt die Doppeltür auf, und ein erster Besucher taucht im dunklen Foyer auf. Er bringt eine feuchte Brise von draußen hinein. Nachdem ich das Ticket gelöst und dem Mann eine Flasche Ginger Ale gereicht habe, kracht auch schon die Tür zum Kinosaal hinter ihm zu.

Peter verschwindet nach einem kurzen Rundgang in sein Büro im Obergeschoss. Wieder allein lege ich den Kopf in den Nacken und starre zur dunklen Decke auf, an der sich die altmodischen Glühbirnen aneinander reihen. Zwei Lampen, die gestern noch intakt waren, sind nun erloschen, eine weitere wirft einen zuckenden

Lichtkegel über die Getränkeauslage. Ich weiß nicht, was ich davon halten soll, dass ich den Verfall des Filmpalastes Schritt für Schritt beobachten kann.

Das Quietschen der aufgestoßenen Eingangstür und ein neuer kalter Luftzug lassen mich mit einem Mal blinzeln. Meine Hand schießt auf die glatte Theke, um nicht nur die Bewerbungsunterlagen, sondern auch die dünnen Programmhefte vor dem Davonflattern zu bewahren.

Hoppla! Hastig bücke ich mich nach einem Flyer, der mir durch die steifen Finger geflutscht ist.

Mit rotem Kopf richte ich mich wieder auf, doch der gerade eingetretene Besucher lehnt schon vor mir an der Theke. Mann, ist der schnell. Als sein Schatten mein Gesicht trifft, öffne ich den Mund zu einem freundlichen »Hallo!«, doch in der nächsten Sekunde bekomme ich keinen Ton heraus. Mein Hirn ist plötzlich wie leergefegt.

Mit riesigen Augen starre auf einen marineblauen Mantel über breiten Schultern. Ein durchgeknöpftes dunkles Hemd schaut darunter hervor, dessen Ausschnitt einen schlanken Hals umschließt. Darüber hebt sich ein markant geschnittener Kiefer mit glatter Haut ab. Und …

Das Blut schießt mir ins Gesicht. Denn ich blicke geradewegs in das leuchtende Grün, das mich seit gestern Abend nicht mehr losgelassen hat.

5

»Einmal Hotel dû Nord.«

Entgeistert glotze ich den Typen an, der mit leicht abgewandtem Kopf vor mir an der Theke lehnt. Obwohl er geflissentlich an mir vorbei sieht, weiß ich es, spüre ich es wie einen Puls in den Schläfen, dass seine Augen in einem brennenden Grün leuchten. Allein die Aussicht, im nächsten Moment in diese kalte, flackernde Farbe einzutauchen, lässt meine Knie weich werden. Unwillkürlich kralle ich die Finger in die Theke, um nicht umzukippen. Verdammt, was macht er hier, ausgerechnet hier?

»Hotel dû Nord, der Film«, wiederholt der Typ, sein Ton klingt plötzlich ungeduldig. Als sein Blick zu mir herüber schwenkt, fängt mein Magen Feuer. Heißes Kribbeln schießt von meiner Körpermitte in meine Arme und Beine. Seine Augen verengen sich, und er fährt sich durch sein dichtes, dunkles Haar, das ihm in der nächsten Sekunde wieder ins Gesicht fällt.

»Du – äh ...«, stammele ich. »Ich kann ... oh!«

Eine Hand legt sich auf meinen Arm, und ich zucke heftig zusammen. Ein herbes Parfüm steigt mir in die Nase. Peter!

»Mila, wie guckst du denn? Alles okay? Oh, hallo!« Ungeniert betrachtet mein Chef den jungen Mann von oben bis unten. Dieser wiederholt ziemlich unterkühlt: »Ich möchte den Film sehen. Hotel dû Nord.«

Peter schubst mich zur Seite, was ich nur am Rande mitbekomme, und reißt ihm eine Karte ab. »Bitte schön, das macht sechs Euro. In fünf Minuten geht's los. Noch ein Getränk?«

Als der Typ den Kopf schüttelt, nickt ihm Peter zu: »Hier, dein Wechselgeld. Wenn noch was ist, melde dich gerne bei uns. Viel Spaß!«

Er weist mit dem Daumen in Richtung des Kinosaals. Wieder explodiert fast mein Herz, als mich der Blick des Kerls streift. Eine Sekunde zu lang starrt er mich an, doch ich weiß nicht, ob er mich wiedererkennt, denn sein Ausdruck bleibt kühl und flackert keinen Wimpernschlag. Meine verschwitzten Hände krampfen sich um die Theke. Oh Mann, was ist nur mit mir los?

Verdattert blicke ich ihm nach, wie er auf den Kinosaal zugeht. Sein Gang ist zielstrebig, und er hat den Kragen seines Mantels hochgeschlagen. Hinter ihm schließt sich die schwere Tür mit einem leisen Schnappen. Seine Stimme mit dem leichten, weichen Akzent bleibt in der Luft hängen.

»Einmal Hotel dû Nord.« »Ich möchte den Film sehen.« »Hotel dû Nord, der Film.«

Ich lasse mich auf meinen Stuhl fallen und streiche mir mit beiden Händen die Haare aus der Stirn. Was ist das nur für ein Akzent? Irgendwie kommt er mir bekannt vor, obwohl ich nicht sagen kann, woher. Stammt der Kerl vielleicht aus Frankreich? Oder aus Kanada? Immerhin sieht er sich einen Film auf Französisch an. Und an wen erinnert er mich nur? Ich kenne doch niemanden aus – äh, wo auch immer.

Erst als Peter mich wieder an der Schulter berührt,

blicke ich auf.

»Mila, Schätzchen, was ist eigentlich los? Geht's dir nicht gut? Du bist so blass und zitterst ja!« Er will mir die Hand auf die Stirn legen, aber ich winke ab und versuche zu lächeln, was sich in meinem Gesicht irgendwie komisch anfühlt: »Nein, nein, es ist nichts.«

»Bist du sicher?«, er blickt mich prüfend an und dreht sich dann nachdenklich zum Kinosaal. »Ein interessanter Typ war das gerade. So jemand ist hier noch nie reingeschneit. Hast du gesehen? Er hat mit einem nagelneuen Hundert-Euro-Schein bezahlt. Ich hab kaum das Wechselgeld zusammenbekommen. Der arme Kerl, jetzt klimpert er auf dem Weg nach Hause.«

Froh über Peters Plauderstimme lache ich an den passenden Stellen, bevor ich mich fast an der Luft verschlucke, als er neugierig fortfährt: »Sag mal, Schatz, kennst du den Knaben irgendwoher? Du stehst ja jetzt noch vollkommen neben dir. Was ist los? Du hast doch nicht etwa einen Verehrer, von dem du mir nicht erzählt hast? Ich wusste immer, dass du es faustdick hinter den Ohren hast.«

Verblüfft schüttele ich den Kopf. »Quatsch. Eigentlich kenne ich ihn gar nicht ...«

Plötzlich wird mir klar, was ich für einen verrückten Eindruck auf den Kerl gemacht haben muss. Gestern bin ich mit wilder Kriegsbemalung vor ihm aufgetaucht, und heute kriege ich bei seinem Anblick keinen Ton heraus. Am Ende bildet er sich noch was darauf ein, dass mich sein Auftritt komplett ausgeknockt hat. Hoffentlich habe ich nicht gesabbert. Hastig fahre ich mir über den Mund und spüre, wie ich wieder rot werde, als ich Peters verschmitztes Lächeln bemerke. Er streicht langsam seinen Frack glatt.

»Ich kann dich verstehen, was für ein hübscher Kerl«, schnurrt er. »So groß und schlank. Irgendwie geheimnisvoll. Und diese Augen!«

Ich rücke meine Brille zurecht. »Ehrlich, ich kenn den Blödmann überhaupt nicht!« Aber tolle Augen hat er allemal.

Mir geht ein Stich durchs Herz, als ich an mein verschmiertes Bild denke, das seine Eisaugen inspiriert haben. Ich unterdrücke ein Seufzen und begrüße die beiden Frauen, die gerade am Schalter auftauchen.

Obwohl Peter gerade noch um meine Gesundheit besorgt war, verdonnert er mich fünf Minuten später zum Putzen. Brummend krame ich Besen, Lappen und Eimer hervor und stopfe das zerknickte, weiterhin blanke Bewerbungsformular für 'Die Schule der Kunst' zurück in meine Tasche. Das ist Geschichte. Vorbei. Endgültig. Ich habe mich schließlich entschieden.

Insgeheim bin ich froh, dass meine Hände beschäftigt sind, so komme ich wenigstens auf andere Gedanken. Während ich die Theke abschrubbe, erwische ich mich dennoch dabei, wie ich aus dem Augenwinkel immer wieder Blicke auf die geschlossene Tür zum Kinosaal werfe.

Was für ein unglaublicher Zufall, dass der Kerl heute in den Filmpalast kommt und ich ihn hier wiedersehe. Hat so ein Business-Typ nichts Besseres zu tun, als sich nach Feierabend den uncoolsten Film aller Zeiten anzusehen? Oder interessiert er sich wirklich für französische Schwarz-Weiß-Schinken? Das wäre ja noch verrückter.

Das feuchte Tuch in der Hand starre ich in die schmierige Plastikscheibe der Popcornmaschine, in der sich mein Gesicht spiegelt. Meine Wangen leuchten verdächtig rot, und mein Magen flattert weiterhin wie ein hyperaktiver Kolibri.

Ich nage an meiner Unterlippe. Kann das bitte mal aufhören? Ich brauche dringend einen Tapetenwechsel.

»Ich hole neue Getränke rauf«, rufe ich dem verdutzten Peter zu, bevor ich die Treppe in den Keller hinunterstapfe. Als ich ächzend eine staubige Kiste hochschleppe, ist »Hotel dû Nord« gerade zu Ende und die Zuschauer verlassen den Saal. Die anderthalb Stunden sind wie im Flug vergangen. In der hohen Halle summen die Stimmen, und die Eisentür zum Kinosaal schnappt immer wieder zu.

Ich lasse die Kiste fallen und stemme die Hände in die Hüften, um tief Luft zu holen. Wie war das nochmal mit meiner Kondition? Mir wird schon ganz schlecht, wenn ich nur entfernt an die Doppelstunde Hockey denke, die mir morgen bevorsteht. Ich schneide eine Grimasse und drehe mein schmerzendes Handgelenk hin und her. Die Kiste zu tragen war keine gute Idee. Dr. Braun hat doch vorhin noch betont, dass ich die Hand schonen soll. Kurzentschlossen schiebe ich die Plastikkiste mit den Füßen bis zur Getränkeauslage vor mir her.

Mittlerweile ist es ruhig geworden. Die Popcornmaschine knistert vor sich hin, und das Gemäuer knackt. Die beiden Frauen, denen ich vorhin die Tickets verkauft habe, schlendern auf den Ausgang zu und unterhalten sich leise.

Ich drehe mich um. Wo bleibt das Grünauge? So langsam könnte er sich auch mal ins Foyer bequemen. Alle anderen sind doch schon weg.

Ist er vielleicht in der Vorstellung eingeschlafen? Das könnte ich ihm nicht mal übelnehmen. Der Film war garantiert nicht gerade spannend. Ich weiß nicht, wie oft ich schon gedacht habe, dass der Filmpalast ein ziemlich teurer Schlafplatz ist.

Ich hebe zwei Colaflaschen aus dem Kasten und erstarre in der Bewegung, als mir ein erschreckender Gedanke kommt.

Oh nein – hatte er vielleicht wieder einen Anfall und liegt nun im Mittelgang des Saals, zuckend, keuchend, hustend? Kalte Gänsehaut kribbelt meinen Nacken hinauf.

Ich werfe die Flaschen zurück und durchquere die Halle in Richtung Kinosaal, wo ich einen Moment lang vor der schweren Tür stehen bleibe. Plötzlich habe ich ein merkwürdiges Gefühl. Will ich ihm schon wieder in einer so unbequemen Situation begegnen? Was ist, wenn er erneut auf mich losgeht? Schließlich hat er gestern unmissverständlich klar gemacht, dass ich ihn in Ruhe lassen soll. Sollte nicht lieber Peter nachsehen, ob alles in Ordnung ist?

Ich presse die Hände zu Fäusten.

Ach, Quatsch. Mit dem Grünauge werde ich schon fertig. Er ist ein ganz normaler verrückter Typ.

Ich reiße die Tür auf und stolpere in den Saal. Sofort schlägt mir ein süßlich-staubiger Geruch entgegen, der den Plüschsitzen und den mit kratzigem Stoff überzogenen Wänden entsteigt. Der Raum ist hell erleuchtet und ein dicker Vorhang vor die Leinwand an der rechten Seite gefallen. Das Summen der auslaufenden Tonspur liegt in der Luft, und vor meinen Augen glitzert der Staub.

Ich runzle die Stirn und recke den Hals, bevor ich

langsam die Treppen hinauf steige, um in die Sitzreihen zu blicken. Mit jedem Schritt beschleicht mich ein beklemmenderes Gefühl. Wo steckt der Kerl?

Ganz oben angekommen lasse ich mich auf die Knie nieder und gucke unter die absteigenden Sitze, aber – nichts. Nur eine Menge Staub zwischen Popcorn- und Papierresten. Keine Gestalt, kein Husten, keine Bewegung.

Er ist nicht hier. Aber – wie kann das sein? Zum Ende der Vorstellung stand ich direkt hinter der Theke, und alle Zuschauer mussten an mir vorbeigehen. Ich hätte vorübergehend erblindet sein müssen, um den Kerl zu übersehen. Was ist passiert?

Ich rappele mich auf und drehe mir langsam die Haare über die Schulter. Der Typ wird mir immer unheimlicher. Er hat sich doch tatsächlich in Luft aufgelöst.

Das gibt's doch nicht, denke ich immer noch, als ich mich wenig später auf den Weg zu Marie mache. Ein feuchter Nieselregen bläst mir entgegen, und ich vergrabe die kalten Hände in den Jackentaschen.

Wie kann er einfach so verschwinden? Selbst wenn er vor Ende der Vorstellung abgehauen wäre, hätte er im Foyer an mir vorbei marschieren müssen. Unmöglich, dass ich ihn nicht bemerkt habe. Ich war doch nur fünf Minuten im Keller.

In der Gasse kicke ich einen feuchten Stein vor mir her und biege schließlich um eine Ecke, die auf eine breite Hauptstraße führt. An deren Ende wohnt Marie mit ihrer Familie in einem aufwendig renovierten Altbau. Die Laternen stehen hier dicht beisammen, sodass der Asphalt in ein warmes gelbes Licht getaucht wird, das sich in kleinen Pfützen und den nassen Windschutzscheiben der Autos spiegelt. Viele Kneipen und Bars sind noch geöffnet. Stimmen und das Scheppern von Geschirr liegen in der Luft und übertönen sogar das Pfeifen des Windes. Auf der gegenüberliegenden Seite spaziert eine Gruppe junger Männer, die klirrend mit ihren Flaschen anstoßen. Autos donnern an mir vorbei und spritzen dunkles Wasser auf.

Als ich in Gedanken vertieft an einer U-Bahnstation vorbeilaufe, gerate ich plötzlich in einen Strom aus Pendlern und Nachtschwärmern. Dutzende Menschen stoßen und drängen gegen mich, sodass ich mich an meiner Tasche festhalten muss. Rot, Blond, Schwarz – unterschiedlichste Haarfarben tanzen vor meinen Augen.

Menschenmassen mochte ich noch nie, daher kämpfe ich mich mit den Ellenbogen voran, doch – da!

Ich bleibe stocksteif stehen und ignoriere die Frau im schicken Kostüm, die über meine Füße stolpert und mir einen wütenden Blick zuwirft.

Oh. Mein. Gott. Das glaub ich jetzt nicht. Mein Herz macht einen Sprung. Denn ich sehe ihn. Ihn. Den Typen mit den kalten, grünen Augen.

Losgelöst von der Menschenmenge steuert sein wilder Haarschopf auf die andere Straßenseite zu, wo sich ein Schnellimbiss neben einem geschlossenen Kiosk befindet.

Ein Adrenalinstoß geht durch meinen Körper, und ich zwänge mich an den Menschen vorbei, um den Typen nicht aus den Augen zu verlieren. Ein Mann mit Schirmmütze versetzt mir einen Stoß, als ich ihn anrempele, aber ich winde mich schnell an ihm vorbei, bis ich endlich frei bin und auf die feucht glitzernde

Straße springe. Meine Hand schießt nach vorne, und ohne nachzudenken packe ich den grünäugigen Kerl am Arm, bevor er zwischen zwei geparkten Autos auf den Bürgersteig treten kann. Sein Gesicht schnellt zu mir herum – und ich erstarre. Plötzlich bin ich total verwirrt und kriege keinen Ton heraus. Kalt pfeift der Wind in meinen Ohren.

Erst als mich ein Kleinwagen wütend von der Seite anhupt, erwache ich aus meiner Regungslosigkeit. Oh, verdammt, ich stehe ja mitten auf der Straße!

Hastig mache ich einen Schritt nach vorne und stoße dabei den Typen vor mir fast um. Dieser stolpert zurück und starrt ungläubig zwischen meiner Hand auf seinem Arm und meinem Gesicht hin und her. Er ist etwa zwanzig und trägt eine schwarze Lederjacke. Seine mandelförmigen Augen leuchten hellblau – wie Katzenaugen. In seinem Mundwinkel sticht mir eine fast verheilte Wunde ins Auge. Trotzdem sieht er ziemlich gut aus. Irgendwie erschöpft, gleichzeitig so unerreichbar attraktiv wie ein Filmstar. Doch –

Ich lasse den Mann abrupt los und trete einen Schritt zurück.

»Tut mir leid, ich – ich hab dich verwechselt«, stottere ich und presse meine Faust gegen die Brust. »Ich dachte – ich dachte, du wärst jemand anders.«

Bevor er etwas erwidern kann, drehe ich mich um und renne zurück auf die andere Straßenseite, auf der sich immer noch die Menschen drängeln.

Mein Herz pocht bei jedem Schritt. Was war das denn jetzt? Wie konnte ich diesen Kerl mit dem Eisauge verwechseln? Er sah doch total anders aus und trug nicht mal einen Mantel. Und: seine Augen waren nicht grün!

Ich sollte mir dringend eine neue Brille zulegen, denn ich hab definitiv einen schlimmen Sehschaden. Ich grabe die Fäuste tief in meine Jackentaschen und ignoriere das Ziehen in meinem Handgelenk.

Ein Mann mit einem großen Hund an der Leine kommt mir entgegen. Das bullige Tier sieht genauso schlecht gelaunt aus wie sein Herrchen. Es hat aufgehört zu nieseln, dafür ist es nun bitterkalt. Eine Vibration an meiner Hüfte reißt mich aus meinen Gedanken. Es ist Marie.

»Hey«, sage ich ins Telefon. Der rauschende Wind trägt meine Stimme davon wie ein loses Blatt Papier. »Ich bin gleich da. Ich kann schon euer Haus sehen.«

»Super!«, sagt Marie. »Ich hab schon Angst gehabt, du hättest deine beste Freundin wieder vergessen. Kannst du uns noch 'ne Tüte Chips mitbringen? Ich hab gerade total Lust auf dieses scharfe Paprikazeug, das wir letztens gegessen haben. Weißt du, welches ich meine?«

»Klar«, antworte ich. »Danach mussten wir nochmal los, um mindestens drei Kästen Wasser zu kaufen. Mann, die Dinger waren vielleicht scharf!«

Ich kann hören, wie Marie grinst. »Dieses Mal sind wir nicht so vornehm und trinken einfach aus dem Hahn. Bringst du 'ne Tüte mit? Die Tankstelle um die Ecke müsste die Chips haben.«

»Mach ich«, sage ich. »Bis gleich.«

Die Tankstelle befindet sich an der Rückseite von Maries Haus. Groß und gelb leuchtet das Schild im dunkelvioletten Abendhimmel. Ein Auto parkt an einer Zapfsäule, ansonsten ist alles leer. Die brünette Verkäuferin sitzt gelangweilt hinter dem Schalter und spielt mit ihrem Handy. Dudelige Radiomusik liegt in der Luft.

Schnell laufe ich in den steril ausgeleuchteten Gang mit den Snacks und Süßigkeiten und suche mit gerunzelter Stirn nach der richtigen Marke.

Mist, ausgerechnet heute sind die Dinger ausverkauft. Ich schnaube einmal kurz und krame das Handy hervor, um Marie nach einer guten Alternative zu fragen. Aber ich komme gar nicht so weit, das Telefon ans Ohr zu drücken, denn plötzlich packt mich eine feste Hand am Oberarm und zerrt mich herum.

Erschrocken stolpere ich zurück – und sehe mich im nächsten Moment in einem Paar grüner Eisaugen gespiegelt.

»Du?!« Ich schnappe nach Luft.

Vor mir steht der Kerl aus dem Kino. Der Typ von gestern Abend. Innerhalb einer Sekunde weiß ich, dass es diesmal der richtige ist. Sein Matrix-Mantel lässt den Blick auf das dunkle, durchgeknöpfte Hemd frei, und das wilde Haar fällt ihm ins Gesicht. Ein heftiges Déjà-vu durchfährt mich.

»Spinnst du? Lass mich sofort los!«, ich will meinen Arm wegziehen, doch er hält mich fest.

»Komm mit raus«, knurrt er.

»Wieso? Was willst du?«, frage ich mit hämmerndem Herzen, doch er unterbricht mich kalt: »Keine Fragen, komm schon mit.«

Er zerrt mich aus dem Gang nach draußen. Kurz überlege ich, ob ich bei der Angestellten um Hilfe rufen soll, aber ich bin so perplex, dass ich mich wie eine Verbrecherin abführen lasse.

Draußen fegt mir ein eisiger Wind entgegen. Der Typ bugsiert mich im Polizeigriff um das Gebäude herum. Als wir vor der dunklen Seitenwand der Tankstelle ankommen, reißt er mich so heftig zu sich herum, dass mir das Handy aus den Fingern fliegt und splitternd auf den Asphalt kracht.

»Bist du bescheuert?«, schreie ich ihn an. »Was hab ich dir getan? Lass mich endlich los!« Ich zerre wie verrückt an meinem Arm und überraschend lockert sich sein Griff, sodass ich ein paar Schritte zurückfalle und mit der Schläfe gegen die Hausmauer knalle. Ein scharfer Schmerz fährt durch meinen Schädel, und Sterne blitzen vor mir auf.

Verschwommen merke ich, wie der Kerl auf mich zu tritt und beide Hände auf meine Schultern drückt, um mich an die Mauer zu pressen. Erst wackelt mein pochender Kopf wie der einer Puppe hin und her, dann sehe ich wieder klar. Und zucke heftig zusammen.

Zwei leuchtend grüne Augen blitzen mich im Schein einer Straßenlaterne an. Mir läuft es kalt den Rücken hinunter. Der Typ beißt die Zähne zusammen und beugt sich zu mir herab, sodass sein Gesicht nur wenige Zentimeter von meinem entfernt ist.

»Warum?«, flüstert er im Rauschen des Windes. Der Duft seiner Haut steigt mir in die Nase und bringt mich vollkommen aus dem Konzept. Mit einem Mal wünschte ich, er würde mich küssen, und ich weiß selbst nicht, wie ich in dieser abgedrehten Situation auf so was komme. Vorsichtshalber presse ich die Lippen aufeinander.

»Sag schon, warum das Ganze? Was willst du?« Seine Stimme klingt beherrscht und ruhig, doch das ist nur Fassade. Ich spüre die Wut in ihm brodeln.

»Das Gleiche könnte ich dich fragen«, antworte ich und kann nicht verhindern, dass meine Unterlippe zu beben anfängt. »Ich weiß nicht, was du meinst. Ich hab überhaupt nichts getan.«

Sein Blick bohrt sich tiefer in meinen, und mein Herz macht einen hastigen Sprung. Dieses Grün!

»Du lügst«, stellt er fest. Sein Akzent ist plötzlich deutlich wahrnehmbar. »Ich weiß, dass du mich verfolgst. Aber du kannst dir die Mühe sparen, ich habe mich entschieden: Ich werde nicht zurückkommen. Und jetzt will ich wissen, wer du bist. Wie lautet dein Auftrag?«

»Auftrag? Hast du sie noch alle?«, mein verkrampfter Körper beginnt in seiner Umklammerung zu zittern. »Es gibt keinen Auftrag, und ich hab dich nicht verfolgt. Lass mich jetzt sofort los!«

»Dann antworte mir endlich! Wer hat dich geschickt? Kommst du von Hana?«, sein Griff um meine Schultern wird fester und schnürt mir das Blut ab. »Wer bist du, verflucht?«

Hana? Geschickt?

Ich schüttele den Kopf, dabei sticht meine Schläfe. »Niemand hat mich geschickt!«, fauche ich. »Wirst du gesucht? Wohin willst du nicht zurückgehen? Verdammt, ich weiß nichts!«

»Verkauf mich nicht für dumm, ich hab dich längst durchschaut! Gestern bist du aus dem Nichts vor mir aufgetaucht, und heute arbeitest du zufällig in dem Kino, das ich besuche?! Ich habe extra die Vorstellung früher verlassen, also erzähl mir nicht, dass das alles nicht geplant war! Wer steckt mit dir unter einer Decke?«

Sein Blick schweift ab, erst nach rechts, dann nach links, als wollte er prüfen, ob es sich hier um eine Falle handelt. Als niemand aus dem Hinterhalt auf ihn zustürzt, funkelt er mich wieder böse an. Seine Pupillen schwimmen merkwürdig klein in dem kalten Grün.

Ich werde rot. Diesmal vor Wut. »Du bist nicht der Mittelpunkt der Welt. Das waren nun mal alles Zufälle. Ich kann nichts dafür, dass ich in die gleiche Richtung musste wie du. Wenn ich gewusst hätte, wie das ausgeht, wäre ich woanders lang gegangen, glaub mir!«

»Aber warum hast du mich im Kino so angestarrt? Was willst du von mir?«

Meine Schläfen pulsieren. »Ich – ich wollte nur ...« Ich beiße mir auf die Lippe. »Ich war total überrascht, dich so plötzlich im Filmpalast wiederzusehen, und da hat wohl kurzzeitig mein Hirn ausgesetzt. Gestern Abend hast du so schrecklich gehustet, dass ich mir Sorgen gemacht hab. Und deine Augen, die haben mich – ach, egal. Tut mir leid, wenn ich dich seltsam angesehen hab, das war keine Absicht. Aber ich habe ehrlich keinen Auftrag, dir nachzusteigen.«

Keine Ahnung, ob ich ihn wirklich von meiner Unschuld überzeugt habe, aber seine Hände lassen mich los. Ich rappele mich auf. Unsichtbare Regentropfen sprühen auf mein Gesicht und laufen in meinen Jackenkragen. Irgendwo hupt wütend ein Auto.

»Du hast dir Sorgen um mich gemacht?«, wiederholt er.

Ich spüre, wie mein Kopf wie ein Lampenschirm zu glühen anfängt. Oh Mann. Warum kann ich nicht einfach mal meine Klappe halten?

»Meinst du das ernst?«, fragt er. Seine dunklen Brauen zucken.

Das Blut pocht in meinem Kopf. Ich nicke schließlich, worauf er mich noch entgeisterter anstarrt. Nein, nicht nur entgeistert. Er sieht fassungslos und wütend gleichzeitig aus.

Mein Herz beginnt wieder zu rasen. Denn plötzlich weiß ich, woher ich ihn kenne.

6

Ich bin acht, und es ist Hochsommer. Mein Vater lebt noch. Die Luft ist warm, und das rote Kleid klebt an meinen nackten Knien. Trotzdem klettere ich Papa auf den Schoß.

Im Sonnenlicht, das durch das Fenster fällt, flimmert der Staub und rieselt auf die zerkratzen Schallplatten und die Instrumente, auf denen Papa so herrlich spielen kann. An der Wand steht ein glänzendes Klavier, und auf einem Regalbrett stapeln sich unterschiedlich große Gitarren.

Die schattigen Seiten des Arbeitszimmers schmücken zahlreiche verblichene Bilder – Originalzeichnungen zwischen Kunstdrucken –, die ohne pompöse Glasrahmen an die Tapete gepinnt sind. Auf Papas Knien starre ich auf das zart gemalte, vielmehr getupfte Doppelportrait, das direkt über dem Schreibtisch aus Kirschholz hängt. Ich habe es schon hundertmal angesehen, und trotzdem zieht es meinen Blick immer wieder magnetisch an.

Das Bild zeigt einen Mann neben einer jungen Frau. Ihr schmales Gesicht ist hübsch und besteht fast nur aus großen grauen Augen, die mich freundlich anlächeln. Der Mann hat den Arm um ihre Schultern gelegt. Seine wilden, dunkelbraunen Haarspitzen verschwimmen fast mit dem graublauen Hintergrund. Er hat den Kopf leicht abgewandt, doch sein Blick ist wach und klar. Am meisten fasziniert mich die Farbe seiner Augen: Sie leuchten in einem blendenden Grün, das mir direkt in den Bauch schießt. Und obwohl seine Mimik glatt wie das ruhige Meer erscheint, spüre ich, wie unter der Oberfläche Wut und Verwirrung brodeln.

Ich frage mich jedes Mal, woran er denkt und warum er so zornig ist.

»Das Portrait hat ein guter Studienfreund vor über zehn Jahren gemalt. Das sind seine Ehefrau und er selbst, als sie beide noch sehr jung waren, Ludmilla«, erzählt Papa wie immer, wenn er merkt, dass ich das Doppelportrait ansehe. Er drückt sein stoppeliges Kinn auf meinen Kopf. Er riecht nach dem Stoff seines weichen Hemdes und nach Staub. Seine Hände sind warm. »Ich habe ihn lange nicht mehr gesehen. Wahrscheinlich sieht er heute völlig anders aus. Aber er hat den Kern, den ihn und seine Frau damals ausgemacht hat, meisterhaft eingefangen. Seine Frau ist – war immer eine sehr sanfte, ruhige Person, und er selbst – nun, manchmal hatte er seine Gefühle nicht unter Kontrolle. Aber wer hat das schon, wenn er jung ist und die Welt verändern will? Wenn ich das Bild betrachte, habe ich das Gefühl, als sei überhaupt keine Zeit vergangen. Als könnte er jederzeit ins Zimmer treten und sagen: 'Hallo, Louis, wie geht's?'«

Papa schweigt kurz. »Ludmilla, irgendwann wirst du auch so ein beeindruckendes Portrait malen. Ich bin schon gespannt, wen es zeigen wird.«

Doch dazu ist es nie gekommen; nicht mal ein Jahr später wurde Papa krank und hatte immer weniger Kraft, sich Zeit für meine Bilder zu nehmen. Aber diese reichten sowieso nie an den Maßstab des Portraits aus seinem Arbeitszimmer heran.

Papa ...

***

Mit dem kleinen Finger fahre ich die rote Schramme an meiner Schläfe nach und beobachte die langsame Bewegung im Spiegel.

Ich sehe ein bisschen wie ein verschreckter Panda aus: Die Wimperntusche ist verschmiert und kringelt sich in schwarzen Linien um meine Lider. Ich nehme die Brille ab und wische die verlaufene Schminke halbherzig mit einem Papiertuch weg.

Insgesamt finde ich mein Aussehen aber ganz okay – in Anbetracht der Tatsache, dass ich gerade den schlimmsten Tag meines Lebens durchmache. Und abgesehen von den Haaren, die nicht zu retten sind.

Ich löse den feuchten Zopf und fahre mir mit den Händen durch die dicken, verknoteten Strähnen.

Keine Verbesserung. Ich runzle die Stirn, und meine Schläfe sticht zur Antwort. Egal, das Kind ist sowieso schon in den Brunnen gefallen. Ich ziehe meine zerknitterte Jeans zurecht, bevor ich aus dem Waschraum in den düsteren Innenbereich des Cafés trete.

In dieser regnerischen Montagnacht ist in dem billigen Stehcafé neben der Tankstelle nicht viel los. Der Besitzer hat sich hinter der Theke verschanzt und schaut auf seinem Tablet eine ausländische Fußballübertragung.

Ich schiebe mich durch die altmodische Glastür ins Freie, wo unter dem Vordach ein paar runde Stehtische aufgebaut sind. Es ist ziemlich kalt, und selbst die Busfahrer, die man hier dauernd stehen und selbstgedrehte Zigaretten rauchen sieht, sind schon nach Hause gegangen. Nur an einem der mit blauem Tuch überzogenen Tische lehnt eine einzelne Person: ein junger Typ in einem für diese Gegend unerwartet schicken Mantel. Er dreht mir den Rücken zu und rührt mit einem Stäbchen in seinem Plastikbecher.

Die Tür schnappt hinter mir leise ins Schloss, und ich bleibe abrupt stehen. Ich kann nicht glauben, dass der Kerl tatsächlich noch dort steht, wo ich ihn vor ein paar Minuten verlassen habe. Unauffällig blicke ich mich um. Wo bleibt der aufgekratzte Moderator von »Die versteckte Kamera«? Ich rechne fest damit, dass er in der nächsten Sekunde auf mich zu stürzen und mir sein puscheliges Mikro unter die Nase halten wird.

»Frau Grimm, Sie haben doch nicht ernsthaft geglaubt, dass dieser gutaussehende junge Mann Sie erst angreift, als wären Sie ein Profi-Killer – und Sie danach auf einen Kaffee einlädt? Hahaha! Köstlich, meine Damen und Herren, sie hat's geschluckt!«

Ich verdrehe die Augen. Ehrlich, total witzig. Das schadenfrohe Flüstern des Publikums im Ohr hole ich einmal tief Luft.

Als würde der Typ meine Anwesenheit spüren, dreht er sich zu mir um. Mein Magen hüpft unter seinem Blick einmal heftig auf. Rasch trete ich auf ihn zu. Er hat einen Ellenbogen auf den Tisch gestützt und blickt mich unter seinen dunklen Haarsträhnen direkt und irgendwie abschätzig an. Unter seinem geöffneten Mantel blitzt das anthrazitfarbene Hemd hervor, das bis zum Hals zugeknöpft ist.

Trotz der Minustemperaturen steigt mir die Hitze ins Gesicht, und ich greife schnell nach dem zweiten

Plastikbecher, aus dem es verheißungsvoll nach billigen Kaffeebohnen duftet. Meine Finger fangen an zu prickeln. Die Lust, sein Gesicht zu malen, ihn genau anzusehen, seine seltsam vertrauten Züge auf Papier zu bannen, pulsiert in meinem Körper. Ich frage mich, ob ich die merkwürdige Aura, die ihn umschließt, mit meinem Stift einfangen könnte.

»Danke«, sage ich. »Für den Kaffee. Den kann ich jetzt gut gebrauchen. Mein Kopf dreht sich noch ein bisschen.«

»Vielleicht solltest du dich lieber von einem Arzt untersuchen lassen. Deine Schläfe hat einen ziemlichen Schlag abbekommen«, antwortet er. Sein Ton ist heiser und ganz anders als draußen auf der Straße. Undeutlich schwingt sein Akzent mit.

»Nein, alles okay. Das ist nur ein Kratzer«, sage ich. Auf noch mehr Arztbesuche kann ich gut verzichten.

Der heiße Becher wärmt meine kühlen Fingerspitzen. Langsam drehe ich mein schmerzendes Handgelenk hin und her. »Du hast mich echt erschreckt mit deinem Angriff. Ich hab fast einen Herzinfarkt bekommen.«

»Ich dachte, du gehst mir nach, und das hat mir nicht gefallen«, erwidert er knapp.

»Das war unschwer zu erkennen«, gebe ich zurück. Mein Atem schlägt Wölkchen in die Luft. »Wenn du deine wirklichen Verfolger genauso angreifst, dann tun sie mir irgendwie leid. Wer ist eigentlich hinter dir her? Bist du aus dem Gefängnis geflohen?«

Eine Windbö pfeift unter dem Dach hindurch und zerrt an meinen zerzausten Haaren. Ich streiche sie mir aus den Augen und trinke dabei aus meinem Becher. Der Kaffee ist viel zu heiß, als dass man etwas schmecken könnte, aber so mag ich ihn am liebsten.

Der Typ starrt irgendwie abwesend in den Grund seines Bechers. Als er den Blick hebt, sind seine Brauen zusammengezogen.

»Nein, natürlich nicht aus dem Gefängnis«, antwortet er, und ich habe das Gefühl, dass er gerne »viel schlimmer« hinzufügen würde. Stattdessen erklärt er kühl: »Du solltest deine Nase nicht in fremde Angelegenheiten stecken. Das kann gefährlich ausgehen.«

Ich schnaube. »Fremde Angelegenheiten? Du hast mich überfallen und nicht umgekehrt. Ich bin vollkommen unschuldig.«

Er starrt mich an. Ich starre zurück. Dann fährt er sich wieder und fast schon gehetzt durchs Haar. »Niemand ist hinter mir her. Ich kann es nur nicht leiden, wenn man mich anstarrt. Dabei habe ich ein schlechtes Gefühl. Es ist alles in Ordnung.«

Ich runzle die Stirn. »Bist du sicher?«

Er nickt.

Na schön, denke ich und zermartere mir das Hirn nach einem unverfänglicheren Thema, dabei war Smalltalk noch nie meine Stärke.

»Warst du schon mal in diesem Café?«, frage ich schließlich. »Ist doch ganz nett hier, oder?« Ich lasse den Blick schweifen: schmuddelige Tische, billiger Kaffee, zwielichtige Gegend. Wirklich supernett. Ich schlage mir in Gedanken gegen die Stirn.

Er hebt zur Antwort nur einen Mundwinkel, und ich sehe mich sicherheitshalber nochmal nach dem Team von »Die versteckte Kamera« um. Niemand da. Komisch. Wo bleiben sie?

Verstohlen beobachte ich, wie er langsam aus seinem Kaffeebecher trinkt und diesen dann zurück auf den Tisch stellt. Hinter seinem Rücken leuchten die

Scheinwerfer der vorüberfahrenden Autos. Die Lichter erinnern mich irgendwie an Weihnachten; wie Schneeflocken tanzen sie in der nieselnden Dunkelheit und erhellen für ein paar Sekunden sein Gesicht mit den dunklen Brauen und den dichten Wimpern. So aggressiv und wütend er vorhin noch gewirkt hat, kommt er mir nun unendlich einsam vor, als wäre er ganz allein auf der Welt – auch wenn er diese Einsamkeit hinter einer selbstgefälligen und coolen Fassade zu verbergen versucht.

Ich schüttele den Kopf. Als ob so ein attraktiver, elitärer Typ lange einsam bleibt! Vielleicht ist er ein bisschen verschlossen und paranoid, aber er kann sich vor Verabredungen bestimmt kaum retten. Er sieht ja wirklich – nett aus.

Was rede ich da? Mit seinen breiten Schultern und den leuchtenden Augen ist er »superhot«, wie Marie sagen würde.

Oh Mann, kann dieses Zwiegespräch in meinem Kopf bitte aufhören? Ich trinke schnell aus meinem Becher. Was würde Marie in meiner Lage machen? Vermutlich würde sie den Typen bei den Schultern packen und ihn so lange schütteln, bis er ihr die ganze Wahrheit erzählt hat: Wer er ist, vor wem er davonrennt und warum. Und ob er wirklich so vereinsamt ist, wie er aussieht. Und dann würde sie ihn nach seiner Nummer fragen, und – ich erstarre.

»Oh, verdammt«, entfährt es mir. »Mist!«

Der Typ blickt auf und fährt sich mit dieser für ihn typischen Bewegung durchs Haar, die gleichzeitig verwirrend wie anziehend wirkt.

»Ich hab total vergessen, dass ich mit meiner Freundin verabredet bin!«, ich zerre meine Tasche auf den hohen Tisch. Der Stoff fühlt sich schon ganz kalt und klamm an. »Ich muss ihr kurz Bescheid sagen, dass ich mich verspäte. Sie macht sich sicher schon Sorgen, wo ich bleibe.« Was definitiv untertrieben ist. Marie ist bestimmt schon halb durchgedreht. Ich kann froh sein, wenn sie nicht wieder meine Mutter im Krankenhaus angerufen und in blinde Panik versetzt hat, wie vor ein paar Monaten, als ich nach der Arbeit in der Straßenbahn eingeschlafen und zwei Stunden lang wohlbehütet im Kreis gefahren bin, ohne Maries oder Mamas Anrufe zu bemerken.

Ich ziehe hastig den widerspenstigen Reißverschluss auf, um nach meinem alten Smartphone zu kramen. Als ich es endlich in der Hand halte, schneide ich eine Grimasse. Ich hätte nicht gedacht, dass sich sein Zustand noch verschlechtern könnte, aber durch den Schlag auf den Asphalt ist das Display gesplittert. Mist. Hoffentlich funktioniert es noch. Okay, das Display leuchtet schon mal auf.

»Das sieht ja nicht gerade fit aus«, stellt der Typ fest. Sein arroganter Ton ärgert mich irgendwie. »Wie kannst du so ein altes Ding noch benutzen?«

»Es bleibt mir ja nichts anderes übrig«, schnaube ich. »Wenn du mich vorhin nicht grundlos überfallen hättest, wäre es jetzt noch in Ordnung. Aber es geht noch, keine Sorge. Wa– ? Nein, das kann ich nicht annehmen!« Ich schüttele mit riesigen Augen den Kopf, als er todernst zwei glatte Hundert-Euro-Scheine auf die Tischplatte schiebt. Das Papier leuchtet fast so grün wie seine Augen und sieht aus wie gebügelt.

»Doch. Kauf dir ein neues«, gibt er im Befehlston zurück. Ich glotze zwischen dem Schein und seinem Gesicht hin und her.

»Bei dir sitzt das Geld ja ziemlich locker«, staune ich. »Hör mal, steck es wieder ein, du musst mir kein neues Handy bezahlen. Das ist meine Sache, du bist mir nichts schuldig.« Und bevor er widersprechen kann, hebe ich abwehrend die Hände. Dabei stoße ich versehentlich gegen den Tisch, wodurch meine Tasche zur Seite kippt. Eine der Acrylfarbtuben, die ich immer mit mir herumschleppe, scheppert auf den nassen Asphalt. Schnell stopfe ich »Russisch Rot« zurück und schlucke, als ich auf dem Handy-Display lese, dass Marie mich fünfmal angerufen und zehn Nachrichten geschrieben hat. Die letzte ist zwei Minuten alt und lautet:

WO BIST DU???
Ich rufe gleich die Polizei!!!

Vermutlich funktioniert der Vibrationsalarm nicht mehr, sonst hätte ich ihre Kontaktversuche doch gehört. Schnell tippe ich mit den Daumen meine Antwort und versuche dabei, die Sätze unauffällig vor dem Typen zu verbergen.

Hey, alles in Ordnung, ich lebe noch.
Verrückte Sachen sind passiert.
Ich sage nur »beeindruckende Augen«.
Melde mich später.
XXX

Ich werfe das Telefon zurück in die Tasche und stelle sie auf den Boden. Als mein Blick seinen trifft, setzt mein Herz einen Schlag aus – dieses Grün! Daran kann man sich einfach nicht gewöhnen.

»Hey, sag mal ... Was ist dir da gerade aus der Tasche gefallen?«, fragt er.

»Was? Ach, das ...«, ich fühle mich irgendwie ertappt und schiebe verlegen die Brille auf der Nase zurecht. »Das war nur eine Tube mit Acrylfarbe. Russisch Rot, um genau zu sein. Ich hab Kunst als Leistungskurs gewählt, und das ist ein Tick von mir, immer alle möglichen Malutensilien mit mir herumzuschleppen. Ich muss die Tasche dringend aufräumen.«

Der Typ starrt mich an. »Kunst als Leistungskurs? Warum gerade Kunst?«

»Weil ...« Ich stocke. Seine offensichtliche Überraschung verwirrt mich. Sehe ich vielleicht so absolut gar nicht wie eine Künstlerin aus? Plötzlich merke ich, wie mich das verletzt, obwohl das verrückt ist.

Ich stütze die Ellenbogen auf die Tischplatte und blicke einen Moment auf meine Hände. »Ich habe immer schon gemalt. Seit ich denken kann, habe ich einen Stift oder Pinsel in der Hand gehalten und alles, was ich gesehen, gehört oder gefühlt habe, auf Papier festgehalten. Als Kind habe ich sogar auf die Tapete gekritzelt. Darüber haben sich meine Eltern natürlich nicht gerade gefreut. Es war immer irgendwie klar, dass ich Kunst als Schwerpunkt wählen würde. Ich habe nie darüber nachgedacht, welche anderen Leistungskurse ich nehmen könnte.« Langsam fahren meine Finger über die wellige Tischdecke. »Die Malerei gehört zu mir und macht mich aus. Und ...« Ich beiße mir auf die Lippe. Mein Mund schmeckt plötzlich schal, und alles kommt mir verdreht vor.

Die Malerei gehört zu mir und macht mich aus. Habe ich das wirklich eben gesagt? Spinne ich jetzt total? Ein paar wichtige Ereignisse und Entscheidungen der letzten Monate habe ich wohl komplett vergessen!

»Kunst«, wiederholt er. »Ich wusste gar nicht, dass es das als Leistungskurs gibt. Ist das nicht Zeitverschwendung, bunte Farbe auf Papier zu schmieren – oder eine Schale mit Obst abzumalen? Was soll man denn dabei lernen?« Er verzieht den Mund.

»Eine Menge«, gebe ich kurz zurück, aber weil ich nicht streiten will, frage ich: »Was machst du denn? Studierst du hier an der Uni? Oder arbeitest du hier irgendwo?«

Er trinkt einen Schluck aus seinem Becher und zerknüllt dann das Plastik mit der Faust. Dabei zeichnen sich seine Fingerknöchel weiß ab. Ich stelle fest, dass seine Finger schlank und irgendwie sehnig sind. Sie sehen eigentlich gar nicht so aus, als könnten sie so grob und hart zupacken, wie ich es vorhin am eigenen Leib erfahren habe.

»Ich mache gerade eine Auszeit und bin auf der Durchreise«, erklärt er nach einem Moment. »Aber das ist nicht wirklich spannend. Ich muss jetzt los.«

Überrumpelt von seinem plötzlichen Aufbruch nicke ich wie ein Wackeldackel. »Oh, okay. Danke nochmal für den Kaffee. Der hat wirklich gut getan.«

Er tritt einen Schritt unter dem Vordach hinaus auf die windige Straße und dreht sich dann wieder zu mir um. Mein Herz krampft sich unwillkürlich zusammen. Ein Schatten hat sich auf sein Gesicht gelegt, und plötzlich sieht er so unendlich müde aus, dass ich am liebsten die Arme um ihn legen würde. Nur seine grünen Eisaugen leuchten weiterhin und erinnern mich schmerzlich an das Doppelportrait meines Vaters.

Ich schultere meine Tasche und folge ihm auf den Gehsteig. Der scharfe Nachtwind fegt über mein Gesicht, sodass ich blinzeln muss. Einen Augenblick stehen wir schweigend voreinander.

»Also dann ...«, fange ich an, aber ich unterbreche mich, als er plötzlich in seine Manteltasche greift und einen schmalen, glatten Gegenstand hervorzieht, den er mir hinhält. Ich runzle die Stirn. Es ist ein dünnes Taschenbuch in einem weißen Einband. Ich lege den Kopf schief, um in der Dunkelheit den Titel besser erkennen zu können.

Der Verschollene.

»Oh, Kafka«, stelle ich fest, den Blick auf das Buch gerichtet. »Was ist damit? Warum hast du das dabei?«

Bevor ich verstehe, was das Ganze soll, drückt er mir den Roman in die Hand. Verwirrt wechsele ich einen Blick von seinem Gesicht zu meinen Fingern und wieder zurück.

»Lies das Buch, wenn du möchtest.« Seine Stimme bricht plötzlich. Er drückt die Faust vor den Mund und hustet, während sich seine Augen verengen. »Ich bin gerade damit fertig geworden.«

»Oh, äh – danke«, sage ich. Mein Kopf kommt irgendwie nicht mehr mit. Dieser distanzierte wie süße Typ gibt mir ein Buch? Noch dazu eins von Kafka? Die Sache wird immer verrückter.

»Bis dann.« Als er einen Schritt zur Seite macht, hebe ich hastig die Hand mit dem Taschenbuch.

»Warte! Wie heißt du eigentlich?«

Überrascht bemerke ich, wie er zögert, als würde er über die Antwort nachdenken müssen. Sein Gesicht liegt im Schatten. Eine feuchte Brise drückt mir den Jackenkragen ans Kinn.

»Abel«, antwortet er schließlich. »Mein Name ist Abel.«

»Abel? Wie bei Kain und Abel?«
»Genau.«
Gefällt mir. Passt zu dir. »Ich bin Ludmilla.« Da ich es gewohnt bin, den Namen zu buchstabieren, öffne ich den Mund, doch Abel kommt mir zuvor: »Ludmilla.«
Verdutzt starre ich ihn an. Mir wird plötzlich heiß.
Liud-Miela.
Wie kein anderer spricht er meinen Namen auf Anhieb richtig aus, und einen verrückten Moment fühle ich mich stolz und fast euphorisch. Mein Leben lang habe ich mich geärgert, dass meine Eltern uns diese übertrieben altmodisch und fremd klingenden Namen gegeben haben, wobei Leo noch definitiv besser weggekommen ist.

Leonard und Ludmilla. Damit ist man von Anfang nicht gerade der Supertyp in der Klasse. Aber meine Eltern hatten immer schon eine seltsame nostalgische Neigung.

»Ludmilla«, wiederholt Abel, und ich vergesse komplett, dass ich eigentlich nur Mila genannt werde, so weich klingt mein Name aus seinem Mund.

»Hey, Abel, schön dich kennen zu lernen«, sage ich und strecke ihm automatisch die Hand hin. Er hebt kurz die Brauen, streckt dann auch seine Hand aus – und ergreift meine. Als seine Haut meine berührt, durchzuckt mich ein elektrischer Schlag. Seine Pupillen weiten sich für eine Sekunde.

Sein Händedruck ist fest und seine Haut angenehm kühl, doch die Berührung kribbelt meinen Arm hinauf und lässt meine Wangen glühen. Selbst mein Handgelenk fühlt sich mit einem Mal beweglicher und stärker an, der dumpfe Schmerz erlischt wie eine Kerzenflamme. Ohne es zu wollen grinse ich wie eine Verrückte.

»Alles. Ist. Gut«, pumpt das Blut durch meinen Körper. »Alles. Ist. Gut.«

Abel ist längst in der Dunkelheit verschwunden, als ich wenig später in die Straßenbahn einsteige und mich mit dem Rücken gegen eine Haltestange lehne. Langsam stecke ich das morsche Handy zurück in die Tasche. Ich habe Marie gerade geschrieben, dass mit mir alles okay ist und dass ich jetzt nach Hause fahre. Mittlerweile ist es zu spät für einen Besuch geworden. Und außerdem bin ich immer noch total durch den Wind. Ich muss jetzt eine Weile allein sein, um über den Abend nachzudenken.

Die Straßenbahn ist vollkommen leer, nur das monotone Summen der Oberleitung ist zu hören. Ich starre auf das schlichte Buchcover in meinen Händen hinunter, in dessen glatter Oberfläche sich das Oberlicht spiegelt und die Buchstaben verblendet.

Der Verschollene. Franz Kafka. Total irre.

Mit einem Ruck setzt sich die Bahn in Bewegung, und ich schlage den dünnen Roman in der Mitte auf. Wie neu, keine Knicke, keine Krümel. Nachlässig blättere ich die Seiten durch. Warum liest dieser obercoole Business-Typ Kafka und sieht sich französische Schwarz-Weiß-Filme an? Irgendwas stimmt doch da nicht.

Ich hätte Abel nach seiner Handynummer fragen sollen, aber so vorausschauend und mutig bin ich natürlich nicht. So werde ich ihn wahrscheinlich nie wieder sehen. Ein enttäuschtes Ziehen breitet sich in meinem Bauch aus.

Als die Bahn plötzlich hart abbremst, fliegt mir das Buch aus den Fingern und schlittert über den Boden davon. Hastig springe ich ihm hinterher und erwische es, kurz bevor es unter die Sitze einer Vierergruppe rutscht. Puh. Ich atme auf und will den Roman in meine Umhängetasche stecken, da sticht mir an der oberen Kante ein kleines Stück Papier ins Auge. Ist das ein Lesezeichen, ein Zettel oder ...?

Neugierig ziehe ich das Papier heraus. Es besteht aus fester, eierschalenfarbener Pappe und hat eine quadratische Form. Als ich es umdrehe, hebe ich die Brauen. Die Rückseite ist mit einer altmodischen Maschinenschrift bedruckt. Mein Blick fliegt über die geschwungenen Buchstaben.

Hotel Belinda
Seit 1875 eine gute Adresse

Darunter eine Straße, von der ich noch nie gehört habe, und eine örtliche Telefonnummer.
Ich schließe die Hand um das unscheinbare Papier, das sich plötzlich verheißungsvoll und wichtig anfühlt.

Ich mache gerade eine Auszeit, schießen mir Abels Worte durch den Kopf.

Hotel Belinda. Ob er wohl dort wohnt? Was hat das zu bedeuten?

7

»Oh Mann. Wie siehst du denn aus?«

»Was? Wieso?«

»Deine Augen. Sie sind knallrot. So rot wie Blut, Schneewittchen. Hast du die ganze Nacht am Laptop gesessen und Pornos geguckt?«

»Haha.« Ich schüttele den Kopf und schaufele mir sofort eine Portion Spaghetti in den Mund. Auch heute ist die Schulmensa wieder vollkommen überfüllt. Marie sitzt mir gegenüber und starrt mich halb belustigt, halb besorgt an. In ihren Ohren leuchten pinke Fleshtunnel.

Bei dem Wort »Pornos« haben sich mindestens ein Dutzend Köpfe in unsere Richtung gedreht, die Marie jedoch allesamt ignoriert. Ich dagegen werde rot. An den Vierertisch, zu dem ich mich gerade durchgeschlängelt habe, quetschen sich jetzt noch drei Achtklässlerinnen mit straffen Pferdeschwänzen und bunten Kapuzenpullis. Ich kralle die Finger in mein Tablett, damit es mir nicht auf den Schoß gestoßen wird, und reibe dabei mein Knie. Na super. Kann man eigentlich mit einer Fünf in Sport durchs Abi fallen?

In der gefürchteten Hockey-Doppelstunde hat mir Joshua, der Typ mit dem Schneckenkuss, seinen dämlichen Schläger gegen das Bein gedonnert. Ich saß viel schneller auf der Bank, als ich »Hockey-Schläger« aussprechen kann. Ob Joshua mich wohl extra mit dem Schläger angegriffen hat? Obwohl wir früher relativ viel miteinander zu tun hatten, herrscht seit dem Knutschunfall Funkstille zwischen uns. Mir ist die ganze Geschichte so unangenehm, dass ich ihm so weit wie möglich aus dem Weg gehe, und Joshua macht es eigentlich genauso.

»Unsinn, was interessieren mich Pornos? Ich habe nur ziemlich lang – gelesen«, sage ich, worauf meine Freundin die Stirn kräuselt.

»Gelesen? Wie absolut öde«, sie schiebt ihr Besteck auf den bereits leergegessenen Teller. »Weißt du, ich bin ja schon etwas sauer, dass du mich gestern Abend einfach so versetzt hast. Jetzt erzähl mal, wo warst du so lang? Und was hat es mit den beeindruckenden Augen auf sich?«

Ich hole tief Luft. »Okay, hör zu. Das war ziemlich unglaublich.« Rasch fasse ich die Ereignisse vom gestrigen Abend zusammen. Ich berichte von Abels plötzlichem Auftauchen im Filmpalast und dem Wiedersehen auf der Straße. Als ich abschließend erzähle, dass ich in dem Roman eine Hotelkarte mit einer Telefonnummer gefunden habe, reißt Marie die Augen auf. Die dunklen Korkenzieherlocken wippen auf ihrem Kopf auf und ab.

»Wow«, macht sie verdutzt. »Klingt nach einem interessanten Typen. Irgendwie ein bisschen abgedreht, aber das passt ja zu dir. Und dann hast du sein Buch die ganze Nacht gelesen?«

Ich nicke und schiebe mir eine weitere Portion Nudeln in den Mund.

»Mann, dich hat's ziemlich erwischt, du wirst ja ganz

rot. Wie geht's jetzt weiter? Hast du das Hotel schon gegoogelt?«

Ich zucke die Achseln. »Klar«, antworte ich mit vollem Mund. »Aber es muss ein echt kleiner Laden sein. Die haben noch nicht mal eine eigene Website. Meinst du, er hat die Karte extra in das Buch gesteckt?«

»Keine Ahnung, aber warum denn nicht?«

»Na ja, vielleicht hat er sie einfach darin vergessen. Als er das Buch eingepackt hat, konnte er ja nicht wissen, dass er es mir geben würde. Vielleicht will er gar nicht, dass wir uns wiedersehen, sonst hätte er doch irgendwas in diese Richtung gesagt, oder?«

»Ach, wahrscheinlich hat er sich nicht getraut, dich nach deiner Nummer zu fragen, weil er dich mit deinen babyblauen Kulleraugen nicht einschätzen kann. Wir können ihn jedenfalls nicht einfach so ziehen lassen, denn immerhin ist er der erste Typ, der dir auf Anhieb gefällt. Lass uns abwarten, ob er vielleicht nochmal im Filmpalast auftaucht. Ansonsten rufen wir ihn in diesem Hotel an – aber erst in ein paar Tagen, dann wird's umso spannender. Doch, schau mich nicht so zweifelnd an, ich weiß, wovon ich rede!«

»Okay, schon gut.« Mit den Fingerspitzen massiere ich mir die Schläfen, die wegen des Schlafdefizits unangenehm pochen.

»Ich hab 'ne Idee, womit wir die Zeit hervorragend überbrücken können«, fährt Marie fort. »Campus-Bash!«

»Campus-Bash? Heute ist doch Dienstag«, ich stochere auf meinem Teller herum. Seit Maries Schwester Lisanne ihr Bio-Studium aufgenommen hat, hat sie uns ein paar Mal zu den Uni-Partys mitgeschleppt. Diese haben aber immer freitags oder samstags stattgefunden, und ehrlich gesagt hat es mir unter den ganzen Studenten nicht besonders gut gefallen. Ich bin mir immer ziemlich unbeholfen vorgekommen, ganz im Gegensatz zu Marie, deren Ego nicht mal ein Erdbeben erschüttern könnte.

»Das ist nur 'ne kleine Feier von den Biologen, hat Lisanne erzählt. Wollen wir trotzdem mal vorbeischauen? Komm schon, wir waren schon so lange nicht mehr weg!«

Ich nehme die Brille ab und streiche mir über die müden Lider. »Ich bin sowieso schon total schlecht in Bio, worüber soll ich mich gerade mit Bio-Studenten unterhalten? Außerdem ist doch Freitag schon deine Geburtstagsfeier. Sind das nicht ein bisschen zu viele Partys für eine Woche?«

Marie lacht. »Partys kann man nie genug feiern. Wir haben doch morgen erst nachmittags Schule, das müssen wir ausnutzen. Hey, was macht eigentlich die Bewerbung? Hast du schon das neue grüne Bild eingefügt?«

»Bewerbung? Ach so. Nein.« Ich zucke die Schultern. Die Kapuzenpulli-Mädchen neben uns beugen sich über ein Handy und flüstern hinter vorgehaltener Hand.

»Ach, Mila, was ist eigentlich los? Schon seit Wochen sehe ich doch, dass dich irgendwas beschäftigt. Hat es was mit deiner Hand zu tun? Ich dachte, es geht dir besser.« Marie lehnt sich über den Tisch und greift nach meinem Arm – dem unverletzten. Ich muss schlucken und starre auf die Tischplatte. Manchmal ist es mir unheimlich, wie gut sie mich kennt.

»Nein. Das Leben ist einfach anstrengend«, murmle ich. »Und kompliziert.«

»Das Leben ist geil!«, widerspricht sie, bevor sie mich heftig in den Handrücken kneift.

»Au!« Ich reiße die Hand zurück und stoße mit dem Ellenbogen gegen meinen Teller, der mir fast auf den Schoß springt. Unsere Tischnachbarinnen starren uns an, als wären wir Spinner. Marie lacht kurz auf, dann wird ihre Miene ernst. »Ich dachte, du stehst auf Schmerzen. Wo hast du überhaupt den Kratzer am Kopf her?«

Automatisch fahre ich mit dem Finger über meine Schläfe. Zwar habe ich versucht, die kleine Wunde mit den Haaren zu verdecken, aber ich war noch nie ein großer Frisurenkünstler. Mehr als unordentlicher Zopf ist bei meinen dicken Haaren nicht drin.

»Hab mich gestoßen«, sage ich und kriege sofort ein schlechtes Gewissen, weil ich meine beste Freundin belüge. »Ich bin einfach ein Tollpatsch.«

»Das habe ich auch nie in Frage gestellt. Hör mal, egal, was es ist, du kannst es mir sagen, das weißt du doch, oder?« Maries Blick ist plötzlich so warm, so mitfühlend, dass ich einen Kloß im Hals spüre, der mir die Luft wegdrückt. Ich nicke unmerklich, bevor ich tief durch die Nase einatme.

Ich kann Marie einfach nicht die Wahrheit sagen. Weil ich genau weiß, wie ihre Reaktion ausfallen wird. Sie wird versuchen, mich umzustimmen, damit ich mich anders entscheide.

»Das ist doch dein Traum«, wird sie mit leidenschaftlicher Stimme sagen, denn Marie glaubt an Träume, an Hoffnungen, an Lösungen aus eigener Kraft. Sie ist stark, eine Kämpferin. Und ich werde antworten müssen: »Ja, es ist ein Traum. Mehr nicht. Manche Träume werden nicht wahr.« Der Unfall hat mich auf den Boden der Tatsachen zurückgeschleudert.

»Mila, sag schon, was ist los?«, reißt mich Maries leibhaftige Stimme aus den Gedanken. Ich zwinge mich, ein Lächeln aufzusetzen und hebe abwehrend die Hände. »Stopp! Ist das jetzt deine neue Masche? Psychoterror durch verständnisvolle Fragen? Kannst du mich nicht wie sonst bitte anschreien, dass ich mich zusammenreißen soll? Ich komm mir ganz bescheuert vor, wenn du mich mit Samthandschuhen anfasst.«

»Dann lass dich verdammt noch mal nicht so hängen!«, sie schlägt so heftig auf den Tisch, dass unsere Tabletts ein Stück zur Seite hopsen und alle Gespräche um uns herum verstummen. Im nächsten Moment grinst sie mich so breit an, dass ihr Nasenpiercing vibriert. »Heute Abend tanzen wir uns die Seele aus dem Leib. Dann kommst du auf jeden Fall auf andere Gedanken. Vielleicht treffen wir einen hilfsbereiten Bio-Studenten, der dich in die Geheimnisse seines Fachs einführt. Man kann nie wissen!«

Cura ... Sorge oder Fürsorge. *Lugere* ... trauern. *Etiam* ... auch oder sogar. Äh, was hieß nochmal *cura*?

Das Kinn in die Hand gestützt sitze ich am Schreibtisch und versuche, lateinische Vokabeln in meinen Schädel zu prügeln, was sinnlos ist, denn erstens ist Latein eine tote Sprache und zweitens ist mein Kopf mit ganz anderen Dingen verstopft.

Wenn ich die Augen schließe, pumpt mein Puls die Bilder von gestern Nacht zurück: Abels Gesicht mit den tiefliegenden, irgendwie melancholischen Augen und seine schlanken Hände, die er um den Kaffeebecher gelegt hat. Die bedrohlich zusammengezogenen Brauen, als er mich aus der Tankstelle gezerrt hat.

Wie Kohlensäure schießt ein heißes Kribbeln durch meinen Körper, und ich vergrabe das Gesicht in beiden Händen.

Was ist das für ein wütender Vulkan in meinem Bauch, der immer dann explodiert, wenn ich an ihn denke? Ich lege den Kopf auf dem Schreibtisch ab und versuche mich an das Paarportrait aus Papas Arbeitszimmer zu erinnern, das ich in Abels Gesicht wiederentdeckt habe.

Wieso hab ich das Gefühl, dass ich bei dieser Erinnerung irgendwas übersehen habe? Irgendeine Kleinigkeit, die aber unheimlich wichtig ist.

Leider kann ich mir das Portrait nicht mehr in natura – hey, ein bisschen Latein ist zumindest hängen geblieben – ansehen. Keine Ahnung, wo es heute steckt. Nach Papas Tod sind wir aus unserem Haus ausgezogen, und Mama hat die meisten seiner Besitztümer, wie die alten Gitarren und die Notensammlungen, einem Musikhändler vermacht, der auf antike Instrumente spezialisiert war.

»Das brauchen wir nicht, um uns zu erinnern«, hat sie Leo und mir erklärt, als wir betreten zwischen den gepackten Kisten im Arbeitszimmer standen. Leer und kahl starrten uns die Wände an. »Das sind nur Gegenstände, die kaputt gehen können und Platz wegnehmen. Sie haben keinen Wert. Es sind leere Hüllen. Alles, was ihr braucht, ist hier drin.« Und sie tippte uns beiden gegen die Brust, bevor sie sich schnell abwandte und sich einmal übers Gesicht strich.

Das war das einzige und letzte Mal, dass ich sie weinen gesehen habe. Im Gegensatz zu Leo und mir – wir waren ja noch Kinder – ist sie der ganzen Situation mit einer Tapferkeit begegnet, für die ich sie heute bewundere. Früher war ich jedoch vor allem eins – unendlich wütend auf sie, weil sie nach Papas Tod absolut keine Gefühle zeigen konnte.

Heute ist mir klar, dass sie für uns stark sein wollte. Nein, stark sein musste. Nur wenige Woche nach Papas Tod hat sie eine Vollzeitstelle als Krankenschwester angenommen, um uns drei durchzukriegen. Wir haben Papas Fehlen immer gespürt, dennoch waren wir irgendwann wieder glücklich – auf eine leise, unaufgeregte Art. Bis ...

Ich beiße mir auf die Lippe. Ach, Mama. Ach, Leo. Ich wünschte manchmal, wir würden noch alle hier zusammen wohnen. Ich wünschte, der Unfall vor einem Jahr wäre nie passiert. Kurz danach ist Leo ausgezogen, und seitdem hat sich etwas zwischen uns verändert. Ich habe das Gefühl, dass etwas Unausgesprochenes zwischen uns steht, das uns wie eine unsichtbare Mauer trennt. Manchmal vermisse ich meinen Bruder sehr. Es fühlt sich so an, als hätte jemand ein Stück Zuhause aus meinem Herzen gebrochen.

Ich seufze und puste dabei ein paar Bleistifte über die Tischplatte. Durch die dünne Wand dringt das Rauschen der Dusche aus der Nachbarwohnung. Mein Blick schweift zur Seite und bleibt an Abels Taschenbuch hängen, das ganz oben auf dem Bücherstapel neben dem Schreibtisch liegt. Die Hotelkarte steckt immer noch zwischen den dünnen Seiten.

Eins ist sicher – ich rufe nicht an, egal, was Marie meint. Was sollte ich denn überhaupt sagen?

»Äh, hallo, hier ist Mila. Du weißt schon, das Mädchen, das du in der Tankstelle überfallen hast. Das Mädchen mit der Brille. Lange braune Haare? Schwarzer Parka? ... Du erinnerst dich wirklich nicht mehr an mich? Okay, tschüss.«

Eben. Das wäre mehr als peinlich. Am besten sehe ich diesen arroganten Kerl gar nicht wieder. Er bringt mich einfach viel zu durcheinander.

Ich reibe mir übers Gesicht. Was macht Abel wohl heute? So wie ich ihn einschätze, plant er ein paar wichtige Business-Konferenzen. Oder sieht er sich während seiner »Auszeit« die Stadt an? Aber hier gibt es nicht gerade viele Sehenswürdigkeiten. Warum verbringt er seine freie Zeit ausgerechnet hier? Besucht er jemanden, oder ist er mit jemandem verabredet? Vielleicht mit dieser Hana? Wer ist sie überhaupt? Auf jeden Fall eine ziemlich skurrile Frau, wenn sie regelmäßig Leute anstachelt, um Abel nachzugehen.

Ich starre wieder in mein Vokabelheft. *Equus* ... Pferd. *Immergere* ... eintauchen. *Regina* ... Königin. *Deversorium* ... Hotel.

Hotel? Wie das Hotel Belinda. Vielleicht sollte ich doch ... Nur einmal ... Nur ganz kurz ...

Lass es bleiben!, denke ich und lehne mich gleichzeitig zur Seite, um nach dem Kafka-Roman zu angeln. Langsam ziehe ich die Hotelkarte heraus und starre sie einen Moment an. Dann greife ich nach meinem zerkratzten Smartphone.

»Kauf dir ein neues Handy«, schießt mir Abels Stimme durch den Kopf, und prompt bekomme ich eine Gänsehaut. Scheint so, dass er es gewöhnt ist, Befehle zu erteilen. Aber ich konnte sein Geld nicht annehmen. Ich bin doch keine – keine Handy-Nutte.

Ich kaue an meiner Lippe, während mein Daumen über das zersprungene Display fährt. Ich will mich nur vergewissern, dass die Nummer existiert. Ich lege sofort wieder auf, wenn jemand den Hörer abnimmt. Ich werde nicht nach Abel fragen. Nach Abel, von dem ich noch nicht einmal den Nachnamen weiß.

Mit gerunzelter Stirn drücke ich das Handy ans Ohr. Und lausche. Mein Magen zieht sich nervös zusammen, obwohl ich nicht vorhabe, auch nur einen Pieps von mir zu geben. Ein paar Sekunden lang höre ich nichts, kein Rauschen, kein Knacken, dann ein erstes Läuten. Ein zweites. Ein drittes. Ich halte den Atem an.

Nach dem zehnten lege ich auf. Niemand geht ran. Komisch. Muss das Hoteltelefon nicht rund um die Uhr besetzt sein? Wieso steigt Abel mit seinem ultrateuren Mantel in so einer Kaschemme ab, die nicht mal über eine ordentliche Internetseite verfügt?

Nach kurzer Überlegung tippe ich »Abel« bei Google ein, aber natürlich finde ich keine Einträge oder Bilder von ihm. Nur Kain und Abel tauchen auf sowie ein Wikipediaeintrag zur Herkunft des Namens. Sonst nichts, das von Bedeutung wäre.

Unbefriedigt stoße ich die Luft aus und starre mit im Nacken verschränkten Händen durch mein kleines Fenster hinaus in die feuchte Welt. Wie dünne Finger wippen die Baumkronen im Wind. Und nun?

Entschlossen drücke ich auf Wahlwiederholung. Dieses Mal lasse ich es fünfzehn Mal klingeln, doch wie zuvor nimmt niemand ab und kein Anrufbeantworter schaltet sich ein.

Plötzlich klingelt es Sturm an der Tür. Wie ertappt lasse ich das Handy und die Hotelkarte auf die Tischplatte fallen und zerre einen Stapel Zeichenpapier darüber. Als ich den Türsummer betätige, schallt mir Maries fröhliche Stimme entgegen: »Hi! Bereit für den Campus-Bash?«

Das Gelände der Uni befindet sich nur einen zehnminütigen Fußmarsch von meiner Wohnsiedlung entfernt. Schon auf der Abkürzung durch den Wald lässt die dumpfe Musik die Erde erbeben. Ich spüre den Bass, der aus dem Partyraum neben der Bibliothek dröhnt, in den Schläfen. Die kleine Schramme zuckt bei jedem Schritt.

Auf dem staubigen Vorplatz drängen sich die Leute, lachen und stoßen mit Flaschen an. Für einen normalen Dienstag ist mächtig viel los.

Meine Haut klebt bereits, als ich mit Marie in den dunklen Raum steige. Es ist brechend voll und heiß wie in einem Ofen. Die Musik hämmert so laut, dass man sein eigenes Wort nicht versteht. Einmal mehr denke ich, dass das mit der Party keine so gute Idee gewesen ist. Ich bin sowieso nicht der Typ fürs Tanzen, denn dabei komme ich mir immer ziemlich doof vor. Wie ein Affe mit zu langen Armen.

Maries Nasenpiercing reflektiert das Licht des einsamen Scheinwerfers, der sich an der Decke dreht. Auf der Schwelle wirbelt sie zu mir herum und verschwindet nach einem kurzen Ausruf – »Trinken?« – in Richtung der provisorischen Bar. Ich ziehe mein schwarzes Kleid zurecht, bei dem es sich eigentlich nur um ein extralanges T-Shirt handelt. Marie sagt immer, ich soll meine Vorzüge betonen. Folglich verzichte ich auf tiefe Ausschnitte und zeige lieber meine Beine, auch wenn sich vom Hockey-Training heute ein riesiger blauer Fleck auf meinem Knie präsentiert, den auch meine Strumpfhose nicht verdecken kann.

Nachdem mich der dritte Typ von der Seite angequatscht hat und zum Tanzen animieren wollte – »Was? Äh, nein, danke!« –, quetsche ich mich an den

Rand des Raums und suche mit den Augen nach Maries Lockenkopf. Nach einer gefühlten Ewigkeit taucht sie wieder auf – in einer Traube Biologiestudenten, unter denen ich auch ihre Schwester Lisanne entdecke – und drückt mir einen Plastikbecher in die Hand. Aus ihren abgehackten Worten höre ich heraus, dass das Fass mit Freibier schon leer gewesen sei.

»So ein Scheiß!« Marie wischt sich die dunklen Locken aus der Stirn. Lisannes Freunde lachen. Ich nippe an meinem Becher. Orangensaft mit Wodka. Oder umgekehrt. Nicht so mein Fall, denn Alkohol macht mich vor allem eins: müde.

Marie zwinkert mir zu, bevor sie nach meiner Hand greift und mich auf die überfüllte Tanzfläche zieht. Lisannes Freunde folgen uns.

Maries Augen sprühen in der Dunkelheit. Sie schwenkt unsere Hände und beginnt, sich ziemlich cool zu der dröhnenden Musik zu bewegen. Ich mache es ihr nach, komme mir aber einfach nur bescheuert vor, wie ich linkisch von einem Fuß auf den anderen trete. Jetzt zum Beispiel wünschte ich mir, ich hätte mehr von Maries Unbefangenheit und ihrem selbstverständlichen Selbstbewusstsein.

Deine Augen machen bling bling und alles ist vergessen ... Unversehens schieben sich Abels grüne Augen vor mich wie eine strahlende Leinwand; meine Knie werden weich. Wohl wahr: Bling, bling und alles andere ist vergessen. Ich unterdrücke ein Stöhnen und fächle mir mit der Hand die heiße Luft ins Gesicht.

Nach etwa einer Stunde des Herumwippens habe ich genug und schreie Marie etwas von »Frische Luft!« zu, bevor ich mich an den Tanzenden vorbei nach draußen schlängele. Meinen halb ausgetrunkenen Becher Wodka-O schmeiße ich in den überquellenden Mülleimer.

Der kühle Nachtwind tut mir gut. Ich atme tief ein und stecke eine verirrte Haarsträhne hinters Ohr, die sich aus meinem unordentlichen Ballerinaknoten gelöst hat. Langsam gehe ich ein Stück über eine abschüssige Rasenfläche. Auch hier draußen, getrennt durch eine Steinmauer, hat man das Gefühl, in einem pumpenden, dröhnenden Strudel zu treiben. Immer noch klopft der Bass in meinen Schläfen. Aus mir wird garantiert nie eine echte Partyqueen. Ein paar Augenblicke sehe ich in den bewölkten Himmel hinauf und lasse mir die angenehm kühle Brise um die Nase wehen.

Als jemand hinter mir laut auflacht, fahre ich zusammen und drehe vorsichtig den Kopf zurück. Ein paar Studenten ziehen feixend ihre Jacken über und zünden sich in der hohlen Hand ihre Zigaretten an, bevor sie lachend in der Dunkelheit verschwinden.

Ich ziehe mein verschwitztes Kleid zurecht und beschließe, jetzt nach Hause zu gehen. Schnell drehe ich mich um und marschiere zurück zum Vordereingang, um Marie Bescheid zu sagen.

Als mir die rauchige, warme Luft aus dem Partyraum entgegen quillt, bleibe ich mitten in der Bewegung stehen. Ich kann nicht sagen, warum, aber ich spüre es sofort: Irgendwas stimmt hier nicht.

Zuerst vibriert nur die Partymusik dumpf im Nachtwind. Doch im nächsten Moment schneidet mir ein dunkler Schatten den Weg ab. Langsam hebe ich den Kopf und zucke dann zusammen. Vor mir erscheint ein schlanker, dunkelhaariger Typ und starrt, fast einen Kopf größer, auf mich herab. Seine gekrümmte Haltung drückt irgendwie – Vorsicht und Anspannung aus. Ich kann sein Gesicht nicht erkennen, denn flackernde Schatten verzerren seine Züge. Dennoch kommt er mir irgendwie bekannt vor. Und das ist mir nicht geheuer.

»Sorry, ich muss da lang«, sage ich. Als er sich nicht bewegt, will ich an ihm vorbei schlüpfen, doch plötzlich rückt er wie ein Fels zur Seite, sodass ich gegen seinen muskulösen Brustkorb stoße. Mein Herz schlägt in der Brust vor Schreck einen Salto. Unwillkürlich weiche ich zurück, als er einen Schritt auf mich zu macht. Seiner Haut entsteigt ein herber Duft aus Duschgel und Minze.

»Ich brauche deine Hilfe«, flüstert der Kerl mit so leiser Stimme, dass ich ihn kaum verstehe. »Bitte, hör mir kurz zu, es ist sehr wichtig. Du bist in Gefahr.«

»Gefahr? Was – was meinst du?«, mein Atem stockt. »Was willst du?« Perplex sehe ich mich um, doch hier draußen ist niemand, den ich um Hilfe bitten könnte, falls – ah!

Der Typ zieht die Hände aus den Taschen, worauf ich noch einen Schritt nach hinten trete und dabei über eine unebene Stelle stolpere. Ein scharfer Schmerz sticht in meinen Fuß, als ich auf meinem halbhohen Absatz umknicke.

Shit, jetzt nur nicht hinfallen! Strauchelnd kämpfe ich um mein Gleichgewicht und sehe aus dem Augenwinkel, wie seine große Hand auf mich zuschießt. Scheiße, was will der Kerl?!

Ich krümme mich wie in Trance. Dann packt er mich am Arm und zieht mich in eine aufrechte Position. Kalt fegt der Wind über den staubigen Boden. Mein Herz hämmert wie verrückt. Sein Griff um meinen nackten

Oberarm ist fest.

»Du musst keine Angst vor mir haben. Ich werde dir nichts tun; ich muss nur dringend mit dir sprechen.« Sein heiseres Flüstern schickt eine Gänsehaut über meine Arme. »Gehen wir woanders hin und unterhalten uns in Ruhe, okay?«

»Nein, vergiss es«, sage ich so fest wie möglich. »Ich werde nirgendwohin gehen.«

Der Typ verengt die Augen und drückt die Finger in meine Haut.

»Hör zu«, murmelt er. »Du verstehst nicht, in welcher Lage du dich befindest. Wenn du nicht mit mir kommst, wird dir etwas Schlimmes passieren. Aber nicht nur dir. Also, bitte, komm mit. Dann erkläre ich dir alles.«

Ich schlinge die Arme um meinen Körper, um mein Zittern zu verbergen. »Ich kapier gar nichts. Wenn du mir was zu sagen hast, dann tu's hier in der Öffentlichkeit.«

»Das geht nicht«, flüstert er und klingt plötzlich verzweifelt. »Versteh doch, du musst mit mir kommen, dann erzähle ich dir alles. Hier sind zu viele Leute. Ich schwöre, dass ich dir nicht wehtun oder dir auch nur zu nah kommen werde. Ich will nur mit dir über eine wichtige Sache reden und dir ein paar Fragen stellen. Du wirst –« Er bricht ab und erstarrt, denn plötzlich ertönen hinter ihm laute Stimmen. Er wirft den Kopf zurück, sodass sein Profil von den Lichtern des Partyraums angeleuchtet wird.

Ich schnappe nach Luft. Das kann nicht sein! Mein Puls beginnt wild zu schlagen.

Die gleichen blauen Augen, das gleiche dunkle Haar. Die gleiche Lederjacke. Mir sticht sogar die fast verheilte Wunde in seinem rechten Mundwinkel ins Auge. Kein Zweifel. Das ist der Kerl, den ich mit Abel verwechselt habe. Was geht hier vor? Was will er von mir?

»Du bist doch –«, setze ich an, doch er wirbelt an mir vorbei und verschwindet in der Dunkelheit. Seine Schritte donnern auf den Boden und verlieren sich innerhalb von Sekunden.

Verblüfft blicke ich ihm nach. Ein feuchter Wind kommt auf und weht mir die Strähnen ins Gesicht.

Erst Maries lachende Stimme reißt mich aus meiner Starre. »Mila, wieso stehst du denn hier herum wie festgefroren? Komm schon, hier sind mindestens fünf Typen, die mit dir tanzen wollen!«

8

Rasch schließe ich die Tür und schlurfe den frisch gebohnerten Gang entlang in Richtung Treppenhaus, in dem es immer irgendwie nach Spülmittel riecht.

Mr. Benett hat sich heute krank gemeldet, und die Doppelstunde Kunst ist ausgefallen. Christina hat mir einen Blick von der Seite zugeworfen und geflüstert: »Da hast du ja nochmal Glück gehabt, Mila!« Dabei wollte ich das verschmierte Bild heute wirklich abgeben.

So komme ich gerade vom Lehrerzimmer, wo ich die riesige Leinwand einer Referendarin überreicht habe. Sie hat nicht mal einen Blick auf das in Zeitungspapier eingeschlagene Quadrat geworfen. Stattdessen kam sie nach Abhaken meines Namens auf ihrer Liste auf ein anderes Thema zu sprechen.

»Ludmilla, wir haben deine Bewerbung für 'Die Schule der Kunst' noch nicht erhalten. Die Frist läuft in den nächsten Tagen ab. Denk bitte daran, die Unterlagen möglichst diese Woche noch einzureichen.« Über ihrer randlosen Brille musterte sie mich streng. »Das ist eine tolle Chance, die du ja sicher nutzen willst, nicht wahr?«

»Oh, natürlich, ich denke daran«, antwortete ich mit roten Ohren – und flüchtete aus dem Zimmer.

Jetzt stehe ich auf dem windigen Schulhof und fahre mir über die Stirn. Und nun?

Ich ziehe mein angeschlagenes Handy aus der Tasche. Nichts neues. Als ich das Smartphone zurück stopfen will, glimmt das Display auf. »Leonard Grimm« leuchtet es verzerrt auf. Mein Herz krampft sich zusammen. Ich habe ewig nicht mehr mit meinem Bruder gesprochen, obwohl wir früher fast jeden Tag miteinander verbracht haben. Diese Zeit kommt mir unglaublich lang her vor.

»Hey, Leo.«

»Hi, Mila. Wie geht's?«

»Gut«, sage ich automatisch.

»Wirklich?«, fragt er zurück. Ich beiße mir auf die Lippe, als ich die mittlerweile vertraute Unsicherheit in seiner Stimme wahrnehme. Leo hat sich verändert. Ich habe mich verändert. Der Unfall hat unsere Beziehung verändert. Ich wünschte, wir könnten so normal wie früher miteinander umgehen, aber wie soll das gehen, wenn er mich immer wie ein rohes Ei behandelt?

»Klar«, bestätige ich. »Alles okay.«

Ich kann hören, wie er, noch nicht ganz überzeugt, den Kopf wiegt. Dann sagt er ebenfalls: »Okay«, bevor er in seinem gewohnt schnellen Tonfall fortfährt: »Hör mal, Mila, es ist was passiert.«

Meine Schultern versteifen sich. Seit Papas Tod begleitet mich die unbestimmte Angst, dass auch Mama – oder Leo – etwas zustoßen könnte. Dass sie irgendwann einfach nicht mehr da sind. Dass es dann nur noch mich gibt.

»Was ist los?«, frage ich ins Handy. »Ist was mit Mama?«

»Mama? Was soll mit ihr sein? Ich habe gerade mit

ihr gesprochen. Musste mir einen Vorschuss für das Geburtstagsgeld holen, denn, halt dich fest, ... ich fliege nach London! Hammergeil, oder?«

Ich atme erleichtert aus. »Wow, hammermäßig. Wie kommst du dazu?« Ich verkneife mir die Bemerkung, dass er für einen Vorschuss ziemlich früh dran ist – denn sein Geburtstag ist erst im April!

»Ich wusste doch, dass du das auch riesig findest. Hör zu, ich arbeite gerade an einer wirklich heißen Story. Menschen wie du und ich verschwinden spurlos. Niemand hat etwas gesehen oder gehört, und es gibt keine Anzeichen für ein Verbrechen. Sie sind einfach weg. Ich habe einen Hinweis bekommen, dass ich mich in London umschauen soll. Ich fühle es, ich bin nur einen Schritt davon entfernt, den Fall zu knacken. Aber, verdammt, London ist so unglaublich teuer!«

»Leo«, sage ich mit meiner ernstesten Schwesternstimme. »Ich arbeite viermal in der Woche im Filmpalast, um Mama nicht noch zusätzlich zu belasten. Eventuell solltest du dir auch einen Job mit einem geregelten Einkommen suchen und dich nicht nur auf die Zeitungsschreiberei verlassen, von der du offensichtlich nicht leben kannst.«

»Was sagst du? Ich kann dich gar nicht hören, schlechte Verbindung, total ärgerlich!«, mein Bruder imitiert ein dunkles Rauschen und bläst mir dabei ins Ohr. »Oh, sag mal, wie geht's eigentlich der süßen Christina?«

»Jetzt lenk nicht ab, Blödmann!«

»Mach ich doch gar nicht, reg dich ab.« Leos Lachen perlt in mein Ohr. »Sag schon, wie geht's ihr? Spricht sie noch dauernd von mir?«

»Na, was glaubst du denn?«, frage ich zurück.

»Tag und Nacht«, Leo ahmt ein geziertes Seufzen nach.

»Wann geht's denn los nach London?«, frage ich.

»Erst in einem Monat. Keine Sorge, auf eurer Party bin ich dabei. Wann steigt sie nochmal?«

»Jetzt am Freitag.«

»Okay, dann treffe ich morgen im Laufe des Tages bei dir und Mama ein.«

»Super, ich kann dich –«

»Sorry, Mila, ich muss jetzt los, sonst komme ich zu spät zum Meeting. Bis morgen, Schwesterherz!«

»... Oh, okay. Ciao.«

Leo legt auf.

Es ist ziemlich kalt, dennoch lasse ich mich auf die Bank fallen, die neben einer kleinen Grünfläche vor der Turnhalle aufgestellt ist. Einen Moment lang stecke ich den Kopf zwischen die Knie und atme tief durch.

Seit ich denken kann, will Leo ein Spitzenjournalist werden, Geheimnisse aufdecken, Verschwörungen auf den Grund gehen und die Menschen mit unglaublichen Geschichten bewegen. Letztes Jahr ist er von zu Hause ausgezogen, um seinen Traum zu leben. Und wie es aussieht, geht es mit riesigen Schritten voran. Ich sollte mich für ihn freuen. Ich sollte stolz auf ihn sein. Verdammt, ich *bin* stolz auf ihn, doch gleichzeitig nagt eine bittere Wut und Enttäuschung in meinem Inneren, dass das alles einfach nicht fair ist. Er kann seinen Traum verwirklichen und ich ... und ich ...

Halt, stopp. Das mit meiner Hand, das war nicht seine Schuld, auch wenn ...

Ich lehne mich auf der unbequemen Bank zurück. Über den grauen Himmel jagen lilafarbene Wolken. Kein Wunder, dass ich mich so mies fühle, das schlechte Wetter zieht einen einfach runter.

Nachdenklich schiebe ich meine Brille auf der Nase zurecht. Was mache ich mit dem angefangenen Tag? Ich habe keine Lust, mir Gedanken zu meiner Zukunft zu machen und auf Lernen schon gar nicht. Es ist Mittwoch und früher Nachmittag, keine Schule mehr. Arbeiten muss ich heute auch nicht. Langsam stehe ich auf und klopfe mir die Jeans ab. Und mit einem Mal habe ich eine Idee.

***

»Was machst du denn hier?!«

Die morsch wirkende Holztür, die zuvor nur einen Spalt offen war, wird nun sperrangelweit aufgerissen. Und plötzlich weiß ich, dass ich einen Fehler gemacht habe.

Abels Gesicht ist wütend verzerrt, doch meine Knie geben unter seinem Blick schlagartig nach. Wie eine Betrunkene muss ich mich am Türrahmen festhalten.

»Hey«, sage ich und hoffe, meine Stimme versagt nicht. Nein, ein Glück.

Abel zieht mich ziemlich unsanft am Arm ins Zimmer.

»In deinem Buch lag eine Hotelkarte«, stammele ich. »Und da dachte ich ... Ich dachte, ich komme mal vorbei.« Aus dem Augenwinkel bemerke ich, wie er sich im düsteren Tunnelflur nach links und rechts umwendet, dann ebenfalls in den Raum steigt und die Tür zuwirft.

Er ist wirklich paranoid, denke ich noch, dann zieht das Hotelzimmer meine Aufmerksamkeit auf sich. Staunend blicke ich mich um. Bin ich plötzlich ins 19.

Jahrhundert geschleudert worden?

Die Hälfte des Zimmers nimmt ein breites Doppelbett ein, dessen geschwungener Metallrahmen besser in ein Museum als in ein Stadthotel gepasst hätte. Darüber glänzt ein goldverzierter barocker Spiegel und reflektiert den altmodischen Wandschrank an der gegenüberliegenden Seite. Das Fenster liegt an der Stirnseite, doch die bauschigen Vorhänge sind blickdicht zugezogen. Kein Laut dringt in den Raum. Die Luft ist trocken und irgendwie kühl, und trotz der antiken Möbel überhaupt nicht staubig. Aber vielleicht bin ich durch den Filmpalast auch nur Schlimmeres gewöhnt.

Abels schicker marineblauer Mantel, der an einem Haken an der Eingangstür befestigt ist, ist der einzige moderne Gegenstand. Es sieht fast so aus, als hätte er seinen eigenen Schatten festgenagelt.

Kein Wunder, dass in diesem Laden keiner ans Telefon geht. Wahrscheinlich wissen die Angestellten einfach nicht, wie dieses neumodische Gerät funktioniert.

Abel geht an mir vorbei und schiebt mir einen kleinen Sessel aus dunkelbraunem Leder zu.

»Setz dich«, sagt er in einem Ton, der keinen Widerspruch duldet.

»Hab ich dich gestört?«, frage ich, während ich mich niederlasse und die Knie anziehe. »Tut mir leid, dass ich einfach so reinplatze. Wenn es dir nicht passt, haue ich wieder ab.«

Abel lehnt sich mit dem Rücken gegen den Wandschrank und starrt an die Decke, an der sich eine Retro-Lampe dreht und einen warmen Lichtschein auf Gesicht, Hals und Schultern wirft. Die verschränkten Arme über seiner Brust sind so stark angespannt, dass ein Beben von ihnen ausgeht. Ich spüre, wie es in ihm brodelt, genauso wie am Montag, als er mich in der Tankstelle gepackt hat. Sein Kiefer mahlt. Ich kann fast hören, wie es in seinem Kopf arbeitet.

Ich rücke unwillkürlich ein Stück von ihm ab, aber der Raum ist so schmal, dass meine Knie sein Bein berühren. Wie beim letzten Mal trägt er eine schmale Jeans und darüber ein dunkles Hemd, das bis zum Hals zugeknöpft ist. Die halb aufgerollten Ärmel lassen den Blick auf seine sehnigen Unterarme frei.

Ich kann den Blick nicht von ihm abwenden und schiebe hastig meine kribbelnden Finger unter die Schenkel. Mein rechtes Handgelenk pocht. Abels feiner Duft, der überall in diesem engen Zimmer zu hängen scheint, kitzelt meine Nase.

»Sorry, ich wollte dich nicht so überfallen«, sage ich nochmal, weil er mich weiter ignoriert. »Ich hab dein Buch ausgelesen und wollte es dir zurückgeben. Hier.« Ich krame das Buch aus meiner zerknautschten Schultasche hervor und halte es ihm hin. Da er keine Anstalten macht, danach zu greifen, ja, mich noch nicht einmal zu bemerken scheint, blicke ich mich nach einem Ablageplatz um und ziehe schließlich die Schublade des Nachttischchens auf.

Das krächzende Geräusch weckt Abel aus seiner Starre. Mein Herz vollführt einen erschreckten Salto, als er ein Stück nach vorne schießt und sein Knie meinen Schenkel streift. Er schnappt sich »Der Verschollene« aus meiner ausgestreckten Hand und rammt die Nachttischschublade wieder zu. Ich zucke zurück und fummle an meiner Brille herum. Seine Schulter und seinen Hals so nah zu sehen, lässt mir die Hitze in die Wangen steigen.

Im nächsten Moment steht Abel wieder aufrecht,

lehnt sich mit der Schulter gegen den Wandschrank und starrt an die Decke. Das Buch hält er immer noch in der Faust.

»Du hättest nicht herkommen sollen«, sagt er plötzlich. »Das war keine gute Idee.«

Ein enttäuschtes Ziehen fährt durch meinen Körper. »Wieso?«, frage ich. »Hast du zu tun?«

»Nein. Du solltest einfach nicht hier sein«, erwidert er und sieht mir endlich ins Gesicht. Mein Herz beginnt unser seinem kalten grünen Blick schmerzhaft zu hämmern.

»Ich verstehe nicht, warum du gekommen bist. Was soll das Ganze? Was willst du hier?«, fragt er und rauft sich wütend das Haar. »Du hättest das Buch einfach wegwerfen können. Dein Besuch macht alles furchtbar kompliziert. Und das kann ich gerade absolut nicht gebrauchen.«

Zack, ein zweiter Schlag in den Magen. Das Polster des Sessels ächzt, als ich hastig aufstehe.

»Verstanden, dann gehe ich mal wieder. Danke für das Buch. Du kannst es selbst wegwerfen. Bis dann«, ich quetsche mich an ihm vorbei und werde fast verrückt von dem Beben in meinem Bauch, das mich zum Bleiben überreden will. Für eine Millisekunde will ich mich an Abel drücken, meine Nase an seine Haut pressen, die Erinnerungen, die er in mir wachruft, einsaugen, aber natürlich mache ich nichts davon.

Als ich über den dicken Teppich bis zur Tür gestolpert bin, hoffe ich dennoch, dass seine Stimme wie in einem mittelmäßigen Film »Warte, so war das nicht gemeint!« ruft, doch nichts geschieht.

Plötzlich bin ich unendlich traurig, gleichzeitig wütend. Meine Hand schließt sich um die kalte Klinke, und dann fliege ich durch den dunklen, schlauchartigen Flur in Richtung der windschiefen Treppe, die ins Erdgeschoss führt. Verrückterweise fühle ich mich plötzlich wie Cinderella, kurz bevor sie ihren Schuh aus Glas verliert.

Vor dem winzigen Eingang des Hotel Belinda stütze ich die Hände auf die Oberschenkel und atme tief durch, als hätte ich einen 100-Meter-Sprint hinter mir.

Verdammt. Was hab ich hier verloren? Ich hab mich komplett zum Affen gemacht und bin einem wildfremden Kerl wie eine Stalkerin nachgelaufen, obwohl er mich schon längst vergessen hat. Meine Wangen brennen vor Scham. Hilfe, geht es eigentlich noch peinlicher?

Was für ein verkorkster Tag. Was für ein verkorkstes Leben. Ich stoße einmal scharf die Luft aus, ziehe meine Tasche höher auf die Schulter und beginne, die feuchte Straße hinunter zu stolpern, die ich vor nicht einmal fünfzehn Minuten hinaufgeeilt bin. Der Fuß, mit dem ich gestern Nacht umgeknickt bin, sticht bei jedem Schritt.

Auf dem Hinweg pochte mein Herz so stark vor Aufregung, dass ich kaum auf die Umgebung geachtet habe, aber nun fällt mir auf, dass das Viertel ziemlich heruntergekommen und verlassen aussieht. Noch schlimmer als die Gegend des Filmpalastes. Die meisten Geschäfte sind mit schiefen Holzbrettern vernagelt, und von den Hausfassaden bröckelt trüber Putz. Selbst die Autos, die am Seitenrand parken, wirken verwittert und irgendwie staubig. Dieser verfallene Stadtteil und das altmodische Hotel Belinda passen absolut nicht zu Abel. Warum steigt er in diesem alten Schuppen ab?

Ich balle die Hand zur Faust. Egal. Soll mir dieser unhöfliche Kerl doch einfach den Buckel runterrutschen.

Sauer auf mich selbst stapfe ich weiter geradeaus, bis mir etwas, wie eine winzige Veränderung in der Luft, das Blut in den Adern gefrieren lässt. Der Wind scheint für eine Sekunde sein wütendes Heulen einzustellen, und an den Baumkronen erstarren die septemberbunten Blätter. Wie versteinert bleiben meine Sohlen am rissigen Asphalt kleben.

»Ludmilla.«

Liud-Miela.

Ich beiße mir auf die Lippe und spanne die Schultern an. Nein, ich habe mich getäuscht. Ich muss mich getäuscht haben.

Langsam drehe ich mich um – und schnappe nach Luft.

Hinter mir steht Abel. Er streicht sich das Haar aus dem Gesicht. Seine grünen Augen leuchten dunkel und erinnern mich einmal mehr an das Paarportrait aus Papas Arbeitszimmer. Eine warme, nostalgische Welle durchströmt mich, doch dann sinkt mir das Herz in die Hose. Abels ganze Haltung drückt Abwehr aus. Eine unüberbrückbare, eiskalte Distanz.

Er schweigt und starrt mich an. Ich spüre seinen Blick wie kühle Fingerspitzen auf meinen Gesicht. Mein Herz pumpt viel zu schnell, aber ich starre zurück, ohne mit der Wimper zu zucken. Eine Windbö spielt in meinen Haaren und schlägt Abels Mantelkragen auseinander. Oh. Erst jetzt fällt mir auf, dass er seinen todschicken Mantel übergezogen hat. Wen will er denn damit beeindrucken?

»Hey«, sage ich schließlich, um aus dieser stummen

Endlosschleife herauszukommen. »Was willst du?«

Sein Blick flackert plötzlich und richtet sich dann auf die kleine rote Schramme neben meiner Augenbraue.

»Ich wollte wissen, wie es deinem Kopf geht«, erwidert er so widerstrebend, als würde ihm auf die Schnelle nichts anderes einfallen.

Ich zucke die Achseln. »Alles noch am richtigen Platz. Und wie geht's dir? Mal wieder jemanden in einer Tankstelle überfallen und zu Tode erschreckt?«

Verblüfft hebt er eine Braue. »Nein«, antwortet er knapp. »Ich war seitdem nicht mehr draußen.«

»Was?«, ich starre ihn an. »Wieso das denn? Das ist doch schon fast zwei Tage her.«

Statt einer Antwort ballt er die Hand zur Faust. »Vergiss es.« Er wendet sich ab.

»Warte!«, sage ich schnell. »Was – was machst du heute noch?«

Er dreht sich um. »Heute?«, wiederholt er überrascht. »Wie meinst du das?«

»Du hast doch gerade gesagt, dass du die letzten Tage nur in deinem Hotelzimmer gehockt hast. Willst du das die nächste Zeit weiter durchziehen?«

Abel starrt einen Moment über meine Schulter ins Leere. Dann blickt er mich an, und ich zucke zusammen, so verlassen wirkt er plötzlich. Gerade jetzt sieht er dem Mann von dem Doppelportrait verdammt ähnlich.

»Nichts. Ich mache heute nichts.« Er schüttelt sich das Haar aus den Augen, und mein Herz krampft sich zusammen. Ich würde ihn so gerne zeichnen, wenn er das tut. Diese Bewegung und diesen Ausdruck festhalten. Nur mit Mühe kann ich mich aufrecht halten, denn meine Beine sind plötzlich aus Gummi.

»Nichts? Das klingt aber nicht gerade spannend«, sage ich. Und mit einem Mal habe ich eine Idee. Schon wieder. Und bevor ich nochmal darüber nachdenke, frage ich: »Was hältst du alternativ von ...?«

9

Es ist mehr los, als ich gedacht habe. Vor der Kasse hat sich eine lange Schlange gebildet, die die Marmortreppe hinunter bis auf den steinigen Vorplatz reicht. Das Areal wird von ordentlich zurechtgeschnittenen Büschen gesäumt, in denen der Wind raschelt. Unter unseren Sohlen knirscht weißer Kies.

Was für ein Unterschied zu der verlotterten Gegend, in der sich Abels Hotel befindet. Ich blicke mich um. Die Wartenden stecken ihre Nasen in kleine Heftchen, und viele recken die Hälse, um einen ersten Blick in das Innere des Gebäudes zu werfen, das sich über uns auftürmt.

»Wo sind wir hier?«, fragt Abel angespannt. Ich drehe mich zu ihm zu. Ein paar dunkle Strähnen fallen in seine Augen, die mich abwartend mustern und dann zu dem weitläufigen Gebäude wandern.

»Das ist die Kunsthalle, die größte Galerie in der Umgebung«, sage ich. »Ich hab dir doch erzählt, dass ich mich für Kunst interessiere. Ich war zuletzt bei einem Schulausflug hier, und das ist ein Jahr her. Irgendwie hatte ich Lust, mal wieder herzukommen.«

»Kunst?«, wiederholt Abel. »Wir sehen uns *Kunst* an?«

»Du hast doch gesagt, du hast heute nichts vor«, verteidige ich mich. »Eine Ausstellung zu besuchen ist besser als Nichtstun. Und dein Hotelzimmer sah nicht gerade so aus, als könnte man es dort noch lange aushalten. Ich meine – es gab nicht mal einen Fernseher!«

Abel starrt mich an, als wäre ich übergeschnappt, doch ich hebe nur entschuldigend die Arme. Ich weiß selbst nicht, wie ich ihn mit hierhin schleppen konnte. Er hat doch am Montag unmissverständlich klar gemacht, was er von Kunst hält – und vorhin auch von mir. Dieser Ausflug ist jetzt schon zum Scheitern verurteilt. Vermutlich ist mir die Idee gekommen, weil er mich an ein Gemälde erinnert.

Zieht mich dieser unnahbare Typ deswegen so an? Vielleicht liegt es auch daran, dass ich das Gefühl habe, dass seine unterkühlte Art nur Fassade ist. Ich frage mich, was er für eine Geschichte mit sich herumschleppt.

Ich folge Abels Blick zur Kunsthalle hinauf. Über die breite Steintreppe gelangt man in den modernen Komplex, dessen Front vollkommen aus Glas und Stahl besteht. Ich weiß noch genau, dass das Innere fast nur aus blendendem Weiß gebaut ist: schneeweiße Wände, hohe Decken, durchscheinender Boden. Strenger Purismus, um nicht von den Kunstwerken abzulenken.

Wir rücken in der Schlange ein Stück nach vorne, und hinter uns schließen ein paar plaudernde Menschen auf. Zwei Frauen Anfang zwanzig fachsimpeln über verschiedene Kunstepochen und verstummen nicht gerade unauffällig, als sie Abel vor sich bemerken. Die dunkel geschminkten Augen der kleineren Frau weiten sich interessiert, und die andere wird sogar rot. Ich kaue an meiner Lippe. Offenbar zieht Abels elitäre Ausstrahlung nicht nur mich an, sondern so gut wie jede Frau. Er sieht einfach viel zu toll aus. Ich betrachte sein schönes Profil, das er immer noch der Kunsthalle zuwendet.

»Der ist ja superheiß«, flüstert die Frau mit dem dicken Eyeliner deutlich hörbar. »Soll ich ihn ansprechen? Die Brillenschlange ist garantiert nicht seine Freundin.«

Das Blut schießt mir ins Gesicht. Abel wendet irritiert den Kopf zurück und sieht sich nach den beiden Frauen um, bevor er die Zähne zusammenbeißt und starr auf den Boden blickt. Ich überlege mir fieberhaft eine schlagfertige Antwort, doch plötzlich werde ich von den leuchtend roten Plakaten abgelenkt, die in den bodentiefen Fenstern aufgehängt sind:

01. September bis 31. Dezember:
Die Kunsthalle zeigt Werke ihrer eigenen Sammlung.

Nur in einer der mittleren Scheiben sticht ein anderes, helleres Plakat hervor. Mein Magen krampft sich zusammen.

Zusatzausstellung: 01. November bis 30. November:
Die Schule der Kunst.

Mist. Das ist doch die Ausstellung, für die ich mich bewerben soll. Zum ersten Mal sehe ich sie schwarz auf weiß. Meine Chance. Aber es ist zu spät. Oder zu früh. Keine Ahnung.

Ich beiße mir auf die Lippe, weil ich plötzlich einen riesigen Kloß im Hals spüre. Vielleicht hätten wir wirklich nicht herkommen sollen. Das war eine blöde Idee. Heute ist der Tag der blöden Ideen.

»Alles klar?«, höre ich Abel leise fragen und spüre plötzlich seine Hand in meiner Taille. Ich blicke auf und merke mit einem Schlag, dass wir ziemlich dicht beieinander stehen; so dicht, dass ich jede einzelne seiner dunklen Wimpern zählen kann, und das löst in mir einen unkontrollierten Hitzeschub aus. Meine Seite, auf der seine Hand liegt, kribbelt wie verrückt. Hastig werfe ich mir die Haare aus den Augen und rücke meine Brille zurecht.

»Du hast recht, lass uns woandershin gehen«, sage ich schnell. »Es ist viel zu voll und wahrscheinlich absolut öde. Außerdem ...« Ich stocke. Mehr Ausreden für meinen plötzlichen Rückzieher fallen mir nicht ein. Aus dem Augenwinkel sehe ich, wie die beiden Frauen hinter mir einen vielsagenden Blick wechseln.

Abel starrt über die Menschenmenge zu dem Gebäude hinauf. Er sieht weiterhin angespannt aus und schweigt kurz, bevor er den Kopf schüttelt. »Jetzt sind wir hier. Lass uns reingehen. Ich kann mir kaum vorstellen, wie es drinnen aussieht.«

Wieder habe ich das Gefühl, dass er es gewohnt ist, Befehle zu erteilen, denn sein Ton klingt seltsam bestimmt. Ich zupfe an meinem Jackenkragen herum und seufze dann. »Okay. Wenn du meinst.«

Die nächsten Stunden verbringen wir damit, gemeinsam mit vielen anderen Leuten vor imposanten und kleineren Gemälden oder Skulpturen stehen zu bleiben. Ich lese die Kurzbiografien der Künstler, obwohl ich die meisten aus dem Kunstunterricht kenne. Aus dem Augenwinkel beobachte ich Abel. In seinem Mantel und mit den dichten dunklen Haaren sieht er wie ein echter Kunstkenner aus, vielleicht sogar wie ein junger, erfolgreicher Galerist. Gerade könnte ich glatt vergessen, dass er mir vor nicht mal einer Stunde fast die Tür vor der Nase zugeschlagen hat.

In einem Raum der Jahrhundertwende – im Jugendstil – setzen wir uns auf eine der großen Couchs, direkt vor einem goldenen Gemälde von Klimt. Überraschenderweise befindet sich außer uns niemand in diesem Saal. Auch die beiden Frauen von draußen haben wir nicht wieder gesehen. Zum Glück.

Starker Regen hat eingesetzt und prasselt gegen die blankgeputzten Glasscheiben. Ein Donner rollt über den Vorplatz und lässt den Boden fast unmerklich erbeben.

Angenehm träge gleitet mein Blick über das Kunstwerk. Ich mag Klimt irgendwie, mag die schönen weiblichen Köpfe auf den abstrakten, verdrehten, verrückten Körpern.

Mit der Hand fährt sich Abel durch die wilden Haare, und ich lehne mich mit dem Rücken gegen die dicke Polsterlehne. Wir sitzen etwa zwei Handbreit auseinander, berühren uns nicht, dennoch spüre ich seine Anwesenheit am ganzen Körper. Unauffällig klemme ich meine kribbelnden Hände unter den Schenkeln ein.

»Wusstest du, dass ein Werk von Klimt für über 100 Millionen Dollar verkauft wurde?«, sage ich und nicke zu dem goldglänzenden Bild. »Unglaublich, oder?«

Abel hebt eine Braue. »Ernsthaft?«, fragt er sichtlich verblüfft. »Aber das Bild hat doch gar keinen Wert. Es besteht nur aus einer billigen Leinwand und Pinselstrichen. Außerdem ist es leicht reproduzierbar. Wer gibt für so was so eine wahnsinnige Summe aus?«

Ich lege den Kopf schief. »Ich glaube, niemand, der so viel Geld für ein Bild hinblättert, interessiert sich für das Materielle des Werkes. Man kauft weder den Rahmen noch die Farbe. Du kaufst die Idee dahinter. Auch wenn 100 Millionen wirklich ein irrsinniger Preis ist, bedeutet die Summe eine riesige Wertschätzung der Persönlichkeit des Künstlers.«

Ich drehe mich zur Seite, um Abel anzublicken, und zucke im nächsten Moment zurück. Er starrt mich an, als sehe er mich zum ersten Mal. Beziehungsweise, als wäre ich eine entflohene Irre mit einem abgetrennten Kopf unterm Arm. Ich muss über seinen entgeisterten Blick fast lachen. Er schüttelt den Kopf. Sein Ausdruck wechselt von erstaunt zu herablassend.

»Welchen Sinn soll es haben, einen fremden Künstler zu ehren?«, fragt er. »Im Zweifel ist er schon viele Jahre tot, und wie ich das aus den Biografien herausgelesen habe, haben die meisten nicht gerade Großes in der Welt erreicht. Fast alle waren völlig unbedeutende Persönlichkeiten.«

»Man muss kein Politiker oder Star sein, um etwas zu bewegen«, erwidere ich. Plötzlich habe ich das Gefühl, dass ich etwas Ähnliches schon mal gehört habe, aber bevor ich weiter darüber nachdenke, sprudelt es aus mir hervor: »Künstler verarbeiten in ihren Werken nicht nur ihre Inspirationen, sondern auch Gesellschaftskritik. Ein Werk, das über 200 Jahre alt ist, sagt dir einiges über die vergangene Zeit und den historischen Prozess, der zur Realität geführt hat. Warum die Welt jetzt ist, wie sie ist. Aber Kunst spricht nicht nur den Kopf an, sondern auch das Herz. Ein guter Künstler will, dass du eine andere Perspektive einnimmst und über deinen Horizont hinausblickst. Ein gutes Kunstwerk kann viel verändern.«

Ein gutes Kunstwerk kann viel verändern, wiederhole

ich stumm. Warum kommt mir das so bekannt vor? Wer hat das schon mal zu mir gesagt? Vielleicht Mr. Benett?

Ich schiebe nachdenklich die Brille auf der Nase zurecht. Mein Bauch fühlt sich plötzlich flau an.

Abel schweigt. Für eine Sekunde hebt er einen Mundwinkel, als wollte er eine ironische Bemerkung machen, doch stattdessen beißt er die Zähne zusammen. Dann wendet er sich wieder dem Gemälde von Klimt zu und legt die Hand ans Kinn.

Innerlich verdrehe ich die Augen über meinen Vortrag. Mit seiner festgefahrenen Art kapiert Abel doch sowieso nicht, was ich meine. Er lacht sich später bestimmt kaputt über mich. Ärgerlich und verlegen knibbele ich an einem Farbfleck auf meiner Jeans herum.

»Also gut«, reißt mich seine Stimme aus den Gedanken. »Nehmen wir jetzt einfach mal dieses Gemälde. Ich schaue das Bild an, aber mit mir passiert nichts. Keine Erkenntnis, kein neuer Gedanke. Ich sehe nur eine goldene Fläche mit Köpfen, die nichts mit mir zu tun haben.« Die wilden Haare fallen in seine Stirn und verbergen seine Augen, aber er streicht sie nicht zurück.

»Vielleicht guckst du nicht richtig hin«, gebe ich ziemlich schroff zurück. »Wenn ich das Bild ansehe, bemerke ich ganz unterschiedliche Dinge. Ich sehe den Übergang vom Jugendstil zur modernen Malerei. Ich sehe die historische Rolle der Frau und habe plötzlich das Gefühl, Zeugin von etwas so Großem zu sein, das ich fast nicht begreifen kann. Und dann denke ich, dass das alles vielleicht mit mir zu tun hat. Dass ich auch so wie diese Menschen auf den Gemälden bin. Auf den ersten Blick normal, aber wenn man genau hinsieht, stellt man fest, dass sie vollkommen verdreht sind.«

Verdammt, das wollte ich eigentlich gar nicht sagen.

»So fühlst du dich?«, fragt Abel leise.

»Jeder denkt doch manchmal, dass er nicht in diese Welt passt, oder?«, ich spüre, wie ich rot werde. »Als wären alle anderen normal und glücklich, und als hätten alle ein Ziel – nur man selbst nicht.«

Er starrt mich an. Ich habe das Gefühl, dass sich seine Pupillen in dem leuchtenden Grün weiten. Dann schiebt er sich die Haare aus der Stirn, und ich verfolge die Bewegung mit angehaltenem Atem.

»Nein, das glaube ich nicht«, sagt er. »Jeder hat seinen Platz in der Welt, ob es ihm nun gefühlsmäßig passt oder nicht.«

Darauf fällt mir keine Antwort ein. »Warum wolltest du unbedingt hier bleiben, obwohl ich vorgeschlagen habe, woanders hinzugehen?«, frage ich schließlich. »Und warum siehst du in Kunst keinen Sinn, obwohl du doch gerade einen Roman von Kafka gelesen hast? Es gibt Menschen, die Kafka-Romane ebenfalls als Kunstwerke bezeichnen. Warum verurteilst du Kunst also?«

»Ich fasse nicht, dass du das alles wissen willst. Ich kenne niemanden, der so viele Fragen stellt wie du«, erwidert Abel und hebt eine Braue.

»Und ich kenne niemanden, der auf meine Fragen so selten antwortet«, gebe ich zurück und verdrehe die Augen. »Also?«

Seine Hand ballt sich plötzlich zur Faust, bevor er sagt: »Das Buch hatte jemand in meinem Hotel vergessen. Es lag schon in meinem Zimmer, als ich eingezogen bin. Ich hatte Zeit, sonst hätte ich es nicht gelesen. Außerdem besteht ein großer Unterschied zwischen

Kunst und Büchern. Ein Buch schlägst du auf und liest die Fakten. Ein Mensch hat das Buch eigens dafür verfasst, um den Leser zu bilden oder zu unterhalten. Das hat mit Gefühlen nichts zu tun.«

»Nein, das stimmt nicht«, ich schüttele den Kopf. »Ich meine ... Kafka spricht in Symbolen und Bildern, die man erst durch eine bestimmte Auslegung versteht. Das sind nicht nur aneinander gereihte Fakten. Die Interpretation ist individuell und wird auch von Gefühlen beeinflusst. Jeder kann etwas anderes aus dem Text für sein eigenes Leben mitnehmen, je nachdem, was er selbst erlebt hat.«

»Und was hast du aus dem Roman mitgenommen?«, fragt Abel unvermittelt und sieht mich so intensiv an, dass heißes Kribbeln durch meine Adern rast. »Aus 'Der Verschollene'? Wie hat dich das Buch verändert?«

Einen Moment blicke ich ihn verblüfft an und suche in seinen Zügen nach einem Anzeichen für Sarkasmus. Veräppelt er mich? Und warum schlägt mein Herz trotzdem wie verrückt?

»Ich habe daraus mitgenommen, dass das Leben nicht fair ist«, antworte ich langsam. »Dass es anstrengend sein kann und dass du nicht immer das bekommst, was du verdienst, egal, wie hart du arbeitest. Aber das seltsam traumartige Ende des Buches zeigt auch irgendwie Hoffnung auf. Ich behaupte nicht, durch den Roman ein anderer Mensch geworden zu sein«, füge ich schnell hinzu, bevor er mich für vollkommen durchgeknallt hält. »Aber das Buch hat schon Anhaltspunkte zum Nachdenken gegeben. Jedenfalls für mich – oh!«

Das Blut schießt mir ins Gesicht, als Abel plötzlich nach meiner Hand, der verletzten rechten, greift. Sein

Daumen drückt sich in meine Handfläche und seine Finger umschließen meinen Handrücken.

Seine Haut fühlt sich so unglaublich wie beim letzten Mal an. Seidig und glatt, warm und kühl zugleich. Mein Herz wummert gegen den Brustkorb.

»Du bist eine Träumerin, Ludmilla«, stellt er fest, ohne mich anzusehen. »Die Welt ist auf Tatsachen aufgebaut, nicht auf Gefühlen. Das ist die Realität, die einzige Realität. Kein Buch, kein Kunstwerk kann daran etwas ändern.«

Ich weiß nicht, was ich in seiner Miene lese, doch plötzlich spüre ich wieder diese kalte Verlassenheit, die mir fast den Atem nimmt.

»Nein, so einfach ist das nicht«, ich stocke. Mein Puls hämmert wie wild. Abels Haut auf meiner zu spüren macht mich fast verrückt. Ich merke, wie meine Hand zu schwitzen anfängt, und will sie zurückziehen, aber er hält sie auf meinem Schenkel fest und drückt leicht zu, als wollte er mich auffordern, weiter zu sprechen. Mein verkrampftes Handgelenk beginnt zu pochen, aber der Schmerz fühlt sich merkwürdig leicht an. Fast süß.

»Tut mir echt leid«, bringe ich hervor. »Aber nur Idioten sagen, dass die Welt allein auf Fakten aufgebaut ist. Nur Idioten ohne einen Funken Fantasie.«

Es hat aufgehört zu regnen, dennoch peitscht uns ein feuchter Wind entgegen, als wir aus der lautlos aufschwingenden Glastür auf die Marmortreppe treten. Ich wickle die Arme um meinen Körper. Der Sturm zerrt an meinen Haaren, wirbelt sie mir in die Augen und verdeckt hoffentlich mein Gesicht, das immer noch wie eine Tomate glüht. Ich bin heilfroh über die

Dunkelheit, die mittlerweile über die Welt gefallen ist.

Warum hast du ihn nicht gleich einen arroganten Arsch genannt, der in seine cleane Business-Welt verschwinden soll?, schimpfe ich mit mir selbst. Warum kannst du eigentlich nie deinen Mund halten, Mila?

»Was ist denn da drüben los?«, fragt Abel. Überrascht vom dunklen Klang seiner Stimme zucke ich zusammen. Nach meiner indirekten Beleidigung haben wir nur noch wenige Worte gewechselt; er betrachtete die weiteren Kunstwerke mit ablehnend verschränkten Armen. Ich bin stumm hinter ihm her geschlurft und habe mir innerlich hundertmal gegen's Schienbein getreten und gleichzeitig auf die Schulter geklopft. Ich habe gemeint, was ich gesagt habe, aber die Art und Weise war vermutlich ziemlich unhöflich. Warum hat er nur nach meiner Hand gegriffen? Meine Knie fühlen sich immer noch an wie Pudding.

Nun folge ich Abels Blick, der sich auf einen Punkt in weiter Ferne richtet. Von hier oben hat man einen wirklich hübschen Blick auf die Skyline der Stadt. Direkt gegenüber, hinter ein paar dunklen Baumkronen, rauscht der breite Fluss, über den mehrere beleuchtete Brücken auf die andere Stadtseite führen. Ich runzle die Stirn und kneife die Augen zusammen. Plötzlich bemerke ich, wie von der anderen Flussseite dumpf Musik herüberschallt. Und was ist das für ein riesiges, beleuchtetes Ding, das sich da im Abendhimmel dreht?

»Oh, das muss das Stadtfest sein«, sage ich und stelle mich auf die Zehenspitzen. »Das ist das größte Volksfest in dieser Gegend, ein echter Publikumsmagnet. So wie es aussieht, gibt es dieses Jahr wieder ein paar Achterbahnen und ein Riesenrad.«

Irgendwie schwerfällig schwenkt das durch die Entfernung winzig wirkende Rad in den dunklen Himmel.

Einen Moment bleiben wir auf unserer Stufe stehen, dann setzen wir den Abstieg fort. Abel hat beide Hände in die Taschen seines Mantels gesteckt und starrt mit abwesendem Blick nach unten.

Als wir auf dem Vorplatz mit dem feuchten Kies ankommen, streicht er sich die Haare aus der Stirn. Der Platz wird von zwei Laternen weißlich beleuchtet. Abels Gesicht wirkt in dem Licht irgendwie sanfter und weniger kalt. Ich verschränke meine zuckenden Finger hinter dem Rücken. Am liebsten würde ich seine Wange und die Kante seines Kiefers berühren, um zu prüfen, ob sich seine Haut wirklich so seidig anfühlt, wie ich sie in Erinnerung habe. Und ...

Ich schüttele den Kopf. Vergiss es.

»Tut mir leid wegen vorhin«, sage ich schließlich. »Das mit dem Idioten. Manchmal quatsche ich drauf los, ohne vorher nachzudenken. Nein, eigentlich mache ich das immer.« Ich hole tief Luft. »Hey, gibt es nicht irgendwas, für das du brennst – und das ich in der Luft zerreißen kann? Dann kannst du mich einen Vollpfosten nennen, und wir sind quitt.« Der Wind schlägt Abels Mantelkragen zur Seite und mir im nächsten Augenblick die Haare aus dem Gesicht.

»Da gibt es nichts, das von Interesse wäre«, sagt er, ohne mich anzusehen.

Ich hebe die Brauen. »Du machst es schon wieder.«

»Was?«

»Du weichst mir aus und antwortest nicht auf meine Fragen. Glaub mir, ich halte dich schon für geheimnisvoll genug und verlange ja nicht gerade, dass du mir ein Staatsgeheimnis verrätst. Warum willst du nicht, dass ich irgendwas von dir weiß?«

»Hör zu«, er beißt die Zähne zusammen. »Es ist doch vollkommen egal, was ich für Interessen habe. Ich schwöre dir, manche Dinge willst du von mir gar nicht erfahren.«

»Warum lässt du mich das nicht selbst entscheiden?«, sage ich.

Er unterdrückt ein Stöhnen und zieht irgendwie zweifelnd die Stirn in Falten. »Ich verstehe echt nicht, was das soll. Okay, warte. Mir war – ich meine, mir ist meine Arbeit wichtig. Ich will meine Ausbildung bestmöglich hinter mich bringen und dann meine Karriere vorantreiben, um einen Beitrag zum Fortschritt meiner Firma zu leisten. Ich möchte wichtig sein, nein, unersetzbar und Großes bewegen. Das ist es, was ich immer schon wollte.« Seine Stimme klingt plötzlich ganz anders; immer noch stolz, aber auf eine warme, persönliche Art.

»Wow«, staune ich. »Das hört sich ziemlich ehrgeizig an. Aber hast du nicht gesagt, dass du dir gerade eine Auszeit nimmst? Warum arbeitest du im Moment nicht, wenn dir das so wichtig ist? Was ist passiert?«

Abel zuckt die Achsel. Sein grüner Blick flackert eine Sekunde. »Sagen wir, es ist eher eine unfreiwillige Auszeit.«

»Unfreiwillig? Was hast du gemacht – die goldenen Löffel gestohlen? Wirst du deswegen verfolgt?«

»Niemand verfolgt mich«, widerspricht er, aber die Antwort kommt so schnell, dass ich nur die Stirn runzeln kann.

»Es sind ein paar Dinge passiert, die nicht hätten passieren dürfen. Und jetzt ist alles anders.« Seine Stimme klingt klar und gleichzeitig weit entfernt. Er legt den Kopf in den Nacken und starrt in den Abendhimmel. Das dunkle Licht spielt in seinen dichten Haaren.

»Ich kann nicht mehr zurück«, erklärt er plötzlich und sieht zu mir hinunter. Seine Augen blitzen kalt, dann wendet er den Blick ab. Sein Kiefermuskel zuckt. »Mein Leben ist ein einziges Chaos, und so weit hätte es niemals kommen dürfen. Alles hat sich verändert, und ich konnte es nicht verhindern. Nein, eigentlich bin ich sogar selbst schuld. Es ist alles meine Schuld.«

Ich verknote die Finger hinter meinem Rücken. »Ich kenne das Gefühl. Nein, ehrlich.« Ich nicke heftig, als Abel sich mit einer gehobenen Augenbraue zu mir umdreht. »Ich habe dauernd das Gefühl, dass mein Leben total durcheinander ist. Und ich stehe hilflos daneben und sehe zu, wie alles den Bach runtergeht. Aber da hilft nur eins: In Ruhe über alles nachdenken, den ganzen Mist aufräumen und alles, was nicht mehr passt, hinter dir lassen.«

Abel starrt mich so durchdringend an, dass mein Bauch heftig zu kribbeln anfängt.

»Nachdenken, aufräumen, besser machen«, fahre ich leise fort. »Das klingt einfach, aber in Wirklichkeit ist es unglaublich schwer. Manchmal kann ich das Chaos und die Ordnung in meinem Leben nicht richtig unterscheiden. Ich weiß nicht, was ich behalten soll und was bildlich gesprochen auf jeden Fall auf den Müll fliegt.« Ich schweige kurz und blicke zu Abel auf. »Wohin kannst du denn nicht mehr zurück? Und warum? Bis jetzt versteh ich nur Bahnhof. Vielleicht erzählst du mir ja irgendwann deine Geschichte?«

Er antwortet nicht, und ich unterdrücke ein Seufzen. Was ist sein Problem? Vor was oder wem läuft er davon?

»Wie sieht's aus? Gehen wir noch auf dieses Fest?«, holt mich seine Stimme aus den Gedanken. Ich schaue verwirrt zu ihm auf.

»Hast du wirklich noch Lust darauf?«, frage ich. »Auch nachdem du dir stundenlang langweilige Bilder reinziehen musstet und ich dich einen Idioten genannt habe?«

Abels Blick schweift vom düsteren Abendhimmel, der über unseren Köpfen gegen dunkellila Wolken kämpft, über meine Stirn zu meinen Augen. Meine Knie werden weich, als er schließlich nickt und leise erwidert: »Vielleicht gerade deswegen.«

Die U-Bahn, die unter dem Fluss hindurch auf die andere Stadtseite rauscht, fährt in wenigen Minuten ein. Dumpf brummt die Belüftungsmaschine in der Wand. Auf dem staubigen Bahnsteig tuscheln zwei Mädchen, die auch auf meine Schule gehen, und werfen Abel immer wieder neugierige – oder eher lüsterne – Blicke zu. Auf der Rolltreppe pöbelt eine Handvoll Jungs, während zwei Paare im mittleren Alter mit einer Flasche Bier anstoßen. Ich schätze, alle wollen zum Stadtfest.

Mein Blick gleitet zum gegenüberliegenden Bahnsteig, der durch die parallel verlaufenden Gleise getrennt wird.

Auf der anderen Seite halten sich nur wenige Personen auf: Ein Mann mit einer Aktentasche blickt auf seine Armbanduhr, eine junge Mutter ruft ihre zwei streitenden Kinder zur Ordnung, und ...

Ich reiße die Augen auf. Das gibt's doch nicht!

Auf dem anderen Bahnsteig, genau auf Abels und meiner Höhe, nur etwa fünf Meter Luftlinie entfernt, sticht mir ein gut aussehender, dunkelhaariger Mann ins Auge.

Sein schlanker Körper ist hoch aufgerichtet, und seine Hände zucken angespannt. Und er sieht direkt zu mir herüber.

10

Meine Hände sind plötzlich so kalt wie Eisklumpen, und ein unangenehmer Schauer der Erinnerung beißt sich in meinen Nacken.

Der Typ auf dem anderen Bahnsteig trägt eine Lederjacke über einem schwarzen Shirt mit einem kreisrunden, blauen Aufdruck und enge schwarze Jeans. Das gleiche Outfit.

Seine Augen liegen im Schatten, dennoch bin ich mir über ihre Farbe sofort sicher: Sie leuchten katzenartig hellblau.

Ich beiße mir auf die Lippe, unfähig, den Blick abzuwenden.

Das ist der merkwürdige Typ, den ich auf offener Straße mit Abel verwechselt habe. Der Typ, der mich auf der Campusfeier um Hilfe angefleht hat. Angestrengt und irgendwie bedrückt starrt er mich an.

Plötzlich habe ich wieder seine leise, gequälte Stimme im Ohr, die mich bittet, mit ihm zu kommen. Kalte Gänsehaut prickelt meinen Rücken hinauf. Was will er von mir? Verfolgt er mich etwa?

Ich erwache aus meiner Schockstarre, als ich überraschend Abels Arm um meine Taille spüre. Mit einem Stoß ergreift uns ein scharfer Fahrtwind und wirbelt meinen Zopf zur Seite. Dröhnend rast die U-Bahn ein und zerreißt flimmernd das Bild des Typen auf dem anderen Bahnsteig.

Mit steifen Knien stolpere ich über das Trittbrett in den Wagen und werfe aus dem Augenwinkel einen Blick durch die spiegelnde Scheibe. Auf dem gegenüberliegenden Gleis hat die Frau ihre beiden Kinder an die Hand genommen, während der Anzugmann in seiner Tasche stöbert. Ich kneife die Augen zusammen und recke den Hals. Und sonst ...

Tatsache. Der Typ mit den Katzenaugen ist nicht mehr da. Verschwunden.

Verblüfft drehe ich mich zur Seite, doch im selben Moment setzt die U-Bahn ruckelnd zur Weiterfahrt an und treibt aus dem hellen Bahnhof hinein in die Dunkelheit des U-Bahnschachts. Innerhalb von Sekunden ist das Bild hinter der Scheibe schwarz.

Gegenüber von Abel lasse ich mich auf den Sitz fallen. Wie kann sich der Kerl so schnell in Luft auflösen? Oder habe ich mir nur eingebildet, dass er dort stand? Bin ich jetzt total verrückt?

Als ich Abel anblicke, lockern sich meine verkrampften Schultern. Ein Blick in seine Augen – und alles ist vergessen. Bling, bling. Nachdenklich betrachte ich sein Profil, das er dem Fenster zuwendet. Eine kleine Falte hat sich zwischen seinen Augenbrauen gebildet, als würde er über etwas unglaubliches Wichtiges nachdenken. Was er offensichtlich immer tut.

Ich runzle die Stirn, als ich bemerke, wie die Adern auf seinen Handrücken hervortreten. Die Fingerknöchel sind fast weiß, so fest presst er die Hände um seine Knie.

»Hey, alles okay?«, sage ich.

Als er den Blick hebt, zucke ich zusammen, denn in

seinem Gesicht liegt eine Anspannung und ein Ärger, den ich mir nicht erklären kann.

»Es ist nichts«, erwidert er, obwohl er hochkonzentriert wirkt. Der Griff um seine Knie lockert sich etwas. Im nächsten Augenblick wird auch schon unsere Haltestelle angesagt.

Ein poppiger Bass pulsiert durch die Luft, und ein Geruch nach Staub und Popcorn schlägt uns entgegen, als wir zwischen hunderten lachenden Gesichtern durch den Torbogen zum Festgelände schlendern. Unwillkürlich sehe ich Marie vor mir, wie sie im Filmpalast mit weit ausholender Geste warmes Popcorn in gestreifte Papiertüten schaufelt.

Die Lichter der Festände hängen wie riesige Kürbisse über unseren Köpfen. Der Himmel über den leuchtenden Buden ist jetzt fast wolkenlos violett.

Nebeneinander laufen wir an den bunten Wagen vorbei. Die Lautstärke und der ganze Trubel lassen mich das Wiedersehen mit dem mysteriösen Lederjacken-Typen fast vergessen.

»Ist doch ganz lustig hier, oder?«, rufe ich Abel zu, der ziemlich reserviert neben mir her marschiert und nur auf den Boden stiert. Er schüttelt den Kopf, als würde er einen fiesen Gedanken loswerden wollen, und blickt dann zu mir. Die Lichter spiegeln sich in seinen Augen und lassen sie für einen Moment merkwürdig tief, in der nächsten Sekunde ganz flach erscheinen. Sein Blick ist weiterhin angespannt, als er ziemlich abwesend nickt.

Ich runzle die Stirn. Was ist los mit ihm?

Als wir an einem Schießstand vorbeigehen, an dem sich ein halbes Dutzend Jungs drängelt, wird Abel mit einem Schlag wacher. Er bleibt stehen und starrt den Jungs über die Schulter, wie sie Schuss für Schuss nicht mal ansatzweise die Plastikpferde treffen, die auf einer Metallwand von rechts nach links rasen. Trotzdem johlen die Kerle jedes Mal begeistert, wenn einer von ihnen das Gewehr beim Abschuss hochreißt. Das Knallen der Schüsse dröhnt in meinen Ohren.

Ich beobachte die Jungs mäßig interessiert, bis mir plötzlich ein großer Typ mit einem langen, lockigen Pferdeschwanz ins Auge sticht. Oh Mist, ausgerechnet Joshua, den Schneckenkuss-Typen, muss ich hier treffen! Daneben blitzt der rote Igelschopf seines Kumpels Eric auf.

Unauffällig drücke ich mich hinter Abels Arm, der weiterhin argwöhnisch und gespannt gleichzeitig aussieht.

Der Besitzer des Stands, ein hutzeliger Mann mit Bärtchen, reicht dem nächsten Typen – dem rothaarigen Eric – das Plastikgewehr. Joshua und die anderen feuern ihn lautstark an, während er sich breitbeinig hinstellt, das Gewehr auf die Schulter schiebt ... und seine Plastikkugel mindestens zehn Zentimeter neben einem der rennenden Pferde vergeigt.

»Hast du auch Lust zu schießen?«, flüstere ich, worauf Abel zusammenzuckt. »Probier's doch mal.«

»Nein«, antwortet er, ohne mich anzublicken. »Das ist nichts für mich.«

»Warum?«, frage ich und muss grinsen. »Du traust dich wohl nicht.«

»Was?«

»Zu schießen. Keine Sorge, du kannst unmöglich noch schlechter als die Jungs hier sein.«

Joshua hat mich offenbar gehört, denn er schnellt zu

uns herum. Auch die anderen Jungs drehen sich um und starren uns an. Ein Kleiner mit Brille, den ich nicht kenne, schnauzt: »Mach's doch selbst, wenn du's besser kannst!«

Ich hebe abwehrend die Hände. Joshua grinst mich an. Aha, wenn seine Kumpel dabei sind, kommen wir plötzlich wieder super miteinander aus? Sonst kann er mir doch kaum in die Augen sehen.

»Mila, du immer mit deiner großen Klappe. Ich lad dich gern auf eine Runde ein.« Er wirft einen Blick auf Abel und zieht eine Braue hoch.

»Nein, danke«, sage ich schnell und will Abel wegziehen, doch der bleibt stehen und mustert Joshua, bevor er sich zu mir neigt.

»Bist du immer so unvorsichtig?«, sagt er mir ins Ohr. Sein Atem kitzelt mich im Nacken. Ich halte die Luft an, als mir sein Duft in die Nase steigt. Prompt fangen meine Wangen an zu glühen.

»Nein. Aber bist du immer so arrogant?«, gebe ich zurück und beiße mir auf die Lippe. Verdammt, warum muss er mich immer so verrückt machen?

Im nächsten Moment zucke ich heftig zusammen, denn Abel ruft dem Besitzer zu: »Die nächste Runde schieße ich!«

Ich bleibe ein paar Meter vor dem Stand stehen, während Abel das Gewehr auf der Schulter anlegt und durch das Zielobjektiv geradeaus starrt. Plötzlich geht eine konzentrierte Anspannung von ihm aus, die ich fast mit den Händen greifen kann, und automatisch halte ich die Luft an.

Dann geht alles sehr schnell. Die Plastikpferde beginnen ratternd ihr ewiges Rennen, und Abel drückt den

Abzug mit einer so winzigen Bewegung, dass ich überrascht zusammenfahre, als sich die erste Kugel in das hinterste Pferd bohrt. Dann fällt das zweite Pferd mit einem Knall zurück, in der nächsten Sekunde das dritte.

Peng, Peng, Peng!

Und nach nicht einmal zehn Sekunden ist das Rennen beendet, denn kein Pferd ist mehr einsatzbereit. Meine Ohren sind taub von dem Kanonen-Stakkato, und die Stille ist plötzlich so dicht, dass man sie fühlen kann.

Mit offenem Mund beobachte ich Abel, wie er das Gewehr von der Schulter nimmt und es offenbar sichern möchte, was bei der Spielzeugschaltung jedoch nicht recht funktioniert. Kopfschüttelnd reicht er es unverrichteter Dinge dem Besitzer, der ihn ebenso fassungslos anglotzt, und dreht sich zu mir um.

»Alter, das war krass!«, ruft einer von Joshuas Kumpel, die das ganze knallende Spektakel belauert haben. »Mach's nochmal!«

Joshua selbst starrt Abel mit zusammengepressten Lippen an. Sein Blick wechselt zwischen ihm und mir, bevor er ziemlich unfreundlich fragt: »Wo hast du denn diesen Teufelskerl getroffen, Mila? Ich wusste gar nicht, dass du auf Soldaten stehst.«

Ich spüre, wie meine Ohren vor Ärger heiß werden. Bestimmt bin ich morgen in der Schule das Gesprächsthema Nummer eins. Höchstwahrscheinlich ist Abel dann um mindestens zwei Meter gewachsen und das Spielzeuggewehr zu einer echten Magnum geworden.

»Der Typ war ein richtiger Killer«, höre ich schon Christinas sensationsbegeisterte Stimme in meinem

Kopf flüstern.

Ich rolle die Augen. »Halt die Klappe, Joshua, und pass auf, dass du dir nicht versehentlich in deinen riesigen Fuß schießt.«

Joshua verdreht ebenfalls die Augen und wendet sich nach einem letzten Blick auf Abel ab. Dieser kommt auf mich zu, ohne auf die gaffenden Jungs zu achten.

»Wow«, sage ich. »Das war wirklich – unglaublich. Du hast sie alle platt gemacht. Hast du – ich meine, machst du das öfter? Du sahst aus wie ein Vollprofi. Kommst du vielleicht aus einer Mafia-Familie? Oder bist du wirklich Soldat?«

Abel zieht eine Braue hoch und setzt zu einer Antwort an, doch plötzlich ruft jemand hinter uns: »He, warte, dein Preis!«

Wir drehen uns um.

»Du hast alle Pferde getroffen, also darfst du dir ein Geschenk aussuchen«, erklärt der Budenbesitzer mürrisch.

Ich lasse den Blick über die vermeintlichen Gewinne schweifen. Billige Stofftiere, Halsketten aus bunten Perlen und allerlei Plastikspielzeug blinken an den Seiten des Standes. Abel greift schließlich nach etwas an einer der oberen Stangen, das ich nicht richtig erkennen kann.

Erst als wir wieder auf der lauten Kiesgasse stehen und die fröhlichen Besucher an uns vorbeischlendern, sehe ich, was er sich ausgesucht hat: eine Plastikblume, vermutlich eine Gerbera, die mit glänzender goldener Farbe eingesprüht ist.

»Wieso nimmst du denn eine Blume?«, frage ich überrascht. »Es gab doch auch witzige Plastikschwerter oder Sonnenbrillen. Oh!«

Ich zucke zurück, als Abel plötzlich die Hand hebt und mir die Blume in die Haare schiebt. Seine Hand streift meine Wange. Ich verschlucke mich fast an der Luft und atme heftig aus, als er einen Schritt zurück tritt.

»Du stellst wirklich alles in Frage«, erklärt er stirnrunzelnd. »Weißt du noch, wie du vorhin gesagt hast, dass du dir manchmal wie eine von Klimts gemalten Frauen vorkommst? Die Blume hat mich an das goldene Gemälde und gleichzeitig an dich erinnert.«

»O-okay?«, mehr bringe ich nicht heraus. Zwei blonde Mädchen, die auf hohen Absätzen an uns vorbei staksen, verdrehen sich fast den Hals, um mir mit riesigen Augen hinterherzuschauen. Ich berühre die Plastikblume vorsichtig mit der Fingerspitze.

»Danke«, sage ich schließlich und hoffe, dass mein Gesicht nicht wie ein Feuermelder leuchtet.

Als wir den Fuß des großen, beleuchteten Riesenrades erreichen, ist mir die vergoldete Gerbera schon dreimal aus den Haaren gerutscht und in den staubigen Kies gefallen. Abel hat sie jedes Mal blitzschnell aufgefischt, bevor jemand sie zertrampeln konnte. Höchstwahrscheinlich denkt er, dass mir die Blume nicht gefällt, dabei ist das Gegenteil der Fall. Ich weiß nur nicht, was ich davon halten soll, dass er mir diese Blume geschenkt und damit an unsere Diskussion in der Kunsthalle angeknüpft hat.

Macht er sich über mich lustig? Oder ist das ein Friedensangebot? Ich werde aus diesem Typen einfach nicht schlau.

Ich bin so in meinen Gedanken versunken, dass ich gegen den Rücken einer stämmigen Frau pralle, die sich an der langen Schlange zu einem Autoscooter angestellt hat und gerade von ihrer Zuckerwatte abbeißen will. Sie wirbelt zu mir herum und schimpft sofort wütend los. Als Abel sich neben mich stellt, bleibt ihr Mund offen stehen, ohne dass sie einen Ton herausbringt. Rosa Zuckerwatte klebt ihr im Gesicht, in das plötzlich eine dunkle Röte schießt.

Ich unterdrücke ein Seufzen. Von Abels attraktivem Aussehen wird offenbar wirklich jede Frau angezogen und gleichzeitig eingeschüchtert. Ich frage mich, wieso er noch mit mir hierhin wollte. Das Stadtfest passt absolut nicht zu ihm, genauso wenig wie der Filmpalast oder das Hotel Belinda.

Ich schiebe die Blume hinter mein Ohr, während ich den Kopf zurücklehne, um mir das Riesenrad anzusehen, das sich direkt über uns dreht. Es ist nicht gerade das London Eye, aber dennoch beeindruckend. Plötzlich komme ich mir winzig klein und meine Gedanken zu der goldenen Blume und Abels verwirrender Anziehungskraft ziemlich unbedeutend vor.

Das weiße Metall hebt sich deutlich vom dunkelblauen Abendhimmel ab. Auf den ersten Blick scheinen die Gondeln in der Dunkelheit festzukleben, aber nach und nach schwenken sie doch nach oben oder zurück auf den Erdboden.

Ein Windstoß zerrt an meinen Haaren. Schnell drücke ich die linke Hand gegen die Blume und drehe mich zu Abel um. Dieser hat sich ein Stück von mir entfernt, und die Menschen strömen um ihn herum, als wäre er ein Fels in einem reißenden Fluss. Ich laufe gegen den Strom zu ihm, und plötzlich geraten wir in das Ende der Riesenradschlange. Bevor ich begreife, was wir hier machen, quetschen wir uns schon in eine der winzigen Gondeln.

Ich lasse mich Abel gegenüber auf die schmale Polsterbank fallen, bevor ein Angestellter die Metalltür zuknallt. Stille breitet sich aus. Wir sind allein, und das Licht wird abrupt gedimmt.

Plötzlich schlägt mein Herz wie verrückt. Abel. Und ich. In einer Riesenradgondel. Romantischer und klischeehafter geht's vermutlich nicht – außer, wir werden in der nächsten Sekunde nach Venedig gebeamt.

Es ist unmöglich, Abel in diesem engen Raum nicht zu nahe zu kommen. Mein Beine quetschen sich gegen seine, und als ich mich vorbeuge, um aus dem kleinen Fenster zu blicken, streife ich seine Hand. Elektrisiert zucke ich zurück und presse die Arme gegen den Körper.

Mit einem Ruck setzt sich das Riesenrad in Bewegung und trägt uns zuerst stockend, dann in einem sanft schaukelnden Rhythmus nach oben. Je höher wir steigen, desto weniger bunte Lichter dringen von außen ein.

Als ich mich einen Millimeter bewege, drückt sich Abels Knie plötzlich gegen meinen Schenkel. Heiße Kohlensäure schießt durch meinen Körper, und ich spanne alle Muskeln an. Die Luft knistert auf meiner Haut. Abels Duft dringt in jede meiner Poren und vernebelt mir das Hirn.

Die Gondel schaukelt leicht, als er den Kopf gegen die Rückwand lehnt. Seine Haarspitzen streifen die niedrige Decke, und sein Gesicht, das im Halbschatten liegt, wirkt mit einem Mal weicher. Die harte Kante seines Kiefers lockert sich, doch der kalte Schleier, der ihn umgibt, löst sich nicht ganz.

Mit roten Wangen räuspere ich mich: »Hey, darf ich

dich was fragen?«

Als er nickt, fahre ich fort: »Du hast vorhin im Hotel gesagt, dass es ein Fehler war, dass ich gekommen bin und dass ich am besten sofort wieder verschwinde.« Ich zupfe an meinem Ärmel herum und schaffe es dabei irgendwie, Abel nicht zu berühren. »Warum bist du mir dann nachgelaufen, nachdem ich weg war?«

Abel starrt aus dem Fenster. »Du hättest wirklich nicht in mein Hotel kommen sollen. Und wir sollten auch jetzt nicht hier sein.« Seine Stimme klingt abweisend, und in diesem winzigen Wagen hört sich sein Akzent viel deutlicher an. Ich hab fast vergessen, dass er überhaupt mit einem Akzent spricht.

»Mh«, mache ich. »Und warum sind wir dann hier, wenn du das gar nicht willst?«

»Ehrlich gesagt …«, erwidert er, ohne den Blick zu heben. »Ehrlich gesagt weiß ich das auch nicht. Als du weg warst, habe ich an die Wand gestarrt und dann – bin ich einfach losgegangen. Ich habe nicht nachgedacht. Ich bin einfach aus der Tür gegangen. Ganz automatisch.« Er beugt sich ein Stück nach vorne und stützt sein Kinn in die Hand. Er ist mir so nah, dass ich die Lippen in sein wildes Haar drücken könnte – wenn ich wollte.

»Irgendwie verstehe ich das selbst nicht«, sagt er heiser.

»Liege ich richtig, wenn ich behaupte, dass du sonst der total spontane und verrückte Typ bist?«, frage ich trocken.

Er hebt die Augen, und das leuchtende Grün schießt mir direkt in den Bauch. Meine Finger fangen an zu kribbeln.

»Liege ich richtig, wenn ich behaupte, dass du nie locker lässt, bis du etwas weißt?«, fragt er im gleichen Ton zurück.

»Normalerweise nicht«, antworte ich mit roten Wangen. »Aber bei dir hab ich das Gefühl, je weniger du preisgibst, desto mehr will ich wissen. Und mich interessiert es einfach, warum wir hier sind. Das ist doch nicht verboten, oder?«

»Nein. Seltsam«, sagt er nur. Und als könnte er meine Gedanken lesen, fügt er hinzu: »Ich bin es nicht gewöhnt, dass jemand so viel von mir wissen will. Niemand wollte je wissen, was ich für Interessen habe und warum ich mich auf eine bestimmte Art verhalte. Niemand –« Er unterbricht sich und spannt plötzlich die Hand an. »Vergiss, was ich gesagt habe. Das war Unsinn.«

»Unsinn? Jetzt kapier ich gar nichts mehr«, sage ich.

»Du bist anders als alle, die ich kenne«, sagt er, als wäre das eine Antwort.

»Soll das ein Kompliment sein? Oder meinst du, du kennst niemanden, der so verrückt ist wie ich und dich auf eine sterbenslangweilige Kunstausstellung schleppt?«

»Die Ausstellung war wirklich sterbenslangweilig«, erwidert er, und da ist sie wieder, die Arroganz in seiner Stimme. Doch plötzlich habe ich das Gefühl, dass er irgendwie nachdenklich wirkt. »Aber dennoch war das eine vollkommen neue Erfahrung für mich.«

»Das ist schön.« Ich räuspere mich verlegen. »Ich bin auch noch nie jemandem wie dir begegnet. Ich habe keine Ahnung, wer du eigentlich bist, wo du herkommst und wie du hier gelandet bist. Das ist irgendwie eigenartig.«

Abel lehnt sich ein Stück zurück und streicht sich die

dunklen Haarsträhnen aus den Augen.

»Du solltest dir darüber nicht den Kopf zerbrechen, Ludmilla«, antwortet er in seinem Befehlston. »Alles zu wissen kann manchmal sehr gefährlich sein –« Er bricht ab und hustet hinter vorgehaltener Faust. Sein Gesicht verschwimmt immer mehr mit der einfallenden Dunkelheit. Wir haben fast den Höhepunkt des Riesenrades erreicht.

Er räuspert sich. »Ich bin mir sicher, dass –«, doch wieder unterbricht ihn ein Hustenanfall. Sein trockenes Keuchen hallt in der kleinen Gondel wider und klingelt wie ein dumpfer Bass in meinen Ohren. Er presst mit verzerrter Miene die Faust gegen den Mund.

Ich beuge mich nach vorne. »Alles okay?«

Er nickt, doch im nächsten Moment zucke ich zurück, denn plötzlich krümmt er sich zusammen und hustet so heftig, als würde seine Lunge explodieren.

Eine Sekunde bin ich wie gelähmt. Aber dann reiße ich die Arme nach vorne und stütze ihn, bevor er zusammenbricht.

Der Metallboden schaukelt unter mir, und plötzlich dreht sich mein Kopf wie auf einer Wildwasserfahrt. Unter dem Gewicht von Abels Körper stöhne ich auf, denn ich kann ihn kaum halten. Das Blut rauscht in meinen Ohren und pulsiert in meinen Handflächen, die ich um seine Oberarme kralle. Mein rechtes Handgelenk pocht wie verrückt unter dem Druck.

»Abel, was ist?«

Er keucht wieder, direkt neben meinem Ohr, und der reißende Ton jagt mir einen eiskalten Schauer über den Rücken. Der Husten klingt fast genauso haarsträubend wie vor ein paar Tagen draußen auf der Straße – nur tausend Mal schlimmer, denn jetzt befinden wir uns mutterseelenallein im Wagen eines Riesenrades, dreißig Meter über dem Boden.

11

Ich klammere die Arme um Abels bebenden Körper. In der kleinen Kabine dröhnt sein dumpfes Keuchen wie ein Kanonenschlag. Eine kalte Hand greift nach meinem Herzen, als ich spüre, wie sich die Muskeln in seinem Rücken steinhart und verkrampft erheben. Sein Gesicht, das er an meinen Hals presst, fühlt sich eiskalt an. Er ringt nach Luft, würgt und hustet gleichzeitig.

Ich taste wild nach meiner Tasche, die noch auf dem Gummisitz steht, und reiße nach ein paar Sekunden mein ramponiertes Smartphone hervor, wobei fast der restliche Inhalt – mein Schlüsselbund, zwei Schulhefte, Taschentücher und Stifte – auf den Metallboden kippt. Mit zitternder Hand drücke ich auf dem Handy herum, und das Display leuchtet endlich auf. Ich tippe wilde Zahlen ein, doch – nichts passiert.

Oh nein, verflucht, hier oben haben wir keinen Empfang!

Ich beiße die Zähne zusammen. Abels Husten lässt unsere Körper erbeben. Sein Atem geht zwischen den Hustenanfällen stoßweise und rasselnd. Ich presse das Kinn auf seinen Scheitel und habe plötzlich das Gefühl, selbst keine Luft mehr zu bekommen. Sein Körper in meinen Armen fühlt sich unglaublich schwer an, und mein Rücken verkrampft sich vor Anstrengung immer mehr.

»In meiner Tasche ...«, bringt er hervor. »Da ist ein ... ein Medikament ...«

Ich fahre den festen Stoff seines Mantels bis zur rechten Tasche hinab. Mit bebender Hand greife ich hinein und wirklich umschließen meine Finger ein schmales Plastikröhrchen. Schnell ziehe ich es hervor und versuche, mit dem Daumen den Gummiverschluss zu lösen. Mein Körper zuckt im Gleichklang mit Abels Husten, und im nächsten Moment kullern zwei kleine weiße Tabletten aus der Öffnung auf den Boden. Ich atme angestrengt ein und drücke seinen Körper zurück, um mir weitere Tabletten in die Handfläche zu schütten. Abel keucht direkt neben meinem Ohr, sodass sich mir die Nackenhaare sträuben.

»Hier ...«, ich halte ihm die Tabletten hin, und er löst eine Faust von seinem Mund, um danach zu greifen. Er schiebt sich die kleinen weißen Dinger zwischen die Lippen. Er schluckt angestrengt und fängt dann wieder zu husten an. Meine Ohren klingeln, und mein Magen dreht sich um.

Hilfe, was soll ich tun, wenn die Tabletten nicht wirken? Ich kneife die Augen zusammen und ziehe die Arme fest um seinen zuckenden Körper.

Ich weiß nicht, wie lange ich ihn umklammert halte, aber es kommt mir vor wie eine Ewigkeit. Als der schreckliche Husten endlich abebbt, befinden wir uns jedoch immer noch fast am höchsten Punkt des Riesenrades. Weiterhin ist der Innenraum in kühle Dunkelheit getaucht, nur ein Streifen Mondlicht erhellt den Metallboden, auf den wir uns kauern.

Der Hustenanfall kann nicht länger als ein paar Minuten gedauert haben – nicht länger als beim letzten

Mal –, dennoch zittern mir immer noch die Hände, als ich mir über die Stirn wische und auf Abels dunklen Schopf hinunterblicke. Sein wildes Haar riecht nach feiner Seife. Trotz der nervenaufreibenden Situation kriege ich eine kribbelnde Gänsehaut.

»Hey«, sage ich. »Alles klar?«

Abel löst sich von mir, und mit einem Schlag fühlt sich mein Körper eiskalt ein. Ich lockere meine verkrampften Hände, und dabei fällt mir auf, dass ich immer noch das Arzneiröhrchen in der Faust halte. Langsam öffne ich die Finger und lese im Dämmerlicht die gedruckte Aufschrift: Endoxan. Mein Magen krampft sich zusammen. Das kann doch nicht sein.

»Mein Vater hat das gleiche Medikament genommen, als er krank wurde«, krächze ich. »Er hatte eine schwere Lungenfibrose. Das war – schlimm. Der Horror. Er hat bis zum Schluss sehr gelitten.«

»Dein Vater ist tot?«

Abels direkte Frage bringt mich ein wenig aus der Fassung. Sein Haar ist zerwühlt und seine Stimme rau. Er presst eine Hand gegen seine verschwitzte Stirn.

Ich nicke mit einem Kloß im Hals und schiebe meine verrutschte Brille nach oben. »Schon seit fast acht Jahren. Manchmal kommt es mir länger vor, aber manchmal auch wie gestern.«

Er blickt mich an. Um seine Augen graben sich tiefe Schatten. Mittlerweile blitzen bunte Festlichter in die Gondel und färben sein Haar golden oder blutrot.

»Mein Vater ist auch vor Kurzem gestorben«, sagt er mit brüchiger Stimme. Es klingt emotionslos, als würde er vom Wetter sprechen. Dennoch fällt mir sofort auf, wie sich sein Kieferknochen anspannt, wie immer, wenn etwas in ihm brodelt.

»Tut mir leid. So ein Verlust verändert alles«, sage ich. Ich frage mich, ob der Tod seines Vaters damit zusammenhängt, dass er sein Leben als chaotisch bewertet und sich eine Auszeit genommen hat.

»Hey«, sage ich, als von außen dumpfe Festmusik eindringt. »Ich glaube, wir sind fast da. Oh!«

Ich zucke zusammen, als Abel plötzlich nach meiner kalten Hand greift, die auf meinen Knien liegt. Er drückt sie und streicht mit dem Daumen über meine Handfläche. Ein Prickeln fährt meinen Arm hinauf und trifft mich direkt ins Herz. Ohne zu atmen blicke ich in seine Augen, die auf einmal so hell und klar leuchten, als hätte es den Hustenanfall nie gegeben. Sein Blick ist merkwürdig tief und brennt sich in meine Netzhaut.

Erst als ein Angestellter des Riesenrades die Seitentür aufreißt und seinen runden Kopf hineinsteckt, lösen sich unsere Finger voneinander.

Kurze Zeit später betreten wir den hell erleuchteten U-Bahnhof. Das monotone Summen der Rolltreppen liegt in der Luft. Aus dem Augenwinkel beobachte ich Abel, der weiterhin kerngesund aussieht, obwohl er ziemlich abwesend wirkt. Nichts an seinem Äußeren erinnert daran, dass er sich noch vor ein paar Minuten keuchend auf dem Boden der Gondel zusammengekrümmt hat. Seine Eisaugen leuchten wie immer, und das Haar fällt ihm wild in die Stirn. Er hat eine Hand lässig in seine Manteltasche gesteckt.

Vielleicht bin ich etwas sensibel, was Lungenkrankheiten angeht, aber den schmerzverzerrten Ausdruck auf seinem Gesicht bekomme ich einfach nicht aus dem Kopf. Mir wird schlecht, wenn ich nur daran denke. Wie kann es ihm so schnell wieder blendend gehen?

»Was stimmt nicht mit deinen Lungen?«, frage ich, während wir uns langsam in Richtung Rolltreppe bewegen. »Hast du diese Hustenanfälle schon länger? Ist das auch eine Lungenfibrose wie bei meinem Vater? Ich weiß, wogegen Endoxan eingesetzt wird. Was ist los?«

»Ludmilla ...« Er schweigt verbissen, bevor er zu mir hinunter sieht. »Reden wir nicht mehr davon. Du hättest das niemals mit ansehen sollen.«

Ich hebe die Brauen. »Habe ich aber. Sag schon, bist du in Behandlung? Helfen die Medikamente?«

»Stopp!«, er schließt kurz die Augen. »Ich will nicht darüber sprechen. Es ist nichts, okay? Vergiss es einfach.«

Ich beiße mir auf die Lippe. »Aber ...« Warum vertraut er mir nicht? Ich seufze tief. »Okay.« Aber nur vorerst.

Ich reibe über mein pochendes Handgelenk und starre nachdenklich auf meine Schuhspitzen.

»Was ist mit deiner Hand los?«, höre ich Abel fragen. »Das ist mir schon die ganze Zeit aufgefallen. Hast du Schmerzen?«

Ich schneide eine Grimasse. »Nein, kein Vergleich mit deiner Lungengeschichte. Ich hab meine Hand wohl vorhin ein wenig überbeansprucht. Ich hatte vor einem Jahr einen Autounfall, bei dem ich mir den Arm verletzt habe, und mein Handgelenk ist immer noch nicht richtig fit. Oh, keine Sorge, ich bin nicht gefahren.« Ich streiche über die blassen Narben an dem Gelenk. »Mein Bruder Leo saß am Steuer.«

»Was ist passiert?«, Abel bleibt stehen.

»Leo hatte erst seit ein paar Wochen den Führerschein. Wir haben einen Ausflug ans Meer gemacht und waren auf dem Rückweg. Es war dunkel und glatt auf der Autobahn.« Ich hole tief Luft, als mir plötzlich das Quietschen der durchdrehenden Reifen durch den Kopf schießt. Leos Lachen, das mir ins Ohr gesprudelt war, erstarb innerhalb einer Sekunde. Ein lautes Fluchen, ein wahnsinniger Druck und dann dieser ohrenbetäubende Knall, splitterndes Metall und Glas, gefolgt von einem heißen Schmerz in meinem rechten Arm. Und dann – nichts, nur Leere, die mich bis heute verfolgt.

»Leo hat von seiner Arbeit erzählt: Vor Kurzem hatte er sein erstes Interview mit einem Politiker geführt, und dann – hat er plötzlich die Kontrolle über das Auto verloren. Wir sind gegen die Leitplanke geprallt. Leo ist zum Glück nichts passiert, das Auto hatte jedoch einen Totalschaden. Und ich ... Die Beifahrertür wurde komplett zusammengequetscht, und leider war mein rechter Arm dazwischen. Der Bruch war kompliziert, ist aber gut verheilt. Wie du siehst sind kaum Narben geblieben. Nur mein Handgelenk tut noch manchmal weh und bewegt sich nicht immer, wie ich es will.«

Abel nickt und betrachtet mein Gesicht ein paar Sekunden zu lang. »Du hattest Glück«, stellt er fest. Sein Blick bleibt an der goldenen Blume hängen, die wie durch ein Wunder immer noch in meinem Haar steckt.

»Ja«, sage ich. »Das meinen alle: Ich hatte Glück. Aber manchmal sehe ich das anders. Der Unfall hat mein ganzes Leben auf den Kopf gestellt. Ich kann nicht mehr malen, obwohl das fast mein ganzer Lebensinhalt war. Seitdem fühle ich mich häufig total orientierungslos. Weißt du, ein einziger Moment reicht aus, um –«

»Um alles zu verändern«, ergänzt Abel und blickt abwesend an mir vorbei.

Ich nicke. »Innerhalb einer Sekunde war alles anders. Und es kann nie mehr so werden, wie es einmal war. Damit muss man erst mal klarkommen.«

Mein Blick fällt auf die Reihe der bunten Werbeplakate, die in beleuchteten Glaskästen an den grauen Steinwänden angebracht sind. Zwei Plakate für das Stadtfest, auf dem wir gerade waren, zwei für ein anstehendes Konzert in einem Live-Club und – mein Herz bleibt stehen.

Das gleiche hellblaue Plakat wie im Fenster der Kunsthalle starrt mir entgegen.

Zusatzausstellung: 01. November bis 30. November: Die Schule der Kunst.

Hastig drehe ich mich um und presse das Kinn gegen das Brustbein. Warum hängt ausgerechnet hier diese Werbung? Verdammt mieses Karma.

Abel wendet sich dem Plakat zu, sodass ich ihn im Profil sehe. In seinen Augen nehme ich plötzlich ein erkennendes Flackern wahr, daher sprudele ich einfach heraus: »Siehst du das hellblaue Plakat dort – die Schule der Kunst?«

Als er nickt, fahre ich fort: »Es ist verrückt, aber mein Kunstlehrer hat mich für diese Aktion vorgeschlagen. Ich könnte in der Kunsthalle, wo wir heute waren, meine Bilder ausstellen.« Ich beiße mir auf die Zunge, denn plötzlich verknotet sich mein Magen.

Abel hebt abwartend eine Braue. »Und?«

»Und – nichts. Ich habe mich nicht beworben«, ich verstumme.

Er tritt auf die Rolltreppe und dreht sich zu mir um. Ich steige nach ihm auf die summende Treppe. Plötzlich sind wir gleich groß, und er ist mir so nah, dass mich sein kribbelnder Duft kitzelt. Eine heiße Welle zuckt durch meinen Körper, und ich senke unwillkürlich den Blick.

Wir erreichen die untere Ebene ohne zu sprechen. Abel tritt rückwärts, die Hände in den Manteltaschen vergraben, auf den reflektierenden Steinboden und beobachtet mich mit skeptischem Blick, sodass ich mir plötzlich ziemlich idiotisch vorkomme. Nein, ich *bin* idiotisch.

»Warum hast du dich nicht beworben?«, fragt er schließlich. »Das muss doch eine große Chance sein.«

»Schon«, antworte ich und stecke wie er die Hände in meine Jackentaschen. Das Bild, das ich heute abgegeben habe, fällt mir ein. Das grüne Wolkenbild, das ich verschmiert habe. »Weißt du, jahrelang war es mein Traum, mich nach der Schule an einer Kunsthochschule zu bewerben, Kunst zu studieren und Malerin zu werden. Doch mit dem Unfall hat sich alles verändert. Erst habe ich Ewigkeiten einen Gips getragen und konnte nicht mal mehr meinen Namen ordentlich schreiben. Und auch jetzt noch, nach meiner angeblichen Genesung, ist meine Hand beeinträchtigt. Ich kann nicht mehr so malen wie früher. Dieser Traum ist ausgeträumt. Nach der Schule werde ich ganz mit der Kunst aufhören, warum sollte ich also jetzt noch in Kontakt mit Galeristen und Kunsthändlern treten? Das würde doch gar nichts bringen. Und außerdem ... würde es eh nicht klappen. Ich bin nicht gut genug für so eine große Ausstellung. Sie würden mich ganz bestimmt nicht nehmen.«

Ich muss die Arme um mich schlingen, denn plötzlich habe ich Papas leise Stimme im Ohr: »Ludmilla, versprich mir ...« Rasch schüttele ich den Kopf.

»Das mit deiner Hand tut mir ehrlich leid, aber solche Dinge passieren eben, wenn man die Kontrolle abgibt«, sagt Abel kühl. Ich spüre seinen Blick auf meinem Gesicht, aber ich kann ihn nicht ansehen. Dann wird seine Stimme weicher. »Ich kann zwar nicht beurteilen, ob du als Malerin gut bist oder schlecht, aber du hast von der Kunst gesprochen, als ob sie dir so viel bedeutet wie kaum etwas anderes.« Unter gesenkten Wimpern sehe ich, wie er sich mit der Hand langsam durchs Haar fährt.

»Ludmilla, schau mich an.«

Meine Schultern zucken, als er erst die goldene Blume an meiner Kopfseite berührt und dann wie beiläufig seine Hand an meine Wange schiebt, um mit dem Daumen mein Kinn anzuheben. Seine Berührung hinterlässt eine brennende Linie auf meiner Haut.

»Was bleibt übrig, wenn du die Kunst hinter dir lässt?«, fragt er. »Was bleibt noch von dir übrig? Wer bist du dann?«

Ich starre verblüfft in seine Augen, die mich irgendwie verschleiert anblicken. Wer bin ich, wenn ich endgültig nicht mehr male? Wenn ich keinen Stift, keinen Pinsel in der Hand halte? Ich beiße mir auf die Lippe, die plötzlich zu zittern anfängt. Die Antwort lautet: Keine Ahnung. Und ich weiß nicht, ob mir das gefällt.

Abels Blick flackert. Und mit einem Mal habe ich das Gefühl, dass seine kalte Fassade aufbricht. Hilflosigkeit, Wut und ein riesiger Schmerz bohren sich in mein Herz. Mein Atem stockt. Für eine Sekunde blitzt der Mann von dem Paarportrait vor mir auf.

Im nächsten Moment ist es schon wieder vorbei. Er lässt die Hand fallen und steckt sie in seine Manteltasche. Meine Haut pulsiert da, wo er mich berührt hat.

Abel streicht sich wieder ein paar Haarsträhnen aus der Stirn. Er lächelt mich schief an, doch das Lächeln erreicht nicht seine Augen. »Zeig mir erst mal eins deiner Werke, und dann sage ich dir, ob du die Malerei an den Nagel hängen solltest. Vielleicht schätzt du dich selbst vollkommen korrekt ein und hast einfach kein Talent.«

Ich schlucke einmal und grinse dann zurück. »Meinst du, ich kann mich auf dein Urteil überhaupt verlassen? Du magst Kunst und Malerei ja nicht mal besonders. Ein vernichtendes Urteil von dir kann ich wohl eher als Kompliment werten.«

»Du unterschätzt mich, Ludmilla«, seine Augen funkeln dunkel. »Ich lerne schnell.«

***

»Hier wohne ich.« Ich bleibe stehen und weise mit dem Daumen auf die Reihe der großen, quadratischen Gebäude mit den schmalen Fenstern. Unsere Siedlung. Nicht die beste Lage und nicht gerade vornehm, aber dafür günstig. Und das war nach Papas Tod das Wichtigste.

Die Straßenlaternen tauchen die Häuserzeilen in ein gelbliches Licht, wodurch sie sich deutlich gegen den graublauen Abendhimmel abzeichnen. In vielen Zimmern brennen noch Lampen, man hört Stimmen, klapperndes Geschirr und leise Musik. Über uns rascheln die Bäume im kühlen Wind. Der schmale, leicht erhöhte Weg zu den Häusern liegt direkt hinter mir.

Irgendwie unschlüssig stehen wir voreinander. Eine feuchte Brise spielt in meinen Haarsträhnen und drückt Abels Mantelkragen flatternd an sein Kinn. Er hat die Hände in den Manteltaschen vergraben, während ich an meinem Jackenärmel herum zupfe und von einem Fuß auf den anderen trete. Plötzlich rutsche ich auf dem feuchten Laub aus und stolpere zurück. Abels Hand schießt nach vorne und hält mich fest, bevor ich auf den Hintern falle.

»Danke«, sage ich mit rotem Kopf. »Sorry, ich bin manchmal etwas tollpatschig.«

Er lässt mich los und neigt den Kopf, sodass ihm die Haare in die Augen fallen.

Da habe ich eine Idee. »Hey, hast du Lust, am Freitag auf die Geburtstagsparty meiner Freundin zu kommen? Wir feiern in einem Partyraum auf dem Uni-Gelände. Das ist hier ganz in der Nähe. Es wird bestimmt lustig. Was meinst du?«

Abel antwortet nicht direkt. Als sein Blick schließlich zu mir schwenkt, breitet sich eine eisige Kälte in meinem Bauch aus. Seine dichten Brauen sind zusammengezogen, und in seinem angespannten Kiefer zuckt ein Muskel.

»Ist was nicht in Ordnung?«, frage ich und trete automatisch einen Schritt zurück. Das Laub knirscht unter meinen Stiefelsohlen.

Abel räuspert sich und drückt die Faust gegen den Mund. Seine Stimme klingt heiser, als er antwortet: »Ich weiß nicht, ob das eine so gute Idee ist.«

»Wieso?«, will ich wissen. »Bist du kein Fan von Partys? Hör mal, es wird bestimmt ganz witzig. Ich –«

»Das ist es nicht«, unterbricht er mich unerwartet heftig. »Ich kann nicht. Am Freitag. Es geht nicht. Ich hab schon was vor.«

»Oh.« Meine Schultern zucken enttäuscht nach unten. »Das ist – ich meine ... schade.« Schon was vor? Das klingt nach einer dicken Ausrede. Warum sagt er nicht einfach, dass er keine Lust hat?

Ich lasse den Kopf hängen und dabei rutscht mir die goldene Plastikblume aus dem Haar. Schnell schiebe ich sie wieder zurück. Abels Blick bleibt an der Blume hängen. Plötzlich habe ich einen Kloß im Hals, doch ich gebe mir einen Ruck. »Sehe ich dich – also, sehen wir uns nochmal an einem anderen Tag?«

Er sieht mit starrer Miene in mein Gesicht. »Wir sehen uns spätestens auf deiner Ausstellung«, antwortet er. »Die Schule der Kunst.«

Ich verdrehe die Augen. »Du weißt echt, wie man jemanden aufbaut. Ganz ohne Druck und Zwang.«

Er knöpft seinen Mantel bis zum Hals zu und stellt den hohen Kragen auf. In mir versteift sich alles. Warum ist er nur so wechselhaft? Erst nimmt er meine Hand und jetzt stößt er mich wieder zurück. Wer ist er nur? Ein paar Sekunden starre ich ihn wortlos an, und er blickt zurück.

»Bis dann«, murmelt er.

Stopp, geh nicht!, will ich rufen, aber im nächsten Moment ist er schon in der Dunkelheit verschwunden. Seine Schritte verlieren sich immer mehr, bis nur noch das Rauschen der Blätter zu hören ist.

12

Es ist schon weit nach Mitternacht, als ein junger Mann den hell erleuchteten S-Bahnhof betritt. Sein dunkles Haar hängt ihm in die Stirn und verdeckt die in tiefe Falten gezogene Stirn.

Um diese Uhrzeit ist hier nicht mehr viel los. Ein paar Jugendliche hängen vor einem Imbiss herum, trinken aus weißen Bechern und lachen ab und zu laut auf. Eine Frau mittleren Alters zieht einen grauen Koffer über den Steinboden und drückt dann den Knopf für einen der beiden Aufzüge. Das Rauschen der abfahrenden Züge liegt in der Luft.

Ohne sich umzublicken durchquert der junge Mann die Bahnhofshalle. Seine festen Schritte erzeugen ein dumpfes Echo. Er wirft keinen Blick in den hellen 24-Stunden-Supermarkt oder auf die Anzeigetafel und ignoriert die Treppen, die zu den Gleisen führen. Stattdessen strebt er auf den Hintereingang zu, der dunkel und abseits vom Rest des Bahnhofs liegt. In die rechte Wand sind Schließfächer eingelassen, während an der gegenüberliegenden Seite bunte Plakate hängen.

Schließlich bleibt er stehen und sieht sich um. Hinter der fleckigen Glastür zum Hinterausgang wölbt sich nur tiefe Schwärze.

Er beißt die Zähne zusammen, weil er ahnt, dass er

zu spät kommt. Oder zu früh. Jedenfalls ist der Grund für seinen Besuch nicht da.

Als er sich abwendet, zuckt in seinem Augenwinkel plötzlich ein Schatten. Er wirbelt herum und zieht hörbar die Luft ein.

Nein, er hat sich nicht getäuscht: Dort, an der rechten Seite, bewegt sich fast unmerklich eine dunkle Gestalt.

Langsam tritt der junge Mann an den am Boden liegenden Menschen heran. Es handelt sich um einen alten Mann, der den Kopf gegen die Wand gelehnt hat und mit offenem Mund schläft. Die Haare auf seinem Kopf sind weiß und strohig, das Gesicht faltig.

Der junge Mann starrt den Obdachlosen stumm an, bevor er ihn an der Schulter rüttelt und ihm in der nächsten Sekunde seine schlanke Hand auf den Mund presst. Zappelnd erwacht der Alte und reißt die runzeligen Augen auf. Erkennen blitzt darin auf und dann – Panik.

»Du? Mann, was soll das?! Au!« Der Obdachlose keucht auf, als ihn sein Angreifer nach oben zerrt und in den Schwitzkasten nimmt. Er windet sich heftig, aber der eiserne Griff lockert sich keinen Zentimeter.

Fest umklammert schleift der junge Mann den strampelnden Penner in Richtung der Bahnhofshintertür. Seine Füße schlagen laut auf den Steinboden, doch niemand sieht in ihre Richtung.

Auf dem Vorplatz ist es sehr ruhig. Weit entfernt fährt ein Auto vorbei. Der junge Mann stößt den Obdachlosen von sich und lockert die Schultern. Der Alte stürzt auf den Boden und ächzt auf. »Was willst du? Lass mich in Ruhe!«, brabbelt er.

»So funktioniert das leider nicht«, murmelt der junge Mann. »Du warst zur falschen Zeit am falschen Ort.«

»Ich versteh überhaupt nix. Ich hab dich doch nur einmal gesehen. Lass mich – nein, stopp, geh weg!« Der Alte krabbelt rückwärts, die Augen weit aufgerissen. Der junge Mann sprintet ihm in einer fließenden Bewegung nach. Panisch fuchtelt der Penner mit der zerknitterten Hand herum, doch er hat keine Chance – der junge Mann packt ihn und schlingt die Hände um seinen Hals.

Der Alte stöhnt auf und schnappt nach Luft. Der junge Mann drückt die Fäuste zusammen, und sofort schlägt ihm ein harter Puls gegen die Handinnenflächen. Der Penner reißt den Mund auf, doch keine Luft dringt ein. Speichel läuft über sein Kinn, er verdreht die Augen.

Der junge Mann presst die Augen zusammen, doch das Würgen und Wimmern des Alten kann er nicht aussperren. Der alte Körper zuckt unter seinem Griff, und sein Hals fühlt sich merkwürdig dünn an, er spürt jeden einzelnen Wirbel.

Der Penner würgt heftig, zerkratzt mit seinen langen Nägeln seine Haut und wirft sich nach hinten, doch der junge Mann quetscht die Hände noch fester zusammen.

Stumm zählt er die Sekunden.

Eins. Zwei. Drei. Vier.

Er kann das Kämpfen, Zucken und Beben des Alten kaum noch ertragen.

Fünf. Sechs. Sieben. Acht.

Endlich erschlafft der Obdachlose in seinen Händen. Der junge Mann lässt ihn los, sodass der leblose Körper auf den schmutzigen Asphalt fällt. Dann beugt er sich über den Toten. Die blassen Augen starren an ihm vorbei, und der Mund klafft wie ein schiefes Loch in dem eingefallenen Gesicht. Die Haut hat sich gräulich verfärbt, nur über den Hals ziehen sich rote Druckstreifen.

Einen Moment vergräbt der junge Mann das Gesicht in den Händen und atmet tief durch. Dann beugt er sich vor und schließt dem Alten rasch die Augen.

Ein Vogel fliegt kreischend in den Nachthimmel.

Der junge Mann streicht sich langsam das dunkle Haar aus dem Gesicht und starrt in den bewölkten Himmel. Mit dem nächsten Windstoß steckt er die Hände in die Taschen und verschwindet lautlos in der Dunkelheit.

13

Am späten Donnerstagnachmittag, dem Tag vor Maries Geburtstag, klingelt es Sturm an der Haustür. Ich lasse fast den Apfel fallen, in den ich gerade beißen wollte, und haste in meiner gemütlichsten Jogginghose zur Tür.

»Hallo?«, frage ich in die Freisprechanlage.

»Hey, Mila«, tönt mir eine vertraute Stimme entgegen, die mein Herz einen Purzelbaum schlagen lässt. »Hab meinen Schlüssel vergessen. Lässt du mich rein?«

»Nein, aber danke der Nachfrage«, antworte ich grinsend, bevor ich den Türsummer betätige. Ich öffne die Wohnungstür einen Spalt und blicke in den gekachelten Flur. Das Licht schaltet sich flackernd ein, und ich höre schnelle Schritte, die die Stufen hinaufeilen.

Und dann ist er da. Leo. Mein Bruder. Sein lockiger Schopf taucht am Treppenabsatz auf. Mit einem Mal quillt mein Herz fast über vor Wiedersehensfreude, und ich bin selbst vollkommen überrascht, wie sehr ich ihn vermisst habe. Trotz allem.

»Mila!«, Leo reißt mich in die Arme, hebt mich hoch und dreht sich schwungvoll mit mir im Kreis. Ich lache, bevor mir ein spitzer Schrei entfährt, als ich mit dem Kopf gegen den Türrahmen knalle.

»Au! Mann, pass doch auf!« An ihn gepresst stolpere ich rückwärts und werfe die Haustür zu. Dann reibe ich mir in seiner Umklammerung den Hinterkopf. Das gibt eine ganz schöne Beule. Wie schafft Leo das nur immer, alles innerhalb einer Sekunde durcheinander zu wirbeln? Na ja, dieses Talent liegt wohl in der Familie.

In einem Anfall plötzlicher Ordnungswut habe ich gestern Nacht mein Zimmer aufgeräumt – den Klamottenberg zurück in den Schrank gestopft, bunte Farbflecken vom Boden geschrubbt und die aus der Bibliothek ausgeliehenen Bücher auf einen ordentlichen Stapel geschichtet –, aber nur Stunden später sieht es schon wieder aus, als wäre eine Bombe eingeschlagen. Ich kann einfach nichts dagegen tun.

Ich lehne mich ein Stück zurück, um Leo anzublicken. Die meisten sagen, dass man unser Geschwisterdasein auf den ersten Blick erkennt. Leo hat wie ich Mamas schmale Nase geerbt und ist fast genauso dünn wie ich, dafür ein ganzes Stück größer, jedoch nicht so groß wie Abel.

Ich schüttele rasch den Kopf, bevor mich die Erinnerung an ihn aus der Bahn wirft. Bling, bling.

Nach nicht mal 24 Stunden kommt mir der gestrige Tag schon wie ein verrückter Traum vor. War ich wirklich mit Abel in der Kunsthalle? Sind wir tatsächlich Riesenrad gefahren?

Leo löst sich aus meiner Umarmung und wirft sich die Locken aus der Stirn. Wir haben die gleiche Haarfarbe – ein dunkler Braunton –, aber seine Haare kringeln sich seit seiner Kindheit in dichten Locken, während mein dickes Zottelhaar glatt wie Spaghetti ist. Seine wachen Augen sind nicht blau wie meine, sondern grau wie Stahl. Wie Papas Augen, um die sich ebenso stets Lachfältchen graben. Er bewegt sich schnell wie eine Katze, oft zu schnell, dann wirft er etwas um oder rempelt jemanden an. Da er um keine Entschuldigung verlegen ist, nimmt ihm jedoch kaum jemand etwas übel.

»Wie geht's dir? Wo steckt Mama?«, fragt er jetzt und greift nach meinem rechten Handgelenk, das er prüfend hin und her dreht. »Was macht die Hand?«, setzt er leiser hinzu. Ich schlucke, und plötzlich fühle ich wieder diese unsichtbare Distanz zwischen uns.

»Alles gut«, lüge ich. »Wirklich. Mama arbeitet, sie kommt erst irgendwann nachts zurück.«

Leo nickt und nimmt dann seine rote Adidas-Tasche auf, die er in Richtung Küche trägt. Ich lehne mich mit verschränkten Armen gegen den Türrahmen. Für mehr als zwei Personen ist in unserer winzigen Küche kaum Platz, das war früher oft ein Streitthema.

Leo hat sich an den Tisch gesetzt und packt seine Tasche aus. Neugierig betrachte ich den länglichen, in Plastik eingeschlagenen Gegenstand, den er hervorzieht.

»Das ist mein fabulöses Geschenk für die wunderbare Marie. Ta-da!« Leo reißt die Plastikverpackung von dem Gegenstand, und ein schmales Stoffpaket fällt mir entgegen, das ich mit beiden Händen auffange. Mit gerunzelter Stirn falte ich den steifen Stoffbatzen auseinander. Er ist schwarz und – oh, der große Kopf eines Baywatch-Typen mit strahlend weißen Zähnen taucht auf, dann seine breiten Schultern und darunter ein gebräunter Sixpack.

»Wow«, sage ich und muss lachen. »Sexy Bettwäsche. Darüber wird sich Marie freuen.«

»Na klar! Sie ist ja immer noch Single, oder?« Leo

grinst breit. »Hast du irgendwo Geschenkpapier? Muss das gute Stück noch einpacken.«

Ich verschwinde in meinem Zimmer, wo ich die Schreibtischschublade aufziehe. Zeichenpapier und bunte Pappe quillt mir entgegen. Und – die Bewerbung für die Ausstellung in der Kunsthalle.

Natürlich habe ich sie nicht weiter ausgefüllt, ganz egal, was Abel gesagt hat. Er kennt mich doch gar nicht. Er weiß nicht, wie es meiner Hand in Wirklichkeit geht und wie es um mein Talent bestellt ist. Er hat absolut keine Ahnung.

Mit zusammengebissenen Zähnen suche ich in dem Chaos nach einer bunten Geschenkpapierrolle und bemerke erst, dass Leo hinter mich getreten ist, als seine Hand in die offene Schublade schießt und gleich drei Skizzenblätter auf einmal hervorzerrt. Die rote Geschenkpapierrolle knallt aus meiner Hand auf den Laminatboden. Ich wirbele herum.

»Lass den Scheiß, Leo, gib das her!«, ich will ihm meine Skizzen aus der Hand reißen, aber er hält einfach die Arme hoch über seinen Kopf, genauso wie damals, als wir beide Kinder waren und er mir mein Spielzeug weggenommen hat.

»Wieso drehst du denn so durch? Ist das was Geheimes, Verbotenes, Versautes? Das schauen wir uns gleich mal an ... Au, spinnst du?« Leo krümmt sich zusammen, als ich ihm die linke Faust in die Rippen ramme und mir die Skizzenblätter schnappe.

»Mann, das tut verdammt weh!«, er reibt sich die Seite und linst neugierig auf das Papier, das ich nun hinter meinem Rücken verstecke. »Warum machst du so ein Geheimnis daraus?«

»Na schön.« Verärgert werfe ich das dicke Papier auf

meinen chaotischen Schreibtisch. Leo wird keine Ruhe geben, bis er erfahren hat, was sich auf den Blättern verbirgt. Um zu vermeiden, dass er nachts in meinem Zimmer herumwühlt, gebe ich lieber sofort auf.

»Wow!« Mein Bruder lehnt sich über die Schreibtischplatte und starrt auf die Skizzen, die ich diese Nacht nach meiner Aufräumaktion angefertigt habe.

»Krasse Bilder! Mila, du wirst immer besser! Hast du die wirklich selbst gezeichnet? Wer ist dieser irre Typ?«

Ich trete mit verschränkten Armen hinter ihn und sehe auf meine Bilder hinunter. Auf jedem der drei Papiere erhebt sich Abel. Einmal sieht man sein Profil, wie er sich die wilden Haare aus den Augen streicht. Sein Blick ist kühl und abweisend. Die Skizze ist in dunklen, matten Tönen gehalten, die miteinander verschwimmen. Wenn ich sie betrachte, spüre ich deutlich seine Abwehrhaltung, die er so oft einnimmt. »Komm mir nicht zu nah«, nenne ich es im Stillen.

Auf dem zweiten Bild habe ich ihn in seinem Matrix-Mantel gezeichnet. Beide Hände hat er in die Taschen gesteckt. Seine Haltung wirkt bedrohlich und gespannt, als wäre er bereit, jederzeit herumzuschnellen und sich auf seinen Verfolger zu stürzen.

Und auf der dritten Skizze erhebt sich Abels Gesicht mit dem scharf geschwungenen Kiefer und den dunklen Brauen. Ich habe das Portrait mit einem weichen Bleistift gezeichnet, eher gestrichelt. Das Bild zeigt ihn, wenn er lächelt, was ich bisher viel zu selten gesehen habe. Alles Kalte, alles Gefährliche ist aus seinen Augen verschwunden, obwohl sie schwarz wie eine Dezembernacht wirken.

Mein Herz wird schwer, während mein Blick über

seine fremden und zugleich vertrauten Züge gleitet. Das ist der echte Abel, auf den ich bis jetzt nur wenige Blicke werfen konnte. Warum verstellt er sich nur immer?

Leo wendet sich mir zu und beobachtet mich, während ich die Bilder betrachte. Er hat wie ich die Arme verschränkt und wirkt vermutlich wie ein verzerrtes Spiegelbild von mir.

»Also geht's deiner Hand wirklich besser?«, fragt er, und die Hoffnung in seiner Stimme schneidet mir ins Herz. »Kannst du wieder malen? Hör zu, ich wollte nie, dass du –«

»Ich weiß«, unterbreche ich ihn, bevor er sich für etwas entschuldigt, das nicht seine Schuld war. »Das weiß ich doch. Es geht schon, wirklich.« Nachdenklich betrachte ich Abels Gesicht auf dem Papier und reibe mir dabei über das Handgelenk, das wegen der ungewohnten Beanspruchung immer noch leicht pulsiert.

»Hallo, hörst du mir zu?«, Leo wedelt mit der Hand vor meiner Nase herum. »Oh Mann, du bist ja ganz weggetreten. Noch schlimmer als sonst. Wie im Delirium. Und jetzt wirst du auch noch rot! Wer ist der Typ, den du da gemalt hast? Ehrlich, er hat eine total fetzige Frisur! Hat meine supercoole Schwester einen Freund? Einen jungen Mann, den sie zur Abwechselung mal gut findet?«

»Keine Ahnung. Verrückt, oder?« Ich bücke mich, um nach der Geschenkpapierrolle zu greifen.

»Total verrückt«, sagt Leo. »Aber auch richtig toll. Um nicht zu sagen: Fabelhaft! Ich hätte nicht gedacht, dass du so schnell jemanden triffst, der dir gefällt. Der Kerl muss ja 'ne Menge drauf haben, denn du bist ja nicht gerade leicht zu beeindrucken.« Er wirft einen

Blick auf meine Zeichnungen. »Interessanter Typ. Ist er vielleicht Kunstprofessor? Kommt er morgen auch auf die Party?«

Ich hebe die Schultern. Falsches Thema. »Nein, er hat schon was vor.«

»Was? Das gibt's doch nicht!«, ruft Leo entgeistert. »Ich bin dein Bruder und das Oberhaupt der Familie, es ist meine Pflicht, ihn kennen zu lernen. Woher kennst du ihn denn? Was ist er für ein Kerl?« Er lässt sich auf meine Bettkante fallen und macht sich an Maries Geschenk zu schaffen.

Ich lehne mich mit dem Rücken gegen meinen Schreibtisch und kreuze die Beine in der grauen Jogginghose. »Ich kenne ihn aus dem Filmpalast. Er hat sich dort einen Film angesehen. Oh, Christina kommt morgen übrigens auch«, füge ich hinzu, um vom Thema abzulenken. »Sie hat heute in der Schule irgendwie mitbekommen, wie Marie, ein paar andere und ich über die Party gesprochen haben. Sie ist fast ausgerastet, als ich erzählt hab, dass du auch dabei sein wirst, und hat sich kurzerhand selbst eingeladen.«

Leo wirft lachend den Kopf zurück. Das Geschenkpapier knistert in seiner Hand.

»Dann wird die Party bestimmt spannend«, sagt er. »Aber nun zu dir: Der Supertyp war also ein Gast im Filmpalast, soso. Er steht folglich auf olle Filme in staubiger Atmosphäre. Aber gut, du schließlich auch. Dann passt das ja so weit.« Das Geschenk ist fertig eingepackt und liegt unschuldig auf der Bettdecke.

»Und wie heißt er? Was macht er?«

Ich knibbele an meinem Daumennagel herum. »Er heißt Abel.«

»Abel?« Leo sieht mich mit hochgezogenen Brauen

an, das Kinn auf die Hände gestützt. »Sehr biblisch. Wo kommt er her?«

»Das weiß ich gar nicht so genau«, antworte ich achselzuckend. »Ich schätze, aus dem Ausland. Er ist aus familiären Gründen in der Stadt. Sein Vater ist gestorben.«

»Oh«, für eine Sekunde verdunkelt sich Leos Gesicht. Ich weiß, er denkt wie ich an Papa. Dann grinst er wieder breit: »Und du magst ihn?«

»Ja, ich schätze schon«, sage ich. »Aber es ist nicht so, wie du –«

»Wow, meine süße Schwester ist verliebt!«, unterbricht mich Leo und wirft sich lachend auf den Rücken, sodass mein Bett quietscht. Sofort bereue ich meine offenen Worte.

»Halt die Klappe«, zische ich wütend.

»Und zickig ist sie plötzlich auch. Was tut der Typ mit dir? Gib mir meine supercoole Schwester zurück, fremder Abel!« Er klopft neben sich auf die zerknautschte Decke. »Ich kann es kaum abwarten, den Supertypen kennen zu lernen, der meiner eiskalten und verpeilten Schwester endlich den Kopf verdreht hat.«

»Ich bin nicht eiskalt«, murre ich und lasse mich dann doch neben ihn fallen. Ich rolle mich auf den Rücken, und gemeinsam starren wir an die Decke, an der sich meine kleine Lampe dreht. Das erinnert mich an unsere Kindheit, als wir gemeinsam im Gras lagen und über die Form der Wolken gelacht haben. Plötzlich fühle ich mich geborgen. Aber nur einen Moment. Denn Leo richtet sich mit einem Mal auf und grinst auf mich herunter: »Sag mal, Mila, soll ich vielleicht gar nicht hier übernachten? Du willst doch bestimmt sturmfrei haben, wenn Abel hier reinschneit. Du weißt schon ...« Er formt einen Kussmund und macht ein paar unmissverständliche Handbewegungen.

»Halt die Klappe«, sage ich wieder und schlage ihm mit der Faust auf den Arm. Ein bisschen wünschte ich mir, ich wäre mit Abel wirklich schon so weit, aber das will ich Leo natürlich nicht unter die Nase reiben. Viel zu peinlich.

»Halt selber die Klappe«, entgegnet er ungerührt. Da klingelt es wieder an der Tür.

»Das ist Marie«, ich springe auf. »Wir wollen gleich noch für die Party einkaufen.«

Wenige Sekunden später wirbelt Maries dunkler Lockenkopf ins Zimmer. Heute trägt sie wieder pinke Fleshtunnel in den Ohren. Ihre braunen Augen beginnen zu strahlen, als sie Leo auf der Bettkante entdeckt. Er springt auf und umarmt sie fest, bevor er dem Geschenk auf der Decke einen unauffälligen Schubs gibt, sodass es herunter fällt.

»Was macht die Schule, Marie? Alle Punkte fürs Abi gesammelt? Steht dem Medizinstudium noch was im Weg?«, will er gutgelaunt wissen.

Maries Gesicht verdüstert sich. »Frag bloß nicht«, antwortet sie mürrisch, und das Piercing in ihrer Nase bebt gefährlich.

»Warum wird mir hier eigentlich immer der Mund verboten? Ist das eine spaßfreie Zone?«, Leo hebt theatralisch die Arme in die Luft. »Der perfekte Ort für eine mehrseitige Reportage: Sind Schüler heutzutage zu gestresst? Ist das Lernpensum zu hoch, G8 gescheitert? Leonard Grimm berichtet aus einem typischen Schüleralltag, in dem nicht gesprochen und schon gar nicht gelacht werden darf. Das ist ja noch spannender als die

Story mit den verschwundenen Personen, an der ich gerade dran bin. Marie, es geht bald nach London, hast du das schon gehört?«

***

»Der Wahnsinn, wie voll es schon ist!«, raunt Marie mir ins Ohr. »Unsere Partys sind einfach die besten, das muss sich landesweit rumgesprochen haben.«

»Ziemlich eng ist es aber schon«, erwidere ich stirnrunzelnd. Die Musik pulsiert in meinen Schläfen. »Und wir haben nicht mal zehn Uhr. Wie sollen wir die nur alle unterkriegen?«

»Es gibt was viel Schlimmeres«, entgegnet Marie und wischt sich mit der beringten Hand über die Stirn. »Ich fürchte, wir haben nicht genug zu trinken.«

»Ach, Quatsch. Leo hat doch auch was mitgebracht. Und die Bio-Studenten haben mindestens zehn Kästen angeschleppt. Keine Sorge, das reicht schon.«

Wir quetschen uns an den Rand des Partygetümmels. Der quadratische Raum ist wirklich schon proppenvoll.

»Sexy siehst du übrigens aus, Mila!« Anerkennend wandern Maries Augen über mein Gesicht bis zu meinem Outfit. Ich knickse ihr grinsend zu und drehe mich einmal im Kreis, wodurch der Saum meines schwarzen Kleides um mich herumwirbelt. Es hat einen tiefen Rückenausschnitt, durch den meine blasse Haut im Dunkeln zu leuchten scheint. Ich habe es mir vor Ewigkeiten im Super-Sommer-Sale gekauft, aber bisher noch nie getragen. Irgendwie fehlte immer der Anlass für so ein auffälliges Kleid. Als ich vor ein paar Stunden den Kleiderschrank öffnete, ist mir der schwarze, feine Stoff jedoch sofort ins Auge gestochen.

Das Haar habe ich locker hochgesteckt, sodass mir einzelne Strähnen ums Gesicht und auf die Schultern fallen. Die kleine Schramme an der Schläfe ist kaum noch zu sehen. Und auch der blaue Fleck vom Hockey ist unter der dunklen Strumpfhose verborgen. Insgesamt komme ich mir heute mal nicht wie ein Wrack vor, sondern ...

»Hey, was ist das eigentlich für 'ne Blume in deinen Haaren?«, fragt Marie plötzlich. Ich lasse mich zurück auf die Sohlen plumpsen und berühre das goldene Plastik an meinem Hinterkopf.

»Ach, nichts weiter«, erwidere ich. »Ein bisschen Gold für die Goldmarie.«

»Du Schleimer!« Marie, in schwarzen Jeans und einem gestreiften Top, lacht mich an und stößt dann mit ihrer Mischbierflasche gegen meine.

Ein paar Augenblicke später wirbelt Marie den gerade eingetroffenen Geburtstagsgästen entgegen, während ich an der Wand stehen bleibe. Vor meinen Augen zucken und verschwimmen die Gesichter, alle lachen und trinken aus Dosen oder Pappbechern. Das rote Licht der Lampions, die wir an den Wänden und der Decke befestigt haben, flackert im Takt der Musik. Die Luft riecht nach süßem Parfüm und Deo.

Die Stimmung ist wirklich toll. So wie es aussieht, wird das keine von diesen Partys, bei der alle betreten darauf warten, dass der Erste zu tanzen anfängt. Im Moment habe ich eher das Gefühl, dass alle außer mir tanzen. Wie immer.

Ich verschlucke mich fast, als sich plötzlich von hinten zwei Hände auf meine Schultern schieben. Ich drehe den Kopf zurück, und Christina fällt mir um den Hals.

»Mila, hallo! Super Party!« Sie lacht ihr glockenhelles Lachen; das lange, karamellblonde Haar fällt ihr wie ein seidiger Vorhang über den Rücken. Sie trägt ein ärmelloses Top mit Pailletten und spitze Pumps mit hohen Absätzen, weswegen sie mich noch mehr überragt als sonst schon. »Echt cool, dass wir endlich mal was außerhalb der Schule machen. Danke nochmal für die Einladung. Klasse siehst du aus! Wow, das Kleid ist ja der Hammer!«

»Danke. Schickes Top!«, gebe ich zurück und verkneife mir die Bemerkung, dass sie sich eigentlich selbst eingeladen hat.

»Findest du? Ist neu«, Christina zwinkert mir wie Miss America zu und flüstert dann mit einem schnellen Seitenblick: »Ist dein Bruder auch schon da? Ich bin schon ganz aufgeregt!«

Ich nicke. Die Musik wummert aus den Boxen über unseren Köpfen. »Er muss sich hier irgendwo rumtreiben.«

»Perfekt!«, quietscht Christina. »Wo ist denn die Toilette? Ich muss kurz mein Make-up checken.«

Kurz nachdem sie in der wogenden Menge verschwunden ist, schließen sich die nächsten Hände um meine Schultern. Der Griff ist fest, ein lautes Lachen streift mein Ohr.

»Leo!«

Er packt meine Hand und wirbelt mich zu sich herum – direkt auf die Tanzfläche. Ich verdrehe die Augen. Wie immer bewegt sich mein Bruder für meinen Geschmack etwas zu auffällig. Im flackernden Licht zuckt und zappelt er mit den Beinen und wirft den Lockenkopf zurück.

Ehrlich, ich kapiere nicht, warum sich so viele weibliche Wesen von seinem Affentanz angezogen fühlen, aber wie immer hat sich eine ganze Traube von Mädchen um ihn gebildet. In der aufgeheizten Dunkelheit spüre ich die wütenden Blicke von Leos potentiellen Tanzpartnerinnen wie Messerstiche. Mannomann, hier besteht definitiv ein Überschuss an Östrogen. Von Christina fehlt jedoch noch jede Spur.

»Mila, sei nicht so langweilig, du musst tanzen, lass die Sau raus!«, ruft Leo und schwenkt den Arm über den Kopf, sodass Bier aus seiner Flasche spritzt. Ich unterdrücke ein Stöhnen und winde mich aus seinem Griff, wobei ich mit dem Rücken gegen ein tanzendes Mädchen stoße.

»Sorry!«, schreie ich über die Schulter, während ich mir die Seite halte. Der Bass lässt den Boden erbeben.

»Christina sucht dich!«, rufe ich Leo zu. »Sie kann's kaum erwarten, dich endlich zu sehen, und wollte sich noch kurz hübsch machen.«

»Da bin ich aber mal gespannt«, erwidert er grinsend. Während er eine Art Schlangentanz vorführt, hebt er beide Arme über den Kopf. »Das Ergebnis werde ich mir gleich mit allen Details ansehen. Aber jetzt brauch ich erst mal frische Luft. Kommst du mit?«

Ich kann fast hören, wie Leos Groupies enttäuscht »Ohhhh« machen, als wir gemeinsam abziehen.

Kurze Zeit später lehnen wir uns gegen die Mauer des flachen Gebäudes und blicken über den Kreis der Gäste. Alle lachen und stoßen mit Getränken an. Bisher ist die Party ein voller Erfolg.

Ich wische mir mit der Hand den Schweiß von der Stirn. Hier draußen ist es ziemlich frisch, aber ich bin noch so erhitzt von der feuchten Wärme des Partyraums, dass ich es angenehm finde. Weiches Licht quillt von einer entfernt stehenden Laterne auf den Platz und taucht alles in gräulich flackernde Schatten.

Leo trinkt einen Schluck aus seiner Flasche. »Du siehst irgendwie anders aus, Mila. Sonst gibst du dir doch nie so viel Mühe. Die ganze Schminke und so.« Er stupst gegen einen meiner schaukelnden Ohrringe. »Ist wirklich alles in Ordnung? Du wirkst irgendwie traurig und glücklich zugleich. Denkst du noch oft an den Unfall?«

Ich zucke die Achsel. »Nein, nicht besonders oft. Ich komm schon klar.«

»Und das Malen läuft wirklich wieder? Jetzt wechsle nicht das Thema«, setzt er hinzu, als ich abwehrend die Arme hebe. »Die Bilder von deinem Abel sind echt klasse. Meinst du, es könnte doch klappen mit dem Kunststudium? Das würde mich total freuen.«

Ich beiße mir auf die Lippe. Leos Ton klingt beiläufig, aber ich kann das schmerzende Schuldbewusstsein fast mit den Händen greifen, das sich zwischen uns aufgebaut hat.

»Ich bin mir nicht sicher, ob ich überhaupt noch Kunst studieren soll«, antworte ich langsam. »Aber das liegt nicht nur an der Hand. Ich bin einfach nicht gut genug.«

»Stimmt. Denn du bist großartig. Hey, das meine ich ganz ehrlich!« Leo grinst, dann wird er wieder ernst und streicht sich die Locken seitlich aus der Stirn. Diese Bewegung erinnert mich irgendwie an Abel, und plötzlich spüre ich einen Kloß im Hals.

Was Abel wohl gerade macht? Hoffentlich hat er nicht wieder einen dieser schrecklichen Hustenanfälle bekommen.

»Die Sache mit dem Unfall ...«, reißt mich die Stimme meines Bruders aus den Gedanken. »Ich weiß, was ich dir angetan habe. Ich verspreche dir, irgendwann mache ich es wieder gut, du wirst schon sehen.«

»Du musst nichts wieder gutmachen, denn du konntest nichts dafür. Die Straße war glatt, du hattest kaum Fahrpraxis und kanntest das Auto nicht. Und es geht mir gut, keine Sorge. Ich bin ja nicht komplett verkrüppelt.«

Leo schüttelt den Kopf. »Auch wenn es keine Absicht war, war es dennoch meine Schuld. Ich hab Papa versprochen, dass ich immer auf dich achtgebe. Ich hätte besser auf dich aufpassen müssen. Aber ich mache es wieder gut, verlass dich drauf«, wiederholt er. Seufzend verschränke ich die Arme vor der Brust und lehne einen Fuß gegen die Mauer.

»In Ordnung, wenn du unbedingt willst. Oh, sag mal«, füge ich hinzu. »Erinnerst du dich an das Bild in Papas Arbeitszimmer?«

»Welches Bild? Er hatte doch hunderte bei sich hängen«, Leo lässt den Blick über den Vorplatz schweifen. Der Bass rollt dumpf über den platt getretenen Boden.

»Ich meine das Doppelportrait über dem Schreibtisch. Der Mann mit den grünen Augen und die junge Frau daneben. Papa sagte, dass es ein Freund von ihm gemalt hätte. Weißt du?« Ich drehe mich zu meinem Bruder um. Dieser blickt mich nachdenklich an. Der kühle Wind bewegt sein lockiges Haar hin und her, das in der Dunkelheit fast schwarz aussieht. »Klar, der Typ guckte doch so unfreundlich, oder? Wie kommst du jetzt darauf?«

Ich zögere und zupfe an meinem Rocksaum herum. »Abel erinnert mich irgendwie an das Bild, genauer gesagt an eben diesen Mann. Aber nicht nur das: Er erinnert mich an früher, als Papa noch gelebt hat. So, als würde ihn ein Hauch von Vergangenheit umgeben. Ich habe das Gefühl, dass er mich unbewusst dazu drängt, mich an irgendwas zu erinnern, aber ich weiß nicht, an was. Schwer zu beschreiben.«

»Hm«, Leo beugt sich interessiert vor. »Jetzt bin ich umso gespannter auf diesen Abel. Und man kann von Glück sprechen, dass er dich an dieses Portrait erinnert und nicht an den alten Schinken, der daneben hing. Keine Ahnung, von wem das Werk stammt, aber da war doch so eine fiese Fratze drauf.«

Ich muss grinsen. »Das war ein Portrait von Tschaikowski, Papas größtes Vorbild, du Banause.«

»Oh, natürlich, wie konnte ich das vergessen?«, Leo macht eine wegwerfende Handbewegung. »Würde Abel wie Tschaikowski aussehen, hätte ich an deinem Verstand gezweifelt. Und der muss eigentlich tadellos sein, immerhin haben wir denselben Genpool. Aber vielleicht hab ich auch einfach mehr Grips abbekommen? Au! Was soll das denn?!«

Ich halte mir die pochende Hand meines gesunden Arms.

»Seit wann bist du eigentlich so brutal?« Er boxt mich zurück, aber ich drehe mich kichernd zur Seite. Ich muss zugeben, dass ich es ein wenig vermisst habe, mich mit meinem Bruder zu streiten. Das haben wir seit dem Unfall nicht mehr gemacht. Ich flitze davon, doch Leo bleibt plötzlich stehen und pfeift einmal kurz. Ich blicke mich um.

Ein paar Schritte entfernt stöckelt ein gertenschlankes Mädchen mit einer langen roten Mähne auf den Eingang des Partyraums zu. Sie trägt ein kurzes graues Kleid mit waffenscheinpflichtigen Stilettos.

Ich verdrehe die Augen und muss lachen. Das ist die ältere Schwester von Joshua. Irgendwann lief mal etwas zwischen ihr und Leo, aber mein Bruder hat – wie so oft – schnell das Interesse an ihr verloren und sie fallen gelassen wie eine heiße Kartoffel.

Jetzt pfeift Leo noch einmal lauter, weswegen sich das Mädchen – Valerie ist ihr Name, glaube ich – fragend zu uns umdreht. Als sie uns entdeckt, wird sie rot. Oje.

Mein Bruder wirft ihr ein breites Lächeln zu, sagt: »Hey, Vally, wie geht's?« und wendet sich dann wieder zu mir: »Also, wo waren wir stehen geblieben?«

Doch bevor ich auch nur den Mund öffnen kann, wird hinter uns eine drohende Stimme laut: »Hast du sie noch alle? Sprich Valerie nie wieder an, kapiert?« Und im nächsten Moment greift eine große Hand nach Leos Schulter und reißt ihn herum. Ich zucke überrascht zurück. Was geht denn hier ab?

»Bist du bescheuert, du Idiot?«, Leo macht sich von dem Angreifer los, dessen lockigen Pferdeschwanz ich sofort erkenne.

Joshua!

Leo versetzt ihm einen wütenden Stoß gegen den Brustkorb. Joshua zuckt zurück und starrt Leo verblüfft an. Sein verquollenes Gesicht glänzt ganz rot. Er ist fast einen Kopf größer als mein schlaksiger Bruder und auch viel muskulöser. Bevor ich einschreiten kann, packt er Leo am Kragen seines hellen T-Shirts und zieht ihn eng zu sich heran. Hinter Leos Rücken sehe ich, wie an Joshuas Stirn eine dicke Ader pocht.

Ich trete vor und hebe beschwichtigend die Hände. »Stopp, Leute, beruhigt euch!«

Die rothaarige Valerie stellt sich mit peinlich verzogenem Mund neben mich. »Joshua, spinnst du? Du bist ja total betrunken, und es ist nicht mal elf Uhr! Lass Leo in Ruhe, es ist doch gar nichts passiert«, sagt sie.

»Da hört ihr's. Das war ein Missverständnis. Leo hat nichts gemacht«, ich greife nach Joshuas Arm. »Ihr könnt ...«

»Halt dich da raus, Mila!«, Joshua versetzt mir mit der freien Hand so plötzlich einen Stoß, dass ich gegen die Hauswand pralle. Ein scharfer Schmerz schießt mir durch den rechten Arm, als mir ein hervorstehender Ziegel in den Ellenbogen donnert. Meine Hand wird taub. Benommen spüre ich, wie die goldene Blume aus meinen Haaren rutscht, aber Leos lauter Ausruf verhindert, dass ich mich nach ihr bücke: »Joshua, bist du total irre? Lass meine Schwester in Ruhe! Wie erbärmlich bist du denn, 'ne Frau zu schlagen?!«

Die Unterhaltungen um uns verstummen, und die meisten Gäste drehen sich in unsere Richtung. Leo stößt Joshua mit beiden Händen nach hinten. Dieser verliert tatsächlich das Gleichgewicht und lässt Leo los, aber nur, um im nächsten Moment mit voller Wucht auf ihn einzuschlagen. Ein paar Leute schreien auf, als Leos Kopf zurückfliegt. Er krümmt sich zusammen und drückt sich die Hände vors Gesicht.

Ich halte mir den tauben Arm und stolpere ein Stück vor, doch Joshua setzt Leo wie der Blitz nach und holt erneut mit der Faust aus.

»Leo!« Ich presse mit entsetzt aufgerissenen Augen die Hand vor den Mund und warte auf den Schlag, der meinen Bruder niederstrecken wird. Eine Sekunde vergeht, noch eine. Mein Herz hämmert gegen die Rippen, und mein Arm pocht im selben Rhythmus.

Doch nichts passiert. Der angewinkelte Arm von Joshua hängt zitternd in der Luft, als hätte er es sich anders überlegt – oder als sei die Zeit stehen geblieben.

Mit rotem Kopf wirft Joshua den Kopf nach hinten.

»Wow!«, ruft eine Stimme von irgendwoher. Und ich schnappe nach Luft, denn ich kann nicht glauben, was ich da vor mir sehe.

14

Ich reiße die Augen auf, unfähig, mich zu rühren.

In dem Moment, als Joshua Leo niederschlagen wollte, hat ihn jemand am erhobenen Handgelenk gepackt. Jetzt dreht ihm die gleiche Person den Arm zurück. Joshuas Gesicht ist knallrot angelaufen, und sein zurückgebeugter Arm zittert heftig.

Ein heißer Stromschlag fährt mir durch den Körper, als ich den großen, schlanken Typen hinter Joshua erkenne.

»Abel?!«, rufe ich fassungslos.

Tatsache. Er ist es. Sein dunkler Mantel weht im Wind, und einmal mehr sieht er wie Keanu Reeves in »Matrix« aus. Seine aufrechte Haltung ist gespannt wie ein Bogen kurz vorm Abschuss des Pfeils, aber in der Sekunde, als sein Blick in meinen taucht, verändert sich seine unbewegte Miene. Ein elektrisierender Funken Hoffnung, aber auch ein unheimlicher Schmerz setzt sich darin fest und trifft mich direkt ins Herz.

Mir bleibt die Luft weg, als mir klar wird, wie stark Abel sein muss. Joshua ist zwar in etwa so groß wie er, aber dafür viel schwerer, und obendrein schäumt er vor Wut! Wie kann Abel seinen Arm so lange und so unbeweglich festhalten?

Abel reißt den perplexen Joshua zu sich herum und

stößt ihn zwei Meter neben mir gegen die Wand, sodass die Mauer heftig erbebt. Dann setzt er ihm in einer geschmeidigen Bewegung nach und drückt ihm den Ellenbogen unters Kinn. Joshuas Gesicht färbt sich fast lila und ihm entfährt ein lautes Keuchen.

Ich rappele mich auf und stolpere über den Kies zu Leo, dem ich die Hände vom Gesicht ziehe, um seine Verletzung zu begutachten. Leo stöhnt auf. Ein Streifen Blut läuft ihm aus dem Mund, und sein rechtes Auge sieht ziemlich zugeschwollen aus. Eine Traube aufgeregter Gäste bildet sich um uns, besorgte Stimmen werden laut.

»Alles okay?«, frage ich meinen ziemlich weggetretenen Bruder. Dieser nickt und murmelt: »So ein Spinner. Den mach ich fertig.«

Ich packe ihn fest am Kragen. »Ich würde sagen, das verschieben wir lieber.«

»Oh, Leo, das tut mir so leid. Tut's sehr weh?«, jammert Valerie neben mir.

Ich drehe den Kopf zu Abel und Joshua. Abel hat sich aufgerichtet, während Joshua am Boden benommen den Kopf schüttelt.

Oh Mann, was hat Joshua nur geritten? Er prügelt sich doch sonst nie. Verdammter Alkohol. Ich beiße mir auf die Lippe.

Abel dreht sich zu mir um. Ich will ihm gerade perplex danken, da fahre ich erschrocken zurück. Joshua hat sich an der Mauer hochgezogen und stürzt schwankend auf Abels Rücken zu. Abel, von dem Angriff überrascht, wirbelt herum. Joshua wirft sich auf ihn, krallt die Fäuste in sein dunkelblaues Hemd unter dem geöffneten Mantel und reißt ihn zu sich herum.

Ein paar Leute schreien, ein Cousin von Marie rennt

los, doch bevor er Abel und Joshua erreichen kann, geht alles so schnell, dass ich kaum begreife, was geschieht.

Als hätte er nur darauf gewartet, stemmt Abel Joshua einen Fuß in den Bauch und wirft ihn auf den Boden. Ein hässliches Reißen ertönt, das ich aber nicht richtig zuordnen kann. Abel hält Joshua mit beiden Armen fest. Heftig atmend starrt Joshua zu ihm auf, als verstehe er nicht, was gerade passiert ist.

Einen Augenblick ist es ganz still. Ich habe das Gefühl, alle halten den Atem an. Nur der Bass pulsiert stoisch durch die Nachtluft.

Nach ein paar Sekunden dreht sich Abel zu mir und Leo um, und mir dämmert, was das eben für ein reißendes Geräusch gewesen ist: Sein Hemd ist zerrissen. Die Knöpfe sind aufgeplatzt, und quer über der Brust verläuft ein fransiger Schnitt, der den Blick auf seine nackte Brust und den Oberbauch freilässt, wo sich die Muskeln spannen. Oh. Wow.

Ich packe Leo unwillkürlich fester, als meine Knie zu Gummi werden. Leo stöhnt auf. Im nächsten Moment weiten sich meine Augen. Was –?

Für den Bruchteil einer Sekunde blitzt eine runde, dunkle Stelle auf Abels Brust auf. Eine verzerrte Zeichnung, die in schwarzen Linien bis über sein Brustbein verläuft. Eine merkwürdige, irgendwie lebendig wirkende Tätowierung. Dann zieht Abel das Hemd vorne zusammen und schließt den Stoff über der glatten Haut, wobei er die Schultern hochzieht, als sei ihm die ganze Aufmerksamkeit plötzlich sehr unangenehm. Langsam lockert er die Arme und streicht sich die Haare aus den Augen.

»Krass«, flüstert jemand deutlich hörbar. »Habt ihr

das gesehen?«

Ja. Aber ich kann es trotzdem nicht glauben.

Valerie hat sich ihren betrunkenen Bruder geschnappt und ist mit ihm verschwunden. Zeitgleich hat ein hilfsbereiter Bio-Student Leo mitgeschleppt, um ihm einen Eisbeutel zu organisieren.

»Er wird es überleben«, habe ich vor ein paar Minuten zu der aufgeregten Christina gesagt, die nur das Ende der Prügelei mitbekommen hat. Unter gesenkten Wimpern hat sie einen interessierten Blick auf Abel geworfen, dann aber vermutlich entschieden, dass Leo gerade wichtiger ist. Mit wehenden Haaren ist sie verschwunden, um meinem Bruder beizustehen.

Jetzt stehe ich Abel auf dem windigen Vorplatz gegenüber und versuche krampfhaft, nicht auf den breiten Riss in seinem Hemd zu blicken, der sich mir auf direkter Augenhöhe präsentiert. Beim Gedanken an seine nackte Haut zieht sich mein Magen prickelnd zusammen. Was würde ich dafür geben, nur einmal die Hand auf seine Brust zu legen und diese merkwürdige Tätowierung mit den Fingerspitzen nachzufahren. Ein heißer Schauer jagt meinen Nacken hinauf. Unglaublich, was der Kerl für eine Wirkung auf mich hat. So was habe ich noch nie gefühlt. Wie macht er das nur?

Abel schaut über meine Schulter zu den lachenden Partygästen. Die Schlägerei haben die meisten zum Glück schon wieder vergessen.

»Ich hätte mich nicht einmischen sollen«, sagt Abel plötzlich mit belegter Stimme. »Was hab ich mir nur dabei gedacht?«

Ich schüttele überrascht den Kopf. »Es war gut, dass du dazwischen gegangen bist, sonst wäre von Leo jetzt nicht mehr viel übrig. Danke, dass du meinen Bruder beschützt hast. Und tut mir schrecklich leid wegen deinem Hemd. Das ist echt blöd gelaufen.«

Ich scharre mit der Fußspitze über den knirschenden Boden und schlucke, als mein Blick doch über seine Brust wandert. Der Wind weht mir ein paar Haarsträhnen aus der Stirn und kühlt meine erhitzten Wangen.

»Warum bist du doch gekommen?«, frage ich leise.

Abels Blick schwenkt zu mir herüber. »Ich –«, er sieht irritiert aus. »Ich schätze, ich wollte dich wiedersehen.« Die Worte kommen ihm so zurückhaltend über die Lippen, so unerwartet, dass sie mich wie ein Faustschlag in den Magen treffen, der sofort süß zu brennen anfängt. Hab ich mich verhört?

»Ehrlich? Oh, das ist ... äh, also ... schön«, erwidere ich ziemlich geistreich und fühle, wie meine Ohren heiß werden. Er beugt sich langsam vor, als wollte er mich ganz genau ansehen. Unwillkürlich erschaudere ich, als er mir so nah kommt, dass ich seine Wimpern zählen und die Wärme seines Körpers spüren kann. Mein Herz kollabiert fast in der Brust. Einen Moment denke ich, ich ertrinke in seinem Blick, aber dann lehnt er sich wieder zurück und schüttelt sich das Haar aus den Augen. Nun wirkt er wieder unnahbar, wie durch eine unsichtbare Wand von mir getrennt.

»War das eben dein Bruder? Der Typ, der verletzt wurde?«, fragt er mit seinem weichen Akzent. »Ihr seht euch ziemlich ähnlich.«

»Das war Leo«, nicke ich und atme tief ein, um mein wild hämmerndes Herz unter Kontrolle zu bringen. »Die Aktion war wieder mal typisch für ihn. Er zieht Stress und Ärger irgendwie magnetisch an. Er will Journalist werden, und du glaubst nicht, in was für verrückte Situationen er bei seinen Recherchen schon geraten ist. Vor drei Jahren mussten meine Mutter und ich ihn eines Nachts bei der Polizei abholen, weil er in den Garten eines Industriellen gestiegen war. Bald fliegt er sogar nach London und jagt da einer Spur nach. Es geht dabei um spurlos verschwundene Leute, soweit ich das verstanden hab. Hast du eigentlich auch Geschwister?«

Für weniger als eine Sekunde ziehen sich Abels Brauen zusammen. Dann nickt er mit neutralem Blick. »Ich habe auch einen Bruder. Er ist etwas älter als ich.«

»Und was macht er so?«

»Er arbeitet für meinen Vater.«

»Für deinen Vater?« Er ist doch tot, oder? »Hatte dein Vater eine eigene Firma?«

»Nein, das nicht.« Abel blickt sich plötzlich angespannt um. Dann antwortet er kurz: »Mein Vater arbeitete als Wissenschaftler. Er war Physiker. Und mein Bruder arbeitet ebenfalls in der Wissenschaft und macht bald seinen Abschluss in Chemie.«

»Wow, krass«, sage ich beeindruckt. »Ich muss gestehen, dass ich Physik und Chemie abgewählt habe, sobald das möglich war. Aber sag mal, ist jetzt der Moment gekommen, in dem ich endlich mehr über dich erfahre?«

»Ist das jetzt der Moment, in dem du alle unbeantworteten Fragen stellst?«, gibt Abel zurück. Sein Blick schweift über mein Gesicht, und mein Herz beginnt wieder zu klopfen. Seine Pupillen weiten sich eine Sekunde.

»Du siehst schön aus«, sagt er plötzlich mit leiser, weicher Stimme. Weil er sofort den Blick abwendet, glaube ich fast wieder, dass ich mich verhört habe.

Trotzdem schießt mir eine peinliche Röte ins Gesicht.

»Danke. Du – du siehst heute auch gut aus.«

Abel blickt mich verdutzt an, und ich könnte mich ohrfeigen. Verdammt, er sieht doch immer großartig aus – wie aus dem Ei gepellt mit seinem schicken Designermantel und den dichten Haaren.

»Also, wie schaut es jetzt aus?«, wechsele ich hastig das Thema und rücke meine Brille zurecht. »Sagst du mir jetzt, was dein Job ist, Mr. Geheimnisvoll?«

Abel zuckt die Achsel. »Tut mir leid, wenn meine Antwort nicht so spannend wie erwartet ausfällt«, antwortet er. »Ich – arbeite auch in der gleichen Firma wie mein Vater, aber nicht in der Physik. Wir sind –« Er bricht ab und starrt über meine Schulter nach hinten. Ich drehe den Kopf zurück. In diesem Moment stolpert Leo auf den düsteren Vorplatz. Schon viel fröhlicher winkt er kurz und kommt dann mit großen Schritten auf uns zu. Seine Sohlen wirbeln kleine Kieswölkchen auf.

Ich bin ein bisschen über die Unterbrechung verstimmt, gleichzeitig froh, dass es Leo offensichtlich gut geht. Er hat ein ordentliches Veilchen, das jetzt schon violett leuchtet, aber sonst scheint wieder alles in Ordnung zu sein, denn er grinst breit. Alle Zähne sind noch drin. Interessiert beugt er sich an mir vorbei und streckt die Hand aus. »Hi, du bist sicher Abel. Ich bin Leo, cool, dass wir uns mal sehen, meine Schwester hat mir schon viel von dir erzählt. Tja, ich muss mich wohl für deine Hilfe bedanken. Du hast was gut bei mir.«

Abel greift nach seiner Hand. Ihre Arme kreuzen sich vor mir. Plötzlich verzieht Leo das Gesicht. »Hey, ruhig, Mann, du zerquetscht fast meine Hand. Sag mal, bist du Kampfsportler? Was für ein Druck!« Leo massiert seinen Handrücken.

»Sorry«, erwidert Abel. »Das war keine Absicht.«

»Krasser Typ«, sagt Leo anerkennend zu mir, und ich winde mich vor Peinlichkeit.

»Hey, Abel, hast du überhaupt schon was zu trinken?«, fragt mein Bruder. »Ich kann dir gerne was organisieren. Was willst du?«

»Danke, ich brauche nichts«, antwortet er abweisend.

»Wie langweilig. Wie feiert man denn bei euch Partys? Gibt's da nichts zu trinken?«, will Leo wissen und wischt sich die wirren Locken aus der Stirn.

»Bei uns?«, wiederholt Abel im gleichen, beiläufigen Tonfall.

»Mir ist dein Akzent aufgefallen. Kommt mir irgendwie bekannt vor«, erläutert mein Bruder, während er Abel aufmerksam beobachtet. »Hilf mir auf die Sprünge: Woher kommst du?«

Ein paar Sekunden herrscht Schweigen, gedämpft pulsiert der Bass durch die Luft. Ich halte den Atem an und warte gespannt auf Abels Reaktion.

»Aus dem Hotel. Ich wohne downtown.« Er starrt Leo irgendwie herausfordernd an.

»Downtown? Witzig!«, Leo reckt das Kinn. »Der Junge gefällt mir«, er zwinkert mir zu. »Nun aber mal ernsthaft, woher stammst du und was treibst du so?«

»Sei nicht so aufdringlich, Leo«, mische ich mich ein.

»Abel, altes Haus, ich will dich echt nicht ausquetschen, aber es interessiert mich einfach, ich kann nichts dagegen tun«, Leo ignoriert meine wütenden Blicke. »Als Journalist gehören viele Fragen zur Tagesordnung, das ist mir in Fleisch und Blut übergegangen. Und abgesehen davon triffst du dich mit meiner einzigen Schwester. Ich muss doch wissen, was du für ein Typ bist. Also, was machst du in dieser öden Gegend?«

Abel streicht sich mit seiner lässigen Bewegung das Haar aus dem Gesicht. Der Blick, den er mir zuwirft, schießt mir direkt in den Bauch.

»Ich bin auf der Durchreise und wohne daher im Hotel«, erklärt er schließlich. »Mich treiben sowohl geschäftliche als auch familiäre Gründe hierhin. Das ist nicht leicht zu erklären und noch dazu ziemlich langweilig. Es geht um Geld, Krieg und Macht, und noch mehr Geld, Krieg und noch mehr Macht, das Übliche.« Er hebt ironisch eine Braue, doch seine Stimme ist plötzlich so tief und dunkel, dass mir ein Schauer über den Rücken läuft. Er lehnt sich gegen die Wand, die Arme verschränkt. Leo starrt ihn an. Eine knisternde Spannung hängt zwischen uns. Die Sekunden verrinnen.

Dann lacht Leo plötzlich aus vollem Hals. »Interessante Geschäfte, hört sich nach 'ner Menge Spaß an!« Mit einem breiten Grinsen klopft er Abel auf die Schulter. Ich fürchte, dass er so etwas sagen wird wie: »Meinen Segen habt ihr!« Aber zum Glück grinst er nur wieder.

In diesem Moment wirbelt Christina zu uns und greift nach Leos Arm. »Hier bist du! Wie geht's deinem Auge? Oh, das sieht aber gar nicht gut aus!«

Ich nutze die Gunst der Minute und ziehe Abel ein Stück zur Seite. Dabei verrutscht sein Hemd, und durch den Riss blitzen seine festen Bauchmuskeln hervor, genauso wie ein paar verschlungene Linien seines Brusttattoos. Als Abel bemerkt, dass ich darauf blicke, zieht er den Stoff wieder gerade.

»Blöde Sache mit deinem Hemd«, sage ich. Vermutlich hat es so viel gekostet, wie ich in einem Jahr im Filmpalast verdiene. Ich beiße die Zähne zusammen. Wie soll ich das nur wieder gutmachen? Ich runzle die Stirn. Und da kommt mir ein Einfall.

Zu Hause angekommen reiche ich Abel ein schwarzes Hemd von Leo, mit dem er in unserem winzigen Bad verschwindet. Ich lehne mich an meinen vollgepackten Schreibtisch und zucke zusammen, als seine große, schlanke Gestalt in meinem Zimmer auftaucht.

Er blickt sich aufmerksam um, und dabei werde ich mir des Chaos' um uns herum erst recht bewusst, obwohl ich nur das kleine Schreibtischlicht eingeschaltet habe. Ich habe es nicht geschafft, die vielen Farbtuben in ihre Kisten zu räumen, die zerknitterten Pullis in den Schrank zu hängen oder den wackeligen Bücherturm in die Bibliothek zurückzubringen.

Ich spüre, wie ich rot werde, aber Abel kommt glücklicherweise ohne einen Kommentar auf mich zu. Leos weiches Hemd steht ihm gut, gleichwohl er ganz anders als mein Bruder darin wirkt. Es betont die Muskeln seiner Schultern und spannt ein bisschen über der Brust, die breiter ist als Leos. Er hat das Hemd bis zu den Ellenbogen aufgekrempelt und lässt dadurch den Blick auf seine sehnigen Unterarme frei. Ich unterdrücke ein Seufzen. Er ist einfach viel zu attraktiv. Abwesend reibe ich mir über mein Handgelenk, in das langsam das Gefühl zurückkehrt.

Abels Stimme reißt mich aus meinen Gedanken.

»Hier zeichnest du immer?«, fragt er und schiebt die Hände in die Taschen seiner Jeans.

Ich nicke. »In der Schule gibt es zwar auch ein Atelier und eine Werkstatt, aber meistens male ich hier.

Deswegen sieht es auch ein wenig – äh, unordentlich aus. Möchtest du ein paar meiner Bilder sehen? Du bist mir noch ein Urteil schuldig.«

Abels Eisaugen leuchten im diffusen Licht. Bling, bling. Er nickt und bleibt wenige Zentimeter vor mir stehen. Auf einen Schlag ist mein kleines Zimmer bis zum Rand voll mit ihm: mit seinem feinen Duft, seinen breiten Schultern, mit dem Haar, das ihm wild in die Augen fällt. Die Hitze schlägt mir in die Wangen.

Benebelt quetsche ich mich an ihm vorbei und greife in meinen Schrank, wo ich mehrere Mappen mit Zeichnungen und Bildern aufbewahre. Eine Sekunde lang denke ich daran, ihm die Skizzen von sich selbst zu zeigen, aber wie würde er reagieren, wenn er sein eigenes Gesicht auf Papier gebannt sehen würde? Er hält mich dann bestimmt für eine besessene Stalkerin.

Abel betrachtet den Stapel Papier, den ich auf dem chaotischen Schreibtisch aufgeschichtet habe. Zuoberst ruht ein Bild von Leo, ein älteres Portrait, das ich vor dem Unfall gemalt habe. Leo blickt den Betrachter mit spöttisch verzogenem Mund an; er scheint zu denken: »Ich sehe dich, ich weiß, wer du bist, mir machst du nichts vor.«

Die schlanke Linie seines Halses ist kühn und überspitzt gezeichnet. Er reckt herausfordernd das Kinn. Die Farben sind grell und bunt, und seine Augen leuchten, doch der Hintergrund umfasst nur ein verschwommenes Graublau.

»Ich bin nicht gut darin, pompöse und detailreiche Hintergründe zu entwerfen«, sage ich über Abels Schulter. Mein Blick fällt auf seinen gesenkten Nacken und seinen muskulösen Rücken. In der Brust spüre ich ein Ziehen, doch ich unterdrücke den prickelnden Impuls, ihn von hinten zu umarmen und die Lippen auf seine Haut zu drücken.

»Mich hat meist das Gesicht und der richtige Ausdruck mit den passenden Farben derart angestrengt, dass der Hintergrund oft leer bleibt. Warte, ich glaube, ich habe noch ein anderes Bild von Leo. Früher habe ich ihn dauernd gemalt, einfach weil er immer da war.« Ich öffne eine widerspenstige Schrankschublade und ziehe ein dickes Blatt Papier hervor. Auf der strukturierten Oberfläche habe ich Leos Gestalt in schwarzen Kohlestrichen gezeichnet: Mein Bruder bei der Arbeit, so wie ich ihn mir vorstelle. Man sieht ihn von der Seite, wie er weit nach vorne gebeugt an einem großen Schreibtisch sitzt. Eine Hand hat er ins dichte, lockige Haar gegraben, die andere Hand hält einen Stift. Das Gesicht ist angestrengt verzerrt, und er scheint tief nachzudenken. Gleichzeitig geht von seinem gebeugten Rücken eine riesige Kraft aus. Man hat das Gefühl, er würde jeden Moment aufspringen und das Bild schnellen Schrittes verlassen, weil ihm ein springender Gedanke gekommen ist.

Das war auf jeden Fall mein Plan für das Bild. Ob Abel das erkennt?

»Leo wollte immer schon Journalist werden und die Welt mit spannenden Geschichten versorgen«, erkläre ich. »Na ja, es fehlt wieder der Hintergrund.«

Abel hebt den Kopf, und ich fahre zurück. Sein Blick erscheint mir irgendwie verärgert und merkwürdig tief.

»Ludmilla ...«, seine Stimme klingt heiser. Als er meinen Namen ausspricht, bekomme ich sofort wieder eine Gänsehaut.

»Ich weiß«, beeile ich mich zu sagen. »Die Bilder sind nichts Besonderes, und ich hab ja schon gesagt, dass viele besser sind als ich. Es ist nur ein dummes – ein dummes Hobby, mehr nicht. Ich höre sowieso auf damit.«

Das Schweigen dehnt sich schmerzhaft aus. Abel starrt wieder auf die Kohlezeichnung von Leo. Unendlich langsam rutschten ein paar Strähnen in seine Augen, aber er streicht sie nicht zurück. Kaum merklich wandert sein Blick über das strukturierte Blatt.

»Das ist wirklich seltsam«, erklärt er leise und irgendwie gepresst. »Ich habe deinen Bruder doch gerade kennen gelernt und jetzt dieses Bild ... Er wirkt darauf wie eine andere Person. Gleichzeitig kann ich glasklar erkennen, dass er es ist. Eigenartig.«

»Das Bild zeigt meine Interpretation seiner Persönlichkeit«, erwidere ich, obwohl ich gar nicht so was Hochgestochenes sagen wollte. Abels Reaktion verwirrt mich. Er wirkt irgendwie getroffen, zugleich zum ersten Mal ein wenig unsicher. »Auch wenn das abgehoben klingt, ist das immer mein Ziel, wenn ich jemanden zeichne. Ich möchte dem Innersten einer Person eine Form geben. Leo ist ein ehrgeiziger, überdrehter und leidenschaftlicher Mensch. Die grellen Farben spiegeln die Ausstrahlung wider, die ihn umgibt. Jedenfalls die, die ich wahrnehme, seit ich denken kann. Und das Kohlebild zeigt ihn in einer für mich typischen Situation. Vielleicht unterscheidet sich das Bild, das du von Leo gewonnen hast, von dem, das ich von ihm habe. Mit seinem blauen Auge hat er sich vorhin nicht gerade von der besten Seite gezeigt.« Ich lache.

Abel blickt mich an. »Man erkennt nicht nur Leo in dem Bild, sondern auch dich.«

»Mich?«, wiederhole ich. »Wie meinst du das?«

Er schiebt sich die Haare aus der Stirn und presst

beide Hände kurz gegen die Schläfen. Als er die Arme sinken lässt, habe ich das Gefühl, als atme er tief aus.

»Ich sehe in dem Bild deine Meinung und deine Beziehung zu deinem Bruder. Ihr scheint euch nahe zu stehen. Das Bild ist sehr privat, und es zeigt Dinge, die nicht für mich bestimmt sind. Dabei gibt es doch nur eine Realität. Wie kann es dann sein, dass ich hier plötzlich eine andere Wirklichkeit sehe?«

»Mir hat mal jemand gesagt, dass es nicht nur eine Realität und eine einzig wahre Wahrheit gibt«, antworte ich, überrumpelt von seinem Redefluss. Dann runzle ich die Stirn. Wie komme ich jetzt darauf? Wer hat mir das gesagt und warum? Und was ist das für ein komisches Ziehen in meinem Bauch?

»Ich glaube, jeder Mensch schafft seine eigene Wirklichkeit, je nachdem, was er erlebt hat oder wie er etwas sehen möchte«, sage ich. »Das ist ganz normal, sonst wären wir doch alle gleich.«

Abel starrt mich an. Er wirkt plötzlich zerstreut und neben der Spur.

»Hey«, sage ich. »Erinnerst du dich, wie ich gesagt habe, dass Kunst Menschen verändern kann? Durch meine Skizzen hat sich dein Bild von Leo verschoben, hab ich recht? Du siehst jetzt, dass hinter dem Typen mit dem Veilchen, der zu viel quatscht, mehr stecken könnte, oder?«

Er räuspert sich. »Ich weiß nicht. Möglich. Jedenfalls sind deine Bilder ziemlich gut und lebendig, soweit ich das als Laie beurteilen kann.«

Ich muss breit grinsen, so stolz bin ich plötzlich.

Als Nächstes betrachtet Abel Werke für die Schule: verschiedene Techniken wie Öl-, Pastell- und Aquarellmalerei, unterschiedliche Themen und Motive mit bunten Abstraktionen und räumlicher Tiefendarstellung.

»Nicht schlecht«, stellt er irgendwann fest. »Aber ganz anders als die Portraits. Es liegt dir, Menschen zu zeichnen.«

Meine Fingerspitzen werden warm. Und schneller, als ich denken kann, sage ich: »Wenn du Lust hast, kannst du mir gerne mal Modell stehen.«

Abel zieht eine dunkle Augenbraue hoch. »Und was muss ich dann tun? Etwa stundenlang still sitzen und mich langweilen?«

»Na klar«, antworte ich. »Und am besten nicht atmen oder blinzeln. Kriegst du das hin, ohne ein paar abfällige Bemerkungen über Kunst zu machen?« Ich lache, und Abel verdreht die Augen. Doch dann antwortet er: »Ich werde mir Mühe geben.« Ein leises Lächeln breitet sich auf seinem Gesicht aus, sodass mein Herz fast zerspringt.

»Du kannst mir das Bild dann gerne abkaufen«, sage ich übermütig. »Aber es wird nicht gerade billig, das sag ich dir jetzt schon!«

»Kein Problem«, er schiebt sich das Haar aus dem Gesicht, ohne mich aus den Augen zu lassen. »Ich habe gehört, dass Menschen für Kunstwerke schon Millionen gezahlt haben. Vielleicht kann ich das überbieten.«

Ich weiß, er macht einen Witz, aber er spricht mit so einer heiseren, so betörenden Stimme, dass mein Lachen erstirbt und ich verlegen husten muss.

Seine Hand, die er auf den Schreibtisch stützt, ist nur wenige Zentimeter von meiner entfernt. Plötzlich ist mir so heiß in seiner Nähe, dass ich meinen Kopf am liebsten aus dem Fenster in die kalte Nacht strecken würde, um zumindest ein bisschen bei klarem Verstand zu bleiben.

»Millionen, hm?«, wiederhole ich. »Du weißt aber schon, dass man manche Dinge nicht mit Geld kaufen kann?«

»Womit denn sonst?«, erwidert er so ernsthaft, dass ich fast wieder loslachen muss. Stattdessen schüttele ich den Kopf. »Die besten Dinge im Leben sind interessanterweise keine Dinge.«

Abel runzelt die Stirn.

»Das hat mein Vater immer zu mir gesagt, wenn ich als Kind unbedingt etwas haben wollte. Der Spruch bedeutet, dass das, was das Leben ausmacht, nicht unbedingt mit Gegenständen zusammenhängt. Echtes Glück und Zufriedenheit kann man nicht kaufen, sondern nur durch eine innere Haltung entstehen. Als Kind habe ich das natürlich nicht kapiert.« Ich muss bei der Erinnerung lächeln, wie ich mit sieben im Kaufhaus einen Wutanfall bekommen habe, weil Papa mir keine neue Barbie kaufen wollte. Kinder sind manchmal echt bescheuert.

»Aber jetzt finde ich, dass das stimmt«, sage ich. »Die besten Dinge sind tatsächlich keine Dinge.« Aus dem Augenwinkel sehe ich, wie Abel mich mustert.

»Du bist wirklich seltsam«, stellt er fest. Trotzdem habe ich das Gefühl, dass er mich irgendwie anders ansieht. So, als wäre ihm irgendetwas klar geworden.

»Du auch«, gebe ich zurück. »Manchmal habe ich das Gefühl, dass du viel zu rational bist. Gibt es denn eigentlich nichts, von dem du träumst? Dass du unbedingt erreichen oder sehen willst? Und damit meine ich jetzt kein tolles Auto oder so. Und auch nicht deine Karriere, sondern irgendwas, das du nur für dich selbst schaffen willst. Was ist dein Traum?«

»Was ist deiner?«

Ich schnaube. »Du immer mit deinen Gegenfragen. Mein Traum – mein Traum ist –« Verwirrt nehme ich meine Brille ab und reibe mir über die Augen. Plötzlich kribbelt mein verletztes Handgelenk. Ich habe das Gefühl, dass da etwas ist, an das ich mich erinnern müsste, aber ich komme nicht drauf. »Das weißt du doch schon: Mein Traum war es, Kunst zu studieren und Malerin zu werden. Aber das ist vorbei. Ich muss mir noch einen neuen Traum suchen.« Ich schlucke. »Und jetzt du, wovon träumst du?«

Abel schweigt kurz und fährt sich mit der Hand über den Nacken. »Mein Traum ist es, wieder ich selbst sein zu können.«

Überrascht hebe ich die Brauen. »Das ist ziemlich philosophisch. Wer bist du denn gerade, wenn nicht du selbst?«

Er starrt an mir vorbei. »Ich weiß es nicht. In letzter Zeit hat sich so viel verändert. Ich habe die Kontrolle verloren und erkenne mich selbst kaum wieder – das macht mir Angst.« Eine Sekunde lang verzerrt Wut seine Züge. Dann lacht er einmal kurz auf. Sein Lachen klingt dunkel und heiser. »Vergiss, was ich gesagt habe. Das war nur Quatsch.«

»Das klang für mich aber gar nicht so.« Ich zögere kurz, dann greife ich nach seiner Hand. Als ich seine Haut berühre, durchzuckt mich wieder ein Stromschlag. Abel muss es auch gespürt haben, denn seine grünen Augen weiten sich plötzlich. Wortlos starrt er mich an. Ein paar Sekunden knistert das Schweigen zwischen uns. Sein Daumen streicht ganz leicht über meine Handinnenfläche, dennoch fängt meine Haut sofort Feuer. Eine heiße Welle rast über den Arm in meinen Körper und explodiert in meinem Bauch.

Wir sehen uns an, über meine verstreuten Zeichnungen und Bilder hinweg. Mein Herz hämmert, und ich habe das Gefühl, in tausend Stücke zu zerspringen, wenn er mich jetzt nicht küsst. Ich muss mich nur ein kleines Stückchen vorbeugen, nur wenige Millimeter, dann würde ich seine kühlen Lippen berühren. Abels dunkle Brauen zucken unmerklich, als er sich wirklich vorlehnt. Ich atme den Duft seiner Haut ein, und ... in der Sekunde, in der sich unsere Lippen treffen würden, wendet er den Kopf ab. Ich halte perplex die Luft an.

Der kribbelnde Moment zerreißt, und die Realität stürzt sich über mich wie ein Schwall eisigen Wassers. Abels Kiefer mahlt angestrengt. Er zieht seine Hand zurück, und ich schlinge die Arme um meinen pulsierenden Körper.

»Hey«, sage ich. »Was ist los?«

Seine Hand ist zur Faust geballt, und in seinen Augen blitzt kühle Distanz. »Es ist spät. Ich sollte jetzt gehen.« Er drückt sich vom Schreibtisch ab.

Ich beiße mir auf die Lippe. »Warte kurz. Ich kapier's einfach nicht. Erst sagst du, du kommst nicht zu der Feier, doch dann bist du plötzlich da und sprichst davon, dass du mich wiedersehen wolltest. Und jetzt – ich meine, du ziehst dich immer wieder zurück, und ich weiß nicht, warum. Ist es wegen Hana?«

Abel zuckt zusammen, also habe ich ins Schwarze getroffen. Mein Nacken versteift sich. Shit. Ich habe nur geraten, als ich ihren Namen genannt habe, aber offensichtlich ist da wirklich etwas.

Abel schiebt sich die Haare seitlich aus dem Gesicht. »Was weißt du von Hana? Kennst du sie doch?« Sein Blick ist abwartend und kühl. Er verschränkt die Arme.

Ich seufze. »Nein. Ich weiß nur das, was du über sie gesagt hast. Du hast mich gefragt, ob sie mich geschickt hätte, um dir nachzugehen. Hör zu, wenn du noch Gefühle für sie hast oder was auch immer, ich würde das verstehen ...« Ich kann nicht weitersprechen und beiße mir auf die Zunge.

»Gefühle?«, Abels Brauen gehen nach oben. Sein Akzent ist plötzlich deutlich zu hören. »Du meinst –« Er stoppt und starrt mich verblüfft an.

Ich senke den Blick. Plötzlich schäme ich mich, dass ich das Thema angeschnitten habe. Totschweigen wäre die weniger peinliche Alternative gewesen.

Einen Moment ist es still. Dann hebt Abel plötzlich die Hand und schiebt sie langsam, wie zögernd, in meinen Nacken. Seine Haut ist weich und fühlt sich kühl an.

Ich schließe die Augen. »Du bist mir keine Rechenschaft schuldig«, murmle ich. »Ich will nur wissen, woran ich bei dir bin. Irgendwie verstehe ich nicht, was das zwischen uns ist. Falls da etwas ist. Ich hab keine Ahnung, was ich tun soll, und wenn Hana dir wichtiger ist als ich, dann sag es einfach. Kein Problem, ehrlich. Es würde –«

»Ludmilla.« Er drückt mir den Daumen unters Kinn und hebt mein Gesicht an. Ich schäme mich für die dämlichen Tränen in meinen Augen und zwinkere heftig.

»Natürlich habe ich keine Gefühle für Hana. Sie ist nicht – sie ist jemand, den ich aus meiner Heimat kenne. Aber nicht so, wie du denkst«, sagt er. Ich spüre den Luftzug, den seine Worte auslösen, an meiner erhitzten Wange.

»Wer ist sie dann?«, flüstere ich. Und wer bist du?

»Das ist kompliziert zu erklären. Sie ist einfach jemand, den ich nicht wiedersehen will«, er wirkt plötzlich verwirrt. Dann löst er seine Hand von meinem Nacken, als wäre ihm klar geworden, was er hier gerade treibt. Ich halte seine Finger fest. In seinen dunklen Augen liegt ein Schmerz, den ich nicht deuten kann. Sagt er die Wahrheit?

»Ich muss die ganze Zeit an eine ziemlich traurige Geschichte denken«, sage ich irgendwann. »Ich habe sie mal in einem Kurzgeschichtenbuch gelesen. Sie handelt von einem Mädchen, das einem geheimnisvollen Mann aus einem fremden Land begegnet.«

Abel blickt an mir vorbei, aber er nickt zum Zeichen, dass er mir zuhört.

»Es ist eine alte Geschichte und unheimlich schön geschrieben. Ein kleines, literarisches Kunstwerk.« Ich hole tief Luft und beginne zu erzählen.

15

»Eine junge Frau wohnt in einer Kleinstadt und kümmert sich tagein, tagaus um ihre kranke Schwester. Sie hat kaum Zeit für andere Dinge und erst recht keine Zeit für sich selbst. Obwohl sie ihre Schwester gern betreut, empfindet sie nur im Theater Lebensfreude, und nur dort fühlt sie sich wirklich vollständig. Wenige Male im Jahr fährt sie mit dem Zug in die Nachbarstadt, um sich ein Stück von Shakespeare anzusehen. Anschließend geht sie spazieren und denkt über das gerade Gesehene nach. Während der ganzen Zeit spricht sie mit niemandem ein Wort.« Ich hole wieder tief Luft.

»Das sind die glücklichsten Tage ihres Lebens. Irgendwann im Juni, es ist heiß, spaziert das Mädchen nach dem Stück wieder langsam den Fluss entlang, da fällt ihr plötzlich auf, dass ihre Handtasche verschwunden ist. Sie erschrickt furchtbar, denn in der Tasche befand sich nicht nur ihr Zugticket, sondern auch ihr ganzes Geld. Sie versucht sich zu erinnern, wann sie ihre Tasche das letzte Mal gesehen hat, und stellt fest, dass sie sie in der Toilette am Waschbecken stehen gelassen haben muss. In der brütenden Hitze läuft sie zurück zum Theater, doch alles ist leer. Nur der Hausmeister ist noch da, die Tasche bleibt jedoch verschwunden. Jemand muss sie mitgenommen haben.

Das Mädchen steht bald wieder auf der Straße, in der brennenden Sonne, als ihr ein junger Mann entgegen kommt. Und sie weiß nicht warum, aber sie erzählt ihm sofort, dass sie ihre Tasche mit ihrem Ticket und ihrem Geld verloren hat. Es sprudelt einfach aus ihr heraus. Der Mann – er ist nicht aus ihrem Land – bietet an, ihr Geld für die Heimfahrt zu leihen und nimmt sie mit in seinen Uhrmacherladen. Ein irgendwie magischer Nachmittag ergibt sich aus dieser zufälligen Begegnung.

Der Mann kocht für das Mädchen, und sie unterhalten sich lange. Er ist Ausländer und spricht mit Akzent. Sie weiß kaum etwas über sein Land, aber sie will alles wissen. Er antwortet vorsichtig, und es spricht eine Trauer aus ihm, die sie nicht begreifen kann. Sie spürt, dass er irgendetwas zurückhält, aber sie weiß nicht, was es ist. Trotzdem sind sie sich in der kurzen Zeit des Nachmittags plötzlich ganz nah, obwohl sie sich kein Mal berühren. Später bringt der Mann sie zum Bahnhof. Sie hofft, dass er ihr keinen Fahrschein kauft und sie ihn nicht verlassen muss, doch er stellt sich sofort an die Schlange vor dem Schalter an. Aber als sie hinunter zu den Gleisen gehen, umfasst er ihre Taille, hält sie fest – und erst als er Zug einfährt, hören sie auf, sich zu küssen.«

Ich schlucke. Abel starrt an mir vorbei aus dem Fenster, aber ich weiß, dass er mir zuhört.

»Der Mann sagt zum Abschied: 'Ich werde bald eine lange Reise machen, aber ich möchte, dass du in einem Jahr wieder in diese Stadt fährst, dir ein Theaterstück ansiehst und dann zu mir kommst. Bitte trag das gleiche grüne Kleid wie heute.'

Ein Jahr lang denkt sie an ihn. Ein Jahr lang wartet sie auf den Sommer, bis sie zu ihm fahren kann. Doch das grüne Kleid vom Vorjahr ist in der Reinigung und nicht rechtzeitig fertig. Sie muss ein neues, ein grünes zwar, aber ein anderes tragen. Es fühlt sich nicht richtig an, aber es geht nicht anders. Sie wählt den Jahrestag für ihren Besuch, fährt in die Nachbarstadt, besucht ein Stück von Shakespeare, hält nicht bis zum Ende durch und geht eilig nach draußen, läuft zu ihm, zu seiner Uhrenwerkstatt. Tritt an die Tür, sieht durch das Gitter, sieht ihn am Tisch an einem Uhrwerk arbeiten. Nichts hat sich verändert. Ihr Herz wird leicht.

Doch dann blickt er hoch, wendet sich um, sieht sie – und erstarrt.

Ihr Herz bleibt stehen. Während er langsam aufsteht und auf das Gitter zugeht, verfinstert sich sein Blick. Er beginnt, langsam den Kopf zu schütteln. Als er das Gitter erreicht, schaut er sie nicht an. Er schließt nur die Tür.

Mehrere Minuten lang kann sie sich nicht rühren. Sie denkt: 'Das ist nicht wahr. Das ist nicht wahr.'

Ein ganzes Jahr lang hat sie geglaubt, er würde sie erwarten. Ein ganzes Jahr lang hat sie sich nach diesem Moment gesehnt und sich unendlich gefreut. Sie schämt sich plötzlich und will nur noch fort, denn ihr wird klar, dass es nur ein Spaß von ihm war. Nichts hat er ernst gemeint. Er hat sich nur über sie lustig gemacht, indem er sie gebeten hat, wieder zu ihm zu kommen. Und sie ist so dumm gewesen, darauf reinzufallen. Sie dreht sich um und kommt nie wieder zurück.« Ich atme langsam aus.

»Aber das ist noch nicht das Ende«, nehme ich den Faden wieder auf. »Viele Jahre später ist das Mädchen eine alte Frau geworden. Sie hat nie geheiratet und nie jemanden an sich herangelassen. Während ihrer Arbeit im Krankenhaus begegnet sie einem Patienten, der den gleichen fremdländischen Nachnamen trägt wie der Mann von damals. Sie stutzt. Der alte Mann ist krank und nicht bei Bewusstsein. Betäubt liest sie seine Krankenakte, aus der hervorgeht, dass es sich bei dem Mann um einen Autisten handelt, der bis dessen Tod bei seinem Zwillingsbruder gelebt und zusammen mit ihm Uhrwerke repariert hat. Sein Leben lang hat er nicht gesprochen. Mit dem Tod des Bruders hat er sein Zuhause verloren und wartet im Krankenhaus mehr oder weniger auf sein eigenes Ende.«

Ich spüre, wie Abels Hand fast unmerklich zuckt.

»Dem ehemals jungen Mädchen wird klar, dass eine schreckliche Verwechslung vorgelegen hat. Dass es sein Zwillingsbruder gewesen sein muss, der ihr damals in der Werkstatt die Tür vor der Nase zugeschlagen hat. Der Mann hatte kein Wort zu ihr gesagt, sondern nur die Tür geschlossen. Ihr Herz verkrampft sich, als sie die Ereignisse rekonstruiert: Ihr Bekannter war vermutlich nicht zu Hause gewesen, und sein Bruder sollte niemanden hereinlassen. Und sie selbst wusste nichts von all dem und ist nie wieder zurückgekehrt.«

Ich hole Luft. »Und der junge Mann wusste seinerseits nicht, wo sie wohnt und wie sie mit vollem Namen heißt. Vielleicht hat er versucht, sie ausfindig zu machen, es aber nicht geschafft. Es hätte alles anders laufen können, wenn sie noch einmal zu ihm gegangen wäre. Oder wenn er ihr von Anfang an offen erklärt hätte, warum er auf diese Reise geht. Dass er einen Bruder hat, um den er sich kümmern muss. Dass sie sich ähnlicher sind, als man vermutet hätte.

Ihr ganzes Leben wäre vielleicht anders verlaufen. Glücklicher. Aber jetzt ist es zu spät. Sie ist alt, der junge Mann von damals ist tot. Ein verschenktes Leben.« Ich schließe kurz die Augen. »Und damit endet die Geschichte.«

Abel löst die Hand aus meiner und schiebt sie an meine heiße Wange. Langsam streicht er ein paar Haarsträhnen zur Seite. Seine kühlen Fingerspitzen hinterlassen eine brennende Linie auf meiner Haut. Im nächsten Moment spüre ich, wie er mir etwas ins Haar steckt, direkt neben dem Ohr. Ich öffne die Lider und taste mit den Fingern an die Kopfseite. Meine Hand stößt auf einen kleinen Gegenstand aus Plastik, ein schmaler Stiel mit einer runden, gewölbten Kuppe und ...

Ich hebe überrascht die Brauen. Bei der Schlägerei war mir die goldene Klimt-Blume aus den Haaren gerutscht, doch ich habe gar nicht mitbekommen, dass Abel sie aufgehoben hat.

»Danke«, sage ich. In meinem Bauch sitzt ein schmerzhaftes Sehnen und breitet sich langsam in die Fingerspitzen aus.

Abel lehnt sich zurück und streicht sich irgendwie abwesend das Haar aus den Augen.

»Hör zu«, sagt er dann entschlossen. »Mein Leben ist schrecklich kompliziert, aber ich bin mir sicher, dass nicht alle Geschichten so enden müssen. Es ist nur – ich kann dir einfach nicht mehr sagen, als du bisher schon weißt. Ich kann einfach nicht. Das wäre nicht richtig und würde dich in Gefahr bringen. Und das Letzte, was ich will, ist, dich zu verletzen.«

Ich blinzle. »In Gefahr?« Wo habe ich das schon mal

gehört?

»Ich sollte jetzt wirklich gehen.« Abel drückt sich von der Schreibtischkante ab, dabei raschelt das Zeichenpapier. Hinter dem Fenster heult der Sturm.

»Warte«, ich greife nach seinem Arm. »Geh nicht. Ich will nicht, dass du gehst.«

Abel bleibt mit dem Rücken zu mir stehen. Ich spüre, wie sich die Muskeln in seinem Oberarm anspannen, als er die Hand zur Faust ballt.

»Hör auf, Ludmilla«, sagt er so leise, dass sich die Härchen auf meinen Armen aufstellen. »Es geht nicht. Bitte versteh das.«

Ich schließe meine Hand fest um seinen Arm. »Nein, ich verstehe überhaupt nichts. Hör zu, du – du bist mir wichtig. Ich weiß, wir kennen uns kaum, aber ich habe das Gefühl, uns verbindet etwas. Wenn du mir Dinge von dir nicht erzählen kannst, okay, das akzeptiere ich, aber bitte, lauf nicht vor mir davon.« Ich beiße mir auf die Lippen. Verdammt, was rede ich hier eigentlich? Ich mache mich total lächerlich. Trotzdem lasse ich seinen Arm nicht los.

Abel dreht sich zu mir um. Unter seinem versteinerten Blick zucke ich zusammen. Er hebt irgendwie hilflos einen Mundwinkel und vergräbt dann für einen Moment das Gesicht in den Händen. Als er die Arme sinken lässt, starrt er mich an, als ringe er innerlich einen überquellenden Schmerz nieder. »Was machst du nur mit mir?«, sagt er heiser.

»Keine Ahnung. Und was tust *du* mit *mir*?«, flüstere ich zurück. Meine rechte Hand liegt weiterhin auf seinem Arm. Abel greift danach und tritt einen Schritt auf mich zu. Das warme Licht der Schreibtischlampe wirft seinen Schatten an die Wand. Ein paar Sekunden sehen wir uns stumm an.

Als hätte mein anderer Arm ein Eigenleben, fasst er in Abels Haare. Mit den Fingern fahre ich durch die dichten Strähnen, und mein Herz rast so schnell, dass es mir fast aus der Brust springt. Ich spüre, wie Abel sich ebenfalls mühsam beherrscht, ruhig zu atmen. Er lehnt seinen Kopf in meine Hand und zieht mich dichter an sich heran. Sein berauschender Duft kitzelt mich, dringt in meinen Mund, in meine Nase, in jeder meiner Poren, und ich habe das Gefühl, dass ich gleich explodiere.

Seine Finger streichen über den tiefen Rückenausschnitt meines Kleides bis hinauf in meinen Nacken. Diese Berührung reißt meine Haut in helle Flammen, und ich keuche unwillkürlich auf. Ich fürchte, er wird mich jetzt wegstoßen, doch im nächsten Moment neigt er sich zu mir hinunter und drückt seine Lippen auf meine.

Der Kuss ist anfangs zart und vorsichtig, trotzdem vibriert mein ganzer Körper wie bei einem heftigen Stromschlag. Ich schlinge die Arme um seinen Hals, und er presst mich so eng an sich, dass ich fast keine Luft mehr bekomme. Als würde sich ein verspannter Knoten lösen, werden seine Küsse plötzlich fester und lebendiger, und mein Kopf dreht sich wie verrückt.

»Wo warst du die ganze Zeit?«, will ich fragen, aber dann sehe ich das Doppelportrait vor mir und weiß, dass er immer irgendwie da war.

Irgendwann, es kommt mir vor wie eine Ewigkeit, die trotzdem viel zu kurz ist, löst er sich von mir. Ich klappe die Augen auf. Meine Lippen brennen, und meine Haut züngelt in heißen Flammen. Abels Haar ist wild zerzaust und der Kragen seines Hemdes verrutscht.

Sein Atem geht genauso schnell wie meiner. Er zieht eine dunkle Braue hoch und streicht sich das Haar glatt – vergeblich.

»Jetzt verstehe ich, was du damit gemeint hast«, sagt er heiser.

»Womit?«, frage ich atemlos.

»Die besten Dinge im Leben sind tatsächlich keine Dinge«, erwidert er, und ich muss lachen. Dann tut er mir den Gefallen und küsst mich wieder.

16

Ein Blitz taucht die ausgestorbene Straße für eine Sekunde in blendendes Licht, doch nach einem Wimpernschlag ist es wieder stockdunkel. Ein paar braune Blätter rascheln auf dem Asphalt. Der Himmel ist klar, und keine einzige Wolke verdeckt den weißen Mond.

In der Stille der Nacht stolpert plötzlich eine junge Frau auf die Straße, direkt in den dunstig flackernden Kegel einer Straßenlaterne. Sie trägt einen schwarzen Mantel und quer über der Brust eine schwere Tasche aus glänzendem Lack. Als würde der Boden unter ihr schwanken, presst sie die Hände vor Brust und Hals und taumelt auf flachen Absätzen unsicher zur Seite. Ihr schneller Atem klingt rasselnd, und als sie zu husten anfängt, krümmt sie sich nach vorne. Ihr blondes Haar hängt ihr wirr in die veilchenblauen Augen. In der toten Straße dröhnt der Husten viel zu laut, obwohl sie ihn zu unterdrücken versucht.

Hastig blickt sie sich um und eilt dann nach Atem ringend auf die gegenüberliegende Straßenseite, wo hinter einem niedrigen Zaun ein Parkstück beginnt. In der Nacht wirkt die runde Fläche, die von ein paar Bäumen gesäumt wird, pechschwarz und flach wie eine Wand. Es ist furchtbar kalt. In der Dunkelheit wippen die Sträucher gespenstisch, als würden sie ebenfalls frieren.

Mit zitternder Hand streicht sich die Frau die verschwitzten Haare aus der Stirn. Sie muss sich konzentrieren. Sie darf nicht ohnmächtig werden, wer weiß, was dann mit ihr passiert.

Angestrengt setzt sie einen Fuß vor den anderen, bis ihre bebende Gestalt von den Schatten der Bäume verschluckt wird. Wieder bricht der Husten aus ihr hervor. Sie beugt sich nach vorne, um heftig zu würgen.

Es wird besser, beschwört sie sich selbst, doch ihr Herz rast wie verrückt. Du wusstest vorher, dass es so kommen würde. Es wird aufhören. Es geht vorbei. Du musst Geduld haben.

Nach ein paar Augenblicken verebbt ihr Keuchen tatsächlich. Vorsichtig atmet sie ein. Ihre Lungen fühlen sich an, als wären sie mit heißem, pumpendem Wasser gefüllt.

Als sie hinter ein paar Sträuchern ein trockenes Knacken wahrnimmt, bleibt sie stocksteif stehen und wartet, eine Hand fest zur Faust geballt. Doch als sich nichts rührt, stolpert sie langsam auf eine niedrige Parkbank zu und legt die kalte Stirn auf den Knien ab.

Als ihre Hände nicht mehr so stark zittern, greift sie nach ihrer großen Umhängetasche, die in der Dunkelheit kaum zu erkennen ist. Aus dem Reißverschluss zieht sie einen schmalen schwarzen Gegenstand. Einen Moment lang starrt sie auf das Ding, als würde sie auf die Antwort einer Frage warten. Dann drückt sie mit verkrampften Fingern eine winzige Taste am Rand, und ein Display leuchtet auf.

Sie muss sich auf die Suche begeben, und sie hat nicht viel Zeit. Die junge Frau kneift die Augen zusammen, als sie konzentriert die Daten auf der erleuchteten Oberfläche überfliegt. Erst drängen sich wilde Zahlenreihen aneinander: Immer neue Ziffern quellen auf dem Display hervor und überlagern die alten. Alles wuselt chaotisch durcheinander, bis sich der Bildschirm für eine Sekunde komplett leert. Dann taucht eine verschwommene Karte auf. Und schließlich ein kleiner roter Punkt, der blinkt, verschwindet und im unregelmäßigen Rhythmus erneut aufleuchtet.

Die junge Frau starrt angestrengt auf den roten Kreis. Es ist nur ein Signal, ein einziges, wird ihr klar, und ihr Herz macht einen verzweifelten Sprung. Was ist hier nur passiert? Warum gibt es nur noch ein einzelnes Signal?

Sie hustet einmal kurz, bevor sie ihren Schal fest um ihren Hals und die untere Gesichtshälfte zieht. Immerhin hat sie einen Anhaltspunkt, ein Ziel, das sie erreichen muss. Mit zurückgezogenen Schultern steht sie auf und verlässt den dunklen Park.

In der nächtlichen Stadt hält sie sich im Schatten. Wenn ihr jemand entgegen kommt, dreht sie das Gesicht zur Seite. Lange Zeit marschiert sie geradeaus, das kleine Gerät fest in der Hand, und kontrolliert alle paar Minuten das Blinken des roten Punktes.

Gut, sie geht in die richtige Richtung. Gut, das Signal bleibt erhalten.

Die Luft ist kalt und schmerzt in ihrer Brust, doch endlich, endlich erreicht sie die Adresse, die das Display angezeigt hat. Ein Hotel am Stadtrand, nicht die beste Lage, aber das muss so sein.

Sie steigt die Treppe hinauf und holt auf jedem Absatz tief Luft. Als sie schließlich vor der richtigen Tür ankommt, wackeln ihre Knie, und sie lehnt kurz die Stirn gegen die kühle Wand. Ihr Atem geht jetzt ruhiger, doch ihre Lungen fühlen sich mittlerweile wie ein verkrampfter Muskel an.

Das Klopfen auf dem harten Holz klingt laut und hohl in dem düsteren Hotelflur. Sie wartet. Und klopft erneut. Ist sie vielleicht schon zu spät gekommen? Aber das Signal beweist doch, dass sie am Ziel ist! Wieder drückt sie die Faust gegen die Tür.

Nach ein paar Augenblicken hört sie leise Schritte. Sie spannt die Schultern an und rückt ein Stück zur Seite, nur zur Sicherheit, falls sie sich in der Tür geirrt hat. Dann wird die schwere Holztür einen Spalt geöffnet. Ein großer junger Mann mit dunklem Haar starrt ihr entgegen. Sein Gesicht liegt im Schatten, dennoch durchflutet sie sofort Erleichterung. Sie tritt einen Schritt vor, und der Mann reißt verblüfft die Augen auf.

»Hana?«

17

»Wow«, grunzt Marie, den Kopf in die Hände gestützt. Hinter ihr knistert die alte Popcornmaschine des Filmpalastes. »Dann hat es ja richtig gefunkt zwischen dir und Abel. Total schade, dass ich ihn gestern nicht kennen gelernt habe, aber ihr wart viel zu früh weg. Sag mal, hat er nicht einen schrecklich gutaussehenden Bruder, den ich treffen kann? Ich werde so einsam sein, wenn du nun vergeben bist!«

Ich lache, während ich die zerknickten Prospekte auf der Theke ordne. Es ist der Abend nach Maries Geburtstagsfeier. Vor nicht mal 24 Stunden habe ich Abel das letzte Mal gesehen. Und zum letzten Mal geküsst. Ich gebe es nicht gerne zu, aber ich glaube, ich bin süchtig. Süchtig nach Abel und seinen Lippen. Allein der Gedanke an ihn bringt mein Blut zum Kochen. Ich weiß nicht, wie ich mit diesem Brausepulver in meinem Inneren jemals wieder schlafen soll, aber das ist mir egal – ich fühle mich wunderbar. Berauscht, lebendig und hellwach. Ganz anders als noch vor wenigen Tagen.

Anders. Das beschreibt auch Abel ziemlich gut. Kribbelnd anders, verwirrend anders. Und wegen seiner distanzierten Arroganz manchmal auch nervtötend anders. Ich kann es kaum erwarten, noch viel mehr über ihn zu erfahren.

»Er hat wirklich einen Bruder«, antworte ich jetzt.

»Er scheint ein ganz guter Fang zu sein; er ist Chemiker. Vielleicht kann ich da mal was arrangieren. Eine Art Doppeldate.«

»Mit Partnertausch?«, fragt Marie, und ihr Nasenpiercing blitzt im dämmrigen Licht.

»Haha. Niemals.« Mein Bauch kribbelt, und ich muss grinsen.

»Du bist so süß, Mila!« Marie grinst zurück und wendet sich dann den neu eingetretenen Besuchern zu.

An diesem Abend bleibt mir nicht viel Zeit für Träumereien, denn ausnahmsweise ist im Filmpalast unglaublich viel los. Wahrscheinlich liegt es daran, dass heute »Die Vögel« über die Leinwand flimmert. Hitchcock ist ein echter Publikumsmagnet, besonders an regnerischen Samstagabenden wie heute. Alle paar Augenblicke sprudeln neue Gäste ins Foyer und treiben die Feuchtigkeit von draußen hinein. In unserem massiven Schirmständer stapeln sich die nassen Schirme.

»Oh Mann, da kommen noch mehr«, ächzt Marie und setzt im nächsten Moment ein strahlendes Lächeln auf. »Schönen guten Abend, herzlich willkommen im Filmpalast!«

Ich unterdrücke ein Kichern und zwirbele mir eine Haarsträhne hinters Ohr, bevor ich zwei bis zum Rand gefüllte Popcorntüten über den Tresen schiebe.

»Seid ihr denn jetzt richtig zusammen?«, quetscht Marie mich weiter aus, nachdem das junge Pärchen im Kinosaal verschwunden ist. »Wann siehst du ihn wieder? Und wann lerne ich ihn kennen? Meinetwegen auch ohne seinen Bruder.«

»Ich weiß nicht so genau.« Über unser nächstes Treffen haben wir gar nicht so detailliert gesprochen, wird mir plötzlich bewusst. Aber vermutlich kommt er bald im Filmpalast vorbei. Oder ich besuche ihn einfach im Hotel Belinda.

Meine Freundin beobachtet mich aufmerksam und wechselt dann mild lächelnd das Thema: »Übrigens, findest du das nicht auch total verrückt, dass Christina Leo tatsächlich rumgekriegt hat? Ich hab die beiden gestern Abend wild knutschen sehen. Hat er dir das schon gebeichtet?«

Ich reiße die Augen auf. »Was? Nein, hat er natürlich nicht. Ehrlich? Das ist ja krass!«

Marie lacht. »Wenn ich's nicht mit eigenen Augen gesehen hätte, würde ich es auch nicht glauben. Christina ist doch gar nicht sein Typ, dafür redet sie viel zu viel. Die beiden werden sich gegenseitig totquatschen.«

Ich schüttele grinsend den Kopf. Leo und Christina, endlich vereint? Darüber hat mein Bruder natürlich kein Sterbenswörtchen verloren. Das ist ja wieder mal typisch. Stattdessen hat er heute Morgen nur über eins sprechen wollen: über Abel.

Ich runzle die Stirn, als ich mich an unser Gespräch am Frühstückstisch erinnere.

»Ziemlich tough, dein Freund«, sagte Leo mit vollem Mund. »Ich komm nicht darüber weg, dass er Joshua einfach so niedergemäht hat, als würde er so was jeden Tag machen. Joshua soll einfach ein bisschen klar kommen. Die Sache mit Valerie ist schon Ewigkeiten her.«

»Er war betrunken«, sagte ich zu Joshuas Verteidigung. Beide Ellenbogen auf dem Tisch löffelte ich mein Müsli und dachte dabei an Abels Hände in meinem Nacken und meinem Haar. Ich hatte jetzt schon unendliche Sehnsucht nach ihm. »Und du hast dich gegenüber Valerie damals echt wie ein Arsch benommen. Eigentlich hast du das blaue Auge sogar verdient. Joshua wollte sie gestern nur beschützen.«

»Wie nobel von ihm«, Leo rollte die Augen. Sein Veilchen leuchtete blau und grün. »Ich hätte ihn schon in seine Schranken gewiesen, wenn Abel mir nicht zuvor gekommen wäre.«

»Oh ja, ganz bestimmt«, erwiderte ich trocken.

»Der arme Joshua ist immer noch total verknallt in dich«, fuhr Leo grinsend fort. »Wahrscheinlich wollte er sich Mut antrinken, so wie damals bei meiner Geburtstagsparty.«

»Was?«, meine Müslischale knallte auf den Tisch. »Spinnst du? Er ist nicht in mich verknallt! Joshua spricht seit dem Knutschunfall kein normales Wort mehr mit mir.«

»Frag dich mal, warum«, gab Leo zurück. »Diese auffälligen Signale erkennt sogar ein Blinder. Gehst du eigentlich mit zugeklebten Augen durchs Leben? Ich frage mich ehrlich, wie du diese Kampfmaschine Abel rumgekriegt hast. Oh, sag mal ... Ist dir sein Tattoo aufgefallen? Es kommt mir irgendwie bekannt vor, als hätte ich es schon mal gesehen. Ziemlich merkwürdig.«

Immer noch verärgert spülte ich das Müsli mit einem Schluck Kaffee herunter. »Was meinst du mit 'merkwürdig'?«

»Ach, nichts konkretes«, sagte er und butterte sich eine weitere Schreibe Toast. »Meine Antennen für spannende Storys sind angegangen. Sieh dir mal die Fakten an: Abel ist ein geheimnisvoller Fremder mit einem mysteriösen Tattoo, der aus dem Stehgreif die kräftigsten Typen vermöbeln kann. Er gibt nichts über seine Herkunft preis, verliert kein Wort über seine teuren Geschäfte und faselt nur von Macht, Krieg und Geld. Ich frage mich, wie viel Ernst hinter diesem Scherz steckt.« Er krauste die Stirn. »Vielleicht ist er ein Drogendealer? Oder ein ehemaliger Knasti?!«

Ich verdrehte die Augen. »Hast du dir den Kopf so doll gestoßen, dass du schon halluzinierst?«

»Nein, ich sehe glasklar! Ich glaube echt, dass hinter deinem Supertypen ein paar interessante Offenbarungen stecken könnten. Bleib am besten am Ball. Wenn ich doch nur wüsste, woher ich dieses Tattoo kenne ...« Leo zog weiter die Stirn in Falten und fuhr sich mit der Hand durch das zerzauste, lockige Haar. »Ach so, hast du dir seine Augen mal genauer angesehen?«

»Augen?«

»Ja, ich habe das Gefühl, mit ihnen stimmt was nicht. Sie sind so starr, als wäre er permanent auf Drogen. Vielleicht ist er wirklich irgendein Big Boss dieser Szene. Die sehen manchmal ganz anders aus, als man denkt.«

»Du bist ja wieder bestens informiert, liebster Bruder«, ich schüttelte nachdrücklich den Kopf. »Abels Augen sind ganz normal. Zugegeben, das Grün ist wirklich intensiv, aber sonst ist daran nichts Spektakuläres. Ende im Gelände.«

»Wenn du das sagst ...«, Leo zuckte unbeeindruckt die Achseln. »Wenn ich morgen wieder in Berlin bin, muss ich mal ins Zeitungsarchiv gehen und zu dieser Tätowierung ein paar Nachforschungen anstellen.«

»Tu, was du nicht lassen kannst«, murrte ich, aber ich hatte dennoch ein komisches Gefühl.

Jetzt rufe ich mir nochmal Abels Tattoo ins Gedächtnis. Es besitzt eine schwarze, geschwungene Form, etwa so groß wie mein Handteller, und hat sich von seiner Achsel bis zum Brustbein gezogen. Eine auffällige, irgendwie verschlungene Zeichnung. Woher könnte Leo die Tätowierung kennen? Und was hat sie für eine Bedeutung für Abel? So schnell wie er das Hemd darüber gezogen hat, will er offenbar nicht, dass jemand sie sieht. Aber aus welchem Grund? Das ist doch nur ein normales Tattoo. Oder schämt er sich für diese Jugendsünde? Eine Tätowierung passt nämlich gar nicht zu seinem coolen Business-Stil.

Ich puste mir nachdenklich eine Strähne aus der Stirn.

»Mila, schläfst du?«, reißt mich Maries Stimme aus den Gedanken. »Gib mir mal schnell eine Cola, der Kasten steht doch da direkt neben dir.«

Um Mitternacht habe ich Feierabend und bin vollkommen k.O. Seit ich im Filmpalast arbeite, war an keinem Abend so viel los wie heute.

»Gute Nacht, wir telefonieren morgen«, Marie, die heute später gekommen ist und bleiben wird, bis das Kino seine Pforten schließt, winkt mir vom Kassenbereich aus zu. Ihre dunklen Augen funkeln spitzbübisch. »Träum schön von deinem Prinzen.«

»Ich hab schon geübt«, antworte ich grinsend. »Nacht!«

Draußen regnet es in Strömen. Unter dem Vordach spanne ich meinen Schirm auf, den ich wie durch ein Wunder nicht zu Hause liegen gelassen habe.

Ein Wagen rast auf der dunklen Straße vorbei und lässt das Regenwasser auf meine Stiefel spritzen. Doch weil die Endorphine immer noch durch meinen Körper wirbeln, tanze ich in der Gasse über das Pfützenmuster, bis ich auf einer glitschigen Stelle plötzlich ausrutsche und mich gerade noch an einem Laternenpfahl festklammern kann. Pfützenwasser dringt durch meine Sohle, aber selbst durchgeweichte Socken können mir heute nicht die Laune verderben.

Als ich mich auf der Höhe befinde, an der ich Abel das erste Mal gesehen habe, pulsieren die Bilder des gestrigen Abends durch meinen Kopf. Meine Haut fängt an zu kribbeln, als ich mich erinnere, wie Abels Finger über meine Wange gestrichen sind, als er die Klimt-Blume zurück in mein Haar geschoben hat. Ich spüre seine Lippen auf meinen, höre seinen schnellen Atem in meinem Ohr, und meine Knie werden weich.

Und meine Zeichnungen haben ihm auch gefallen! Ich breche in ein albernes Kichern aus, werde aber sofort wieder ernst.

Plötzlich habe ich das Gefühl, dass ich irgendwas übersehen habe. Es hängt damit zusammen, was Abel gemurmelt hat, nachdem er die Skizze von Leo betrachtet hatte.

Dabei gibt es doch nur eine Realität. Wie kann es dann sein, dass ich hier plötzlich eine andere Wirklichkeit sehe?

Damit hat er fast das Gleiche gesagt, was Mr. Benett uns oft predigt: »Als Kulturgut und -träger ist Kunst eine Wertschätzung von Individualität und Subjektivität. Gleichzeitig spiegelt sie die Vergangenheit, die Gegenwart und die Zukunft wider und hilft uns, Ereignisse zu verarbeiten und die Welt auf eine ganz neue Art zu verstehen.«

Kunst hilft uns, Ereignisse zu verarbeiten und die Welt auf eine ganz neue Art zu verstehen, wiederhole ich im Kopf.

Dabei gibt es doch nur eine Realität.

Ich schiebe lächelnd einen feuchten Stein vor mir her, da trifft mich die Erkenntnis wie ein Axthieb und lässt mich für eine Sekunde taumeln. Mein Atem stockt, schlägt Wölkchen in die Luft, und plötzlich piepst es in meinen Ohren.

Wie konnte ich das die ganze Zeit nur vergessen? Die Erinnerung überrollt mich wie ein flimmernder Zug. Ich bleibe gekrümmt stehen.

Ich bin zehn, Papa lebt noch. Im Nachhinein weiß ich, dass ich in nicht einmal einem Monat in einem neuen, kratzigen Kleid auf dem schattigen Friedhof stehen werde, Leos klamme Hand fest in meiner, und in das tiefe Loch schaue, in das sie Papas Sarg hinabgelassen haben.

»Ludmilla«, sagte Papa an diesem hellen Morgen. Die Sonne flimmerte ins Zimmer und ließ den Staub wie Diamanten glitzern. »Hast du etwas gemalt? Das sieht sehr schön aus.«

»Das bin ich und du und Mama und Leo«, sagte ich und legte das Bild vor ihm auf die weiße Bettdecke. Die runden, noch etwas ungelenken Zeichnungen von Leo, Mama und mir waren in dunkelblauen Farben gehalten – meine matt, Leos kräftig und Mamas fast durchscheinend –, wohingegen Papa leuchtend Grün trug. Grün wie die Blätter eines starken Baums. Grün wie das Leben.

»Die Farben passen perfekt. Ich habe sofort gesehen, dass wir das sind. Du kannst die Ausstrahlung einer Person erstaunlich gut einfangen und darstellen«, erwiderte Papa. Dann hatte er nach meiner Hand gegriffen. »Ludmilla, versprich mir etwas.« Obwohl sein Gesicht so eingefallen und grau war, dass ich es kaum mehr erkannte, war seine Hand genauso stark und kraftvoll wie immer.

»Was denn?«, fragte ich misstrauisch. Ich war noch nie gut im Versprechen gewesen.

»Etwas Leichtes«, antwortete Papa und lächelte. Fast im gleichen Moment brach er in einen bellenden Husten aus, der seinen Körper unter der Decke schüttelte. Ich wich unwillkürlich zurück, doch seine Hand hielt mich fest.

Als er sich wieder beruhigt hatte, setzte er sich aufrechter hin und sah mich direkt an. Seine Augen glänzten so hellgrau wie Leos. »Ludmilla, siehst du das Bild an der Wand? Das mit dem Mann und der Frau?«

Ich drehte den Kopf in die gezeigte Richtung. Neben dem blank geputzten Fenster war das Doppelportrait aus Papas Arbeitszimmer befestigt. Der wütend wirkende Mann mit den leuchtend grünen Augen und seine hübsche Frau blickten mir entgegen. Der Anblick war mir so vertraut wie Papas große Hände.

Ich nickte. »Ich kenn das Bild doch, Papa. Was sollte ich dir jetzt versprechen?«

Papa lachte leise. »Auf dem Bild siehst du einen guten Freund von mir. Weißt du, er hatte einen bestimmten Traum, aber er hat ihn aufgegeben. Und obwohl er bestimmt heute etwas anderes sagen würde, bin ich mir sicher, dass er immer noch sehr unglücklich darüber ist.«

Ich legte den Kopf schief. »Versteh ich nicht.«

Papa starrte gedankenverloren auf das Portrait. Dann nickte er kurz, wie zu sich selbst, und richtete seine Aufmerksamkeit wieder auf mich: »Ludmilla, hör mir zu. Du hast etwas, das du liebst und das dich ausmacht. Bitte versprich mir, dass du Malerin werden wirst. Mit einem Stift und einem Pinsel kannst du alles erreichen, was du dir vorstellst. Du kannst die Menschen aufwecken, ihnen Freud und Leid bereiten. Du kannst eine Wahrheit erschaffen, die niemand zuvor für möglich gehalten hat.« Er räusperte sich und griff meine kleine Hand fester. »Irgendwann wirst du begreifen, welche Macht und welches Privileg in dir steckt. Du liebst die Kunst, mach deinen Traum wahr und lass die Menschen daran teilhaben. Lass dich nicht verunsichern, was andere über dich sagen. Es wird bestimmt nicht leicht, aber ich spüre, dass das der richtige Weg für dich ist. Der Weg der Freiheit.«

»In Ordnung, Papa«, habe ich geantwortet, obwohl mir seine Rede ziemlich seltsam vorkam.

»Versprichst du es?«

Ich nickte. Diesmal fester. »Ja. Ich verspreche es.«

Damals kam es mir ganz leicht vor. Ich liebte das Malen, ich liebte Farben, ich liebte es, Mamas Gesicht und Leos wilde Locken zu zeichnen, den Ideen in meinem Kopf eine Form zu geben, oder das Licht einzufangen, das durch mein Kinderzimmerfenster auf den Boden fiel. Wenn ich das mein ganzes Leben machen könnte, verspräche ich es gut und gerne.

»Schön«, hatte Papa gesagt und sich wieder entspannt hingelegt. »Kunst umfasst nicht nur Pinselstriche. Kunst kann dich verändern. Aber nicht nur das: Du selbst kannst mit Kunst eine eigene, eine neue Wirklichkeit erschaffen.«

Eine neue Wirklichkeit erschaffen. Eine neue Wirklichkeit.

Die Erinnerung löst sich auf. Ich presse in der Dunkelheit eine Hand gegen die Stirn. Tränen brennen in meiner Kehle.

Papa ... Wie ein Puzzleteil rutscht die Erinnerung an die richtige Stelle.

Jetzt wird mir alles klar. Ich kann nicht glauben, dass ich das bis eben vergessen hatte.

Ich habe es ihm am Sterbebett versprochen. Ich habe ihm versprochen, dass ich Malerin werde. Es war sein Wunsch, seine Bitte an mich. Deswegen – fällt es mir so schwer, den Gedanken an das Kunststudium aufzugeben. Deswegen fühlt es sich so falsch an, mit dem Malen aufzuhören. Und deswegen fügt mir jeder Blick in Abels Gesicht unweigerlich einen Stich ins Herz zu, denn es erinnert mich an den jungen Mann von dem Paarportrait meines Vaters. An den Mann, der seinen Traum aufgegeben und es bereut hat.

Die Erinnerung an Papas dunkle, heisere Stimme schneidet mir die Luft ab. Langsam setze ich mich wieder in Bewegung. Der kalte Regen kriecht unter meine Jacke, sodass meine Schultern zu zittern anfangen. Die Tropfen auf meinen Brillengläsern verzerren mir die Sicht.

Warum musste ich ihm zusichern, Malerin zu werden? Warum war ihm das nur so wichtig? Ob Leo ihm auch versprechen musste, Journalist zu werden? Strebt er vielleicht deswegen wie verrückt danach?

Meine Sohlen knirschen über den feuchten Asphalt. Die Erinnerung drückt schwer auf meine Schultern. Ich beiße mir auf die kalte Lippe.

Mein Vater ist tot. Er wird es nicht erfahren, wenn ich mein Versprechen breche. Trotzdem fühlt es sich absolut falsch an, so, als würde ich ihn verraten.

Den Schirm zwischen die Achsel gesteckt vergrabe ich das Gesicht einen Moment in beiden Händen. Am liebsten würde ich laut losheulen. Mein Vater ist fast zehn Jahre tot, und ich war damals noch ein Kind. Seitdem habe ich mich verändert. Früher war es vielleicht noch ein schöner, weit entfernter Traum, Künstlerin zu werden, aber die Zeiten haben sich geändert. Ich bin nicht mehr wie früher. Ich bin kein dummes kleines Mädchen mehr, verdammt! Der Unfall hat meine Hand kaputt gemacht – aber auch mit einem gesunden Arm hätte ich einfach nicht genug Talent und Durchhaltevermögen für einen so unsicheren Lebensweg. Ich muss Geld verdienen – für Mama, für Leo, für mich. Es ist absolut unrealistisch, dass ich es als Malerin zu etwas bringen könnte. Dieser naive Traum ist längst Geschichte!

Ich lasse die Hände sinken und sauge die feuchte Luft ein, um wieder einen klaren Kopf zu bekommen. Eine plötzlich aufkommende Windbö reißt mir fast den Schirm vom Körper. Der nasse Stoff flattert wild in der Nachtluft. Mit aller Kraft zerre ich den Schirm wieder nach unten. Dicke Tropfen klatschen auf meine Wangen.

Ich muss dringend nach Hause, ins Trockene und über alles nachdenken, sonst werde ich noch verrückt. Mit eingezogenem Kopf stemme ich mich gegen den peitschenden Regen. Am Ende der Straße leuchtet schon die Haltestelle auf. Ich erhöhe mein Tempo, und meine Stiefel klatschen durch die Pfützen. Der Regen verwandelt den Rinnstein in einen reißenden Fluss. Verschwommen erkenne ich eine große, schlanke Silhouette unter dem Dach der Haltestelle. Schnell tritt die Person einen Schritt vor und wendet sich suchend in meine Richtung. Ich reiße die Augen auf. Kalt fegt mir der Sturm ins Gesicht.

»Abel!«

Eine heiße Welle schießt durch meinen Körper und explodiert in meinem Bauch. Ohne es zu merken renne ich los.

Unbeeindruckt prasselt der Regen zu Boden, als Abel ein paar Schritte auf mich zu macht. Innerhalb von Sekunden sind seine Haare durchnässt und dunkel wie der Nachthimmel. Als wir voreinander stehen hebe ich meinen Schirm an, um ihn vor dem Unwetter zu schützen.

»Hey«, sage ich und atme dabei seinen vertrauten Duft ein, der in mir eine heftige Gänsehaut verursacht. »Das ist ja eine Überraschung. Was –« Ich stocke. Abels Wangen wirken eingefallen, seine grünen Augen ruhen in dunklen Schatten, und um seinen Mund gräbt sich ein noch viel härter Zug als sonst. Seine Kiefer mahlen, sodass ich fast das Knirschen der Zähne hören kann.

»Komm schnell«, presst er hervor und schlingt den Arm um mich. Innerhalb einer Sekunde wird mir klar, dass es sich um keine leidenschaftliche Umarmung handelt, nein, Abel hält mich so fest, dass ich fast keine Luft mehr bekomme, und drückt mich irgendwie schützend in seinen geöffneten Mantel. Der Geruch seiner Haut vermischt sich mit der Feuchtigkeit des Regens.

Ohne ein weiteres Wort zieht er mich zurück auf den düsteren Gehweg, direkt in einen schmalen Hauseingang hinein. Zwei steinerne Wände halten den klatschenden Regen ab. Abel reckt den Hals in Richtung der leeren Kreuzung.

Jetzt rauscht meine Straßenbahn über den Asphalt, spritzt dunkles Wasser auf und hält dann vor der etwa zehn Meter entfernt liegenden Haltestelle. Die automatischen Türen summen.

»Mit dieser Bahn wollte ich jetzt eigentlich –«, sage ich, aber ich verstumme sofort, als Abel sich mit mir zur Seite dreht, sodass ich nun mit dem Gesicht auf die Steinmauer und nicht mehr auf die Straße sehe. Er drückt sich noch näher an mich, und ich fühle seine Bauchmuskeln in meinem Rücken. Die Wärme schießt mir ins Gesicht. Unsere Körper verschmelzen fast vollkommen mit der Dunkelheit; vom Bürgersteig aus dürften wir nicht mehr zu sehen sein. Warum verstecken wir uns hier?

Als die Bahn weitergefahren und kein Laut mehr durch den rauschenden Regen zu hören ist, lassen mich Abels Arme los. Ich rappele mich auf und drehe mich zu ihm um. Und plötzlich habe ich Angst. »Wie guckst du denn? Was ist los?«

Regen tropft aus seinen Haaren auf die breiten Schultern. Mit den Händen fährt er sich mehrmals durch die dichten Strähnen und verteilt die glitzernden Tropfen auf seiner Haut. Ich ziehe die Schultern nach oben. Irgendetwas stimmt hier nicht. Wo ist der Abel, der gestern die Hände in mein Haar gegraben hat?

»Ich habe nicht viel Zeit«, setzt er mit brüchiger Stimme an. Ich zucke zusammen, als er nach meiner Hand greift. Sein Daumen gleitet in meine Handinnenfläche und streicht über meine Haut. Auch wenn sich sofort eine kribbelnde Hitze meinen Arm hinauf windet, krampft sich alles in mir zusammen.

»Was ist passiert?«, frage ich wieder. Meine Stimme klingt viel fester, als ich erwartet habe. Dennoch quetscht seine Antwort die Luft aus meinen Lungen. Ich habe das Gefühl, einen harten Schlag gegen die

Brust erhalten zu haben und sacke in mich zusammen.

»Ich habe nachgedacht und bin zu dem Ergebnis gekommen, dass wir uns nicht mehr sehen sollten, Ludmilla.«

Ich starre ihn an. Ein Tropfen rinnt aus meinem Haar über die Schläfe mit der fast verheilten Schramme.

»Was?«, sage ich.

»Es ist vorbei. Mit uns. Was auch immer das war.« Entgegen seiner Aussage hält Abel meine Hand fest, die ich zurückziehen will. Seine Stimme klingt tief und irgendwie dumpf, ganz anders als sonst. Sein Akzent ist deutlich zu hören und bohrt sich in mein Herz. Schwer fällt der Regen hinter uns auf den Asphalt.

»Du bist ganz anders als ich«, er holt tief Luft. »Wir passen nicht zusammen, und es würde zwischen uns nie funktionieren. Ich will das Ganze nicht. Das hätte von Anfang an klar sein müssen. Tut mir leid, dass ich es so weit habe kommen lassen. Ich hätte dir keine Hoffnungen machen sollen, das war nicht fair. Vergiss mich. Vergiss alles, was ich gesagt oder gemacht habe. Es hat nichts bedeutet. Es war nur – ein Spiel. Und das ist jetzt vorbei.«

»Stopp!« Ich presse die Finger um seine Hand. »Wieso sagst du so was? Das stimmt einfach nicht. Du bist –«

»Hör auf, Ludmilla«, unterbricht er mich kalt. »Du glaubst, du kennst mich? Dann liegst du falsch. Wir kennen uns erst ein paar Tage, und du weißt nicht das Geringste über mich. Vergiss mich, je eher, desto besser.« Der Wind heult einmal kurz auf. »Ich muss jetzt gehen.«

Ich schüttele den Kopf. »Nein! Du kannst doch nicht

einfach hier auftauchen und dich nach fünf Sekunden wieder aus dem Staub machen. Und noch dazu mit diesen vagen Begründungen!« Das Blut schießt mir in die Wangen. »Ich glaub dir kein Wort. Sag mir, was mit dir los ist. Erklär es mir endlich. Jetzt ist die beste Gelegenheit.« Mein Atem geht viel zu schnell und zu flach, und mir versagt die Stimme. »Erzähl es mir. Bitte. Lauf nicht immer davon!«

»Ich kann nicht«, erwidert Abel abweisend. »Ich kann es einfach nicht. Du weißt nicht, wer ich bin oder wozu ich fähig bin. Was ich dir vielleicht schon angetan habe.«

In meinem Kopf brodelt es, aber ich kann keinen klaren Gedanken fassen.

»Du wirst jemanden finden, der besser zu dir passt. Der gut für dich ist. Ich kann das nicht sein«, sagt er heiser. »Ich bin nicht gut für dich.«

»Aber was ist, wenn ich niemand anderen will? Das ist nicht nur deine verdammte Entscheidung«, flüstere ich erstickt.

Abel beißt die Zähne zusammen. »Doch, das ist es. Und ich habe mich entschieden. Ich will dich nicht mehr sehen.« Er schlägt den Kragen seines Mantels hoch.

»Dann hau ab!«, bricht es aus mir hervor. »Lass mich in Ruhe, hau ab, du blöder Idiot!« Ich ringe nach Luft. Tränen verschleiern mir die Sicht.

»Das werde ich«, erwidert Abel, ohne mich anzusehen. Und dann: »Pass auf dich auf.« In der nächsten Sekunde greift er nach meinem Gesicht. Ich zucke zurück und will mich von ihm losreißen, aber er ist natürlich viel stärker als ich. Die Hände um mein Gesicht gelegt presst er mir die kühlen Lippen auf den Mund. In seinem Kuss liegt keine Zärtlichkeit, sondern ein verzweifeltes Drängen, ein Schmerz, der mir fast den Boden unter den Füßen wegreißt. Er küsst mich so heftig, dass mir die Tränen aus den Lidern quellen und ich an seinem Mund zu schluchzen anfange.

Dann lässt er mich los. Betäubt starre ich in seine grünen Eisaugen, sehe mich selbst darin gespiegelt. In der nächsten Sekunde ist er verschwunden. Nur der Regen strömt wie ein dichter Vorhang auf den Asphalt, verschluckt seine schnellen Schritte und betäubt meine Sinne.

Das war's dann, ist das Einzige, was ich denken kann.

18

Sonntag. Montag. Dienstag.
Heute ist Mittwoch. Glaube ich.
Den Kopf in die Hand gestützt starre ich auf die Skizze von Abels Gesicht, bis ich es nicht mehr aushalte. Seufzend nehme ich die Brille ab und verschränke die Arme im Nacken.
Ich kann nicht glauben, dass die erste Begegnung mit ihm nur wenige Tage zurückliegt. So viel hat sich seitdem verändert. Ich habe das Gefühl, nicht mehr dieselbe zu sein, aber andererseits weiß ich gerade auch nicht, wer das Mädchen ist, in dessen Haut ich stecke. Mein Körper pulsiert merkwürdig taub, als würde er nicht wirklich zu mir gehören.
Ich weiß, ich bin nicht die Erste, die von der Liebe enttäuscht wurde, und ganz bestimmt nicht die Letzte, dennoch tut es einfach nur schrecklich weh. Mein Brustkorb fühlt sich wund und zerquetscht an. Und meine Hand ist im Augenblick zu schlapp, um auch nur einen Bleistiftstummel zu halten.
Ich greife nach der goldenen Klimt-Blume und drehe sie zwischen den Fingern. Dann lege ich die Stirn auf der Tischplatte ab.
Das Schlimmste an der ganzen Sache ist, dass ich es eigentlich schon vorher gewusst habe. Dieser coole

Business-Typ und ich – das passt nicht. Ich bin alles andere als cool. Das war einfach eine Nummer zu groß. Aber ich musste ja lachend in mein Verderben springen. Mir ist wirklich nicht zu helfen.

Ich schlinge die Arme um meinen Körper und wiege mich selbst vor und zurück, wobei meine Stirn immer wieder über die gleiche kantige Stelle auf dem Schreibtisch reibt. Ich merke kaum, wie meine Haut aufreißt, sondern grüble weiter.

Aber was hab ich falsch gemacht, dass er mich aus heiterem Himmel einfach abserviert? Was stimmt nicht mit mir? Und warum hat er mich dann geküsst, als hinge sein Leben davon ab?

Ich bin nicht gut für dich.

Was sollte dieser Standardspruch? Glaubt er, ich kann nicht selbst auf mich aufpassen? Dieser Idiot. Dieses arrogante Riesenarschloch.

Meine Hand krampft sich um die goldene Plastikblume zusammen. Ich ziehe die Nase hoch und beiße mir auf die Lippe. Wenn ich einfach nur da sitze, mich nicht rühre, und wenn kein Ton, kein Schluchzen über meine Lippen kommt, dann, ja dann wird alles schnell vorbei gehen. Ich werde ihn einfach vergessen und so weitermachen wie vorher. Das kann doch nicht so schwer sein. Vorher war doch eigentlich alles – in Ordnung.

Unwillkürlich krümme ich mich auf meinem Schreibtischstuhl zusammen. Meine Stirn drückt sich in die Tischplatte – es tut einfach so verflucht weh. Kalte Tränen rinnen zwischen meinen Wimpern auf das Zeichenpapier und verzerren Abels Gesicht zu einer Maske.

Alleine hocke ich in der Dunkelheit. Die Welt versinkt in tintenblauer Leere.

***

»Ludmilla, setz dich doch«, Mr. Benett weist gutgelaunt auf den Stuhl gegenüber. Mildes Sonnenlicht fällt durch das geöffnete Fenster auf die glatte Tischplatte und zeichnet darauf ein unruhiges, flackerndes Muster. Draußen zwitschern die letzten Septembervögel, was sich irgendwie unwirklich anhört.

Das Lehrerzimmer ist an diesem späten Freitagnachmittag vollkommen leer. Alle Schränke sind geschlossen, der Mantelständer ist kahl und in dem altmodischen Regal an der Wand stapeln sich die Kaffeetassen. Ich habe Glück gehabt, dass ich Mr. Benett noch auf dem Flur getroffen habe, bevor er seine Jacke überziehen und ins Wochenende verschwinden konnte.

»Ich möchte meine Bewerbung für die Ausstellung abgeben«, sage ich, als ich Platz genommen habe.

»Die Schule der Kunst«, füge ich hinzu, als würde das alles erklären. Dann reiche ich meinem Lehrer das Bewerbungsformular, das er mit seinen lebhaften braunen Augen rasch überfliegt. Ich kann seinen Ausdruck nicht deuten, aber irgendwie wirkt er plötzlich verschmitzt.

»Die Frist ist eigentlich schon vorbei. Du bist spät dran«, stellt er fest. »Aber das ist ja bei dir nichts neues.«

Mein Herz rutscht in die Hose. »Tut mir leid«, murmle ich zerknirscht.

»Ich freue mich, dass es deiner Hand offensichtlich besser geht«, fährt er fort, ohne das wissende Lächeln aus dem Gesicht zu verlieren. »Nicht, dass ich jemals daran gezweifelt hätte. Dann lass mich mal die Werke anschauen, mit denen du dich bewerben willst ... Ah, Portraits, ich sehe schon, du willst zeigen, wo dein Schwerpunkt, deine Passion liegt, sehr gut. Oh, und hier, etwas neues, das ist ja interessant ...« Er holt eine breite Leinwand mit einer glatten, grünen Fläche hervor, über die schwungvoll ein Streifen goldener Farbe wirbelt. Erst wenn man genau hinblickt, entdeckt man schemenhaft das Gesicht eines jungen Mannes. Das Gold scheint aus seinen Augen zu schießen und verteilt sich in weichen Wellen über dem abstrakten Grün. Ich habe zuerst das Gesicht gemalt, seine Ausstrahlung eingefangen und darüber mehrere Schichten der grünen Farbe verteilt, sodass das Antlitz nur noch verschwommen sichtbar ist.

Ich halte den Atem an, während Mr. Benett Werk um Werk zur Seite schiebt, bis er überrascht die Brauen hochzieht. »Oh, Ludmilla, warum reichst du dein Bild aus dem letzten Projekt ein? *Farbe als Inspiration* – das Thema hast du getroffen, aber an der Öltechnik musst du noch feilen. Und du solltest deine Farbtuben in Zukunft besser zudrehen.«

Ich zucke zusammen und denke an das nächtliche Farbdestaster zurück, kurz nachdem ich Abel das erste Mal begegnet bin. Schweigend betrachte ich die dicken schwarzen Flecken auf der leuchtend grünen Wolkendecke und antworte schließlich: »Ich möchte es einreichen, weil das Bild zeigt, wie ich bin. Ich will unbedingt etwas Perfektes erschaffen, aber ich scheitere immer wieder. Weil ich einfach nicht perfekt bin. Und das ist auch okay, denn ich bin wie jeder andere. Nein, wahrscheinlich bin ich sogar noch tollpatschiger und unsicherer als die meisten Menschen. Ich setze mich selbst unter Druck, zweifele und habe Angst, falle hin – und stehe wieder auf. Das spiegelt sich in dem Bild wider, und daher habe ich es ebenfalls ausgewählt.«

»Interessante These. Du bist erwachsen geworden«, Mr. Benett scheint zu schmunzeln, wird aber sofort wieder ernst. Er überschlägt die Beine in der grauen Stoffhose andersherum und schiebt die grüne Leinwand zur Seite. »Ludmilla, für dich hört sich das vielleicht seltsam an, aber ich habe schon so viele Kunstschüler gesehen, die technisch einwandfreie Leistungen abliefern und Preise über Preise gewinnen – die aber nach ein paar Jahren die Kunst komplett aufgeben, weil sie nur für ihre Auftraggeber und Galeristen arbeiten und nichts mit dem Herzen tun. Sie fühlen sich eingeschränkt und unfrei, denn sie machen eigentlich nicht das, was sie tun wollen. Dabei handelt es sich bei der Kunst vor allem um eins – um die Tochter der Freiheit.« Mr. Benett mustert mich nachdenklich mit seinen wachen braunen Augen. Dann lächelt er. Und ich komme mir plötzlich ertappt vor mit meinen geröteten Augen und den ungewaschenen Zottelhaaren und weiß nicht genau, warum.

»Die Malerei gehört zu dir, Ludmilla, du kannst dich und deine Gefühle damit ausdrücken, das habe ich von Anfang an gemerkt. Du hast großes Talent, das aber erst einen Kanal finden musste. Und vielleicht war dein Unfall, so tragisch er auch gewesen ist, der Auslöser, durch den du zu dir selbst gefunden hast. Jetzt weißt du, was du wirklich willst und kannst.« Er beugt sich zu mir nach vorne. »Schmerz und Trauer gehören zum Leben genauso wie die Freude. Es sind Gefühle, die erst wirklich lebendig machen und durch die man über sich selbst hinauswächst.« Er sagt das beiläufig, wie im Plauderton. »Auch wenn es eine schmerzliche Erfahrung war, die dazu beitragen hat, dass du diesen Sprung machst, freue ich mich darüber. Und du solltest dich auch darüber freuen. Du bist ein gutes Stück näher an dich selbst herangekommen. Und das ist das wertvollste Geschenk, das dir gemacht werden konnte.« Er erhebt sich und ergreift meine Hand. »Trotz der Verspätung drücke ich dir wegen der Ausstellung die Daumen.«

Kurze Zeit später renne ich den aufgeweichten Trampelpfad zwischen der Haltestelle und unserer Siedlung hinauf, denn es schüttet wieder wie aus Eimern.

Dieses Wetter macht mich noch ganz irre! Mein Pferdeschwanz, der aus der Kapuze über meine Brust wirbelt, ist schon ganz schwer vor Nässe. Wo habe ich eigentlich schon wieder meinen Schirm vergessen?

Ach ja. Ich zucke zusammen. Den Schirm habe ich verloren, als ... ja, als ich Abel das letzte Mal gesehen habe. Ich habe ihn fallen gelassen, und der Sturm hat ihn davon geweht. Ein Stich fährt durch mein Herz.

Shit. Ich wollte doch nicht mehr an Abel denken. Ich ziehe die Schultern hoch und haste in der trüben Dämmerung über das ausgedehnte Pfützenmuster.

Seit Abel mich auf der Straße in den Hauseingang gedrängt hat, ist schon fast eine Woche vergangen, die ich bis auf ein paar kurze Schultage nur zu Hause über meinen Bildern verbracht habe. Der Filmpalast ist seit über fünf Tagen wegen einer defekten Filmspule geschlossen, und so war ich nicht einmal arbeiten. Es steht in den Sternen, wann die Sache repariert ist, und normalerweise würde mich diese Unsicherheit verrückt machen. Aber irgendetwas hat sich verändert. Der

Schmerz, den Abels Zurückweisung in mir ausgelöst hat, hat sich in kribbelnde Kreativität verwandelt. Ich habe gemalt wie eine Besessene, und meine Hand hat alles mitgemacht. Ich bin immer noch total überrascht über die unerwartete Kraft, die in ihr stecken muss.

Obwohl ich mir nicht sicher bin, ob ich Papas Versprechen wirklich halten kann, weiß ich jetzt, dass ich mich nicht kampflos geschlagen geben will. Zumindest das bin ich Papa und vor allem mir selbst schuldig.

Wenn dir deine Träume keine Angst machen, dann sind sie nicht groß genug, habe ich irgendwann einmal gelesen. Meine Angst vor der Zukunft bedeutet nicht, dass ich es nicht schaffen werde; durch die Angst kann ich nur wachsen.

Die Abgabe der Bewerbung ist ein erster Schritt. Mir fällt ein, dass Abel mich auch dazu ermutigt hat. *Wir sehen uns spätestens auf deiner Ausstellung*, waren seine Worte. Was für ein Lügner.

Mit zusammengepressten Lippen verscheuche ich den Gedanken an ihn und denke stattdessen über Mr. Benett nach. Er hat meine Werke durchaus wohlwollend gemustert. Aber ob ich überhaupt eine Chance habe, in die Ausstellung aufgenommen zu werden? Schließlich ist das eine ziemlich große Sache. Außerdem habe ich die Bewerbung viel zu spät abgegeben.

Ich ziehe die Kapuze tiefer über die Stirn, während ich mit der Hand in meiner Tasche nach dem Schlüsselbund krame. Ich will gerade die steile Auffahrt zu unserem Haus hoch rennen, da nehme ich hinter mir eine winzige Bewegung wahr. Wie ein Schatten, der sich im nächsten Moment ins Nichts auflöst. Und waren das gerade Schritte?

Ich drehe mich langsam um. Stumm und dunkel erstreckt sich der matschige Weg hinter mir. Die Bäume schwanken im rauschenden Wind, und der prasselnde Regen verschleiert mir die Sicht. Aber ich bin mir trotzdem sicher, dass da etwas ist. Irgendwas. Ich beiße mir auf die Lippe. Kalter Regen läuft in meinen Jackenkragen. Beklommen hebe ich die Schultern an die Ohren und flüchte mit dem nächsten Windstoß den steilen Weg hinauf. Noch fünfzehn Meter! Mit jedem Schritt wird die Haustür größer und mein Herz leichter.

Ich stöhne vor Anstrengung auf. Der Muskelkater vom Hockeytraining brennt in meinen Beinen. Ach ja, mehr Sport treiben. Diesen Vorsatz hatte ich schon völlig vergessen.

Wieder diese lautlose Bewegung hinter mir! Mein Herz beginnt wild zu schlagen. Ich bleibe nicht stehen, drehe mich nicht um, sondern renne über die nassen Steine nach oben.

Kurz bevor ich die Überdachung erreiche und sich das automatische Licht einschaltet, geschieht es – wie aus dem Nichts werde ich an der Schulter gepackt und zurückgezerrt. Meine Füße stolpern über die glitschigen Pfützen, und mir entfährt ein erschrockener Schrei. Ich reiße den Kopf zurück – und blicke direkt in ein Paar blitzender Augen.

Bevor ich begreife, was passiert, presst sich eine kräftige Hand auf meinen Mund und erstickt meinen panischen Hilferuf.

19

Er hat das Gefühl, im dichten Strom der Menschen als Einziger in die entgegengesetzte Richtung zu gehen. Die Gesichter um ihn herum lachen und reden laut, manche blicken ernst oder runzeln gestresst die Stirn. Wieder andere tragen bunte Stöpsel in den Ohren und nicken im Klang der stummen Musik. Dichte Wolken drücken sich gegen die Dächer und hüllen die Welt wie unter einer Glaskuppel ein.

Eine junge Frau blättert im Gehen in einem Buch und stößt fast mit ihm zusammen. Als sie den Kopf hebt, errötet sie und stottert eine Entschuldigung. Ihr Anblick trifft ihn wie ein Faustschlag in den Magen. Das Mädchen hat lange dunkle Haare und trägt eine schwarze Vollrandbrille, wie ... genauso wie ...

Er wendet sich wortlos ab. Der Wind weht ihm die Haare in die Augen, und er steckt die Fäuste in die Manteltaschen. Die Erinnerung an ihre hellblauen Augen klopft in seinem Schädel.

Nie hat er sich einsamer gefühlt als in diesem Moment. Auch damals nicht, als er in diese Stadt gekommen und alles so unendlich schief gelaufen ist. Er beißt die Zähne zusammen und erhöht sein Tempo, wobei er die Menschen links und rechts anrempelt.

Er kann nicht glauben, wie sehr er sich in letzter Zeit

verändert hat. Kurz nachdem er in dieser Stadt eingetroffen war, ist sein Leben, seine ganze Welt zu einem Trümmerhaufen zusammengefallen. Er wollte alles hinter sich lassen, alles vergessen und niemals wieder zurückkehren. Mit der Rasierklinge hätte damals im Bad alles ein Ende finden müssen. Aber sie haben ihn aufgespürt. Natürlich.

Wie konnte ich nur so dumm sein und glauben, dass sie aufhören würden, mich zu suchen?, denkt er jetzt grimmig. Sie hat recht. Ich bin ein Idiot.

Sie. Ludmilla. Ludmilla, die ganz anders ist als alle Menschen, denen er bisher begegnet war.

Er schließt einen Moment die Augen, als er sich an ihr schmerzverzerrtes Gesicht erinnert, das sich in seine Netzhaut gebrannt hat. Natürlich war sie wütend gewesen, als er sie zurückgestoßen hatte. Traurig, verletzt. Und vorher glücklich, wild, lustig. Ernst, unsicher und sprunghaft. Leidenschaftlich. Eigensinnig. Lebendig. Echt. Sie war alles. Und plötzlich hatte er sich mit ihren Augen gesehen und festgestellt, dass er ein anderer sein könnte. Er hätte nochmal von vorne anfangen und alles sein können. Anders.

Aber das ist jetzt vorbei. Es musste ein Ende haben. Auch wenn er nicht mehr so ist wie früher, hat er immer noch eins: Verantwortungsgefühl. Und er darf sie nicht in Gefahr bringen. Er könnte ihr ganzes Leben zerstören. Nein, er könnte es nicht nur; er ist kurz davor gewesen, alles vollkommen ins Chaos zu stürzen.

Mit langsamen Schritten bewegt er sich weiter. Aber wohin kann er noch gehen? Alles kommt ihm leer und sinnlos vor. Grau in grau türmen sich die Häuserzeilen vor ihm auf.

Erst als der S-Bahnhof vor ihm auftaucht, ein summendes, langgestrecktes Gebäude hinter einem wuseligen Vorplatz, wird sein Blick klarer. Seltsam, dass ihn seine Beine ausgerechnet hierhin getragen haben. Aber wenn er schon mal da ist, wird er nochmal mit dem Alten sprechen.

Abel schlägt seinen Mantelkragen nach oben und durchquert die hohe Halle bis zum hinteren Ausgang. Stimmen und Schritte bauschen sich in der Luft, unterbrochen vom Rauschen der abfahrenden Züge.

Aber der Obdachlose ist nicht da. Abel runzelt die Stirn und sieht sich nach allen Seiten um, doch nur die Schließfachwand blickt ihm grau glänzend und stumm entgegen.

Er stößt die quietschende Doppeltür zum hinteren Ausgang auf und tritt ins Freie. Über den Himmel treiben riesige graue Wolken, und ein kalter Wind fegt ihm entgegen. Irgendwo in der Nähe bellt ein Hund.

Niemand ist hier. Aber der Alte hat doch gesagt, dass er hier wohnen würde, so merkwürdig das auch geklungen hat.

Nachdenklich streicht er sich die Haare aus den Augen. Wohin kann der Kerl verschwunden sein?

Ein zweites Mal geht er das Ende der Bahnhofshalle ab, aber nirgendwo findet er einen Hinweis auf den alten Mann. Verdammt. Und jetzt?

Mit gesenktem Kopf marschiert er kurze Zeit später eine wenig befahrene Straße entlang, die Hände in den Manteltaschen vergraben. Der Wind ist frostig und beißt sich in seine Lunge. Er hustet kurz und bleibt schließlich stehen, als die Welt um ihn zu schwanken beginnt.

Diese verfluchte Luft. Lange wird er es hier nicht

mehr aushalten.

Mittlerweile hat starker Regen eingesetzt, der ihm kalt auf die Schultern klatscht. Die dunklen Haarsträhnen hängen ihm wirr in die Augen. Er spürt, wie sein Körper auskühlt, aber das interessiert ihn nicht. Langsam setzt er sich wieder in Bewegung, während er immer wieder in seine Faust hustet.

Im Hotel würde er sich nochmal die Kladde vornehmen, überlegt er. Vielleicht hat er irgendetwas übersehen. Es gibt da eine Stelle am Ende des Notizbuches, die ihm Kopfzerbrechen bereitet. Vielleicht –

Abel hebt überrascht den Kopf, als vor ihm ein breiter Gebäudekomplex auftaucht, der ihm bekannt vorkommt. In vielen Zimmern brennt gelbes Licht, das der rauschende Regen verschwommen in die Dunkelheit zeichnet.

Ohne es zu wollen ist er zu Ludmillas Siedlung gegangen. Er steht am Rand eines Trampelpfades. Steil über ihm erstreckt sich ihr Zuhause.

Er presst die Kiefer zusammen. Was soll er dort? Er hat hier nichts mehr verloren. Wütend auf sich selbst drückt er das Kinn an die Brust und will sich umdrehen, um ins Hotel Belinda zurückzukehren. Doch dann sieht er sie. Ludmilla. Sein Herz bleibt stehen. Ohne Schirm rennt sie, etwa fünfzehn Meter über ihm, die steile Auffahrt zu ihrem Haus hinauf und fummelt dabei in ihrer Umhängetasche herum. Das lange, dunkle Haar wirbelt unter der Kapuze ihres Parkas hervor.

Hastig tritt Abel einen Schritt zurück in den Schatten. Sie bemerkt ihn nicht, dafür steht er viel zu weit weg. Dann verschwindet sie auch schon aus seinem Blickfeld. Der Regen löscht ihre Schritte aus.

Er ballt die Hand zur Faust. Er muss hier weg. Was

hat er sich nur dabei gedacht, hier aufzukreuzen?

Er hat gar nicht gedacht, und das ist auch etwas, das vollkommen neu an ihm ist. Wie konnte er nur so gedankenlos sein? Will er alles nur noch schlimmer machen? Wütend spannt er die Muskeln an und wendet sich ab.

Dann hört er einen Schrei, laut und angsterfüllt, und das Blut gefriert in seinen Adern. Im nächsten Moment erstirbt die Stimme, sodass ihn nur das Rauschen des Regens umgibt.

Die Sekunden vergehen, ohne dass etwas passiert. Hat er sich das Schreien nur eingebildet? Oder ...

Die Erkenntnis trifft ihn wie ein Schlag. Verdammt, nein, nicht das, nicht Ludmilla!

Sein Herz beginnt zu hämmern. Er beißt die Zähne zusammen und spannt die Hände an. Er muss sie in Ruhe lassen, er hat schon viel zu viel angerichtet. Sie ist ohne ihn besser dran, er muss sie gehen lassen, er gehört nicht zu ihr; er hat versprochen, sie nie wieder zu sehen. Er muss sich an seine Vorsätze halten. Er muss so sein wie früher!

Verflucht! Er stampft mit dem Fuß auf, während sich die Gedanken in seinem Kopf überschlagen. Augenblick um Augenblick verrinnt, während sich der Regen immer weiter auf seine Schultern ergießt.

Dann fasst er einen Entschluss. Und rennt los. Seine Sohlen donnern auf den Asphalt und spritzen schwarzes Wasser auf. Er muss sich beeilen, schneller, schneller, sonst ist es zu spät!

20

Zitternd hänge ich in den Armen meines Angreifers. Als zwei Gestalten unter einem aufgespannten Schirm den Trampelpfad entlang eilen, winde ich mich heftig, aber die große Hand schließt sich sofort enger um mein Gesicht. Mein Nacken verkrampft sich, als sich von hinten ein Gesicht neben meines schiebt und eine dunkle Männerstimme fast lautlos flüstert: »Bleib ruhig, bitte!«

Wildes Adrenalin schießt mir durch die Adern. Ich nicke und höre auf, mich zu wehren, doch mein Körper zittert weiterhin wie verrückt.

Das Pärchen unter dem Schirm strebt an uns vorbei, ohne aufzublicken. Ich kann es ihnen nicht mal verübeln; bei diesem Wetter würde ich auch nicht auf rechts oder links achten, sondern nur nach Hause wollen.

Mein Angreifer stößt mich nach vorne, die Hand immer noch auf meinem Mund. Er dirigiert mich zu dem beleuchteten Haus, biegt aber dann rechts auf den schmalen Seitenweg ab. Das Gestrüpp unter meinen Sohlen lässt mich stolpern, doch der Kerl verhindert, dass ich stürze, indem er seine freie Hand in meine Schulter drückt.

Mein ganzer Körper pocht vor Panik, als wir die düstere Hinterwand erreichen. Hier ist die Waschküche untergebracht, doch bei diesem Unwetter hängt natürlich keiner seine Wäsche auf der Leine auf. Der Regen rauscht herunter, als würde jemand Eimer um Eimer über unseren Köpfen ausleeren. Ich bin durchnässt bis auf die Haut, und die kalten Tropfen brennen in meinen Augen.

Abrupt lässt mich der Kerl los, und ich taumle gegen die feuchte Steinmauer, an der ich mich festklammere.

»Alles okay? Ich wollte dir nicht weh tun«, höre ich meinen Angreifer im Rauschen des Sturms sagen. »Ich wollte nur verhindern, dass du schreist.«

Mein Herz setzt aus. Habe ich mich verhört? Diese Stimme. Dieser Akzent. Die merkwürdig bekannte Art, wie der Mann die Vokale langzieht. Das ist doch ...

Ich drehe den Kopf zurück. Und schnappe nach Luft, als ich mein Gegenüber erkenne. Leuchtende Katzenaugen unter dunklen Brauen, breite Schultern in einer schwarzen Lederjacke ...

Kalte Angst greift nach meinem Herzen und drückt mir die Luft ab. Er ist es.

»Was – was willst du dauernd von mir?«, ich versuche, das Beben in meiner Stimme zu unterdrücken.

»Das weißt du doch, ich brauche deine Hilfe«, erwidert der Mann. Seine Stimme klingt plötzlich drängend. Er steht so dicht vor mir wie damals auf der Campusfeier und versperrt mir jeglichen Fluchtweg.

Panisch suchen meine Augen nach einem abendlichen Spaziergänger, nach irgendjemandem, der mir zur Hilfe kommen kann. Doch der Regen fällt so schwer auf uns nieder, dass ich kaum die dunkle Baumreihe hinter dem Kerl ausmachen kann.

»Wie sollte ich dir helfen können?«, sage ich. »Wer

bist du überhaupt?«

»Ich bin wegen Abel hier. Ich muss ihn finden«, erwidert der Mann. Er lehnt sich ein Stück zurück und streicht sich mit einer verzweifelten Geste das nasse Haar aus der Stirn. »Du musst mir unbedingt sagen, was du weißt. Er ist in großen Schwierigkeiten. Nur ich kann ihm helfen. Wo steckt er? Was hat er dir erzählt?«

»Abel?« Das Herz hämmert mir bis zum Hals. Natürlich! Der Kerl spricht mit dem gleichen Akzent wie er! Warum ist mir das nicht schon früher aufgefallen? Gehört er zu den Leuten, die Abel verfolgen? Was ist hier eigentlich los?

»Ich hab keine Ahnung, wo Abel ist«, antworte ich, halb, weil ich Zeit schinden will, halb, weil ich es wirklich nicht weiß.

Der Typ verzieht das Gesicht zu einer Grimasse. »Natürlich weißt du das. Was ist mit ihm passiert? Was hast du ihm für Flausen in den Kopf gesetzt? Spuck's schon aus!«

Ich spüre, wie Wut in ihm hochkocht. Meine Kehle schnürt sich zu. Dennoch antworte ich betont abweisend: »Ich hab keinen Schimmer, wovon du sprichst. Vielleicht will Abel einfach nichts mit dir zu tun haben. Und jetzt lass mich sofort gehen.« Im prasselnden Regen stoße ich dem Typen gegen die muskulöse Brust, doch in der selben Sekunde packt er mich am Hals und drückt mein Kinn zurück. Scheiße, was hat der denn für Reflexe?

»Hör auf zu lügen«, knurrt er. »Sag endlich, was du weißt!«

Regentropfen stechen in meine Augen, und ich blinzle heftig. Mein Hals in seiner Hand beginnt zu pochen, und ich muss würgen. Die kalte, feuchte Luft brennt plötzlich in meiner Nase.

»Aber ich weiß doch nichts!«, keuche ich verzweifelt. »Ich hab keine Ahnung, was mit Abel los ist. Ich weiß nicht, wo er hingegangen sein könnte. Au!«

Der Typ gräbt die Finger in meine Haut und schüttelt mich, sodass ich mit dem Hinterkopf gegen die Mauer knalle. Einen Moment lang bin ich benommen, dann höre ich seine Worte klarer. »Du verstehst nicht, in was für eine Sache du geraten bist«, seine Stimme klingt gebrochen. Er drückt meinen Kopf zurück und presst seine Finger schmerzhaft um meinen Hals zusammen. »Dieser verdammte Mistkerl, er ist total verrückt geworden! Sag schon, wo ist er?«

Ich rieche seinen Minzatem und kneife die Augen zusammen. Hinter meinen Lidern tanzen wilde Sterne, und kalter Schweiß bricht mir aus allen Poren. Hektisch grabe ich beide Hände unter seinen festen Griff, aber dieser lockert sich keinen Millimeter. Keuchend schnappe ich nach Luft, doch da ist nichts, das sich in meine Lungen füllen kann, nur Panik und Regen steigen immer weiter in mir auf.

Ich versuche, den Kerl zu treten, aber meine Füße schnellen ins Leere. Nach ein paar Sekunden kann ich nicht mehr. Meine Beine sacken ab, und mein Körper ist ein einziger, tauber Schmerz. Ich stöhne auf, doch kein Ton dringt durch meine zugedrückte Kehle. Oh Hilfe, ich will nur, dass es endlich aufhört ...

Und dann, kurz bevor ich das Bewusstsein verliere, höre ich ein Rascheln, dann einen wütenden Schrei – und die Finger lösen sich so abrupt von meinem Hals, dass ich mit dem Rücken gegen die Mauer pralle.

Hustend und würgend beuge ich mich nach vorne.

Die Welt dreht sich, und in meinen Ohren rauscht das Blut. Meine Lungen saugen dankbar den Sauerstoff ein. Ich klammere mich an der glitschigen Hauswand fest – und fahre zusammen, als sich das Bild vor mir langsam scharf stellt.

Mein Angreifer ist ein paar Schritte zurück in die Büsche gestolpert, vor ihm, mit dem Rücken zu mir, baut sich eine große Gestalt auf und breitet die Arme aus.

Ich giere keuchend nach Luft, als ich im Gegenlicht der abseits liegenden Straßenlaterne die breiten Schultern in dem dunkelblauen Mantel erkenne. Eine Welle der Erleichterung fließt durch meinen Körper und lässt mich wie verrückt zittern.

»Was soll der Mist, Vico?«, höre ich Abels dunkle Stimme im Rauschen des Sturms knurren. »Bist du total durchgedreht?«

»Das fragst *du*?«, schreit sein Gegenüber und scheint kurz aufzulachen. »Ich suche dich, Hana sucht dich, wir alle suchen dich! Was soll die Sache mit diesem Mädchen? Du stürzt sie nur ins Unglück! Du weißt doch genau, dass wir zurück müssen! Willst du uns alle noch mehr in Gefahr bringen?!« Er fuchtelt mit den Armen, das Gesicht verzerrt.

»Ich habe es dir schon erklärt: Ich gehe nicht zurück«, erwidert Abel kalt.

»Aber du hast keine Wahl!«, brüllt der Mann mit den Katzenaugen. »Es hat keinen Sinn, hierzubleiben und an etwas festzuhalten, das niemals wahr sein kann. Sie warten auf uns, wir müssen zurück!«

Ich reibe mir den pochenden Schädel und versuche, meinen stockenden Atem unter Kontrolle zu bekommen. Was geht hier vor? Wovon sprechen die beiden?

»Abel, wer ist das?«

In der Sekunde, in der ich die Worte hervorwürge, merke ich, dass ich einen Fehler gemacht habe, denn Abel fährt wie von der Tarantel gestochen zu mir herum. Regenwasser spritzt in winzigen Funken auf. In diesem Augenblick der Unachtsamkeit wirft sich der fremde Typ von hinten auf ihn und schleudert ihn so heftig zurück, dass Abel fast gegen mich prallt und den Schwung erst kurz vor meinen zitternden Knien abfangen kann.

Sein Angreifer schnellt in ungeheuerlicher Geschwindigkeit um ihn herum und stürzt sich nun auf mich. Ich will den Typen hektisch schlagen, doch meine Faust schießt nur in die kalte Luft. Der Katzenaugentyp duckt sich und packt mich am Arm, doch fast in der gleichen Sekunde reißt ihn Abel weg von mir und stößt ihn mit beiden Armen gegen die Wand. Sein Kopf knallt gegen die Mauer.

»Vico, wo steckst du?«, höre ich eine Frauenstimme durch die dichte Regenmauer rufen. Und dann mit einem leisen Aufschrei: »Abel?!«

Bevor ich die blonde Frau, die hinter den Bäumen auftaucht, deutlicher erkennen kann, schließt sich plötzlich eine Hand um meine, und mit einem Mal fliege ich den Weg zurück zu der anderen Seite des Hauses.

Meine Füße schlittern durch tiefe Pfützen, als ich hinter Abels gestrecktem Arm die Auffahrt hinunterrase. Der Regen fliegt mir in die Augen. Meine Beine, die verletzte Hand, die Abel umklammert hält, und mein Kopf, mit dem ich gegen die Wand geschlagen bin – alles sticht mit jedem Meter stärker. Ich habe das Gefühl, jeden Moment zusammenzubrechen und einfach in den Matsch vor mir zu fallen, aber Abel zieht mich unerbittlich weiter.

Hinter uns donnern laute Schritte. Ich bin mir sicher, der Katzenaugentyp und die blonde Frau sind uns dicht auf den Fersen. Ich kann fast ihren Atem im Nacken fühlen, aber ich habe keine Kraft, auch nur den Kopf zurückzudrehen.

Keuchend erreiche ich hinter Abel das Ende des schmalen Pfades, welcher auf die Hauptstraße mündet. Ohne sich umzusehen rennt er weiter nach rechts, in eine Seitenstraße, an deren Ende vor ein paar Jahren ein riesiger Supermarkt gebaut wurde.

Mein Atem dröhnt in den Ohren, und Abel hält meine Finger so fest, dass er mir das Blut abschnürt. Verzweifelt versuche ich, mein Tempo auf der rutschigen Straße zu erhöhen. Der Weg ist leer, nur zwei Mädchen schultern unter aufgespannten Regenschirmen ihre Einkaufstüten und blicken uns erstaunt hinterher, als wir an ihnen vorbei rasen.

Vor dem beleuchteten Eingangsbereich des Supermarkts stoppt Abel, und ich pralle gegen ihn. Ein an eine Laterne gebundener Hund bellt uns aufgeregt an.

Mein Atem geht stoßweise und brennt in meiner Kehle, doch bevor ich ordentlich Luft holen kann, treibt mich Abel in den Supermarkt. Das metallene Drehkreuz quietscht, und meine Sohlen sind so durchgeweicht, dass ich auf dem Fliesenboden fast hinknalle, aber Abel schlingt den Arm um mich und zieht mich weiter.

Mit einem Blick über die Schulter bemerke ich, wie zwei Personen hinter uns in den Markt stürmen und wie in einem Action-Film seitlich über das eiserne Drehkreuz springen – ein großer, grimmig blickender

Mann und eine junge Frau, beide schlank und in dunkler Kleidung.

»Abel!«, stoße ich hervor, doch dieser nickt nur und rast mit mir tiefer in den Supermarkt hinein. Der Geruch von Gemüse und kaltem Plastik schießt mir in die Nase, und meine Augen tränen von der plötzlichen Helligkeit. Eine Frau stürzt kreischend zur Seite, als Abel ihren vollen Einkaufswagen gegen ein Regal schleudert. Dosen stürzen um und zersplittern auf dem Fliesenboden. Wir rennen um eine weitere Ecke, und ich falle fast über ein kleines Kind, das mit riesigen Augen mitten im Weg steht.

Plötzlich stoppt Abel, und ich schlage wieder mit dem Gesicht gegen seine harte Schulter. Automatisch reibe ich mir die pochende Wange und reiße die fleckige Brille zurück auf die Nase. Mir bleibt weniger als eine Sekunde, um die Ursache für Abels abrupten Halt auszumachen: Vico und die Frau stehen am Ende des Ganges, erstarren wie wir und hasten dann auf uns zu. In ihrer dunklen Kleidung und mit ihren rasend schnellen Bewegungen sehen sie aus wie zwei Super-Agenten aus »Matrix«.

Ich wirbele panisch herum, doch plötzlich erschüttert ein ohrenbetäubender Knall den Boden. Verdattert blicke ich auf die über die Fliesen spritzenden Dosen mit Tomaten und Bohnen. Abel reißt in der nächsten Sekunde ein weiteres Regal aus der Verankerung. Er stürzt mir nach und zerrt mich an sich, bevor das riesige Metallgestell zu Boden kracht. Glas splittert, Scherben fliegen durch die Luft.

Wie ein riesiger, verchromter Berg versperren die umgekippten Regale den Durchgang zu Vico und der Frau. Ich starre auf das meterhohe Chaos vor mir, unfähig zu begreifen, wie stark Abel sein muss.

»Seid ihr verrückt?!«, schreit ein rotgesichtiger Angestellter im weißen Kittel, der plötzlich neben uns auftaucht. Er will Abel am Arm packen, aber dieser schüttelt den Mann einfach ab, sodass er in das zerstörte Regal stolpert.

»Hilfe, ich brauche Hilfe!«, schreit der Mitarbeiter noch, aber wir rennen schon auf die Rückwand des Ladens zu, an der sich die Kühltheke befindet. Kalter Dunst schießt mir entgegen. Zwei Frauen mit gefüllten Einkaufswagen weichen ängstlich zur Seite, als ich mit Abel vorbei haste. Als wir die freie Seitenwand erreichen und ich schlingernd zum Stehen komme, weiß ich plötzlich, was Abel vorhat.

Eine junge Angestellte lenkt gerade einen Wagen mit gestapelten Wasserkästen unter einer grauen Plane hindurch. Stotternd spricht sie uns an: »Entschuldigung, was ...?«, doch schon stößt Abel mich unter der Plane durch, und die schwere Plastikabtrennung schwingt hinter uns zu. Wir sind im Lager.

In dem langgestreckten, schlauchartigen Raum ist das Licht weniger grell als im Supermarkt. Zwischen hohen Regalwänden rattern Stapelfahrzeuge, und monotone Schritte schlurfen über staubige Fliesen. Bis an die Decke stapeln sich Waren in geöffneten Kisten.

Ein Angestellter schleppt einen großen Karton über den Mittelgang, den er mit einem lauten Krachen fallen lässt, als Abel und ich an ihm vorbei rennen. Verdutzt drehen die Angestellten die Köpfe nach uns um.

»He, ihr habt hier nichts verloren!«, schreit ein Mitarbeiter, doch wir laufen weiter.

Der Lagerraum scheint sich endlos lang nach hinten zu erstrecken. Die summenden Glühbirnen über unseren Köpfen erhellen kaum die Sicht auf die Rückwand. Mein Hinterkopf dröhnt mit jedem Schritt stärker.

Als wir endlich die hintere Wand erreichen, stockt mir der Atem, denn die Mauer erhebt sich glatt und dunkel. Kein Hinterausgang, keine Tür. Wir sitzen in der Falle.

Keuchend halte ich mir die stechenden Seiten. Abel verschwindet aus meinem Blickfeld, als er konzentriert die Wand abschreitet. Hinter mir erklingen Schritte, und ich werfe den Kopf zurück. Gesammelt walzen die Angestellten auf uns zu, reden durcheinander und wedeln in ihren weißen Kitteln mit den Armen. Und dahinter ...

Mein Magen schlägt einen Salto, denn in diesem Moment stürzt eine große, schlanke Gestalt durch den Mittelgang. Dahinter blitzt der hellblonde Schopf einer Frau auf. Beide tragen Schwarz, das sich deutlich von der hellen Arbeitskleidung der Angestellten abhebt. Hastig arbeiten sich die beiden mit den Ellenbogen durch die Menge. In wenigen Sekunden werden sie uns erreichen!

Ich schieße zwischen den Regalen hindurch zu Abel, der, ohne ein Wort zu sagen, erneut den Arm um mich schlingt und mich zu einer schwarzen Tür schiebt, die im schwachen Licht kaum zu erkennen gewesen ist.

»Raus hier«, murmelt er zwischen zusammengebissenen Zähnen und drückt fest die Klinke. Nichts. Er rammt die Klinke wieder herunter und rüttelt an der Tür, doch sie schwingt nicht auf. Verschlossen.

Panisch werfe ich einen Blick zurück. Die laut rufenden und gestikulierenden Mitarbeiter sind nur noch wenige Meter entfernt. Hinter ihnen sticht der dunkle Schopf meines Angreifers hervor. Er reckt drohend die

Faust.

Ein lautes Krachen lässt mich herumfahren. Gerade rechtzeitig, um zu erkennen, wie Abel die schwarze Tür mit einem zweiten, harten Tritt aus den Angeln fliegen lässt. Mit einem lauten Knall schmettert sie auf den nassen Asphalt. Bevor ich die kalte Luft spüren kann, die uns entgegen weht, springe ich auch schon mit Abel nach draußen auf einen großen Parkplatz.

Hinter einem halb geöffneten weißen Tor liegt die hell erleuchtete Hauptstraße. An der rechten Seite harrt ein stummer LKW mit dem Logo des Supermarktes aus, dahinter reihen sich mehrere silberne Tonnen für Pappe und Plastik aneinander. Der Regen rauscht immer noch wie eine Wand herab und füllt die Pfützen zu großen Seen.

Ohne zu zögern manövriert mich Abel zu dem einsamen Lastwagen und reißt die Beifahrertür auf, sodass mir die Wassertropfen ins Gesicht sprühen. Wortlos hebt er mich auf den hohen, trockenen Sitz und klettert sogleich hinterher. Bevor ich etwas sagen kann, befiehlt er mit dunkler Stimme: »Runter! Und kein Wort!«

Perplex blicke ich ihn an, doch dann begreife ich. Rasch tue ich es ihm gleich und lege mich flach und quer über die beiden Sitze, damit man meinen Kopf von außen nicht sehen kann. Abel zieht mich an sich. Seine Arme drücken sich fest um meinen Körper, und sein Kinn presst sich auf meinen Scheitel. Mein Herz rast so schnell, als könnte es jeden Moment aus der Brust springen. Ich kralle die Finger in seinen Mantel und mache mich noch kleiner.

Wir haben uns keine Sekunde zu früh geduckt, denn in diesem Augenblick höre ich schnelle Schritte und aufgeregte Stimmen, die durcheinander reden. Dicke Tropfen klatschen gegen die Frontscheibe.

»So was hab ich ja noch nie erlebt!«

»Die haben einfach die Tür aufgebrochen, habt ihr gesehen?«

»Ist jemand verletzt? Sollen wir die Polizei rufen?«

Die Stimmen werden durch den prasselnden Regen gedämpft, trotzdem merke ich, dass die Personen in unmittelbarer Nähe miteinander diskutieren. Meine Schultern zittern, und Abel zieht mich noch enger an sich heran. Der Sitz des Lastwagens ist alt und riecht nach Plastik. Obwohl es hier trocken ist, ist mir plötzlich eiskalt.

»Wo sind sie auf einmal hin? Haben die was geklaut?«, reden die Stimmen draußen weiter.

Mein Magen krampft sich zusammen, als ich spüre, dass Abel mich mit einem Arm loslässt. Aus dem Augenwinkel erkenne ich, wie seine Hand suchend über das staubige Armaturenbrett und unter das Lenkrad wandert. Im nächsten Moment ertönt ein trockenes Klicken, als hätte er eine Plastikverdeckung aufgehebelt. Was hat er vor?

»Und was wollt ihr noch hier? Steckt ihr mit den beiden unter einer Decke?«, schnauzt plötzlich eine ärgerliche Männerstimme direkt vor der Scheibe.

»Schon gut, wir verschwinden«, antwortet eine Frau betont ruhig. Durch das Rauschen des Regens kann ich sie kaum verstehen. »Los, komm, Vico.«

Schritte entfernen sich und verstummen. Ich presse die Stirn noch tiefer gegen Abels Brust. Der Schaltknüppel bohrt sich in meine Seite. Er fummelt weiter unter dem Lenkrad herum. Leises Knirschen ist von draußen zu hören.

»Sie sind jetzt bestimmt schon über alle Berge«, sagt die gleiche Frauenstimme wie gerade. Sie steht nun offenbar direkt vor dem Seitenfenster. Ich spüre, wie Abel sich anspannt. Sein fester Griff tut nun fast weh, aber ich traue mich nicht, mich zu rühren, aus Angst, irgendein Geräusch zu machen.

»Ich hab dir doch gesagt, du solltest das Mädchen nicht angreifen. Wir hätten ihn fast gehabt, jetzt ist er schon wieder verschwunden.« Die Frau klingt verärgert und irgendwie verzweifelt. Auch in ihrer Stimme schwingt der gleiche, merkwürdige Akzent mit.

»Sie können nicht weit sein«, erwidert eine Männerstimme. Die Stimme meines Angreifers. Vico. »Wir finden sie schon. Und wir wissen, wo das Mädchen wohnt. Irgendwann wird Abel bei ihr auftauchen.«

Gänsehaut kriecht meinen Rücken hinauf, als ich mir klar wird, dass die beiden auch meine Mutter angreifen könnten. Mit angehaltenem Atem blicke ich zu Abel.

Wer bist du?, frage ich ihn stumm. Warum rennst du vor diesen Leuten davon? Was wollen sie von dir?

»Vielleicht ...«, die Männerstimme bricht ab. Eine Sekunde herrscht gespenstisches Schweigen. Ich presse die Augen zusammen. Bitte nicht ...

Doch dann erbebt plötzlich der Lastwagen, als jemand von außen an der schweren Tür rüttelt.

»Hana, ich glaub, sie sind hier!«

Bevor ich einen klaren Gedanken fassen kann, prescht Abel nach oben, und ehe ich verstehe, was er macht, zischt es einmal kurz wie einem Kurzschluss, und dann dröhnt der Motor auf. Der Wagen schießt mit einem heftigen Ruck nach vorne.

Durch die schnelle Anfahrt werde ich auf das Armaturenbrett geschleudert, aber Abel lässt für eine Sekunde das Lenkrad los, zieht mich zu sich und hält mich fest. Ich kralle mich in seinen Mantel.

Der LKW brettert durch das halboffene Tor auf die Straße, und der Regen klatscht fast waagerecht gegen die Scheibe. Ein kreuzendes Auto stoppt mit quietschenden Reifen. Abel wirbelt das Lenkrad herum, und wir rasen nach rechts über die nasse Hauptstraße.

Als der Wagen schließlich zum Stehen kommt, steigt Dampf vor der Scheibe auf, so heiß ist der Motor gelaufen. Abel lässt das Lenkrad los und zieht auch den Arm, den er um mich gelegt hat, zu sich heran. Ich rutsche auf den Beifahrersitz und streiche mir die verklebten Strähnen aus der Stirn. Mein Herz hämmert immer noch wie wild.

Abel legt die Stirn auf das Lenkrad, und ich sehe, wie er die Hände erst anspannt und dann kraftlos öffnet. Die Haare fallen in sein Gesicht und verdecken seine Augen. Ich ziehe die Beine an den Körper, um das Kinn darauf zu legen. Die Heizung im Wagen funktioniert nicht richtig, und mein Atem schlägt schon Wolken in die Luft. Automatisch massiere ich mein rechtes Handgelenk.

Abel dreht sich zu mir um, beide Arme auf dem Lenkrad verschränkt. Wie ihm das wirre, dunkle Haar in die Stirn fällt, erinnert er mich plötzlich an den Mann mit den Katzenaugen. Ein kalter Schauer läuft mir den Rücken hinunter.

»Ich glaube, ich muss dir ein paar Sachen erklären, Ludmilla«, sagt er. Seine Stimme ist dunkel und brüchig.

»Super«, sage ich und schneide eine Grimasse. »Genau das habe ich auch gerade gedacht.«

21

»Hier«, sagt Abel und hält mir ein graues Handtuch hin. Ich nehme es hastig und drehe mich dann von ihm weg, um mich aus meinem feuchten Parka zu schälen. Das reicht nicht, ich bibbere immer noch wie verrückt. Kurzentschlossen reiße ich mir auch mein durchweichtes Sweatshirt über den Kopf und werfe es achtlos über die Lehne des Ledersessels, auf dem ich noch vor ein paar Tagen gesessen habe. Nur noch in meinem dünnen Top schlinge ich das Handtuch um die Schultern und versuche, mich warm zu reiben.

Hotel Belinda. Ich hätte nicht gedacht, dass ich das dunkle, irgendwie gemütliche Zimmer wiedersehen würde und schon gar nicht unter diesen abgedrehten Umständen.

Abel lehnt wie beim letzten Mal am Wandschrank und hat sich ein Handtuch um den Hals gelegt, das er jedoch mit beiden Händen vorne zusammenhält, statt sich das Haar zu trocknen. Seine Miene ist abwesend wie so oft, und unter seinen tiefliegenden Augen graben sich so schwarze Schatten wie noch nie.

Ich betrachte sein Gesicht in dem matten, goldgerahmten Spiegel, der an der gegenüberliegenden Wand hängt, bevor mein Blick auf mich selbst fällt. Ich zucke zusammen, obwohl ich mich ohne Brille – sie liegt völlig verschmiert auf dem Nachttisch – nur verschwommen erkennen kann.

Meine Haut ist weiß wie Pergament und meine Mähne durch die Feuchtigkeit so dunkel, dass sie fast schwarz wirkt. Die Strähnen kleben an meinen Schläfen und winden sich in dicken Knoten hinab auf meine Schultern. Die Wimperntusche um meine Augen ist verlaufen und klebt an meinen Wangen. Ich sehe wie die perfekte Besetzung für ein Zombie-Schneewittchen in einem Horrorfilm aus.

Und auf meinem Hals ... Ich trete einen Schritt nach vorne und fahre mit den Fingerspitzen über meine Haut, die zur Antwort dumpf zu pochen anfängt. Obwohl mein Kinn einen langen Schatten wirft, erkenne ich deutlich die Abdrücke, die sich rund um meinen Hals schlängeln.

Würgemale. Unwillkürlich beginne ich zu zittern, als mir klar wird, in was für einer Gefahr ich geschwebt habe.

Der Kerl mit den Katzenaugen ist doch vollkommen irre, er hätte mich umbringen können! In was bin ich hier hineingeraten? Was hat Abel getan, dass diese Leute ihn wie wahnsinnig verfolgen?

Ich schließe einen Moment die Augen. Als ich sie wieder öffne, hat sich Abel von der dunkelbraunen Schrankwand abgedrückt und steht dicht hinter mir, sein Kinn etwa auf Höhe meiner Schläfe. Sein Blick trifft meinen im Spiegel. Sein Ausdruck ist hart und kühl, doch darunter auch irgendwie schmerzvoll.

Endlich greift er nach dem Handtuch um seinen Nacken und reibt sich damit über den Kopf. Im Spiegel bemerke ich, wie sich die Muskeln unter seinem feuchten Hemd bewegen, und mein Innerstes krampft sich zusammen.

Verdammt.

Wieso hat er nach all dem, was passiert ist, noch diese Wirkung auf mich? Ich spüre seine Präsenz wie ein warmes, sehnlichst erwartetes Kribbeln im Rücken, und wieder kriecht eine Gänsehaut über meine nackten Arme. Der Duft seiner feuchten Haut und seiner zerwühlten Haare macht mich fast wahnsinnig.

Ich höre ihn hinter mir ruhig und sehr tief atmen, als versuche er, sich zu entspannen. Dafür spanne ich plötzlich sämtliche Muskeln an. Ich kann seinen Anblick im Spiegel nicht mehr ertragen – ich will ihn schlagen und küssen gleichzeitig – und kneife die Augen zusammen.

Dann schmeiße ich das Handtuch auf den Teppichboden. Kochende Wut schnürt mir die Brust zusammen. Ich schnelle zu Abel herum und hebe die Hand, um ihn wirklich zu ohrfeigen, aber im letzten Moment überlege ich es mir anders. Meine Hand bleibt hoch erhoben in der Luft stehen und zittert wie Espenlaub. Abel, der doch sonst so schnell wie kein anderer reagiert, starrt mich mit seinen Eisaugen nur abwartend an. Das graue Handtuch sinkt auf seine Schultern zurück.

»Du Riesenidiot!«, sage ich mit bebender Stimme. »Bist du eigentlich noch zu retten? Hast du eine Ahnung, was der Kerl mit mir gemacht hätte, wenn du nicht aufgetaucht wärst? Das wäre alles nicht passiert, wenn du ein bisschen ehrlicher zu mir gewesen wärst! Aber du musstest ja ohne ein Wort einfach verschwinden. Du bist so egoistisch und arrogant und bescheuert ...«

Abels Hand greift nach meiner und zieht mich in einer fließenden Bewegung an sich. Die ganze aufgestaute Wut explodiert in weißes Nichts, als ich mich an seiner Brust wiederfinde. Seine harten Bauchmuskeln pressen sich gegen mich. Er schiebt die Hand hinauf in meinen Nacken und drückt das Gesicht in mein feuchtes, verstrubbeltes Haar. Ich keuche auf, als meine Nervenenden unter seiner Berührung zu brennen anfangen. Der Geruch seiner Haut, frisch und kühl zugleich, wirbelt mir entgegen, und das Zimmer dreht sich plötzlich.

»Du hast doch von Anfang an gewusst, dass ich ein Idiot bin«, höre ich ihn heiser murmeln. »Du hattest recht. Du kennst mich viel besser, als ich mich selbst kenne.«

Ich stelle mich auf die Zehenspitzen und schiebe meine Hände an sein Gesicht, das ich langsam zurückbeuge, um ihm in die Augen zu sehen. Er zieht einen Mundwinkel hoch, aber ich zucke zurück, als ich die Qual in seinen Zügen lese. Angst, Wut, Hass, Hoffnung, Wehmut – all das vermischt sich zu einem Schmerz, der mir wie ein Messer ins Herz sticht.

»Was ist bloß los mit dir?«, flüstere ich. »Wer bist du? Sag mir endlich die Wahrheit.«

»Ludmilla ...« Seine grünen Augen flackern. Bling, bling.

Und obwohl es das Letzte ist, was ich tun wollte oder sollte, trifft mein Mund auf seine Lippen. Ich vergesse für einen Moment, wo wir sind und was passiert ist. Stattdessen grabe ich die Hände in sein Haar und in seine Schulter und dränge mich gegen ihn. Er erwidert meinen Kuss und beißt sich an meinen Lippen fest.

An ihn gepresst schwanke ich zu dem Doppelbett und lasse mich einfach nach hinten fallen, als ich die

Kante in den Kniekehlen spüre. Die Federung der Matratze ist enorm und schwingt noch nach, als wir uns schon ineinander verschlungen in die Decke graben. Abel beugt sich über mich und küsst mich fest auf den Mund. Ich spüre seine Hände auf meinem Rücken und in meinen Haaren, und mein Blut kocht fast über. Ich stelle das Denken komplett ein und schiebe meine fieberheiße Hand unter sein feuchtes Hemd. Abels Körper zuckt, und er atmet so heftig aus, dass eine Gänsehaut über meine Arme kribbelt. Seine Haut ist kühl, fest und gleichzeitig unglaublich seidig. Mit den Fingerspitzen fahre ich seine Muskeln nach und werde fast verrückt von der Sehnsucht, die mich packt.

Für den Bruchteil einer Sekunde sehe ich mich selbst von außen, frage ich mich, was ich hier veranstalte, und ob das richtig ist, diesen undurchschaubaren und möglicherweise gefährlichen Typen so nah an mich heranzulassen. Aber als ich Abels Lippen an meinem Hals spüre, vergesse ich alle Bedenken und greife mit beiden Händen nach den obersten Knöpfen seines Hemdes.

Fast im selben Moment schießen Abels Finger nach vorne und verhindern, dass ich sein Hemd öffne. Verwirrt hebe ich den Kopf und ringe nach Luft. Mein Herz rast wie verrückt, und mein ganzer Körper pulsiert.

Abel liegt halb über mir, sein Bauch drückt gegen meinen. Sein dunkles Haar ist wild zerzaust und sein Mund plötzlich ernst zusammengepresst.

»Was ist?«, sage ich atemlos.

Kälte überfällt mich, als er sich aufrichtet. Die Matratze quietscht unter seiner Bewegung.

»Was ist los?«, frage ich wieder und ziehe die Beine

an den Körper. »Willst du – ich meine, was hast du?«
Erst jetzt schneidet mir seine Zurückweisung die Luft ab. Ich weiche ein weiteres Stück von ihm ab und stoße mit dem Rücken gegen den schweren Metallrahmen des Bettes.

Abel beißt die Zähne aufeinander und schließt kurz die Augen. »Ich kann das nicht tun. Das ist einfach falsch.«

Ich presse meine Hände an das Brustbein. »Das hat sich aber gerade ganz anders angefühlt.«

»Ich weiß, ich –«, er stockt und ballt die Hand auf der verrutschten Bettdecke zur Faust, bevor er aufsteht und sich abermals mit den Händen das Haar rauft.

»Das, was ich vermeiden wollte, ist eingetreten. Es ist alles meine Schuld, verflucht. Was habe ich mir nur dabei gedacht?«, murmelt er wie zu sich selbst. Dann dreht er sich zu mir um. Sein Hemdkragen ist verrutscht und lässt einen winzigen Blick auf das Tattoo auf seiner Brust frei.

Ich atme tief ein. »Was meinst du?«

Als Abel antwortet, ist seine Stimme klar und kühl wie Eis. »Ich habe leichtfertig zugelassen, dass du in Gefahr gerätst. Das hätte nicht passieren dürfen. Deine Sicherheit hätte an erster Stelle stehen müssen, aber ich war – egoistisch. Du hast recht. Ich bin ein riesengroßer, dummer Egoist. Ich kann das nie wieder in Ordnung bringen.«

»Du hast mich gerettet«, wende ich ein. »Du bist gerade im richtigen Moment aufgetaucht, und jetzt geht's mir wieder gut. Mehr als gut, wirklich. Du musst dir keine Vorwürfe machen, ich hab's überlebt.«

»Du verstehst das nicht, Ludmilla. Gar nichts ist in Ordnung. Ohne mich wäre es nicht dazu gekommen, dass du angegriffen wirst und dass ich dich retten muss. Wenn du mir nicht begegnet wärst, wäre das alles nicht passiert. Ich weiß nicht, was in mich gefahren ist.« Sein Kiefermuskel zuckt.

»Aber wenn ich dir nicht begegnet wäre, wäre auch alles andere nicht passiert. Unser Besuch in der Kunsthalle, die Party, die goldene Blume ...« Ich spüre, wie ich wütend werde, aber ich unterdrücke den Impuls, aufzuspringen und aus dem Zimmer zu stürmen. »Und das hier. Das alles.« Ich ziehe mein dünnes Top zurecht, das mir über die Schultern gerutscht ist. »Hör zu, erzähl mir endlich, was passiert ist. Was hat zu all dem geführt? Wer waren diese Leute, was genau wollen sie von dir?«

Abel lehnt sich wieder langsam mit der Seite gegen den dunklen Einbauschrank. Das weiche Licht der Lampe lässt ihn jünger und beinahe ruhig erscheinen.

»Das ist nicht so einfach zu erklären«, sagt er mit heiserer Stimme. »Du würdest mir nicht glauben.«

»Weich mir nicht schon wieder aus«, sage ich. »Du hast gesehen, wie das endet. Sag mir einfach die Wahrheit.«

Er reibt sich mit den Händen über das Gesicht. »Die Wahrheit ist manchmal nichts Erstrebenswertes, das hab ich dir doch schon erklärt. Manchmal ist die Wahrheit einfach nur gefährlich. Sie kann dein ganzes Leben zerstören.« Seine Stimme klingt vollkommen gefasst und klar, doch sein Akzent ist plötzlich deutlich zu hören. »Es ist schon viel zu viel passiert. Ich kann dich da nicht noch weiter mit hineinziehen.«

»Weißt du, dass mir der Kerl, der mich überfallen hat, schon seit einiger Zeit auf den Fersen ist? Er ist sogar auf einer Party aufgetaucht. Er weiß, wo ich wohne und wo ich hingehe, und es ist nur eine Frage der Zeit, bis er mich wieder angreift. Es ist zu spät, mich irgendwo raushalten zu wollen.«

Abel starrt mich mit dunklen Augen an, und plötzlich geht mir ein Licht auf. »Hast du deswegen mit mir Schluss gemacht? Um mich zu schützen? Das ist nach hinten losgegangen, das ist dir doch klar, oder?«

»Du hast es mir nicht besonders leicht gemacht, mich von dir fernzuhalten«, erwidert er kühl. Dann verengen sich seine Augen schmerzhaft. »Ich hatte keine andere Wahl. Und die habe ich immer noch nicht. Es hätte nie so weit kommen dürfen. Wir können wirklich nicht zusammen sein.«

Seine Antwort sticht mir ins Herz. »Und was willst du jetzt machen? Weiter davonrennen? Das ist eine Flucht ohne Ende.«

Abel blickt mich schweigend an. Ich kann sehen, wie es in ihm arbeitet. Seine Brauen sind zusammengezogen, und die scharfe Kante seines Kiefers bebt. Er atmet einmal tief aus und beginnt dann mit betont gelassener Stimme: »Der Mann, der dich angegriffen hat, ist mein Bruder. Vico.«

Ich schnappe nach Luft. Sein Bruder. So ist das. Wenn ich jetzt darüber nachdenke, werden mir die Gemeinsamkeiten bewusst: das gleiche dunkle Haar, der gleiche kantige Kiefer. Die gleiche, sehnige Stärke. Deswegen habe ich ihn damals auf der Straße mit Abel verwechselt. Irgendwie sehen sie sich ähnlich. Und irgendwie auch wieder nicht.

»Wir sind gemeinsam in dieses – Land gekommen, um nach unserem Vater zu suchen, der aus unserer Heimat geflohen ist. Ich habe dir ja schon erzählt, dass wir alle in der gleichen Firma arbeiten und mein Vater dort als Wissenschaftler tätig war. Ihm wurde vorgeworfen, einen Kollegen – ermordet zu haben.« Ein harter Zug verdunkelt sein Gesicht.

»Was? Aber du hast doch gesagt, dass dein Vater gestorben ist«, wende ich ein. »Oder –« Ich halte geschockt den Atem an. »Ist er etwa hier gestorben? Und hat er wirklich jemanden umgebracht?«

Abels schlanke Gestalt schwankt kurz. Dann steht er wieder aufrecht und presst die verschränkten Arme gegen seinen Körper. »Mein Vater wurde verdächtigt, einen langjährigen Kollegen, mit dem er zudem befreundet war, getötet zu haben, aber ich konnte nicht glauben, dass er es wirklich getan hat. Doch die Fakten sprechen gegen ihn. Er wurde direkt am Tatort angetroffen. Außerdem hat jemand das Video der Überwachungskamera professionell gelöscht. Da mein Vater Zugang zu den entsprechenden Räumen hatte, geht man davon aus, dass er das getan hat, um die Tat zu vertuschen. Und dann ist er kurz nach der Tatzeit Hals über Kopf verschwunden, ohne dass man ihn befragen konnte.« Er schweigt und ballt die Hände zu Fäusten. »Warum hätte er abhauen sollen, wenn er unschuldig ist? Das passt einfach nicht zusammen. Hana, die Assistentin unseres Vaters, hat Vico und mir geholfen, unserem Vater hierhin zu folgen, denn sie wusste, wohin er geflohen ist. Wir wollten die Wahrheit herausfinden und ihn zurückholen.« Ihm entfährt ein tiefes Stöhnen, das mir eine Gänsehaut über den Rücken schickt. Ohne nachzudenken springe ich auf und schlinge die Arme um seinen Körper. Nach einem Moment spüre ich, wie er zögerlich die verschränkten Arme lockert und sie um mich legt. Mein Kopf drückt sich gegen seine Brust, und ich atme seinen Duft ein.

»Und dann ...?«

»Und dann – sind wir gescheitert.« Abels dunkle Stimme bricht. »Und weil wir gescheitert sind, kann ich nicht mehr zurück. Es hat sich alles verändert. Aber sie wollen, dass ich zurückkomme. Sie sind schon lange hinter mir her. Und nun auch hinter dir. Mein Bruder und Hana – die blonde Frau, die du vorhin gesehen hast – haben dich angegriffen, weil sie herausgefunden haben müssen, dass du mir – dass du mit mir etwas zu tun hast. Das hätte nicht passieren dürfen. Ich war zu leichtsinnig.«

»Ich kapier das nicht«, sage ich, das Gesicht in seinem feuchten Hemd vergraben. »Warum machen sie förmlich Jagd auf dich und greifen sogar mich an? Warum gehen sie nicht alleine zurück? Das ist doch nicht normal. Du kannst doch deine eigenen Entscheidungen treffen.«

»Nein. Das kann ich nicht. Sie sind im Recht, denn ich darf wirklich nicht hierbleiben. Aber zurück kann ich auch nicht. Das ist eine lange Geschichte«, er schiebt die Hand an meine Wange und drückt mein Gesicht zurück, damit ich ihn ansehe. In seinen Augen brennt ein Schmerz, der mir den Atem nimmt.

»Ich habe Zeit«, antworte ich.

Abel lächelt, aber das Lächeln erreicht nicht seine Augen. »Sie wollen mich mitnehmen, weil ich nicht hierhin gehöre.«

»Wie meinst du das?«

»Ludmilla, hör zu, das ist nicht besonders einfach zu erklären, und ich würde es verstehen, wenn du mir nicht glaubst. Ich kann nicht hier bleiben, weil ich in dieser Welt nicht leben kann. Aber nicht nur das: Wenn ich hier bleibe, gerät vieles aus den Fugen, das wir vielleicht nicht mehr kontrollieren können. Und Kontrolle ist wichtiger als alles andere.«

»Ich versteh gar nichts mehr«, sage ich verwirrt.

Abels dunkle Augenbrauen zucken. »Ludmilla, ich komme nicht aus einem anderen Land. Ich komme aus der Zukunft.«

22

»Was?«, mehr bringe ich nicht heraus. Ich löse mich aus Abels Umarmung und starre zu ihm auf. Das feuchte Haar fällt mir ins Gesicht, aber ich streiche es nicht zurück.

Langsam lehnt sich Abel an den Wandschrank und fährt sich mit der Hand über den Nacken. »Ich komme aus einer anderen Zeit und gehöre nicht in deine Welt – oder in die Zeit, die du die Gegenwart nennst. Zum jetzigen Zeitpunkt bin ich noch gar nicht geboren. Noch lange nicht. Erst in etwa 100 Jahren werde ich auf die Welt kommen. Genauer gesagt im Jahr 2130.«

Ich starre ihn an.

»Ich weiß, dass das für dich unfassbar klingen muss«, fährt er fort, ohne mich anzusehen. »An deiner Stelle würde ich mir vermutlich auch nicht glauben. Aber in der Zukunft, in meiner Welt, ist die Möglichkeit entwickelt worden, Reisen durch die Zeit zu begehen. Noch nicht für jeden, denn wir befinden uns noch in der Testphase. Als Physiker arbeitete mein Vater in einem Forschungszweig, der sich mit Zeitreisen beschäftigt. Er ist aus meiner Welt geflohen – und zwar in die Vergangenheit, ins Jahr 2015, und mein Bruder und ich sind ihm gefolgt. Ich ... wusste nicht, dass es funktioniert oder was uns erwartet. Aber jetzt sind wir hier.«

Ich nicke stumm, obwohl ich immer noch kein Wort kapiere.

»Ludmilla, ich bin durch die Zeit gereist – und dadurch dir begegnet. Und das hätte niemals passieren dürfen.«

Ich blinzle verwirrt, dann schüttele ich den Kopf. »Moment. Ich raffe gar nichts. Du kommst aus der Zukunft? Du bist ein Zeitreisender? ... Willst du mich veräppeln?«

Zum ersten Mal sieht Abel nicht mehr unnahbar und stolz, sondern ein wenig hilflos aus. Er hebt wie zur Entschuldigung die Arme.

»Wenn du aus der Zukunft kommst, wo ist dann deine Zeitreisemaschine? Wie sollst du hierher gekommen sein?« Ich kann selbst kaum fassen, dass ich das eben gefragt habe. Wie verrückt ist das denn?

Abel holt einmal tief Luft. »In meiner Brust befand sich ein Chip, der mithilfe von Elektromagnetik bestimmte Schwingungen produziert, mit denen man ein künstliches Wurmloch erzeugen kann. Man kann den Grad der Öffnung beeinflussen und dadurch steuern, in welche Zeit man gelangt.« Er stößt die Luft aus. »Hör zu, physikalische Zeitreisen sind nicht gerade mein Fachgebiet, und auch in meiner Zeit ist das noch völlig neues Terrain. Ich habe einfach das getan, was Vico und Hana mir gesagt haben. Ich kann es nicht besser erklären.«

»Ein Chip in deiner Brust?«, wiederhole ich betäubt. »Meinst du das Tattoo, oder was?«

»Das ist kein Tattoo, das sind die elektromagnetischen Fäden, die den Chip umschlossen gehalten haben. Ludmilla, ich –«

»Stopp! Ich hab keine Ahnung, wovon du eigentlich sprichst. Das ist mir echt zu abgefahren. Wenn du mir etwas erzählst, dann fang ganz von vorne an. Sonst explodiert noch mein Schädel.«

Abel blickt mich einen Moment unschlüssig an, dann nickt er und beginnt seine unglaubliche Geschichte.

***

»Wir finden ihn nicht mehr, Abel«, sagte Vico. Seine leise Stimme verlor sich fast im Rauschen des Windes.

Schulter an Schulter schritten die Brüder durch die von hohen Häusern gesäumte Straße eines düsteren und abgelegenen Außenbezirks der Stadt. Weil schon fast Mitternacht war, brannte in den meisten Fenstern kein Licht. Die Laternen warfen einen matten Schein auf den aufgesprungenen Bürgersteig.

Automatisch zog Abel den Kopf ein. Es war immer noch seltsam, so offen durch die Straßen zu marschieren, und unwillkürlich blickte er sich um, ob sie jemand beobachtete. Nein, niemand war hier.

Sie befanden sich schon mehrere Tage in dieser Stadt, aber trotzdem wirkte alles weiterhin fremd. Ganz anders, als er es sich vorgestellt hatte.

»Das letzte Signal ist fast drei Tage alt, und wir haben keinen Anhaltspunkt, wo wir noch suchen sollen.« Vico stieß die Luft aus, bevor er ruhig fortfuhr: »Abel, ich weiß, du willst das nicht hören, aber wir müssen endlich der Realität ins Auge blicken: Wir werden Vater nicht finden. Wir müssen jetzt an uns selbst denken. Verstehst du?« Er sah ihn abwartend von der Seite an.

»Wir können nicht aufgeben. Wir müssen wissen,

was passiert ist und wie es so weit kommen konnte«, gab Abel gereizt zurück, seine Standardantwort, und schob die Hände tiefer in die Manteltaschen. Vico schwieg, doch Abel spürte seine wachsende Resignation mit jeder pochenden Sekunde.

Mit gerunzelter Stirn dachte Abel an die letzten Tage zurück, die völlig anders gewesen waren als sein bisheriges Leben. Seit etwa einer Woche waren sie nun hier. In der Vergangenheit. Im Jahr 2015, einer völlig fremden Welt. Und bis hierhin verfolgte ihn die Stimme des Agenten, die ihm über das Metanet mitgeteilt hatte, dass sein Vater des Mordes verdächtigt würde und spurlos verschwunden wäre. »Auch der Videoausschnitt der Überwachungskamera wurde gelöscht. Können Sie sich vorstellen, wo sich Ihr Vater im Moment aufhält?«

»Nein«, hatte Abel geantwortet. »Ich habe keine Ahnung. Halten Sie mich auf dem Laufenden.«

Nach dem Anruf hatte er ein paar Augenblicke einfach ins Nichts gestarrt. Sein Vater sollte seinen Kollegen getötet haben? Nein, das war unmöglich. Was war passiert?

Kurze Zeit später fuhr er mit dem ebenso geschockten Vico über die Mittelschneise in Vaters Labor.

Hana, die junge Assistentin ihres Vaters, hatte ihnen in ihrem weißen Arbeitskittel die Tür geöffnet. Ihre entsetzt geweiteten Augen, als sie die beiden Brüder hereinwinkte, würde Abel niemals vergessen. Auch mit ihr hatten die Agenten zuvor gesprochen. Und sie hatte sie angelogen, wie er später erfahren würde.

»Er kann es nicht gewesen sein, niemals.« Hana drängte die Brüder in eine dunkle Laborecke, um dem aufmerksamen Auge der Überwachungskamera zu entgegen.« »Er war hier – vor einer halben Stunde. Er wollte in die Vergangenheit. Ich musste die Kameras umschwenken, sodass sie ihn nicht filmen konnten. Ich konnte Henry nicht aufhalten, es ging alles so schnell ... Abel, er hat es nicht getan. Er hat ihn nicht getötet. Das kann nicht wahr sein.« Sie packte seine Hand und schüttelte den Kopf. Und da hatte er seinen Entschluss gefasst.

»Irgendwas ist hier gewaltig schiefgelaufen. Vater muss verrückt geworden sein, einfach ein solches Risiko einzugehen und heimlich in die Vergangenheit zu fliehen. Vico, wir müssen ihm nach und ihn zurückholen. Dann wird sich alles aufklären.«

Und damit begann ihre gemeinsame Odyssee. Vollkommen entkräftet kamen Vico und er im Jahr 2015 an, einer lauten, irgendwie schmutzigen Welt, die in ihren Lungen brannte. Und hier hatten sie bisher nichts erreicht. Gar nichts.

Mittlerweile war Abel sich nicht mehr sicher, ob es wirklich richtig gewesen war, die Agenten zu hintergehen und ihrem Vater, der offensichtlich den Verstand verloren hatte, ohne Erlaubnis und ohne Absprache zu folgen. Behinderten sie dadurch nicht die Mordaufklärung?

Er hatte sein eigenes Interesse über das der Allgemeinheit und über das der Firma gestellt – das war noch nie vorgekommen. Aber jetzt waren sie hier, was geschehen war, war geschehen. Für einen Rückzieher war es zu spät. Sie mussten ihn finden.

Abel hustete, während sie den leeren, schwarzen Marktplatz hinter sich ließen. Nun leuchteten gelbliche Lichter einer Hauptstraße auf. Motorengeräusche drangen an sein Ohr, und auch ein paar entfernte

Stimmen mischten sich darunter. Er blieb im Schatten stehen.

»Vico, zeig mir bitte nochmal den Rooter. Ich will mir die Signalhistorie ansehen.«

Langsam holte sein Bruder das Gerät, das Ähnlichkeiten mit einem kleinformatigen Smartphone aufwies, aus seiner Jackentasche.

»Es gibt nur einen denkbaren Grund, weswegen wir keine neuen Signale mehr empfangen: Vater muss seinen Chip entfernt haben«, sagte Vico und rieb sich die Stirn. »Und damit haben wir keine Chance mehr, ihn zu orten. Der Rooter ist sinnlos. Vater könnte überall sein. Warum sollte er überhaupt in der gleichen Stadt bleiben, in die er ursprünglich gereist ist? Er ist bestimmt schon über alle Berge, um seine Spur zu verwischen. Immerhin ist er geflohen, weil er nicht gefasst werden wollte.«

Abel ignorierte seine Worte und starrte auf das hell erleuchtete Display des Rooters.

Tatsache. Nichts.

In der Datumshistorie überflog er wieder die blinkenden Daten, wann und wo sie die letzten Signale empfangen hatten.

Der Chip, den der Vater wie sie in der Brust implantiert trug, sendete regelmäßig eine elektromagnetische Strahlung aus, die der Rooter einfangen konnte.

Aber warum schlug das Signal nicht mehr an? Mit dem Peilgerät konnten sie ihn doch über weit entfernte Strecken orten. Aber nichts, schon seit drei Tagen. Hatte der Vater wirklich seinen Chip entfernt? Was war passiert?

Schaudernd erinnerte sich Abel daran, wie der Chip bei ihm eingesetzt worden war – generell kein angenehmer Vorgang, aber bei Vico und ihm musste es besonders schnell gehen, denn sie standen unter Zeitdruck. Mittels einer Pistole hatte Hana den goldenen Chip, hart wie Diamant, aber so glatt wie Seide, tief in ihre Haut gestanzt. Um den Zeitreisemechanismus möglich zu machen, musste die Elektromagnetik des Chips mit dem eigenen Körper verbunden werden, weswegen Hana diesen mit Elektrofäden in der Brust fixiert hatte. Unbewusst kämpfte dabei der Körper gegen den Fremdkörper an, der sich in das Gewebe einnistete wie eine scharfgezackte Spinne.

Außenstehende würden die schwarzen, verschlungenen Linien auf ihren Oberkörpern vermutlich für eine Tätowierung halten – und sich wundern, warum gerade sie ihre Haut damit schmückten. Denn im Gegensatz zum Jahr 2015, in dem sie sich gerade befanden, sah man Tätowierungen in ihrer Welt nur noch äußerst selten. Und dazu vor allem bei Menschen, die keiner Firma angeschlossen waren. Bei Außenseitern.

Aber natürlich hatte in ihrer Zeit niemand den eingestanzten Chip zu Gesicht bekommen. Keine zehn Sekunden nach der Implantation öffneten sie ein Wurmloch und verschwanden.

Nun runzelte Abel die Stirn. Er hatte keine Ahnung, was in seiner Gegenwart passiert war, und ob die Agenten vielleicht schon entdeckt hatten, dass sie auch verschwunden waren. Ging es Hana gut? Sie hatte ziemlich viel riskiert, indem sie ihn und Vico heimlich in die Vergangenheit geschickt hatte. Abel ballte die Hand um den Rooter zur Faust.

»Wir sollten zurück«, holte ihn Vicos Stimme aus den Gedanken. »Ich meine nicht nur ins Hotel zurück, sondern zurück in unsere Zeit. Es ist gefährlich, noch weiter hier zu bleiben. Wir können nichts mehr tun.«

»Und dann? Was sollen wir zu Hause machen? Einfach weiterleben, als wäre nichts passiert und unseren Vater für schuldig erklären?«, Abel starrte seinem Bruder in die Augen. Obwohl Vico zwei Jahre älter war, wurden sie oft für Zwillinge gehalten, da sie beide groß und athletisch waren und das gleiche dunkle Haar hatten.

»Das wäre nur vernünftig«, entgegnete dieser, worauf Abel sich wortlos abwandte und in Richtung der Hauptstraße marschierte. Wieder ballte er die Hände zu Fäusten.

»Lass uns nochmal die Strecken abgehen, die der Rooter uns angezeigt hat«, schlug er vor, als Vico ihn eingeholt hatte. Sein Nacken schmerzte, und eine bleierne Müdigkeit lastete auf seinen Schultern. In der letzten Woche hatten sie fast gar nicht geschlafen, denn sie waren Tag und Nacht auf den Beinen gewesen, um dem Signal nachzujagen. Und in den kurzen Momenten der Ruhe beschlich Abel die beißende Angst, seinen eigenen Vater überhaupt nicht gekannt zu haben. Seit er denken konnte, hatte er zu ihm aufgesehen. Er war klug, scharfsinnig und ehrgeizig, gleichzeitig der loyalste Mensch, den er sich vorstellen konnte.

Verdammt nochmal, wem konnte er noch trauen, wenn sich selbst sein Vater als Mörder und Lügner herausstellte? Und was sagte das über seine Menschenkenntnis aus?

»Was soll das bringen? Wir sind die Strecken schon hundertmal abgegangen«, Vicos Gesicht lag im Schatten, trotzdem sah Abel, wie er kraftlos den Mund zusammenpresste. Um seine Augen gruben sich tiefe

Schatten. Plötzlich wurde Abel klar, dass sich sein Bruder genauso kaputt und müde fühlen musste wie er. Die schlechte Luft machte ihnen schon seit Tagen zu schaffen.

Was wollten sie eigentlich noch hier? Sie suchten bis zur Besinnungslosigkeit nach – einem Mörder, der vor ihnen geflohen war, und brachten sich selbst in Gefahr. Vico hatte recht. Aber ...

»Ich weiß«, Abel nickte seinem Bruder zu. »Dennoch – lass es uns noch einmal probieren. Was können wir sonst tun?«

»Wir könnten nach Hause zurück«, wiederholte Vico. »Jeder Tag, den wir hier bleiben, vergrößert die Gefahr, dass wir entdeckt werden – und vielleicht sogar etwas verändern, das sich nicht rückgängig machen lässt. Du weißt, was Hana gesagt hat. Willst du die Verantwortung dafür übernehmen?«

»Natürlich nicht«, antwortete Abel. Nebeneinander traten sie auf die breite Hauptstraße, hielten sich jedoch am Rand. Wie Vico drehte er automatisch das Gesicht weg, wenn ihnen Passanten entgegen kamen.

»Erregt keine Aufmerksamkeit«, hatte ihnen Hana eingebläut, bevor sie ihnen die Chips in die Haut geschossen hatte. »Geht den Menschen aus dem Weg. Ein einziges Wort kann den Tag eines Menschen komplett verändern und in seinem gesamten Leben große Wellen schlagen. Die Konsequenzen von Zeitreisen sind kaum erforscht. Eure Reise könnte verheerende Auswirkungen haben, selbst wenn ihr nur ein winziges Detail in der Vergangenheit verändert. Ihr könntet zurück in die Zukunft kommen – und alles wäre anders. Vielleicht existiert ihr nicht einmal mehr. So ein Chaos kann man nie wieder bereinigen.« Sie sah ihnen mit ihren veilchenblauen Augen eindringlich ins Gesicht. »Eure Physiologie ist außerdem nicht für diese Zeit ausgerichtet. Allzu lange könnt ihr dort nicht leben. Ihr werdet insbesondere Probleme mit der Lunge bekommen, weil die Luft im Jahr 2015 noch vollkommen ungefiltert ist. Wenn es zu schlimm wird, kauft euch ein Medikament, das bei Lungenfibrosen eingesetzt wird. So was gibt es in unserer Zeit nicht mehr. Seid bitte vorsichtig. Haltet euch im Hintergrund. Und kommt so schnell wie möglich zurück. *Mit* eurem Vater.«

Unwillkürlich zuckte Abel bei dieser Erinnerung zusammen. Er schlug den Kragen seines Mantels hoch und hielt ihn am Kinn zusammen, als sie um eine grau geflecke Straßenecke bogen und ihnen der Wind immer kälter entgegen blies. Auch das Klima in dieser Zeit war ganz anders als in ihrer Gegenwart – unberechenbar.

»Hier haben wir das erste Signal empfangen. Da hinten ist die Bibliothek«, erklärte Vico plötzlich und fasste ihn an der Schulter. Abel blickte auf den Rooter hinunter.

Richtig. Genau an dieser Straßenecke hatte das Signal des Chips vor einer Woche eingesetzt. Zu diesem Zeitpunkt befanden sich die Brüder am anderen Ende der Stadt, und das Signal bewegte sich immer weiter von ihnen weg, bis es irgendwann verstummte. Jetzt rührte sich das Gerät gar nicht mehr.

Einen Moment starrte Abel auf das schwarze Display, dann ging er entschlossen weiter und ließ die dunkle Bibliothek hinter sich. Der Wind zerzauste sein Haar, und unter seinen Sohlen knackten die Blätter.

»Abel, lass uns zurückgehen«, sagte Vico wieder, als sie sich mitten in der Altstadt befanden. Berufspendler strömten ihnen entgegen und verschwanden mit ihren aufgespannten Regenschirmen im S-Bahnhof, einem langgezogenen, einstöckigen Gebäude aus grauem Stein, über dessen Tür eine imposante Uhr mit römischen Ziffern angebracht war.

»Es ist viel zu voll hier, wir sollten verschwinden und –«, Vico brach verdutzt ab, denn plötzlich ließ eine starke Vibration Abels Hand erzittern, in der er immer noch den Rooter trug.

Wumm!

Das Display leuchtete auf und zeigte einen roten Punkt an. Abel schnappte nach Luft. Ein Signal?

Wumm!

Hastig versuchte Abel, sich auf der digitalen Karte, die das Display anzeigte, zu orientieren. Wie ein kräftiger Herzschlag glühte der Punkt immer wieder auf. Abels Augen verengten sich, und er spürte, wie sich seine Rückenmuskulatur anspannte, wie immer, wenn er sich innerhalb von Sekunden konzentrieren musste.

Das Signal kam aus westlicher Richtung, scheinbar nur wenige Meter entfernt. Er sog die kalte Luft ein und hob langsam den Kopf. Die Erkenntnis schoss wie ein heißer Blitz durch seinen Körper.

Der S-Bahnhof. Das Signal kam direkt aus dem S-Bahnhof!

Ein Ruck ging durch seinen Körper und ließ ihn zwei unüberlegte Schritte nach vorne machen. Fast im selben Moment packte ihn Vicos Hand am Arm.

Wumm!

Abel schüttelte Vicos festen Griff ab. Seine Gedanken überschlugen sich. Sollten sie einfach hineinstürmen oder auch den Hinterausgang besetzen?

Doch ... in diesem Moment erlosch das rote Signal,

und das Gerät blieb stumm in seiner Hand liegen. Perplex schüttelte Abel den Rooter und fluchte leise.

»Abel«, murmelte Vico in seinem Nacken. »Beherrsch dich, sonst wird noch jemand auf uns aufmerksam.« Er blickte sich nach allen Seiten um, doch die Menschen eilten vorbei, ohne sie eines Blickes zu würdigen.

Abel öffnete die Signalhistorie über den Touchscreen. Der letzte Eintrag stammte von vor einer Minute und lenkte sie direkt in den Bahnhof.

Aber warum war das Signal so schnell erloschen? Da stimmte doch irgendwas nicht. Der Rooter hatte ein Signal noch nie nur wenige Sekunden lang angezeigt. Was bedeutete das?

»Wir gehen rein«, sagte er mit leiser Stimme. Obwohl Vico hinter ihm stand, bemerkte er, wie dieser zusammenzuckte.

»Warte, da sind zu viele Leute ...«, setzte Vico an, doch Abel steuerte schon auf den Vorplatz zu, der mit quadratischen Pflastersteinen ausgelegt war. Kurz vor dem Eingang des Bahnhofs blieb er stehen, vollkommen ungedeckt, aber er ignorierte das beißende Gefühl in der Magengegend, vielleicht einen großen Fehler zu begehen.

Über den breiten, von Pfützen gesprenkelten Platz eilten Passanten mit Aktentaschen und verschwanden im Eingang. Pendler, Studenten und Bummler umrundeten ihn wie ein unerwartetes Hindernis. Vico kam dicht hinter ihm zum Stehen und zog den Kopf ein. »Abel, das ist eine schlechte Idee. Lass uns lieber überlegen, wie –«

Wumm!

Eine erneute Vibration ließ den Rooter in Abels Faust

erzittern. Das gleiche Signal, der gleiche Ort direkt vor ihnen, nur wenige Meter entfernt. Abel riss den Kopf hoch und starrte geradewegs in die geöffnete Eingangstür des Bahnhofs, aus der die Menschen hinaus- und hineinsprudelten.

Er biss die Zähne zusammen. Vico hatte recht: In dieser Menschenmenge wäre es unmöglich, dass sie unbemerkt bleiben würden. Die Leute würden sie sehen, sich vielleicht an sie erinnern – oder sie möglicherweise sogar ansprechen, und sei es nur eine Frage nach dem richtigen Gleis.

Aber ... er konnte diese Chance doch nicht einfach verstreichen lassen, oder? Was sollten sie tun?

Innerhalb einer Sekunde traf er eine Entscheidung. Ein Stoß ging durch seinen Körper, bevor er wie beim 100-Meter-Lauf lossprintete.

23

»Mann! Pass doch auf!«

Ein Mann im Anzug stieß heftig gegen Abels Schulter. Seine Aktentasche schlitterte über den Boden. Abel wollte sich nach dem Kerl umdrehen, aber in diesem Moment tauchte Vico neben ihm auf und zog ihn zur Seite.

»Sei vorsichtig!«, zischte er. »Du siehst doch, was passieren kann.«

Abel nickte, atmete einmal tief ein und kreiste mit der pochenden Schulter, um seinen schnellen Herzschlag zu beruhigen. Dann blickte er sich in der Halle um, um innerhalb von Sekunden die wichtigsten Informationen über den Gebäudekomplex zu sammeln: Wo war der Ausgang und wo die Überwachungskameras, wo befanden sich mögliche Fluchtwege und Gegenstände, die man als Waffe verwenden konnte?

Er fühlte sich fast wieder in die eigene Zeit versetzt, als sein Gehirn begann, die Fakten mechanisch und in Windeseile zu sortieren. Direkt über der Eingangstür hing eine erste Überwachungskamera, eine zweite und dritte waren an den Rolltreppen zu den Bahngleisen angebracht. Er kniff die Augen zusammen. Wenn er sich nicht täuschte, war eine der Kameras ausgefallen. Aber das spielte gerade keine Rolle.

Er drehte den Kopf. Der zweite Ausgang lag direkt geradeaus. Klar und deutlich konnte er die winzig wirkende Doppeltür ausmachen, hinter der sich dichte Dunkelheit abzeichnete. Und dort, genau dort, musste sich sein Vater laut dem Rootersignal aufhalten.

»Komm!«, bedeutete er seinem Bruder mit einer schnellen Kopfbewegung und schlängelte sich durch den Passantenstrom zur anderen Seite des Gebäudes.

Werden wir ihn wirklich finden?, fragte er sich mit jedem Schritt. Werden wir nun endlich die Wahrheit erfahren?

Kalte Angst pochte wie ein Hammerschlag in seinem Körper.

Am hinteren Ende des Bahnhofs stoppte Abel und sah sich um. Lautlos wie eine Katze schob sich Vico hinter ihn. Dieser Bahnhofsteil war düster und vollkommen leer. Licht spendeten allein zwei in die Wände gelassene Halogenschienen, von denen eine die ganze Zeit flackerte. Selbst das Gemisch aus klappernden Sohlen, Stimmen und dem Rauschen der abfahrenden Züge war hier nur gedämpft zu hören.

Abels Augen scannten die kalten Bahnhofswände. An der rechten Seite waren ungefähr zwanzig quadratische Schließfächer in die Wand eingelassen. Vier der Fächer schienen verschlossen, an den anderen steckte ein metallener Schlüssel. Die gegenüberliegende Wand bestand aus grauem, glattem Stein ohne Türen und Fenster, war aber bestückt mit bunten Plakaten.

Abwesend fuhr sich Abel mit der Hand durch das Haar.

»Und jetzt?«, hörte er Vico fragen. »Wo steckt er?« Seine dunkle, unruhige Stimme hallte an den Steinwänden wider.

»Er müsste hier sein. Genau hier. Wir müssten ihn sehen können«, Abel starrte auf das stetig leuchtende Display hinunter. Der Rooter zeigte das Signal klar und deutlich an. Hier, keine zwei Meter entfernt, an der rechten Seite, sollte sich ihr Vater befinden.

Aber wo war er?

Die glatten Wände boten definitiv keine Nische zum Verstecken. Und die Schließfächer waren viel zu klein, um einen erwachsenen Mann zu beherbergen. Abel biss die Zähne zusammen und überlegte laut: »Kann das Gerät vielleicht das Signal von etwas anderem einfangen?«

Vico griff nach dem Rooter und schüttelte den Kopf. »Nein, der Rooter ist nur auf die elektromagnetische Strahlung programmiert, die implantierte Chips aussenden. In dieser Zeit existiert diese Technologie noch gar nicht. Es ist unmöglich, dass wir ein anderes Signal empfangen, außer natürlich unserem eigenen.« Er schwieg kurz und fuhr dann bedächtig fort: »Abel, sieh dir die Fakten an: Das Signal kommt eindeutig von rechts, wo nur die Schließfächer eingebaut sind. Und da unser Rooter auf den Chip unseres Vaters eingestellt ist, muss sich der Chip ... in einem der Fächer befinden.«

Vico trat an die Schließfachwand heran und legte die flachen Hände auf ein mittleres Fach, bevor er mit leiser, irgendwie dumpfer Stimme sagte: »Ich hab doch die ganze Zeit gewusst, dass er den Chip entfernt hat. Er muss verzweifelt gewesen sein, wenn er ihn aus dem Implantat gelöst hat. Dann ist es endgültig.«

Abel presste die Hände gegen die Schläfen. Nein, das konnte nicht wahr sein! Hana hatte ihnen mehrfach erklärt, wie wichtig es wäre, den Chip niemals zu lösen –

auf keinen Fall mit Gewalt. Fast immer würden die elektromagnetischen Fäden zerstört, sodass ein Wiedereinsetzen nicht mehr funktionieren würde. Man konnte ihn dann nie wieder benutzen.

Ihr Vater trug den Zeitreise-Chip schon seit seiner Entwicklung vor einigen Jahren in der Brust. Er musste sich tief in seinen Haut- und Muskelschichten vergraben haben. Wenn der Vater den Mikrochip tatsächlich aus seiner Brust gezogen hatte, musste er ihn brutal herausgeschnitten haben. Und das war ganz sicher schmerzhaft – von den Gefahren einer Infektion oder Entzündung abgesehen. Und außerdem ... würde er ohne den Chip nicht mehr in ihre Zeit – nach Hause – zurückkehren können.

Nein, Vater konnte den Chip nicht entfernt haben. Niemals. Denn dann säße nicht nur er gewaltig in der Patsche, sondern auch Vico und Abel. Denn wenn sie ihn fänden, wie sollten sie ihn dann wieder zurück in ihre Zeit bringen?

Abel starrte seinen Bruder im Licht der flackernden Halogenschiene an. Vicos dunkles Haar fiel ihm zerzaust in die Stirn, und die gerade Linie seiner Nase erinnerte ihn plötzlich an seinen Vater.

»Der Rooter muss angeschlagen haben, weil wir uns in direkter Nähe des Chips aufhalten«, erklärte Vico. »Der Rooter empfängt die elektromagnetischen Signale des Chips, solange er mit dem Körper und folglich mit Energie verbunden ist. Trennt sich der Chip vom Körper und seiner Verkapselung, erlischt das Signal. Nur wenn man sich in unmittelbarer Umgebung des herausgelösten Chips befindet, bekommt man wieder ein Signal. Eine Art Notsignal. Der Chip muss sich also – in einem der Fächer befinden.«

Abel trat neben Vico und legte wie er die Hand auf eine kalte, geschlossene Metalltür. Dann ballte er sie zur Faust. »Dann bleibt uns keine andere Wahl: Wir müssen die Fächer aufbrechen.«

»Was? Bist du verrückt?«, Vico starrte ihn an. »Damit uns die hiesige Polizei entdeckt und wir auf der Wache erzählen können, was passiert ist? Dass wir einen Mörder suchen – und aus der Zukunft stammen? Dann können wir uns gleich den Chip aus der Brust reißen und uns umbringen!«

»Wir müssen herausfinden, warum das Signal aus dem Schließfach kommt«, beharrte Abel lauter, als er beabsichtigt hatte. Vico sah sich ärgerlich über die Schulter um.

Abel presste beide Hände gegen die Metalltür, testete den Druck, der darauf lastete, und fuhr dann mit den Fingern die Seitenrinnen ab. Der Spalt war eng, aber mit vereinten Kräften könnten sie die Tür vielleicht aus der Verankerung hebeln. Die Schließfachanlage konnte man zwar nicht gerade als morsch bezeichnen, aber in ihrer Zeit besaßen sie weitaus kompliziertere Schlösser. Dieses ließ sich ganz einfach öffnen – mit Gewalt.

Vico drehte sich nach allen Seiten um und sagte dann: »Lass es, das erregt zu viel Aufsehen, wenn wir die Fächer aufbrechen.«

Doch Abel achtete nur noch auf die graue Metalltür zwischen seinen Fingern; seine Knöchel färbten sich weiß, als er die Tür mit aller Kraft aufzuhebeln versuchte. Obwohl er immer wieder abrutschte und seine Fingerspitzen taub zu pochen begannen, hörte er nicht auf, zwischen zwei Atemzügen an den Außenseiten der Metalltür zu reißen. Vico trat von einem Fuß auf den anderen und warf immer wieder Blicke zurück. Doch sie hatten Glück – die Pendler achteten nicht auf sie, stattdessen stiegen sie sofort die Treppen hinauf zu den Gleisen.

Mit einem lauten, hässlichen Knall schlug die Metalltür schließlich gegen die Wand und rutschte scheppernd auf den Steinboden. Abel keuchte vor Anstrengung und streckte die schmerzenden Arme aus. Er spürte, wie sich die elektromagnetischen Fäden in seiner Brust anspannten. Der metallene Chip schnitt ihm ins Gewebe.

»Das war ziemlich unvorsichtig von dir«, murmelte Vico und schob seinen Bruder mit der Schulter zur Seite, um einen Blick ins Innere des aufgebrochenen Schließfachs zu werfen. Abel rieb die steifen Finger an seinem Mantel ab, bevor er den Kopf ebenfalls über die ungefähr auf Bauchhöhe liegende Öffnung neigte.

Vico zog mit beiden Armen einen schwarzen Koffer aus abgewetztem Stoff hervor. Dem dumpfen Aufprall zufolge war der Koffer gut gefüllt. Abel runzelte die Stirn. In seinen Schläfen pochte das Blut.

Vico riss den Koffer auf, und ein Schwall grauer Unterwäsche, zwei alte Taschenbücher und eine zerdrückte Schachtel Schokolade kullerten auf den Boden.

»Das war wohl das falsche Fach«, erklärte Vico, bevor er einen Blick auf den Rooter warf. »Das Ding zeigt leider nicht genau an, in welchem Schließfach der Chip stecken könnte.«

Abel ballte die schmerzenden Hände zu Fäusten und hockte sich vor das nächste Fach, das etwa auf Kniehöhe angebracht war. Die beiden weiteren verschlossenen Fächer lagen auf Kopfhöhe. Diese aufzubrechen würde am meisten Aufmerksamkeit erregen. Abel hoffte inständig, dass sie diesmal mehr Glück haben würden.

Die Tür des unteren Fachs hebelten sie mit vereinten Kräften aus der Verankerung. Vico arbeitete mit zusammengebissenen Zähnen und sah sich immer wieder um, doch gemeinsam schafften sie es in weniger als einer Minute. Leiser als beim letzten Mal legten sie die Tür auf den Boden und blickten dann in die dunkle Öffnung. Ein eisiger Schauer fuhr Abel durch den Leib, als er den dunkelbraunen, ledrigen Umriss einer länglichen Tasche erkannte.

»Das ist ...«, setzte er mit heiserer Stimme an, während sein Bruder den Gegenstand langsam hervorzog und zwischen ihren Füßen fallen ließ.

Sie war es. Die Tasche ihres Vaters, die er schon seit Jahren besaß und täglich mit zur Arbeit genommen hatte.

Vico schulterte die schwere Tasche bereits, als Abel ihn beim Oberarm fasste und sagte: »Wir sollten sie sofort öffnen, möglicherweise kriegen wir ihn noch.« Er wollte ihm die Tasche abnehmen, doch Vico zog seine Schulter zur Seite.

»Was ist nur los mit dir? Kapierst du eigentlich gar nichts mehr? Wir müssen hier weg, bevor jemand sieht, wie wir den Inhalt einer fremden Tasche plündern«, fuhr er ihn an.

Abel knirschte mit den Zähnen. Wut wallte in ihm auf. »Aber wenn wir erst im Hotel nachsehen, ist es vielleicht schon zu spät!«

»Zu spät wofür? Was, glaubst du, werden wir in der Tasche finden? Eine genaue Wegbeschreibung, wie wir Vater finden können? Einen Beweis seiner Unschuld?! Nein! Die Tasche ist der Beweis, dass er sich für immer abgesetzt hat. Er hat seinen Chip aus der Brust gerissen, damit wir ihn nicht mehr aufspüren können. Es ist vorbei, verstehst du?« Vico schnaubte angestrengt. »Ich weiß, das passt nicht in dein perfektes Weltbild, aber hör endlich auf, von Vaters Unschuld zu träumen! Er ist ein Mörder – und geflohen, bevor sie ihn schnappen und verurteilen konnten. Und hier geht das Katz-und-Maus-Spiel weiter. Abel, er will nicht gefunden werden, denn er ist schuldig! Selbst das Überwachungsvideo hat er nach seiner Tat gelöscht, erinnerst du dich nicht mehr?« Jetzt senkte er die Stimme. Sein Ton klang bitter. »Wir hätten niemals in die Vergangenheit reisen dürfen. Vielleicht ist es besser, wenn wir ihn gar nicht finden. Dann entgeht er seiner Strafe. Hey!«

Abel riss Vico die Tasche vom Körper, und bevor dieser eingreifen konnte, zog er den Reißverschluss mit einem lauten *Ratsch!* nach unten. Hastig griff er in den weichen Innenstoff aus hellem Textil. Vico blieb ein paar Sekunden stehen, doch schließlich hockte er sich mit einem Seufzen neben seinen Bruder. »Nun sag schon: Was ist? Was ist drin?«

Abel zog die Hand hervor. Zwischen seinen Fingern steckten – Geldscheine. Hundert-Euro-Scheine, glatt gebügelt, wie neu, druckfrisch.

Vico starrte zwischen den Scheinen und Abels verblüfftem Gesicht hin und her.

»Geld, hm?« Vico nahm einen Schein und rieb das Papier zwischen den Fingern. »Das sieht ziemlich neu aus. Ob er es wohl von zu Hause mitgenommen hat? Gestohlen aus dem Safe der Firma? Oder einem Museum?«

Abel zuckte die Achseln. In ihrer Zeit war das papierhafte Geld, das Bargeld, schon lange abgeschafft worden. Er ließ die Geldscheine achtlos auf den Boden fallen. Vico griff sofort danach. »Pass auf! Für die Menschen hier ist das nicht nur irgendein buntes Papier. Was ist, wenn uns jemand sieht, wie wir mit Geld um uns werfen? Wir sollten die Scheine mitnehmen und nicht einfach liegen lassen.«

Abel antwortete nicht, sondern durchsuchte weiter den Tascheninhalt. Als er einen großen, quadratischen Gegenstand hervorzog, segelten weitere bunte Scheine zu Boden, nach denen sich Vico hastig bückte. Abel klemmte sich das elastische Ding – eine in schwarzes Leder eingeschlagene Kladde, die er vom Arbeitsplatz seines Vaters kannte – unter den Arm und suchte weiter mit der Hand im Inneren der Tasche.

... Da!

Er zog die Hand wieder hervor. Vico, die Fäuste voll mit den grünen Geldscheinen, sah mit einer Mischung aus Neugier und Angst auf seine ausgestreckte Hand. Darin ruhte, in ein weißes Taschentuch eingeschlagen, ein Chip. Abel erkannte sofort, dass es sich um das gleiche Modell handelte, das auch in seiner Brust steckte. Der Chip besaß ungefähr die Größe eines Daumennagels und leuchtete in einem sterilen Weißgold. Fast unsichtbar waren in die glatte Oberfläche winzige Vertiefungen eingelassen, die die Elektromagnetik leiteten und sich mit den Fäden in der Brust verbanden. Abel bemerkte auf dem reinen, weißen Taschentuch einige dunkelrote Spritzer. Blut. Sein Innerstes gefror zu Eis. Er schloss für eine Sekunde die Augen und die Hand um den kühlen Chip.

»Das ist der Beweis«, hörte er Vicos Stimme matt sagen. »Vater hat sich den Chip aus der Haut gerissen, damit ihn niemand aufspüren kann. Er will nicht gefunden werden, weil er weiß, dass er dann zurück muss und dort verurteilt wird.«

Vicos Worte bissen sich wie Gift in Abels Ohr. Ein dumpfer Schmerz pochte hinter seiner Stirn. Langsam steckte er das Taschentuch mit dem Zeitreise-Chip in seine Manteltasche.

»Hast du genug? Können wir endlich nach Hause?«, drängte Vico weiter. Abel hob den Kopf und blickte seinen Bruder an. Vico sah bleich, aber wild entschlossen aus. Seine blauen Augen leuchteten im Licht der Halogenlampen.

Abel schwieg. Sein Nacken schmerzte plötzlich, und sein Körper fühlte sich bleischwer an, als er sich bückte und die Kladde zurück in die Tasche schob. Die Scheine knisterten im Inneren. Vico wandte sich sogleich zum Gehen.

Abel schwang sich die Tasche über die Schulter und warf einen letzten Blick auf das aufgebrochene Schließfach, als sich plötzlich eine raue Stimme hinter ihnen erhob.

»He, was macht ihr da? Was habt ihr vor?«

24

Abel fuhr augenblicklich herum. Adrenalin schoss durch seine Venen und löschte die Benommenheit seiner Glieder aus. Im Jahr 2015 hatten sie noch mit niemandem ein Wort gewechselt. Sie wohnten in einem Self-Check-In-Hotel am Stadtrand, das sie mit anonymen Firmenkreditkarten bezahlten, und hielten sich immer im Schatten.

Innerhalb von Sekunden stand Vico neben Abel und reckte die Fäuste. Abel hielt seinen Bruder mit einer winzigen Armbewegung zurück und betrachtete die Gestalt, die sie gerade angesprochen hatte.

In gebeugter Haltung stand vor ihnen ein kleiner Mann mit ungepflegtem Haar und einer schmutzigen Hose über abgelaufenen, grauen Turnschuhen. Der weiße Bart wucherte über sein runzeliges Gesicht.

Abel hob die Brauen. Das musste ein Obdachloser sein. Menschen ohne eigene Wohnung, die stattdessen auf der Straße lebten, gab es in ihrer Zeit nicht, jedenfalls nicht auf dem Firmengelände, auf dem sie wohnten. Im Jahr 2015 dagegen hausten sie an jeder Ecke, insbesondere in Bahnhöfen und in der Innenstadt. Viele baten um Geld und hatten zottelige Tiere dabei.

In Abel regte sich ein Gefühl aus Abwehr, Arroganz und irrwitzigem Mitgefühl. Wollte dieser Mann auch

Geld? Sein Blick fuhr über seine geduckte Gestalt. Gefahr ging von ihm definitiv nicht aus. Vico und er waren ihm körperlich bei Weitem überlegen.

Abel war geneigt, dem Alten mehrere Scheine aus der Tasche zu geben, denn für Vico und ihn hatte das Papier keinen Wert. Aber würde der Obdachlose nicht vielleicht Alarm schlagen, wenn er sah, dass sie eine Tasche voller Geld mit sich herum trugen – und direkt neben einem aufgebrochenen Schließfach standen?

Abel biss die Zähne zusammen. Es sah ihm nicht ähnlich zu zögern, aber die Erkenntnis, dass sein Vater den Mikrochip entfernt hatte, lähmte ihn immer noch.

Aus seinem schmutzigen, eingefallenen Gesicht starrte der alte Mann sie an. »Was macht ihr mit der Tasche?«, fragte er nun. Seine Stimme klang heiser und brüchig.

»Nichts, das von Interesse wäre«, erwiderte Vico und wollte Abel wegziehen, doch dieser hielt ihn zurück. Irgendetwas an dem gespannten Blick des Alten schickte ihm einen Schauer über den Rücken, wie eine düstere Vorahnung.

»Kennt ihr den, dem die Tasche gehört hat?«, der Alte sprach undeutlich in seinen Bart. »Traurige Geschichte, traurige Geschichte.«

Vico packte Abel abermals unsanft am Arm, doch sein Bruder ignorierte den Druck.

»Was meinen Sie?«, fragte er zurück.

»Ich wohn hier. Hier im Bahnhof. Ich krieg immer alles mit«, erklärte der Mann und kratzte sich mit dem Daumen am Kinn. Sein Bart knisterte. »Ich kenn den Mann, der die Tasche da reingesteckt hat. Ziemlich schnicke. Hat komisch gesprochen. So wie ihr.« Er hustete kurz, ein trockenes Röcheln. »Ziemlich schade.«

Vicos Finger schraubten sich fest um Abels Oberarm, als der Mann weiter sprach: »Da oben ist was passiert. An den Gleisen.«

»Was ist passiert?«, hakte Abel nach.

»Es gab einen Unfall. Keine Ahnung, vielleicht ist er gestolpert. Vielleicht hat ihn jemand geschubst. Jedenfalls ist er unter den einrollenden Zug gefallen.« Der Penner rieb weiter sein Kinn und zuckte die Achseln. Das Halogenlicht flackerte in seinem eingefallenen Gesicht. »Tot.«

Abel starrte ihn an. Kälte überfiel ihn und zog sich durch seinen Körper bis ins Rückgrat.

»Wieso sind Sie sich so sicher, dass es der gleiche Mann war, der die Tasche in das Fach gesteckt hat?«, fragte Vico und warf einen Blick über die Schulter.

»Ganz einfach. Der Kerl hat mir zwei dicke Scheine zugesteckt. 200 Euro. Ziemlich nobel, so was vergess ich nicht«, er nickte, wie zu sich selbst. »Kommt nicht so oft vor. War ein Mann mit Bart, sehr freundlich. Schade. Sehr schade.«

»In Ordnung«, schloss Vico. »Wir wissen Bescheid. Abel, los jetzt. Vergiss den Penner, der spinnt doch.«

»Einfach überrollt. Keine Chance. Hab's von hier unten beobachtet. Alle haben geschrien, aber zu spät«, erzählte der Alte weiter, und seine Augen funkelten sie an. »Eine Schande, sag ich euch.«

Mit einem Mal hatte Abel das Gefühl, dass ihm ein Fremdkörper in der Brust beharrlich die Luft abdrückte. Er krümmte sich nach vorne und keuchte in seine Faust. Betäubt spürte er, wie Vico ihn an den Schultern packte und ihn an dem alten Mann vorbei in Richtung des hinteren Ausgangs schob. Im Vorbeistolpern bemerkte Abel, wie der Obdachlose abwesend auf das geöffnete Schließfach starrte und dabei seinen wirren Bart kraulte.

***

Hinter dem Bahnhof erstreckte sich ein düsteres, heruntergekommenes Viertel. Die meisten Straßenlaternen funktionierten nur flimmernd. Der Putz bröckelte von den Fassaden, und es roch muffig und nach feuchter Erde.

»Bist du verrückt? Der Penner weißt jetzt, wie wir aussehen und dass wir etwas mit Vater zu tun haben!«, Vico schnaubte. »Was, wenn er irgendjemandem davon erzählt? Was, wenn sich jetzt etwas im Zeitverlauf ändert? Wir sind so gut wie geliefert! Abel? Hörst du mir überhaupt zu?!« Er packte ihn wieder an der Schulter und schüttelte ihn. »Du glaubst dem Penner doch nicht etwa? Solche Leute sind nicht ganz richtig im Kopf!«

»Keine Ahnung«, antwortete Abel. Sein Kopf drehte sich noch immer vor Sauerstoffmangel. Vico ließ ihn los und zog seine verrutschte Lederjacke zurecht, bevor er ebenfalls hustete. »Wir werden niemals erfahren, was wirklich passiert ist«, keuchte er. »Vielleicht hat Vater den Chip eingeschlossen, um dann mit dem Zug weiterzufahren. Fest steht, dass er den Chip aus dem Implantat gelöst hat. Und das ist das Gleiche, als wäre er tot: Wir werden ihn nie wiedersehen.«

Abel wiederholte Vicos Worte im Kopf und starrte schwer atmend auf den nassen Asphalt. War es wirklich so einfach?

Als könnte Vico seine Gedanken lesen, sagte dieser:

»Er war es, Abel. Er hat dem armen Kerl aus nächster Nähe in die Brust geschossen. Dann ist er geflohen – mit einer Tasche voller Geld. Weil er wusste, dass man ihm folgen würde, hat er den Chip rausgerissen, damit man ihn nicht orten kann. Und nun ist er – ist er vermutlich tot. Vielleicht ist das sogar besser so. Abel, begreif doch, wir müssen zurück, sonst finden sie noch heraus, dass wir auch in die Vergangenheit gereist sind. Am Ende glauben die Agenten, dass wir etwas mit dem Mord zu tun haben. Und lange machen unsere Körper das hier sowieso nicht mehr mit. Abel? Alles klar?«

Abel beugte sich keuchend nach vorne. Diese verdammte Luft brachte ihn noch irgendwann um! Er hatte das Gefühl, dass sich seine Lungen zu einem harten, kleinen Ball zusammengestaucht hatten. Jeder Atemzug durchzuckte ihn wie ein Messerstich.

»Wir müssen hier weg«, wiederholte Vico und rang ebenfalls nach Luft. »Lass uns verschwinden. Jetzt sofort.«

Sofort? Verschwinden? Nach Hause?

Nein. Abel biss die Zähne zusammen. Eine plötzliche Welle heißer Wut packte seine Schultern. Er fiel auf die Knie, wo er sich heftig atmend nach vorne beugte. Dann schlug er mit der Faust auf den harten Asphalt. Einmal. Und noch einmal. Die Haut auf seinen Knöcheln platzte auf, aber das war nichts gegen die Trauer und den Zorn in seinem Inneren.

Immer wieder hämmerte seine Faust auf den rissigen Boden, bis er plötzlich eine feste Hand am Arm spürte, die ihn mitten in der Bewegung stoppte.

»Abel, verdammt noch mal, reiß dich zusammen!«, Vico schüttelte ihn.

Abel sprang auf die Füße und stieß Vico mit beiden Händen zurück. Seit ihrer Kindheit hatten sie sich nicht mehr geprügelt, doch jetzt brodelte in ihm ein solcher Hass, dass er Vico am liebsten niedergeschlagen hätte. Doch er ließ die Faust sinken.

»Unser Vater ist tot«, Abels Stimme klang hohl in der frostigen Luft. »Er ist tot und ein Mörder. Und wir sind auch so gut wie tot. Alles ist vorbei!«

Vico rappelte sich auf. »Hör zu«, er schloss kurz die Augen. Sein Gesicht war vor Trauer verzerrt. »Was geschehen ist, ist geschehen. Wir können es nicht mehr ändern oder es rückgängig machen. Wir müssen nach vorne schauen, etwas anderes bleibt uns nicht übrig. Bitte. Lass uns jetzt nach Hause zurück.« Er rieb die Hände aneinander und wirkte plötzlich unendlich erschöpft. Abel starrte seinem Bruder in das bleiche Gesicht.

»Wir können nicht mehr zurück«, sagte er im Rauschen des Windes. »Das ist unmöglich.«

Vico schnappte nach Luft. »Spinnst du jetzt total?«

»Vico, verstehst du nicht? Wir sind die Söhne eines gesuchten Mörders, wir haben die Agenten belogen und sind ohne Erlaubnis in die Vergangenheit gereist! Das werden sie in unserer Akte vermerken. Sie werden sagen, dass etwas mit unseren Genen nicht stimmt und uns aufs Abstellgleis schieben. Wir verlieren unser Ansehen, unseren Job und unseren Status. Dann sind wir nichts mehr wert. Wir sind tot. Unser ganzes Leben ist gelaufen. Wir werden ganz unten sein! Das ist schlimmer als der Tod.«

Abel keuchte heftig, als sich vor seinem inneren Auge sein zukünftiges Leben aufbaute. Seine Karriere wäre vorbei. Endgültig, bevor sie überhaupt richtig angefangen hatte. Alles, was er bisher erreicht hatte, würde sinnlos geworden sein. Die ganze Arbeit, die Mühe, sein Einsatz – umsonst.

»Bist du noch zu retten? Denk doch an Hana – wir können sie nicht hängen lassen! Wir müssen zu ihr zurück. Was willst du hier machen, in dieser fremden Welt? Über Vaters Schuld nachgrübeln? Wir werden sterben, wenn wir hier bleiben, verdammt! Das ist doch verrückt!«

»Ich kann nicht zurück. Wir sind nichts mehr wert«, wiederholte Abel und wandte sich zum Gehen, doch Vico stellte sich ihm in den Weg.

»Niemand in der Zukunft weiß, dass wir hier sind, und wenn wir klug vorgehen, werden sie es nie erfahren. Abel, wir sind gute, loyale Mitarbeiter. Sie werden uns schon nicht unseren Status wegnehmen, denn sie können uns für Vaters Tat nicht zur Rechenschaft ziehen. Wir haben nichts damit zu tun. Und außerdem – brauchen sie uns. Aber wenn du nicht mitkommst, wie soll ich ihnen dann erklären, wo du auf einmal steckst? Sie werden mich befragen, Vaters Chip finden und unsere verbotene Reise rekonstruieren. Dann erst werden wir alles verlieren.«

Abel ballte die Hände zu kraftlosen Fäusten und drehte sich weg. »Du irrst dich. Wir haben schon alles verloren«, entgegnete er.

»Nichts ist verloren. Nur wenn du hier bleibst, werden sie die ganze Sache irgendwann herausfinden!«, rief Vico. »Sie werden am Ende glauben, dass wir etwas mit dem Mord zu tun haben. Dadurch machst du nicht nur dich selbst verdächtig, sondern ziehst auch Hana und mich auf ihre Abschussliste. Warum denkst du nicht mal an uns? Das ist nicht nur deine Sache!«

Vicos Stimme hatte an Schärfe gewonnen. »Du kommst mit. Das ist eine Anweisung. Ich bin dein älterer Bruder, und mein Status ist höher als deiner, also kannst du dich mir nicht widersetzen. Du hast uns hierher gebracht, und ich bringe uns wieder zurück.« Vicos helle Augen blitzten in der Dunkelheit. Das Gesicht war vor Wut und Kummer verzerrt. »Ich habe von Anfang an gewusst, dass es ein Fehler war, ihm zu folgen. Unser Vater hat in seinem Leben nicht nur Gutes geleistet. Ich habe lange genug mit ihm zusammengearbeitet, daher weiß ich, dass er sich nicht nur einmal Anordnungen und Empfehlungen widersetzt hat. Und du – du bist auf dem besten Weg, genau wie er zu werden!« Vico trat auf Abel zu und packte ihn mit beiden Händen am Mantelkragen.

»Du bist ihm so verdammt ähnlich«, murmelte Vico und klang plötzlich wehmütig. »Bitte ende nicht wie er.«

Enden wie er?

Vicos Worte ließen in Abels Kopf eine Bombe platzen. Er packte den Arm seines überrumpelten Bruders und rammte ihm die Faust in den Bauch, sodass Vico von ihm abließ und nach hinten taumelte. Dann holte er noch einmal aus und schlug Vico mit aller Kraft gegen den Kiefer. Er hörte ein Knacken, spürte etwas Warmes an der Hand – und schlug noch einmal mit der anderen Faust zu. Stöhnend stürzte Vico auf die Knie.

Das Blut schlug hart in Abels Kopf, und die Ränder seines Sichtfeldes brannten schwarz-rot. Er holte tief Luft und umklammerte seine stechende Faust. Seine Wut wandelte sich in Entsetzen. Stumm starrte er auf seinen Bruder, der sich die Hände vor das verzerrte

Gesicht presste. Blut lief zwischen den Fingern auf den Boden. Blut, das in der Dunkelheit schwarz aussah.

Verflucht, was hatte er getan? Abel griff sich an den Kopf, unfähig zu begreifen, was gerade passiert war. Im nächsten Moment drehte er sich wie der Blitz um. Beim Rennen schlug ihm die Ledertasche seines Vaters gegen die Brust.

Ich bin wie unser Vater, dachte er mit jedem Schritt. Ich fliehe und kann nie wieder zurück. Ich werde enden wie er.

25

Nach seinem Monolog schweigt Abel lange Zeit und starrt an die Decke mit der antiken Lampe. Sein Gesicht wirkt wie versteinert, nur seine Augen leuchten heller denn je. Ich hocke auf dem Bett und habe die Arme um meine Knie geschlungen. Abels Worte hallen in meinem Kopf nach, der sich wie mit Watte verstopft anfühlt. In meinem Hals sitzt ein Kloß.

Langsam stehe ich auf und lege die Hände auf seine Brust. Er zuckt unter meiner Berührung zusammen, als hätte er völlig vergessen, dass ich da bin.

Ohne ihn anzusehen knöpfe ich sein Hemd auf und schiebe es über seine Schultern zurück. Meine Fingerspitzen fahren über die dunklen, geschwungenen Linien auf seinem Oberkörper. Ich spüre, wie er den Atem anhält und sich unter meinem Griff versteift.

Ein paar Zentimeter unterhalb des Schlüsselbeins befindet sich ein schmaler Schnitt in der schwarzen Zeichnung. Die kleine Wunde beginnt an den Seiten bereits zu heilen, die Haut dort ist aber noch rot und leicht geschwollen. Ich kann mir vorstellen, was das bedeutet, aber ich muss es hören.

»Was ist dann passiert?«, frage ich leise.

Abel greift nach meiner Hand und hält sie auf seiner Brust fest. »Ich konnte Vico abhängen und bin in das

Hotel Belinda am anderen Ende der Stadt gezogen. Und das hier ...« Er nickt auf den Schnitt in der tattooartigen Zeichnung hinunter. »In der ersten Stunde im Hotel Belinda habe ich meinen eigenen Chip herausgerissen. Das war eine Kurzschlussreaktion, aber ich konnte das Gefühl nicht mehr ertragen, das Ding in mir zu spüren. Die Schuld und der Tod meines Vaters haben mich fertig gemacht. Das Leben in meiner Zeit ist gelaufen. Alles, wonach ich gestrebt und worauf ich hingearbeitet habe, ist zerstört. Das Einzige, was ich wollte, war, zu verhindern, dass Vico mich aufspürt. Alles hinter mir lassen und einfach nur vergessen, nichts mehr fühlen.« Mit der Hand auf seiner Brust spüre ich, wie er tief Luft holt. »Aber auch ohne den Chip hat Vico mich natürlich gefunden. Und Hana auch. Ich weiß, sie wollen mich nur schützen und mit mir nach Hause zurückkehren, aber ich kann einfach nicht zurück. Ich könnte es nicht ertragen, ganz unten zu sein. Es gibt dort kein Leben mehr für mich.« Er drückt meine Hand. »Ich habe Dinge getan, die nicht wieder gutzumachen sind. Ich habe meinem Vater vertraut, obwohl er ein Mörder ist. Ich habe mich gegen meine Firma gestellt, als ich verbotenerweise in die Vergangenheit gereist bin. Ich habe meinen eigenen Bruder niedergeschlagen, obwohl er mich zur Vernunft bringen wollte. Und dann bin ich dir begegnet und habe dein Leben auf den Kopf gestellt, ohne an die Konsequenzen zu denken. Durch mich wird dein Leben anders verlaufen. Vielleicht passiert eine Katastrophe, und das wäre allein meine Schuld. Ich weiß nicht, was in mich gefahren ist. Es – es tut mir leid.«

Ich schlucke. »Mir geht es gut«, sage ich mit trockenem Mund. »Alles in Ordnung.«

Abel schüttelt den Kopf.

»Glaubst du denn, dass dein Vater es wirklich getan hat?«, frage ich und spüre, wie er zusammenfährt, als hätte ich meinen Finger in die Wunde gestochen. Vielleicht habe ich das sogar. »Dass er seinen Kollegen umgebracht hat?«

»Die Beweise sprechen gegen ihn«, erwidert er. Er lehnt sich zurück an die Schrankwand und streicht sich das dunkle Haar seitlich aus dem Gesicht. »Aber es gibt einfach kein Motiv. Der tote Kollege war ein alter Freund. Sie haben im gleichen Team gearbeitet. Beruflicher Neid kann keine Rolle gespielt haben, denn der Kollege stand unter meinem Vater. Ich kann mir keinen Grund vorstellen, warum mein Vater so etwas hätte tun sollen. Das macht alles keinen Sinn.«

»Aber trotzdem ist er geflohen«, ich ziehe meine Hand von Abels Brust zurück und verschränke die Arme vorm Körper. Der Kloß in meinem Hals wird immer größer.

»Ja, er ist geflohen, und das macht ihn erst recht verdächtig. Es gibt so viele offene Fragen, auf die ich niemals eine Antwort bekommen werde. Ich meine, warum ist mein Vater ausgerechnet in diese Zeit gereist? Warum hat er seine Tasche mit seiner Arbeitskladde und dem Geld in dem Schließfach verstaut? Warum hat er sie zurückgelassen, statt sie mitzunehmen, egal, wohin er gehen wollte? Irgendetwas stimmt nicht.«

Mit geöffnetem Hemd tritt Abel an mir vorbei und zieht die Schublade des aus dunklem Holz gefertigten Nachtschranks auf. Sein Bein streift dabei meines, das sofort zu kribbeln anfängt.

Er holt ein dickes, in Leder gebundenes Notizheft

hervor, und ich mache große Augen. Diese Kladde habe ich schon mal in der Hand gehalten. Sie ist ihm an dem Tag, als ich ihm zum ersten Mal begegnet bin, aus der Tasche – der Tasche seines Vaters, wird mir jetzt klar – gefallen. Mit einem seltsam unbehaglichen Gefühl erinnere ich mich an den Zahlenwust, der auf jeder einzelnen Seite empor gequollen ist.

Abel reicht mir das Notizbuch, das ich mit beiden Händen entgegen nehme. Ich setze mich auf den Ledersessel und starre auf das Buch. Der Umschlag wölbt sich, was darauf hindeutet, dass jede Seite beschrieben ist.

Ich schlage es wie damals willkürlich in der Mitte auf. Auf dem fein linierten Papier reihen sich wie erwartet Zahlen aneinander, die von einzelnen Buchstaben wie »X« oder »F« unterbrochen werden. Für mich ein heilloses Durcheinander.

Mit gerunzelter Stirn blättere ich weiter und entdecke plötzlich die Daten in den oberen Ecken: 31.08.2142 oder auch 04.06.2147.

Mein Magen krampft sich zusammen. Ich lasse die schwere Kladde auf die Knie sinken.

»Mein Vater hat in diesem Notizbuch zahlreiche wissenschaftliche Informationen und Erinnerungen gesammelt und erweitert. Sie ist unglaublich wertvoll. Ich kann mir nicht vorstellen, dass er sie einfach zurücklassen würde.« Abel geht vor mir in die Knie und starrt auf die Doppelseiten. »Ich verstehe das alles einfach nicht.« Seine heisere Stimme verliert sich. Der Akzent, der seinen Worten anhaftet, hängt schwer in der Luft, wie eine unüberwindbare Mauer.

Ich fühle, wie er mich ansieht, doch mein Blick klebt an den Zahlenreihen. Er schiebt die Hand an meine

Wange und drückt mein Kinn hoch, damit ich ihm in die Augen schaue. Ich habe meine Brille nicht auf, dennoch erkenne ich, wie seine dichten Brauen zucken. Sein Blick wird ernst. Ein Stich fährt durch mein Herz, als ich verschwommen den Schmerz in seinem Gesicht registriere.

»Du glaubst mir nicht, oder?«, fragt er leise. Ich lehne die Wange in seine Hand und schließe die Augen. Seine Haut auf meiner, das fühlt sich richtig an, fühlt sich gut an, aber ...

»Nein«, sage ich. »Ich glaube dir nicht.«

Abel zieht die Hand zurück. »Dann frag mich etwas. Ich verspreche, ich werde antworten. Frag mich. Frag mich alles, was du willst«, sagt er. »Sonst kann man dich doch kaum stoppen. Bitte, Ludmilla, frag mich.«

Ich öffne die Augen, blicke aber ins Leere. »Ich weiß nicht, was ich fragen soll. Ich weiß überhaupt nichts mehr. Wie kann irgendjemand mit ein bisschen Menschenverstand eine solche Geschichte glauben? Das ist doch total irre: Zeitreise-Chips. Wurmlöcher. Ein Mord in der Zukunft. Eine Kladde mit verrückten Zahlen.«

Ich beiße mir auf die Lippe, als Abel sich langsam aufrichtet. Er stellt sich mit dem Rücken zu mir ans Fenster und vergräbt die Hände in seinem dunklen Schopf. Zwischen den zugezogenen Vorhängen blitzen ein paar Lichter – wahrscheinlich Autoscheinwerfer. Ich betrachte Abel von hinten, die Schultermuskeln, die er heftig anspannt, während er sich das Haar rauft. Ich spüre Wut und Verzweiflung in ihm brodeln. Davon wird mir schwindelig. Der Kloß in meinem Hals drückt mir die Luft ab. Unwillkürlich presse ich mir die Hand gegen die Stirn. Ich wünschte, ich würde ihm glauben und dass es einfach wahr wäre, was er sagt.

Aber das ist es nicht. Es kann nicht wahr sein. Zeitreisen gibt es nicht. Er kommt nicht aus der Zukunft, er ist nur ein verdammt guter Lügner.

Mein Hals, um den sich Vicos Finger geschlossen haben, pocht plötzlich. Shit. Was geht hier eigentlich ab? In was für eine kranke Geschichte bin ich hier hineingeraten?

Ich weiß nicht mehr, was ich denken soll, und will plötzlich nur noch eins: Raus hier. Und zwar schnell.

»Ich sollte jetzt gehen«, sage ich zu Abels Rücken und wende den Blick ab, als er sich zu mir umdreht. Ich habe Angst, dass seine versteinerte Miene mir das Herz aus der Brust reißt.

***

»Danke, dass du mich abgeholt hast, Marie«, sage ich und lasse mich auf den Küchenstuhl fallen, den sie für mich vorgeschoben hat. Mama hat wieder Nachtschicht, und unsere Wohnung ist leer und ruhig. Meine eiskalten Hände zittern, aber immerhin klappern meine Zähne nicht mehr so doll wie vorhin, als ich an der Straßenecke zum Hotel Belinda auf Maries uralten, knatternden VW Käfer gewartet habe, den sie sich selbst zu ihrem 18. Geburtstag geschenkt hat – von ihrem gesammelten Gehalt des Filmpalastes.

Ich bin so froh, dass sie da ist – und kriege prompt ein schlechtes Gewissen, als mir im hellen Licht ihre gerötete Nase und die verquollenen Lider ins Auge stechen. Marie schleppt seit Tagen eine dicke Erkältung mit sich herum. Um ihren Hals ist ein geringelter Schal geschlungen, und ihre sonst so strahlende olivfarbene Haut ist blass.

»Tut mir echt leid. Ich hoffe, dein Schnupfen wird jetzt nicht noch schlimmer«, murmele ich. »Aber ich wusste nicht, was ich tun sollte. Es fuhr keine Straßenbahn mehr, und ...«

»Kein Ding, wirklich«, sagt Marie sofort, und obwohl ihre Stimme krächzt, blitzen ihre Augen wie immer. »Aber ich hab mir fast in die Hosen gemacht, als du mich mitten in der Nacht aus dem Bett geklingelt hast!« Sie füllt Wasser in unseren Wasserkocher und holt eine Teepackung aus dem Schrank. »Was ist denn eigentlich passiert? Was hattest du zu dieser Uhrzeit in so einer abgewrackten Gegend zu suchen?«

Ich greife nach einem der Mandelkekse, die Mama vermutlich vom Nachmittagskaffee auf dem Tisch stehen gelassen hat. Als ich ein Stück davon abbeiße, merke ich, dass ich überhaupt keinen Hunger habe. Mein Körper fühlt sich hohl und erschöpft an, gleichzeitig sitzt immer noch der Kloß in meinem Hals, der mich am Schlucken hindert.

»Es ist alles so verworren und kompliziert. Ich hab das Gefühl, als wäre ich in einer abgedrehten Komödie gelandet, deren Witz ich noch nicht ganz kapiert habe.« Ich werfe den Keks zurück in seine Schale und vergrabe das Gesicht in den Händen. Mein Kopf schmerzt, und mein Nacken fühlt sich vollkommen verspannt an. Dafür verhält sich mein rechtes Handgelenk zur Abwechselung ziemlich ruhig.

Marie gießt kochenden Kräutertee in unsere Tassen und setzt sich mir gegenüber. Die Fleshtunnel in ihren Ohren leuchten rot. »So schlimm? Jetzt atme mal tief durch. Und dann raus mit der Sprache.«

Ich seufze und davon schmerzt mein Hals. »Das ist nicht so einfach. Ich weiß nicht, wo ich anfangen soll ...« Mein Körper verkrampft sich, als mir Abels Stimme durch den Kopf schießt.

Du würdest mir nicht glauben, Ludmilla.

In diesem Punkt hat er recht behalten. Ich streiche die Haare hinter die Ohren. Sie riechen nach Regen und auch nach seinen Händen. Mein Herz klopft schmerzhaft gegen die Rippen.

Nein, nichts in Abels Geschichte lässt sich auch nur ansatzweise beweisen: Wieso sollten die verschlungenen Linien auf seiner Brust kein stinknormales Tattoo sein? Okay, sein Husten klingt vielleicht bedrohlich, aber das ist kein Beleg dafür, dass sein Körper nur die angeblich viel saubere Luft der Zukunft verarbeiten kann. Auch die Kladde mit den vielen, seltsamen Aufzeichnungen beweist überhaupt nichts. Das Datum am oberen Seitenrand kann gefälscht sein. Oder es bedeutet etwas ganz anderes.

Ich kaue an meiner Lippe, während ich an die Geldscheine in seinem Bericht zurückdenke. Das glatt gebügelte Geld, das er im Filmpalast oder in dem Stehcafé aus der Manteltasche gezogen hat, kann er ganz einfach von der Bank abgeholt haben – es gibt keinen plausiblen Grund dafür, dass die Scheine aus der ... aus der Zukunft stammen.

Ich trinke abwesend einen Schluck Tee und verbrenne mir prompt die Zunge. Autsch! Hustend stelle ich die Tasse zurück auf den Tisch. Das ist doch alles total abgedreht. Schwachsinnig. Ich kann Abel nicht glauben. Was bildet er sich eigentlich ein, dass er ...

»Mila? Hey, wach auf!«, Marie wedelt mir mit einem Keks vor der Nase herum, dann blinzelt sie plötzlich und niest in ihre Armbeuge. »Los jetzt, ich halt's kaum aus. Liege ich richtig, dass die Sache mit Abel zusammenhängt?«

»Gesundheit. Und: Na klar.« Ich nehme die Brille ab, um mir über die Augen zu reiben. Dann lehne ich mich in meinem Stuhl zurück. »Er hat mir die verrückteste Geschichte erzählt, die du dir vorstellen kannst. Eine Geschichte, die du niemals glauben wirst, weil sie nicht wahr sein kann. Niemals. Nicht in einer Million Jahren.«

Marie reibt mit einem Taschentuch an ihrer Nase herum. »Klingt spannend. Und weiter?«

Ich seufze. »Das war so: Ich hab heute Nachmittag meine Bewerbung bei Mr. Benett abgegeben. Und dann – oh!«

In diesem Moment ertönt hinter uns ein lautes Knarren, sodass wir gleichzeitig von unseren Stühlen hochschießen. Die Küchentür kracht gegen die Wand – und Leo schnellt ins Zimmer. Wie unter einem Stromschock explodieren die Locken auf seinem Kopf, und seine grauen Augen blitzen. Quer über den Körper trägt er seine rote Adidas-Tasche. Er ist ganz außer Atem und hüpft aufgeregt auf und ab.

Mein Herzschlag beruhigt sich vom ersten Schrecken, und ich gleite zurück auf den Stuhl. »Hast du sie noch alle, Leo? Was machst du hier? Ich dachte, du bist in Berlin. Warum polterst du hier mitten in der Nacht rein?« Mein Magen wird flau. »Oder ist was passiert? Mit Mama?«

»Quatsch!« Leo stützt sich mit beiden Händen zwischen uns auf den Küchentisch und starrt uns abwechselnd an. »Viel besser!«

Marie setzt sich ebenfalls wieder und verdreht die Augen. »Mila, an deiner Stelle würde ich ihm euren Wohnungsschlüssel schleunigst wieder abnehmen.«

Ich reibe mir übers Gesicht. »Das Gleiche hab ich gerade auch gedacht. Du Idiot hast uns zu Tode erschreckt.«

»Leute, kommt mal ein bisschen klar und hört mir zu«, Leo schüttelt den Kopf und zieht seinen großen Briefumschlag aus seiner Tasche. »Haltet euch fest, denn ich hab euch etwas Unglaubliches zu erzählen!«

»Das ist ja mal was ganz neues«, erwidert Marie trocken.

»Mach's bitte kurz«, sage ich müde. Das waren definitiv genug unglaubliche Geschichten für eine Nacht.

»Sperrt die Lauscher auf«, sagt Leo irgendwie triumphierend. »Ich habe herausgefunden, woher ich Abels Tattoo kenne!«

26

Ich erstarre und beobachte perplex, wie mein Bruder den braunen Briefumschlag aufreißt und mehrere kopierte Seiten auf dem Küchentisch ausbreitet. Marie lehnt sich neugierig nach vorne und beißt in einen Mandelkeks.

»Das ist echt der Wahnsinn!«, beginnt Leo, während er den dritten Küchenstuhl aus der Ecke heranzieht. »Ihr werdet nicht glauben, wie die ganze Sache zusammenpasst. Ich bin fast ausgeflippt, so unheimlich ist die Geschichte!«

Marie schüttelt nur grinsend den Kopf, doch mein Blick huscht über die Blätter. Es sind ungefähr zehn, und bei den meisten handelt es sich offenbar um stark vergrößerte Zeitungsartikel, Pressenotizen oder Polizeiberichte. Eine Handvoll Artikel beinhaltet körnige schwarz-weiße Fotos.

Plötzlich fühle ich mich merkwürdig angespannt. Ich lockere hastig meine verkrampften Hände und greife nach dem erstbesten Papier. Neben dem kurzen Text ist in mittelmäßiger Qualität die Fotografie eines Mannes abgedruckt. Er trägt sein helles Haar gescheitelt, und trotz der verschwommenen Auflösung erkenne ich, dass er förmlich lächelt, sodass sein breites Kinn durch ein auffälliges Grübchen gespalten wird. Über seinem rechten Auge wölbt sich eine runde, helle Narbe. *Paul Jackson, June 2012* steht in der Bildunterschrift. Durch die starke Vergrößerung wirken die Buchstaben des Artikels grotesk, obwohl der englische Text kurz gehalten ist. Ich überfliege ihn und runzle die Stirn.

Dieser Paul Jackson ist ein Biologe, der unter anderem an dem neuen Impfstoff für Meningitis geforscht hat. Vor drei Jahren ist er ohne jede Spur und von heute auf morgen verschwunden. Hinweise an die Polizei wurden erbeten. Ein Verbrechen könnte nicht ausgeschlossen werden.

»Woher hast du die Sachen?«, fragt Marie misstrauisch und reibt mit dem Taschentuch über ihre gerötete Nase.

Leo macht eine wegwerfende Handbewegung. »Mit meinem Presseausweis stehen mir die Archive aller Welt offen.«

Marie wirft mir einen Blick unter einer erhobenen Augenbraue zu, was ich mit einem Achselzucken quittiere. Dann wende ich mich wieder dem Artikel zu. Erst der letzte Satz des Berichts erregt meine Aufmerksamkeit. Meine Augen weiten sich, und ich grapsche nach meiner Brille, um den Abschnitt noch einmal zu lesen. Und noch einmal. Ich ziehe scharf die Luft ein. Das gibt's doch nicht!

Paul Jackson, 38, hat hellblondes Haar und grüne Augen, ist etwa 1,85m groß und von kräftiger Statur. Auf der linken Brust trägt er eine auffällige Tätowierung mit verschlungenen Linien, die sich bis über das Brustbein ziehen.

Mein Magen krampft sich zusammen, und mein Blick fliegt zurück zu dem Foto des Mannes. Unwillkürlich keuche ich auf. Unter Jacksons offenem Hemdkragen kann ich den winzigen Ausschnitt seines Tattoos erkennen: eine schwarze Linie, die sich bis zum Schlüsselbein dreht.

Ich kneife die Augen zusammen. Das Bild ist ziemlich unscharf. Ist das wirklich das gleiche Tattoo, das Abel auch auf der Brust trägt? Hat dieser Mann etwas mit ihm zu tun? Was ist mit ihm passiert?

Ich lasse die Seite auf den Tisch fallen, und Leo greift sofort danach. Mit konzentrierter Miene sortiert er die Kopien. Den Artikel über Paul Jackson, welchen ich gerade gelesen habe, rückt er an die letzte Stelle. Vermutlich ist er der aktuellste. Dann streicht sich Leo die Locken aus der Stirn und sieht uns mit hochgezogenen Brauen an.

»Leute, das ist eine super interessante Story, auf die ich da gestoßen bin. Die Zeitungsartikel hier haben eine bestimmte Gemeinsamkeit: Alle thematisieren das spurlose Verschwinden von Personen auf der ganzen Welt. Ich habe euch doch schon erzählt, dass ich an dem Thema dran war. Durch Abel bin ich auf einen roten Faden gestoßen, der mir vorher noch nicht aufgefallen war. Dabei lag der Zusammenhang direkt vor meinen Augen.« Er holt tief Luft. »Das Gemeinsame, das Verbindende und das Merkwürdige sind – diese Tattoos. In allen Pressenotizen ist von einer auffälligen Brusttätowierung die Rede, die aus verschlungenen Linien besteht. Hier ...«, er zieht eines der mittleren Blätter heran und reicht es mir. Ich nage an meiner Lippe, während ich die Überschrift lese:

Sondermeldung: BMW-Gründungsmitglied verschwunden.

Der Artikel stammt von 1940. Das körnige Bild zeigt einen Mann mit altmodischer Frisur, der sich mit nackten Oberkörper über die offene Motorhaube eines BMW-Oldtimers beugt. In der Hand trägt er eine Art Schraubenzieher. Der Mann scheint die Kamera nicht zu bemerken und spricht mit jemandem außerhalb des Fotos. Das Bild ist stark kontrastiert, und daher erkenne ich deutlich das Tattoo auf der bloßen Brust des Mannes: verschlungene Linien, die sich über die Haut schlängeln. Abels Tattoo.

Verdammt, es sieht wirklich genauso aus. Wie kann das sein? Ist das – ein Zufall?

Ich fahre mir mit der Zunge über die trockenen Lippen. Ein nervöser Druck macht sich in meinen Schläfen breit.

»Abels Tätowierung kam mir gleich so bekannt vor«, sagt Leo. »In einem Artikel über die verschwundenen Leute habe ich mal davon gelesen. Jetzt bin ich umgekehrt vorgegangen und habe alle Zeitungsberichte und Presseprotokolle, in denen von einem auffälligen Brusttattoo gesprochen wurde, herausgesucht. Siehe da, der Großteil der Berichte thematisiert von heute auf morgen verschwundene Personen. Der Kreis schließt sich. Ich glaube also ...« Leos Augen glitzern. Er blickt uns erwartungsvoll an.

»Spuck's schon aus«, murrt Marie.

»Ich glaube, dass es sich bei den tätowierten Personen um Mitglieder einer geheimen Gesellschaft handelt. Das Tattoo muss dabei das Symbol oder das Wiedererkennungszeichen der Gruppe sein. Die verschollenen Menschen sind Anhänger einer gefährlichen Sekte, die nach und nach ihre Mitglieder verschwinden lässt. Wahrscheinlich werden sie umgebracht, weil sie austreten wollen, aber viel zu viel wissen, um am Leben zu bleiben. Lest weiter, Leute!« Er schiebt uns zwei Seiten hin, die aus den 1970er Jahren stammen. Mit gerunzelter Stirn überfliegt Marie das erste Blatt, während ich mich über das zweite Papier beuge, auf dem zwei englischsprachige Artikel abgedruckt sind. Zwischen den Notizen liegen ungefähr zwei Monate.

Sowjetische Spitzenpolitikerin Wronska untergetaucht? heißt die erste Überschrift.

Sowjetische Politikerin tot aufgefunden – für Nuklearwaffen gestorben? lautet die zweite Headline.

Ich schlucke. Nuklearwaffen?

Hier handelt es sich erstmals um eine verschwundene Frau, dennoch wird auch in dieser Personenbeschreibung auf die spezielle Tätowierung hingewiesen. Der zweite, viel kürzere Artikel stellt nur den Fund der Leiche dar und erbittet dringend Zeugenaussagen. Die Frau ist durch einen Schuss in die Brust getötet worden, wodurch ihr Tattoo fast bis zur Unkenntlichkeit zerstört wurde.

Erschossen. Tot. Ein eisiger Schauer läuft meinen Rücken hinunter.

»Das ist mir alles zu gefährlich«, murmelt Marie, nachdem sie sich zu mir gebeugt hat, um auch meine Kopie zu lesen. Ihr Gesicht ist verzerrt. »Tätowierte Menschen verschwinden und werden umgebracht? Gibt es irgendeinen Beweis für deine Sektentheorie, Leo?«

»Na ja, nein, keine konkreten Beweise. Aber wir müssen der Sache auf den Grund gehen«, antwortet mein Bruder.

»Wir?«, wiederholt Marie. »Was meinst du mit 'wir'?«

»Na, hör mal, wir sitzen doch mit Abel an der Quelle«, erwidert er geduldig, als wäre Marie ein unwissendes Kind. »Möglicherweise ist er ebenfalls aus der Sekte ausgetreten, so vage, wie er sich über seine Arbeit ausgedrückt hat. Mit seiner Hilfe könnten wir den Fall aufdecken und diese Gemeinschaft sprengen – oder uns erst mal einschleusen, wenn Abel uns genug Infos gibt ... Mila? Mila, was ist?«

Ich nehme die Stimme meines Bruders von ganz weit weg wahr, denn ich habe mir eine der ersten Kopien herangezogen. Irgendetwas an dem stark vergrößerten Bild hat meine Aufmerksamkeit erregt. Und nun starre ich auf das grobkörnige Foto und kann den Blick nicht davon losreißen. Meine Hände werden so kalt wie Eisklumpen.

Ich presse die Augen zusammen, denn unsere enge Küche schwankt plötzlich wie verrückt. Dann springe ich auf und reiße die Kühlschranktür auf. In großen Schlucken trinke ich das kalte Wasser direkt aus der Flasche. Ich muss einen klaren Kopf bewahren. Das ist doch alles ... Irrsinn. Total durchgeknallt. Menschen, die das gleiche Tattoo wie Abel auf der Brust tragen, verschwinden spurlos. Eine Frau ist tot. Und jetzt das noch ...

Nein, das kann nicht wahr sein. Heftig atmend stelle ich die Flasche auf die schmale Anrichte unter dem Fenster und fahre mir mit der Hand über die Stirn. Mein Puls rast wie unter Fieber. Marie und Leo starren mich mit großen Augen an.

»Alles okay, Mila?«, fragt Marie.

Ohne ein Wort zu sagen trete ich zurück an den Tisch und lege das zuletzt angesehene Blatt von 1924 neben den neuesten Artikel von 2012. Der ältere Bericht ist in kyrillischer Schrift verfasst, und darunter erscheint eine holprige englische Übersetzung. Doch mich hat das Bild angezogen. Es handelt sich um ein rechteckiges Foto, das drei Personen in den typischen 20er-Jahre-Anzügen zeigt. Die beiden Außenstehenden sind in der Mitte durchgeschnitten, da der Fokus auf den Mann zwischen ihnen gerichtet ist. Das ist der Mann, der verschwunden ist. Unter dem schwarz-weißen Foto steht sein Name: *Pawel Jakow*.

Ein kalter Klumpen sitzt in meiner Brust und drückt mir die Luft ab, als ich zwischen Pawel Jakow und Paul Jackson aus dem Artikel von 2012 hin und her blicke. Auch wenn der Mann auf dem Foto von 1924 grimmig an der Kamera vorbei stiert, ist es eindeutig, ja, fast schon zu offensichtlich: dasselbe helle Haar, an der rechten Seite gescheitelt. Das Grübchen im Kinn, das auf dem ersten Bild allerdings nicht so deutlich wie auf dem anderen Foto hervortritt. Und ganz besonders die weiße Narbe, die sich über dem rechten Auge wölbt.

Das kann kein Zufall sein. Selbst der Name spricht dafür – das muss derselbe Mann sein. Pawel Jakow ist Paul Jackson.

27

In dieser Nacht finde ich keine Ruhe. Als ich mich um fünf Uhr morgens immer noch von links nach rechts wälze, höre ich Marie schon lange tief auf dem Luftmatratzenlager vor meinem Bett atmen.

»Was war denn jetzt eigentlich bei dir los?«, hat sie gefragt, als wir im Pyjama in meinem Zimmer saßen. »Leo hat uns vorhin unterbrochen. Was hat Abel dir erzählt? Kann er Leos Hirngespinste noch toppen?«

Doch ich habe mich so betäubt und gleichzeitig so flattrig gefühlt, dass ich nur abgewunken habe. »Das erzähl ich dir morgen.«

»Glaubst du den Mist etwa, den Leo erzählt? Sektenmitglieder mit seltsamen Tattoos werden umgebracht?«, Marie zog die Decke ans Kinn. »Für mich klingt das einfach nur bescheuert. Das Ganze ist wieder typisch Leo.«

»Klar«, habe ich langsam genickt. »Total idiotisch.«

Jetzt fährt ein lauter Schnarcher durch die Wand. Offensichtlich schläft Leo in seinem alten Zimmer auch tief und fest. Seufzend drehe ich mich auf den Bauch.

Spurlos verschwunden. Tot aufgefunden. Kein Anhaltspunkt. Paul Jackson. Pawel Jakow.

Ich bekomme das Bild der beiden Männer nicht aus dem Kopf. Immer wieder schieben sich die beiden Gesichter übereinander und verschmelzen miteinander, um im nächsten Moment zu Abels Gesicht mit den dunklen Brauen zu werden.

Ich rolle mich auf den Rücken und drücke mir das Kissen ins Gesicht. Marie hat recht; das ist alles total wahnwitzig! Wie kann ein und derselbe Mann in einem Zeitungsartikel der 1920ern auftauchen und dann 2012 erneut fotografiert werden? Sind sie vielleicht entfernte Verwandte? Nur ein verrückter Zufall?

Es kann einfach nicht stimmen, dass Abel doch ... die Wahrheit gesagt hat. Ich presse das Gesicht tiefer in die Daunen, um mein wütendes Stöhnen zu unterdrücken. Ich meine, verdammt, was sagt schon das Foto zweier Menschen aus, die sich zum Verwechseln ähnlich sehen und dasselbe Tattoo auf der Brust tragen – zufällig die gleiche Tätowierung wie Abels? Was beweist es, dass diese Männer fast ein Jahrhundert trennt, obwohl sie ein und dieselbe Person zu sein scheinen?

Alles, denke ich mit pochendem Schädel. Es beweist vielleicht alles.

Als ich irgendwann doch einnicke, schiebt sich Abels Stimme in meine Träume. In Endlosschleife sehe ich sein versteinertes Gesicht vor mir.

»Glaubst du mir jetzt?«, fragt er mich kalt. Das Haar fällt ihm so tief ins Gesicht, dass ich seine Augen nicht erkennen kann. »Warum stellst du mir keine Fragen? Was ist bloß los mit dir?«

Ich will zu ihm rennen, aber immer, wenn ich die Hand nach ihm ausstrecke, rutscht er wie ein Schatten vor mir zurück. Das Herz schlägt mir bis zum Hals. Ich will schreien, aber ich kann nicht. Dann taucht plötzlich Vicos Katzenlächeln vor mir auf. Er greift nach meinem Hals und küsst mich hart auf den Mund. Im nächsten Moment reißt ihn eine starke Hand weg von mir, und Abel zieht mich an sich – zu einem schwarzen Loch.

»Du glaubst mir nicht. Dann sieh jetzt genau hin«, murmelt er und stößt mich mit beiden Händen hinein. Ich falle und falle in tiefste Dunkelheit.

Mit einem erstickten Schrei schrecke ich auf. Ich bin nass geschwitzt und kann kaum Luft holen, so schnell klopft mein Herz. Langsam sinke ich zurück und lausche auf das monotone Rauschen, das aus dem Badezimmer dringt. Mama muss von der Nachtschicht zurück sein und duscht vermutlich gerade den Krankenhausgeruch von sich.

Ich fahre mir mit der Hand über die feuchte Stirn. Wie werde ich nur dieses Chaos in meinem Kopf los? Zeitreisen. Wurmlöcher. Tattoos. Spurlos verschwundene Personen.

Die Dusche wird abgestellt. Ich höre, wie Mama leise über den Flur tappt und die Tür zu ihrem Schlafzimmer schließt. Wieder dröhnt ein lautes Schnarchen durch die Wand auf der anderen Seite.

Seit wann schnarcht Leo eigentlich wie ein altersschwacher Mähdrescher? Als wir uns als Kinder ein Zimmer geteilt haben, hat er absolut geräuschlos geschlafen, Arme und Beine von sich gestreckt. Ich weiß noch, dass ich oft vor seinem Bett gesessen und ihn mit dem Finger angetippt habe, aus Angst, er wäre plötzlich gestorben. Wie von der Tarantel gestochen ist er dann immer hochgefahren, doch bevor er mich entdecken konnte, bin ich zurück in mein Bett geflogen.

Ich muss bei der Erinnerung lächeln. Dann unterdrücke ich ein Seufzen.

Ach, Leo. Ich wünschte, der Unfall würde nicht mehr zwischen uns stehen. Morgen schlage ich ihm vor, dass er mich in Latein abfragt. Er war in Latein immer spitze. Wenn sein Grips zumindest in Ansätzen auf mich abfärbt, kann ich ihm vielleicht versichern, dass wir endlich quitt sind.

Ich schneide in der Dunkelheit eine Grimasse. Leo war immer in allem gut. Viel besser als ich. Er war ehrgeiziger, er hatte immer recht, er wusste immer Bescheid.

Und jetzt? Ich zwinkere in der Dunkelheit und denke an die kopierten Zeitungsartikel zurück. Und plötzlich bin ich mir sicher, dass mein Bruder mit seiner Theorie rund um Abels Tattoo falsch liegt. Die Menschen sind nicht von Sektenmitgliedern verschleppt worden und deswegen verschwunden. Nein, es ist zwar unmöglich, aber höchstwahrscheinlich sind sie durch die Zeit gereist und wie vom Erdboden verschluckt worden, weil sie in ihre Gegenwart zurückgekehrt sind. Oder sie sind – wie Paul Jackson (oder Pawel Jakow) – in eine andere Zeit gesprungen, aus welchem Grund auch immer.

Genau, warum reisen sie überhaupt in die Vergangenheit? Ganz ungefährlich sind diese Zeitsprünge offensichtlich nicht, wenn mindestens eine der Vermissten dabei brutal erschossen worden ist. Aber hat Abel nicht gesagt, dass Zeitreisen nur aus Testzwecken durchgeführt werden? Was sind das für Tests? Und hat der Mord an dieser Wronska überhaupt etwas mit der Zeitreise zu tun? Schwebt Abel vielleicht in Gefahr?

Ich presse die Lippen aufeinander. Was soll ich tun? Abel sagen, dass ich ihm glaube? Was für Konsequenzen würde das haben? Wenn alles wirklich wahr ist, dann – ja, dann können wir nicht zusammen sein.

Ich drücke die Handballen gegen die Lider. Mein verletztes Handgelenk fängt an zu stechen, aber ich lasse nicht nach. Verdammt, das hat er die ganze Zeit damit gemeint, dass es zwischen uns nicht funktioniert. Wir werden niemals wie ein normales Paar zusammen sein können. Er muss zurück in seine Welt, ob er will oder nicht – oder er stirbt hier, weil irgendwann seine Lungen versagen. Die ganze Sache ist aussichtslos und unlösbar.

Was bin ich nur für ein Schwachkopf. Nicht er ist der Idiot, nein, ich bin es. Eine riesengroße Superidiotin.

Abels schrecklicher Husten und sein schmerzverzerrter Gesichtsausdruck, als er in der Riesenradgondel zusammengebrochen ist, schießen mir durch den Kopf.

»Verdammt«, flüstere ich und presse mir die Hände vor den Mund, um mein Schluchzen zu unterdrücken. Marie dreht sich in der Dunkelheit auf die andere Seite, wacht aber nicht auf. »Was soll ich nur tun?«

Ein stechender Schmerz in meiner Brust schneidet mir die Luft ab, und ich fühle mich so hilflos wie noch nie in meinem Leben. Meine Schultern zittern, als ich lautlos zu weinen anfange, bis mich der Schlaf irgendwann in seine Arme zieht.

»Du siehst aber gar nicht gut aus«, meint Leo stirnrunzelnd, als wir ein paar Stunden später mit Marie am Frühstücktisch sitzen. Ich reibe mir die geschwollenen Augen. Zum Glück ist heute Samstag.

»Es ging mir auch schon mal besser«, antworte ich mit brüchiger Stimme. Ich kriege keinen Bissen runter, während Leo schon an seinem dritten Toast herumkaut. Dabei tippt er unentwegt auf seinem Tablet herum. Sein frühmorgendlicher Aktivismus geht mir auf die Nerven. Mein Kopf schmerzt, und mein Brustkorb fühlt sich so an, als hätte jemand mit einer Eisenfaust darauf herum geboxt. Es ist definitiv zu viel passiert in den letzten Tagen. Und immer noch habe ich keine Ahnung, was ich machen soll.

Doch, eins weiß ich genau. »Leo, du musst mir etwas versprechen.«

Er hebt neugierig den Kopf, und auch Marie wendet sich mir zu, eine pinke Kaffeetasse in der Hand. Ich hole tief Luft. »Lass die ganze Tattoo-Geschichte fallen. Ich glaube, das ist eine Nummer zu groß für uns. Immerhin ist mindestens eine Person umgebracht worden, und die anderen sind nie wieder aufgetaucht.« Ich greife nach seiner Hand. »Bitte, hör auf, dem Ganzen nachzujagen. Am Ende passiert dir noch was.«

Leo drückt meine Hand. »Ach, du machst dir zu viele Sorgen. Das war doch schon immer so«, er lehnt sich in seinem Stuhl zurück. »Aber das hier ist nicht nur eine extrem spannende Geschichte, sondern auch eine riesige Chance für mich, auf der Karriereleiter nach oben zu kommen. Ich kann jetzt nicht einfach aufhören.«

Ich beiße die Zähne zusammen. »Ich meine es ernst, Leo. Bitte, lass die Sache auf sich beruhen. Es gibt tausend andere Storys.«

»Aber ich bin doch schon fast am Ziel. Was ist denn los mit dir? Gestern Abend warst du doch auch noch Feuer und Flamme, oder? Du fandest die Kopien auf jeden Fall ziemlich beeindruckend. Du hast die ganze Zeit geschwiegen, und das ist doch sonst nicht deine Art.«

»Das hatte einen ganz anderen Grund –«, ich stocke.

Marie hebt die dunklen Brauen und stellt ihre Tasse

auf den Tisch. »Mila, du zitterst ja!« Sie fasst nach meinem Arm. »Was ist los?«

»Leute, hört zu ...« Ich hole tief Luft, bevor ich langsam die Ereignisse der letzten Tage zusammenfasse. Ich komme mir vor wie in einem Film, als ich von Zeitreise-Chips, Kladden und Agenten spreche, bis ich das Gefühl habe, einen Knoten in der Zunge zu spüren.

Als ich schließlich schweigend auf meiner Lippe herumkaue, starren mich Leo und Marie stumm an.

Marie zieht abwesend eine ihrer Korkenzieherlocken glatt und lässt sie dann um den Finger kringeln. »Aus der Zukunft?«, wiederholt sie schließlich. »Ernsthaft? Der erste Typ, der dir gefällt, kommt aus der Zukunft? Oh Mann, Mila!« Sie grinst, bevor sie das Gesicht verzieht und in ihre Armbeuge niest. »Ich hab immer gewusst, dass du dir keinen Durchschnittstypen aussuchen würdest, aber auf einen Zeitreisenden wäre selbst ich nicht gekommen.«

Ich hebe die Schultern und muss lächeln. Marie lässt alles gelten, egal, wie abgedreht das Ganze auch ist. Dafür liebe ich meine Freundin.

»Leo, was denkst du?« Ich wende mich meinem Bruder zu, der immer noch nicht den Mund zubekommt. Seine grauen Augen sind riesengroß.

»Krass«, stammelt er. »Das ist krass. Ich meine – wirklich krass! Krass!«

Ich zucke wieder die Achseln. »Ich hab Abel natürlich nicht geglaubt, aber die Kopien, die du gestern mitgebracht hast ...«, ich streiche mir ein paar zerzauste Haarsträhnen aus den Augen. »Sie haben mich eines Besseren belehrt. Ich glaube, die verschwundenen Menschen mit diesen Tattoos sind nicht einfach verschollen – und auch nicht von Kapuzenmännern verschleppt worden. Sie kommen aus der Zukunft und sind dorthin zurückgekehrt.«

Leo blickt mich an, als würde er an meinem Verstand zweifeln, was ich ihm nicht mal verübeln kann. Als ich mir schon Sorgen zu machen beginne, dass er komplett die Sprache verloren hat, holt er einmal tief Luft und presst die Handballen auf die Augen. »Also, Schwesterherz, jetzt mal ohne Spaß: Ich hab schon allerhand abgefahrene Geschichten gehört, aber das ... kann ich beim besten Willen nicht ernst nehmen.«

Ich fahre mir müde über die Stirn. »Ich weiß, Leo, ich weiß. Es ist kaum zu glauben. Aber ich schwöre dir, wenn du Abels Geschichte gehört hättest, und wenn du wie ich die ganze Vorgeschichte kennen würdest, dann ... na ja, dann würdest du mir vielleicht immer noch nicht glauben. Hey, wohin gehst du?«

Leo ist aufgesprungen und mit hastigen Schritten aus der Küche gerannt. Marie wirft mir einen fragenden Blick zu, während sie mit einem Taschentuch an ihrer Schnupfnase herum reibt. Ich schüttele verwirrt den Kopf, doch nur wenige Sekunden später kommt er mit seinen kopierten Blättern zurück. Die Berichte zu Pawel Jakow und Paul Jackson legt er nebeneinander und beugt sich mit gerunzelter Stirn darüber. Auch Marie lehnt sich vor.

»Tatsächlich«, murmelt er. »Reichlich merkwürdig. Aber ...« Er hebt den Blick. Seine Augen blitzen wieder. »Wow, Mila, wenn das alles wahr ist – das wäre die Story des Jahres. Was red ich da, die Story des Jahrhunderts! Das ist absolut genial. Noch großartiger als die Sektentheorie!«

Ich will ihm heftig widersprechen, aber er kommt mir zuvor: »Diese ganze Geschichte – sie birgt allerhand Geheimnisse, die nur darauf warten, aufgedeckt zu werden. Ich meine, warum haben die Leute diese angeblichen Zeitreisen begangen? Und warum sind sie wieder verschwunden? Was passiert hier in unserer Zeit, was wollen sie von uns? Oh Mann.« Er ringt nach Atem. »Ich sehe schon die Schlagzeile: *Und woher kommen Sie? – Aus der Zukunft.* Der Oberhammer!« Er stößt die Faust in die Luft, doch als er meinen wütenden Blick auffängt, wird er wieder ernst. »Mila, das ist eine krasse Geschichte. Wenn sie wahr ist, sind wir Millionäre!«

Ich schließe kurz die Augen, um mich zu sammeln. Dann beuge ich mich über den Tisch und fasse Leo so fest bei den Ellenbogen, dass ein scharfer Schmerz durch meine verletzte Hand jagt. »Hör mir gut zu: Du darfst das auf keinen Fall veröffentlichen.«

Er starrt mich an. »Bist du verrückt? Denk doch daran, was wir Mama alles kaufen können. Sie wird es endlich wieder gut haben. Wir könnten ihr ein Haus bauen lassen, und sie müsste nicht mehr so viel arbeiten wie jetzt ...« Sein Blick schweift ab, und ich weiß, dass er an Mama denkt, die im Nebenzimmer schläft und sich von ihrer anstrengenden Schicht ausruht.

»Mann, Leo!« Seine hoffnungsvolle Stimme sticht mir ins Herz. Einen Moment lang will ich es auch – das Geld, die Sicherheit, das Glück für Mama. Aber das ist nicht richtig. Es ist zu gefährlich. Ich drehe mich rasch zur Küchentür um, aber Mama kommt nicht herein.

»Leo, du darfst keinen Artikel schreiben. Du bringst dich damit in Gefahr. Das ist eine viel größere Sache, als wir beide begreifen können. Eine Frau ist ermordet worden!«

»Mila hat recht«, sagt jetzt auch Marie. »Du bist der

Nächste, der in irgendeinem Straßengraben gefunden wird – mit einem Tattoo auf der Brust, aber auch mit 'nem dicken Loch im Kopf.«

Leo verzieht das Gesicht. »Die Menschen haben das Recht, die Wahrheit zu erfahren. Wir sind der Allgemeinheit verpflichtet, nichts zu verschweigen.«

Ich schnaube. »Hör auf, uns auf die moralische Tour zu kommen, du hast doch nur deinen tollen Artikel im Kopf! Ich – ich muss mit Abel sprechen. Ich bin mir nicht sicher, ob er überhaupt von der toten Zeitreisenden weiß. Vielleicht ist er auch in Gefahr.«

»Dann lass uns sofort zu ihm!«, Leo springt wieder auf, doch er sinkt fast augenblicklich auf seinen Stuhl zurück, als ich meine Finger in seine Arme bohre. Er verdreht die Augen und grinst verlegen. »In Ordnung, Schwesterchen, ich verspreche, dass ich vorerst niemandem davon erzähle, geschweige denn, etwas veröffentliche. Aber wenn Abel zustimmt, dass ich der Welt die Wahrheit sagen darf, dann wirst du mich nicht davon abhalten!«

Als wir wenig später unsere Siedlung verlassen, strahlt eine milchige Sonne vom Himmel, die sich in den Pfützen auf dem Gehweg spiegelt. Von den Bäumen perlen kleine Tautropfen. Ein kalter Nebel hängt in der Luft und beginnt sich langsam aufzulösen.

Ich binde mir im Gehen einen unordentlichen Pferdeschwanz. Marie hat die Hände in den Taschen ihres blauen Kapuzenpullis vergraben und ihren Schal zweimal um den Hals geschlungen. Leo kramt neben ihr in seiner Adidas-Tasche. Ich konnte ihn leider nicht davon abbringen, sein Tablet mitzuschleppen.

Es ist kurz vor Mittag, und viele Leute wollen in die

Stadt. Auf dem Weg zur Straßenbahn ist eine Menge los. Eine Mutter schiebt einen schwarzen Kinderwagen an ein paar Jungs vorbei, die den Kopf über ihr Smartphone beugen und sich fast im gleichen Moment kaputt lachen. Drei Mädchen mit Rucksäcken kichern miteinander.

Mein Magen zieht sich zusammen. Was würde ich dafür geben, heute auch einen stinknormalen Tag in einem Café zu verbringen, an dem die größte Sorge darin besteht, den richtigen Kaffee auszusuchen und lateinische Vokabeln zu pauken.

Doch Leo, Marie und ich marschieren an den fröhlichen Menschen vorbei. Zu einem arroganten, einsamen Kerl, der vermutlich aus der Zukunft stammt und in großer Gefahr schwebt.

»Ich bin gespannt, was Abel sagen wird, wenn wir bei ihm auftauchen. Das wird ein toller Artikel!«, Leo schließt seine Tasche und schüttelt den Lockenkopf.

Ich schneide zur Antwort eine Grimasse. »Denk dran, was ich dir gesagt hab, Leo.«

Ein Vogel zwitschert in den Baumkronen über uns. Wir erreichen die Straßenbahnhaltestelle.

»Bis ich nicht mit eigenen Ohren höre, dass Abel aus der Zukunft kommt, glaube ich dir sowieso kein Wort. Ein seriöser Journalist verlässt sich nicht auf Erzählungen Dritter. Ich muss es aus erster Hand erfahren.«

Marie und ich verdrehen die Augen. Im nächsten Moment fahre ich zusammen, als hinter uns ein lautes Knacken – wie von einem abgebrochenen Ast – ertönt. Ich wirbele herum, doch hinter uns ist niemand. Nur eine dichte, dunstige Baumreihe verbirgt die Sicht auf den Weg, den wir gekommen sind.

Langsam drehe ich mich wieder um. Mittlerweile bin

ich wohl einfach zu misstrauisch, aber wer kann mir das verdenken? Mit angespannten Schultern starre ich zu der elektronischen Anzeigetafel hoch. In zwei Minuten wird die Bahn einfahren.

»Hier wohnt Abel?«, fragt Leo, und ich bemerke seine zuckenden Finger, als wollte er sofort das Tablet aus der Tasche reißen, um sich Notizen zu machen. Ich nicke und ziehe ihn rasch durch die unauffällige Tür in das Hotel Belinda.

Den schmalen Eingangsbereich kann man nur mit größtem Wohlwollen als »Foyer« bezeichnen, denn dieser ist nur etwa so groß wie ein fensterloser Kofferraum. Neben einem halbhohen Tresen, der Rezeption, führt eine schmale Treppe ins Obergeschoss, wo auch Abels Zimmer liegt. Unter der niedrigen Decke dreht sich eine altmodische Lampe und wirft ihr gelbes Licht auf den alten Holzfußboden.

Marie zieht ihren Schal fester um den Hals und blickt sich überall um, während Leo neben ihr ungeduldig von einem Fuß auf den anderen tritt.

»Ich hätte nie gedacht, dass der Laden noch geöffnet ist«, murmelt er. »Von außen sieht es so aus, als hätte er schon vor Jahren dicht gemacht. Sollen wir einfach hoch in sein Zimmer? Du weißt doch, wo es ist, oder?«

»Nein, lass uns lieber zur Rezeption«, gebe ich zurück. Beim ersten Mal habe ich nur kurz nach Abels Zimmernummer gefragt und bin sofort nach oben gerannt. Ihm hat dieser Überraschungsbesuch gar nicht gefallen. Mir wird ganz flau, wenn ich an seine kalte, wütende Miene denke, mit der er mich praktisch rausgeworfen hat.

Dein Besuch macht alles furchtbar kompliziert. Und

das kann ich gerade absolut nicht gebrauchen.

Abel, jetzt verstehe ich dich so viel besser. Ich beiße mir auf die Lippe. Seit Vico mich angegriffen hat, ist er bestimmt noch mehr auf der Hut. Ich will ihn unter keinen Umständen in eine blöde Situation bringen, also drücke ich brav die silberne Klingel auf dem Tresen. Der schrille Ton piepst in meinen Ohren nach. Sofort öffnet sich die schwere, braune Holztür dahinter. Eine junge Frau mit schwarzem Haar und dunkel geschminkten Augen tritt auf uns zu und legt auf der Theke lässig die Hände übereinander. Ihre Fingernägel sind rot lackiert, und sie lächelt, als sie mich erkennt.

»Ah, du schon wieder«, sagt sie und neigt leicht den Kopf, sodass ein großer silberner Ohrring unter ihrem Haar zum Vorschein kommt. Sie trägt eine helle Bluse und ist vielleicht zwei Jahre älter als Marie und ich.

Ich rücke meine Brille zurecht und will mich gerade auf meinen Höflichkeitsmodus einstellen, da kommt Leo mir zuvor: »Hey, wir würden gerne zu Abel. Kannst du ihm Bescheid sagen, dass wir da sind?«

»Leo!«, krächzt Marie empört. »Halt dich doch mal zurück!«

Die Frau blickt erst ihn, dann Marie und schließlich mich an, bevor sie wieder sphinxartig lächelt. »Du willst schon wieder zu ihm? Na ja, ich kann's verstehen, er ist wirklich ein schrecklich gut aussehender Mann. So ein großer, ruhiger Kerl.«

Ich ziehe die Schultern nach oben. Das Mädchen ist eine komische Eule, das ist mir schon beim ersten Mal aufgefallen. Ob sie wohl die Belinda ist, nach der das Hotel benannt wurde? Nein, dafür ist sie zu jung. Vielleicht ist sie Belindas Urenkelin.

»Kannst du ihm Bescheid sagen?«, frage ich.

Das Mädchen stützt den Kopf in die Hand. »Mir gefällt er auch«, sagt sie wie zu sich selbst. »Schade, dass er so wenig spricht, ich würde gerne mehr über ihn wissen. Aber jetzt –«

Leo schnaubt genervt auf. »Wir haben leider nicht viel Zeit«, unterbricht er die Angestellte. »Los, Mädels, ist doch egal, ob sie vorher anruft oder nicht.« Er greift nach meinem Arm und zerrt mich über die knarrenden Dielen zur Treppe.

»Hey, wartet!«, ruft uns das Mädchen nach. Die Füße bereits auf der untersten Stufe drehe ich mich um und halte Leo fest. In meinem Magen macht sich ein unangenehmes Pochen breit. Nervös blicke ich zur der jungen Frau, die sich das Haar langsam hinters Ohr streicht. Ihre Gestalt verschwimmt fast mit der Dunkelheit um sie herum.

»Das ist natürlich Pech«, sagt sie irgendwie träge. Das schwarze Haar fällt ihr wieder über die Wange. »Tut mir leid für euch. Ihr kommt zu spät. Abel ist nicht mehr hier. Er ist gestern Nacht abgereist.«

28

Im milden Sonnenschein stehen Leo, Marie und ich uns gegenüber. Ich knete mein dumpf pulsierendes Handgelenk, während Leo sich nach allen Seiten umsieht, als würde sich Abel hinter dem nächsten Laternenpfahl verstecken. Marie reibt an ihrer geröteten Nase herum und zieht ihren Schal fester. In der Luft hängt ein undeutliches Summen von einer entfernt arbeitenden Maschine, das alle paar Sekunden von einem hellen Quietschen unterbrochen wird.

Rostige Autos parken an den Seitenstreifen, und die dünnen Bäume tragen immer weniger Blätter. Ein Mülleimer quillt vor hineingestopften Pappschachteln fast über. Die trostlose Straße ist leer. Wie ausgestorben.

Ich starre an der abgesprungenen Hausfassade hinauf. Nicht mal ein ordentliches Schild besitzt das Hotel Belinda. Kein schlechtes Versteck, das nun aber an Perfektion eingebüßt haben muss, denn ... Abel ist nicht mehr dort.

Angespannt knibbele ich an meinem Jackenärmel herum. Das schwarzhaarige Hotelmädchen hat uns gelangweilt berichtet, dass Abel das Haus gestern Nacht überstürzt verlassen hätte. Nicht mal das Wechselgeld habe er abgewartet, sondern war, seine große Ledertasche in der Hand, wie der Blitz in die Nacht hinaus verschwunden. Das Eulen-Mädchen meinte, dass seine Miene bleich und wie versteinert gewesen wäre.

»Nein, er hat keine Nachricht hinterlassen«, antwortete sie auf meine Frage. »Er hatte es ziemlich eilig und war mit den Gedanken ganz woanders. Ich weiß nicht, wohin er gegangen ist. Wirklich schade, ich hätte ihn gerne noch länger hier gehabt.«

Ich schlucke schwer und fühle plötzlich Maries Hand auf meiner Schulter.

»Hey, nicht den Kopf hängen lassen«, sagt sie.

»Wir werden ihn schon finden, Mila«, bekräftigt Leo. »Du kennst doch meine Spürnase.«

Aber wir finden ihn nicht.

Wir laufen gerade durch den zehnten U-Bahnschacht, als Leo aufstöhnt und sich die Hand gegen die Stirn schlägt.

»Mila, verdammt, das hab ich total vergessen! Heute Abend ist Redaktionsschluss, und ich muss noch zwei Artikel zu Ende schreiben. Ist es okay für dich, wenn ich zurück in die Wohnung fahre? Ruf mich sofort an, wenn es was Neues gibt, dann bin ich ruckzuck da.«

Als Leo in der nächsten U-Bahn verschwunden ist, steigen Marie und ich zurück ans Tageslicht und irren ein wenig ziellos durch die Innenstadt, in der es vor Menschen wimmelt. Das ungewohnt sonnige Samstagswetter zieht die Leute an wie die Motten. Paare bummeln an den Schaufenstern vorbei, und Einkaufslustige schleppen Tüten mit sich herum. Wir sehen mindestens zehn Mitschüler, die entweder im Eiscafé in der Sonne sitzen oder gerade aus einem Klamottenladen kommen.

Schließlich bleiben wir vor einem Kaufhaus stehen. Marie fährt sich erschöpft durch die dunklen Locken. Plötzlich sieht sie ziemlich blass aus. Ihre wunde Nase leuchtet rot, und ihre Augen glänzen fiebrig. Mich packt das schlechte Gewissen.

»Hey«, sage ich. »Lass uns das Ganze abbrechen. Ich hab keine Ahnung, wo wir noch hingehen sollen, und ich will nicht, dass du meinetwegen eine Lungenentzündung bekommst. Ich bring dich jetzt nach Hause. Das Auto kann Leo dir später vorbeibringen.«

»Quatsch!«, sagt Marie sofort, doch bevor sie weiter widersprechen kann, muss sie mindestens dreimal heftig niesen. »Mir geht's gut«, krächzt sie schließlich. »Wir suchen weiter!«

Ich schüttele den Kopf und irgendwie schaffe ich es, sie in die richtige Straßenbahn zu bugsieren. Als wir vor ihrem Haus stehen, nimmt sie meine Hand. »Meld dich sofort, wenn du was rausfindest.«

Ich nicke, obwohl ich mir sicher bin, dass ich Abel nicht finden werde. Wo soll ich denn noch suchen?

Ein paar Minuten später gehe ich langsam an der Tankstelle vorbei, aus der mich Abel so unsanft herausgezerrt hat. Angespannt schließe ich die Augen und reibe mir über die Schläfe. Als ich die Lider wieder aufklappe, blitzt am Ende der Fußgängerzone das rot beleuchtete Schild des Steh-Cafés auf, wo ich vor Kurzem – einer Ewigkeit – mit ihm gewesen bin. Die Erinnerung durchfährt mich wie ein Schlag. Ohne zu überlegen renne ich los und stolpere kurze Zeit später über die Schwelle in das düstere Café.

Wie beim letzten Mal hockt der Besitzer hinter der Theke und ist mit seinem Tablet beschäftigt. Ich komme mir wie ein Eindringling vor, als ich meinen Kaffee mit Milch bestelle.

Draußen stelle ich mich an den gleichen, mit blauem Tuch überzogenen Stehtisch wie vor ein paar Tagen und verbrenne mir die Lippen, als ich gedankenverloren einen großen Schluck nehme. Hustend drehe ich den Kopf, um die anderen Besucher zu beobachten: Busfahrer treffen sich hier vor oder nach ihrer Schicht und rauchen Zigaretten. Das Murmeln der Stimmen vermischt sich mit dem Rauschen des Windes, und es riecht nach Kaffeebohnen.

Nein, hier ist Abel natürlich auch nicht. Das wäre zu einfach gewesen. Seufzend stütze ich den Kopf in die Hand und blicke auf den wuseligen Platz, der jetzt ganz anders wirkt als in der damaligen Nacht. Lebendig. Nicht so, als würde die Zeit still stehen.

Die Zeit. Marie hat recht: Natürlich ist es immer noch mehr als wahnwitzig und gleichzeitig typisch, dass der allererste Typ, in den ich mich Hals über Kopf verliebe, unerreichbar bleiben muss, da er aus einer anderen Zeit stammt. Ein Kerl, der mich an die Vergangenheit erinnert, wird zurück in die Zukunft kehren müssen. Was für eine Ironie. Wirklich, mein Karma ist richtig mies.

Nachdenklich trommele ich mit den Fingern auf die Tischplatte, während ich an die komplizierte Geschichte mit Abels Vater zurückdenke. Irgendwie verstehe ich sein Problem nicht – klar, die Erkenntnis, dass sein Vater jemanden umgebracht hat, hat ihn aus der Bahn geworfen. Aber wieso geht er so weit, dass er sein eigenes Leben aufs Spiel setzt, indem er einfach hier in der – na ja, in der Vergangenheit bleiben will?

Sind Hana und Vico vielleicht sogar die Guten in der ganzen Geschichte? Sie wollen Abel beschützen, indem sie ihn nach Hause bringen, wo er leben und nicht den Verlauf der Zeit ändern kann. Abel hat den Boden unter den Füßen verloren, und sie wollen ihn zur Vernunft bringen. Warum aber wehrt sich Abel mit aller Kraft, in die Zukunft zurückzukehren? Was ist das nur für ein Leben, in das er unter diesen Umständen nicht zurück will?

Wir verlieren unser Ansehen, unseren Job und unseren Status. Dann sind wir nichts mehr wert. Wir sind tot. Unser ganzes Leben ist gelaufen. Wir werden ganz unten sein! Das ist schlimmer als der Tod.

Was hat das nur zu bedeuten?

Abwesend schlucke ich den Kaffee hinunter. Jetzt, da er lauwarm ist, schmeckt er nach nichts. Ich drücke die Hand um den Becher zusammen, sodass das Plastik zerknüllt und die Fingerknöchel weiß hervortreten. Mein Handgelenk pocht vor Anstrengung, aber ich achte nicht darauf.

Ich habe Abel darum gebeten, sich mir anzuvertrauen, und was mache ich? Ich renne vor ihm davon. Wirklich grandios, Mila, herzlichen Glückwunsch. Ich beiße die Zähne zusammen.

Okay, wo könnte er untergetaucht sein? Er ist ganz allein hier und darf – soweit ich das verstanden habe – eigentlich zu niemandem Kontakt aufnehmen, da er sonst etwas in der Vergangenheit ändern könnte. Und das kann gefährlich ausgehen.

Mein Magen wird ganz flau, als mir klar wird, wie sehr er mein eigenes Leben schon auf den Kopf gestellt hat. Es übersteigt meine Vorstellungskraft zu beurteilen, welche Wellen das in der Zukunft schlagen könnte. So wichtig bin ich für das Weltgeschehen ganz bestimmt nicht, aber mein Leben wäre ohne die Begegnung mit ihm vermutlich anders verlaufen. Denn egal, wie die Sache ausgeht, ich werde mich immer an ihn erinnern. Ich werde immer wissen, dass es ihn gegeben hat. Dass er mit nur einem dieser eisigen Blicke alles in mir über den Haufen werfen konnte. Und dass ich seinetwegen wieder mit dem Malen angefangen habe.

Shit. Ich schüttele mich und vergrabe das Gesicht in den Händen.

Darf ich ihn überhaupt finden? Bringt das nicht nur noch mehr Chaos mit sich?

Der Wind rauscht in den Baumkronen, und ein paar Vogelstimmen zwitschern. Ich lasse die Hände sinken, auf die ein paar milde Sonnenstrahlen fallen. Das fühlt sich seltsam an, so lange habe ich diese Wärme nicht mehr gespürt. Meine Finger streichen über den festen, wachsartigen Stoff auf der Tischplatte. Und im nächsten Moment weiß ich, wohin ich gehen werde.

Nicht mal fünfzehn Minuten später taucht die bröckelige Fassade des Filmpalastes vor mir auf. Ich bin ganz außer Atem, obwohl ich jetzt nicht mehr weiß, warum ich mich eigentlich so beeilt habe. Das Kino ist seit fast einer Woche geschlossen, die Tür ist verriegelt, niemand ist hier. Ein paar Blätter rascheln auf dem Kopfsteinpflaster. Leer und verlassen erstreckt sich die Gasse nach beiden Seiten.

Die Sonnenstrahlen kitzeln mich im Nacken, als ich meinen Schlüsselbund aus der Umhängetasche krame und das Schloss für das Rolltor aufschließe. Ächzend schiebe ich das schwere Metalltor nach oben, bis es schließlich einrastet und ich darunter hindurch schlüpfen kann.

In der Halle selbst ist es stockdunkel und so staubig

wie noch nie. Man merkt sofort, dass die Tür lange nicht geöffnet wurde, denn mir schlägt die Luft abgestanden und muffig entgegen. Ich halte mir den Ärmel vor die Nase und kämpfe mich blind zum Verkaufstresen vor, wo ich die Oberlichter einschalte.

Flackernd leuchten die Glühbirnen auf und erhellen die trostlose Stille. Ich ziehe den Stuhl hinter dem Schalter heran und lasse mich darauf fallen. Nein, vielmehr breche ich darauf zusammen, so kaputt fühle ich mich plötzlich.

Das Kino war für mich immer ein Ort für eine Auszeit von der Realität. Ein Ort, der so anders ist als die Gegenwart, dass er mich den Alltag und die Probleme rund um meinen Arm hat vergessen lassen. Deswegen arbeite ich so gerne hier. Im Filmpalast konnte ich immer abschalten und die Wahrheit verdrängen.

Ich lege die Hände im Schoß ab und massiere mein Handgelenk. Aber heute klappt es nicht. Ich kann das Gedankenkarussell nicht abstellen. Wo steckt Abel nur? Haben Hana und Vico ihn gefunden? Ist er vielleicht schon wieder in der Zukunft? Ich werde ihn bestimmt niemals wiedersehen. Und er wird nie erfahren, dass ihm doch geglaubt habe.

Ich balle die Hände zu Fäusten. Was will ich eigentlich hier? Herumzusitzen und mich zu verstecken bringt gar nichts. Ich muss weiter suchen! Wenn Abel etwas passiert, dann ist das Ganze nur meine Schuld. Immerhin ist eine Frau – diese Wronska – vermutlich wegen ihrer Zeitreise umgebracht worden. Ich muss Abel warnen, nichts anderes ist wichtig.

Ich werfe mir meine Tasche über die Schulter, bereit zum Abflug, doch im nächsten Moment bleibe ich stocksteif stehen. Was war das?

Ich halte den Atem an und drehe in Zeitlupe den Kopf in Richtung des Kinosaals, der etwa zehn Schritte entfernt hinter dem Samtvorhang verborgen liegt.

Die Dielen knacken in dem alten Gemäuer, draußen rauscht ein Auto vorbei. Und dann – wieder dieses Geräusch. Gefolgt von einer so dichten Stille, dass ich sie auf der Haut fühlen kann.

Mir stellen sich die Nackenhaare auf. Ist etwa jemand im Kinosaal? Oder sind das Mäuse? Oder Peter, der Papierreste einsammelt? Nein, unmöglich, das Rolltor war doch noch unten. Außerdem würde Peter niemals den Müll aufheben, dafür hat er ja uns Angestellte.

Wieder dieses Geräusch, ein fast lautloses Knistern.

Obwohl ich am liebsten die Beine in die Hand nehmen und ans Tageslicht flüchten würde, drehe ich mich ganz langsam um und gehe auf die Tür zum Kinosaal zu. Meine Sohlen machen auf dem ausgeblichenen Teppich keinen Laut, doch das Herz schlägt mir bis zum Hals. In Zeitlupe strecke ich den Arm aus, schiebe den dicken Vorhang zur Seite und greife nach der kalten Eisenklinke. Ein paar Augenblicke stehe ich still und lausche. Nichts zu hören.

Ich atme aus. Vielleicht habe ich mich getäuscht. Doch – schon wieder dieses leise Kratzen!

Ein Adrenalinstoß geht durch meinen Körper, als ich die Klinke drücke und die schwere Tür mit einem kräftigen Schwung nach innen aufstoße. Die warme, abgestandene Luft der alten Stoffsitze wirbelt mir entgegen. Blinzelnd bleibe ich im Türrahmen stehen. Unerwarteterweise ist das Licht im Saal eingeschaltet. Durch die dunkel gestrichenen Wände leuchtet der Saal in einem warmen Rot.

Ich recke den Hals, doch ich kann niemanden sehen; auch keine Mäuschen, die eilig vor mir die Flucht ergreifen. Der weiche Vorhang ist vor die Leinwand am rechten Saalende gefallen, und die Glühbirnen summen in den Wänden.

Ich trete über den kratzigen Teppich einen Schritt nach vorne – und registriere eine winzige Bewegung hinter der Tür. Ich fliege herum, und in der nächsten Sekunde springt mir fast das Herz aus der Brust.

Ich starre ihn an. Er starrt mich an. Ich kann es nicht glauben. Niemand könnte das hier glauben. Der Moment kommt mir vor wie ein verrückter Traum. Fassungslos fliegt mein Blick über Abels angespannte Gestalt.

»Wie bist du –«, stammele ich. »Warum – ich meine, was machst du hier?«

Er lässt die Hände sinken, die er wie zum Angriff zu Fäusten geballt hat.

»Ich wusste nicht, wo ich sonst hin sollte«, erwidert er und wendet sich ab.

Und als wäre das irgendein Signal, stürze ich nach vorne und springe die drei mit Stoff überzogenen Stufen zu ihm hoch. Sichtlich überrumpelt fängt Abel mich auf. Ich kralle mich an ihn und spüre, wie er die verkrampften Muskeln lockert und mich vorsichtig umarmt.

Ich hebe den Kopf und sehe in sein versteinertes Gesicht. Und dann tue ich es einfach. Ich küsse ihn. Ich küsse ihn, als wäre er oder ich zehn Jahre inhaftiert gewesen und heute der erste Tag in Freiheit. Abel versteift sich erst wieder, doch dann drückt er mich so fest an sich, dass ich fast keine Luft mehr bekomme. Seine Hände greifen in mein Haar und in meinen Nacken. Er hebt mich hoch und küsst meine Lippen, meine Schläfe, meine Wangen. Am liebsten würde ich losheulen, aber ich kann mich gerade noch zusammenreißen.

»Du bist hier genau richtig«, flüstere ich irgendwo an seinem Gesicht. Ich übertreibe nicht, wenn ich behaupte, dass ich ihn nie wieder loslassen kann.

***

»Ich bin über die Feuertreppe eingestiegen. Die Sicherheitsvorkehrungen sind nicht besonders ausgereift«, erklärt Abel und runzelt die Stirn. »Weißt du, ich habe schon viel zu lange im Hotel Belinda gewohnt. Es hätte nicht mehr lange gedauert, bis Vico herausgefunden hätte, dass ich dort abgestiegen bin. Da ist mir die Idee gekommen, dorthin zu gehen, wo ich schon mal erfolgreich untergetaucht bin.«

Ich hebe die Brauen. Wir sitzen auf zwei der hintersten Plüschsitze, und er streicht mit dem Daumen über meine Handinnenfläche. Die Luft ist immer noch schwer und staubig.

»Als ich das erste Mal in den Filmpalast gekommen bin, war mir Vico dicht auf den Fersen. Dieses Versteck hat sich schon mal bewährt.« Er schweigt kurz. Seine Stimme ist heiser, als er fortfährt: »Und ich hatte gehofft, dass du mich hier finden würdest.«

Ich muss schlucken. »Es tut mir leid, dass ich vor dir davon gelaufen bin. Aber der Angriff von Vico und deine unglaubliche Geschichte – das war alles zu viel.«

Er sagt nicht, dass er meine Verunsicherung verstehen kann. Er fragt nur leise: »Und was ist jetzt?«

Ich winde mich ein bisschen in meinem kratzigen Sessel. »Ich finde das alles immer noch ziemlich verrückt, aber – ich glaube dir. Hör zu, ich habe etwas herausgefunden ...« Und ich berichte ihm von meinen Erkenntnissen: von den Zeitungsberichten, den auffälligen Brusttätowierungen der verschwundenen Personen, der ermordeten Politikerin und den beiden identischen Männern aus den Jahren 1924 und 2012.

Nachdem ich geendet habe, starrt er mich an. Sein Ausdruck erinnert mich wieder an Papas Doppelportrait. Verwirrt, wütend, ernst. Ich drücke seine Hand.

»Das ist unmöglich«, murmelt er. »Wenn sich Menschen aus meiner Zeit tatsächlich in der Vergangenheit an Politik und Forschung beteiligt haben, dann bedeutet das, dass sie länger in der anderen Zeit gelebt haben. Aber das kann nicht sein: Mein Vater hat immer wieder betont, dass nur kurze Zeitsprünge aus Testzwecken durchgeführt werden, in denen man aus Sicherheitsgründen niemandem begegnen darf. Wir befinden uns noch ganz am Anfang der Forschung. Aufgrund der Lungenprobleme konnte bis jetzt niemand aus meiner Zeit lange in der Vergangenheit überleben.«

Ich ziehe die Füße auf den quietschenden Sitz und schlinge einen Arm um die Knie. Mit der anderen Hand umklammere ich weiterhin Abels Finger. »Und wenn sie es einfach heimlich getan und sich Medikamente besorgt haben? Du und dein Bruder, ihr seid schließlich auch schon längere Zeit hier, ohne dass es jemand weiß.«

Abel beißt die Zähne zusammen. »Das kann ich mir nicht vorstellen. Bei längeren Abwesenheiten muss man Anträge stellen und genau dokumentieren, wo man sich gerade aufhält. Außerdem hat die Firma überall Kameras installiert, die fast jede Sekunde aufzeichnen. Alle Aufnahmen werden regelmäßig ausgewertet. Man kann nichts im Verborgenen tun. Denn sie sehen alles. Sie wissen alles. Wir haben unheimliches Glück gehabt, dass wir die Kameras manipulieren konnten, als wir in die Vergangenheit gereist sind.«

Ich hebe überrascht die Brauen. »Man wird die ganze Zeit beobachtet – wie bei Big Brother? Wofür soll das denn gut sein? Das ist doch verrückt.«

Er zuckt die Achsel. »Das ist einfach so. Erinnerst du dich noch an einen Namen aus den Berichten? Vielleicht kenne ich jemanden von den Personen.«

»Zum einen diese Frau namens Wronska, die getötet wurde. Und dann noch Paul Jackson. Er ist erst vor drei Jahren verschwunden.«

Er schüttelt den Kopf. »Sagen mir nichts.«

»Ich schätze, dass Paul Jackson auch unter einem anderen Namen bekannt ist. Er ist der Mann, der zweimal in den Berichten aufgetaucht ist. Einmal in den 1920er Jahren und dann wieder 2012. Vielleicht hat er sich umbenannt, damit keine direkten Übereinstimmungen gefunden werden können?« Ich reibe an einem Farbfleck auf meinem Sweatshirtärmel herum. »Jedenfalls hieß er in dem anderen Artikel Pawel Jakow. Also ganz ähnlich wie Paul Jackson. Möglicherweise ist er –« Ich stoppe, denn Abel starrt mich so entgeistert an, dass mir eine Gänsehaut über den Rücken läuft. Dann schüttelt er wieder den Kopf und fährt sich mit der Hand durch die wilden Haare. Ich spanne die Schultern an. Nach ein paar Augenblicken, in denen er mit zerfurchter Stirn ins Leere blickt, murmelt er in seinem Befehlston: »Sag das nochmal, Ludmilla. Bitte.«

»Äh – Pawel Jakow.« Ich beiße mir auf die Lippe,

denn mich beschleicht eine ungute Vorahnung.
»Kennst du ihn etwa?«

Abel nickt langsam. Fassungslos und bleich wie ein Gespenst. Er sieht so erschüttert aus, dass ich seine Hand fester umfasse, die sich jetzt kalt wie Eis anfühlt.

»Ja. Natürlich kenne ich ihn. Pawel Jakow ist der Mann, den mein Vater ermordet hat.«

29

Plötzlich drehen sich die dunklen Wände, und die Glühbirnen an den Seiten verschwimmen zu leuchtenden Flecken.

Pawel Jakow. Paul Jackson. Der Mann, durch den ich erkannt habe, dass Abel die Wahrheit gesagt hat. Dieser Mann ist tot. Abels Vater hat ihn ermordet. Wegen ihm ist all das passiert. Wegen ihm ist Abel hier.

Abel drückt meine Hand so fest, dass es fast wehtut. Mein Handgelenk pocht protestierend.

»Ich kenne Jakow schon lange. Er hat über zehn Jahre mit meinem Vater zusammengearbeitet. Man könnte sogar sagen, dass die beiden befreundet waren. Aber ich kannte ihn offenbar nicht gut genug, wenn ich nicht wusste, dass er mehrfach in die Vergangenheit gereist ist. Und mein eigener Vater hat sich ebenfalls als Fremder herausgestellt, denn er – denn er hat Jakow eiskalt umgebracht. Warum hat Jakow nur diese Zeitreisen begangen? Was hat er mit Meningitis zu schaffen? Und was hat mein Vater mit all dem zu tun?!«

»Jakow ist tot. Und diese Wronska auch«, stelle ich fest. »Ich glaube, hier läuft irgendwas gewaltig schief. Vielleicht bist auch du in Gefahr.«

Abel zuckt unmerklich zusammen. »Wronska und Jakow. Beide haben in der Vergangenheit gelebt und gearbeitet – und beide sind ermordet worden. Hat mein Vater diese Frau vielleicht auch getötet? Verdammt, was bedeutet das alles? Warum hatte ich von dem Ganzen keine Ahnung?« Er greift plötzlich hinter sich und zieht die Ledertasche seines Vaters auf den Sitz. Im nächsten Moment hält er die dicke Kladde in den Händen.

»Ludmilla, hör zu, was ich dir die ganze Zeit zeigen wollte ...« Er unterbricht sich und hustet von mir abgewandt in seine Armbeuge. Ich lehne mich zu ihm und umfasse seinen bebenden Körper, wobei ich spüre, wie sich seine Muskeln verhärten. Keuchend greift er in seine Manteltasche und zieht das Arzneiröhrchen hervor. Ich halte den Atem an und umklammere seinen zuckenden Körper, als er sich zwei Tabletten zwischen die Lippen steckt und angestrengt schluckt.

Als er nach ein paar Augenblicken ruhiger atmet, sage ich: »Sollen wir nicht lieber woanders hingehen? Die Luft hier ist ziemlich schlecht. Draußen scheint die Sonne, und ...«

Abel schüttelt den Kopf. »Nein, alles in Ordnung.« Seine Stimme klingt heiser und brüchig.

Ich beiße mir auf die Lippe und setze mich zurück auf meinen kratzigen Sessel. Natürlich ist nicht alles okay. Der Preis, den Abel für seine Anwesenheit zahlen muss, ist hoch. Viel zu hoch. Er muss zurück – oder er stirbt. Ein kalter Klumpen Angst füllt meinen Magen aus, und ich muss heftig schlucken. Was soll ich nur tun? Gibt es wirklich keine andere Lösung?

Abel räuspert sich, streicht sich das Haar aus den Augen und klappt dann das Notizbuch ziemlich weit am Ende auf, bevor er es zu mir hinüberrückt, sodass es zur Hälfte auf seinen Knien und zur anderen Hälfte auf meinen Beinen liegt.

Ich starre auf die schon irgendwie bekannten, aber nicht gerade verständlicheren Zahlenreihen. Das Licht ist ziemlich dunkel, daher kann ich nur mit Mühe die einzelnen Zeichen unterscheiden.

»Ich will ja nicht enttäuscht klingen«, sage ich. »Aber warum wolltest du mir das Notizbuch zeigen? Ich verstehe doch kein Wort von dem, was hier steht.«

Abel drückt einen Finger auf die erste Zeile der aufgeschlagenen Seite: »Hier hat mein Vater versucht, die Dichte eines Wurmloches zu berechnen, durch das man durch die Zeit wandern kann. Er wollte die elektromagnetische Strahlung ermitteln, die der Mikrochip aussenden muss, damit der menschliche Körper nicht in Stücke gerissen wird, wenn er sich in einem Wurmloch bewegt. Die Dichte und der Druck eines Wurmloches unterscheiden sich nämlich komplett von der Atmosphäre und der Anziehungskraft auf der Erde.«

»Und jetzt nochmal für Physik-Idioten?«, ich verdrehe die Augen. »Ich hab ungefähr so viel verstanden: Nichts.«

Abel lächelt schief. »Das ist auch das Einzige, was ich davon weiß. Ich wollte damit nur sagen, dass ich mir beim besten Willen nicht vorstellen kann, dass mein Vater seine Aufzeichnungen einfach zurücklassen würde. Wenn er sie nicht mehr benötigt hat, warum hat er die Kladde überhaupt mit in die Vergangenheit genommen? Er hätte sie einfach verbrennen können. Warum hat er sie mit dem Chip in diesem Schließfach deponiert?«

»Hast du eine Idee?«, frage ich.

»Nichts konkretes.« Abel schüttelt den Kopf. »Aber mir ist etwas aufgefallen. Schau.« Er blättert die dünnen Seiten weiter um, bis wir fast am Ende angekommen sind. Buchstaben und Zahlen wirbeln in meinem Kopf umher.

»Du bist die Einzige, der ich diesen Eintrag zeigen kann, und du interessierst dich doch für – na ja, für Kunst. Ich denke schon wochenlang über diese Sache nach, aber ich komme einfach nicht weiter. Vielleicht hast du eine neue Idee. Hier.«

Ich starre auf die gezeigte Stelle und sehe erst einmal keinen Unterschied. Auch auf dieser Seite reihen sich Zahlen, Formeln und Buchstaben aneinander. Manche sind durchgestrichen, andere mit einem Ausrufezeichen hervorgehoben. Wieder andere tragen ein dickes Fragezeichen.

Mein Blick gleitet über das Papier – und unwillkürlich hebe ich die Brauen. Im unteren Drittel sticht mir eine Zeichenkombination ins Auge, die mir irgendwie anders und gleichzeitig seltsam bekannt vorkommt. Sie ist so unauffällig und klein, dass man sie – gerade in diesem dämmrigen Licht – fast übersehen könnte. Ich kneife die Lider zusammen und rücke meine Brille zurecht.

Die merkwürdig verzerrten Zeichen bilden einen schiefen Halbkreis – wie eine kleine Brücke, die sich über eine abgerundete leere Stelle krümmt. Abgehakt sehen die Zeichen aus, viel zu weit auseinander stehend und irgendwie gedehnt. Wie gemalt.

Gemalt? Ich halte die Luft an und beuge mich nach vorne.

»Ludmilla?«, höre ich Abel neben mir fragen.

Ich antworte nicht, sondern schiebe mir omamäßig die Brille ins Haar, um mir das Papier aus der Nähe anzusehen. Je länger ich die gemalte Zeichenfolge anstarre, desto vertrauter kommt sie mir vor, obwohl ich nicht entziffern kann, was dort eigentlich steht. Woher kenne ich das Ganze nur? Ich habe das Gefühl, hier etwas aus meinem ganz normalen Leben, etwas Vertrautes zu betrachten. Aber wie kann das sein? Die Kladde stammt doch aus der Zukunft.

Ich nage an meiner Unterlippe. Und plötzlich habe ich einen Einfall, sodass ich mich kerzengerade aufrichte. Mein Herz beginnt wild zu hämmern.

Wie ist das möglich? Nein, ich muss mich irren. Warum sollte Abels Vater ein solches Bild in sein Notizbuch, das mit Formelberechnungen zu Wurmlöchern vollgestopft ist, malen? Ich beiße mir in den Daumennagel.

»Was ist noch in der Tasche gewesen?«, frage ich, ohne den Blick von der Kladde zu lösen.

Abels schlanke Finger tippen unruhig auf die Armstütze des Plüschsessels. »Neben dem Notizbuch noch das Geld, ein paar Stifte, ein Taschenrechner ...«, zählt er auf. »Und der Mikrochip in einem Taschentuch.«

Ich kaue weiter an meiner Lippe. »Sonst nichts?« Vielleicht habe ich doch Unrecht.

Abel neigt den Kopf. »Nein. Was ist los?«

Ich hebe das Notizbuch näher an meine Augen heran und betrachte die gewölbte Zeichenfolge aus verschiedenen Blickwinkeln. Dann hole ich tief Luft. »Abel, ich glaube, ich weiß, warum dein Vater die Kladde nicht vernichtet hat.« Ich lege das Notizbuch zurück auf den Schoß. »Er hat darin eine Nachricht hinterlassen.«

»Was?«, Abel starrt mich entgeistert an. »Wie –«

Er stoppt, denn in diesem Moment fängt meine Tasche an zu vibrieren.

Mein Handy! Seit wann funktioniert denn der Vibrationsalarm wieder? Hektisch krame ich das Ding hervor.

»Es ist Leo«, stelle ich nach einem Blick auf das zersprungene Display fest. Bestimmt will er wissen, ob ich Abel schon gefunden habe. Und wenn er hört, dass er gerade neben mir sitzt und wir uns ein Notizbuch aus der Zukunft ansehen, wird er darauf bestehen, sofort zu uns zu kommen. Und Abel zu einem stundenlangen Interview zwingen.

Nein, dafür habe ich jetzt keine Nerven. Ich schalte das Smartphone aus und stopfe es zurück in die Tasche.

Durch die Unterbrechung ist meine Euphorie ziemlich abgeflacht, sodass ich mir noch unsicherer bin, ob ich mit meiner Vermutung richtig liege.

Ich deute auf die Kladde hinunter. Auf die winzige Stelle mit den geschwungenen Zeichen. »Kannst du das lesen? Sagt dir das was?«

»Es sieht aus, als wäre ihm der Stift abgerutscht, gleichzeitig erscheint mir Ganze für ein Versehen viel zu gleichmäßig«, antwortet Abel sichtlich angespannt. »Was soll das für eine Nachricht sein?«

Ich fahre mir mit der Hand über die Stirn. »Okay. Hör zu – und lach dich bitte nicht kaputt. Im Kunstunterricht haben wir uns mit Theorien und Techniken beschäftigt, mit denen man geheime Botschaften in Kunstwerken verschlüsseln kann. Diese Botschaften sind nicht auf den ersten Blick sichtbar, weil der Künstler sie optisch verzerrt hat. Der wahre Inhalt kann nur aus einem bestimmten Blickwinkel oder mithilfe eines speziellen Spiegels betrachtet werden.«

Plötzlich habe ich die Stimme von Mr. Benett im Ohr, wie er mit dem Beamer ein Gemälde an die Wand wirft und sich gebannt zu uns umdreht. »Als Künstler haben wir die Macht, Botschaften und Geheimnisse nur an Eingeweihte zu übermitteln. Was ich euch jetzt erzähle, hat eine Tradition seit dem Mittelalter ...«

»Und weiter?«

»Was?« Ich zucke zusammen. »Oh, warte. Also – früher hat der Künstler dadurch oft anrüchige oder prekäre Motive versteckt. Man konnte aber auch Kritik üben, ganz im Verborgenen. Diese Art von Verschlüsselung wird etwa seit dem 15. Jahrhundert in der Kunst eingesetzt. Das bekannteste Beispiel ist wahrscheinlich ein Doppelportrait von Hans Holbein, das zwei französische Staatsmänner zeigt. Auf dem Bild hat Holbein einen Totenschädel eingebaut, womit er vermutlich auf die Vergänglichkeit von Macht durch die Vergänglichkeit des Lebens hindeuten wollte. Ziemlich schlau. Auf den ersten Blick ein hübsches, angemessenes Gemälde, aber für die richtigen Augen entblößt sich die wahre Bedeutung. Da Holbein seine Meinung nicht offen äußern konnte, hat er sie in dem Bild verschlüsselt. Picasso hat das irgendwann mal auf den Punkt gebracht: *Kunst ist nicht dazu da, Appartements zu schmücken. Sie ist eine Waffe zum Angriff und zur Verteidigung gegen den Feind.*«

In Abels Zügen brennt gespannte Aufmerksamkeit.

»Diese künstlerische Technik nennt man Anamorphose. Das bedeutet in etwa *zu etwas Neuem formen*. Wie gesagt kann man die Botschaft meistens nur mit einem Hilfsmittel, wie einem Spiegel oder einem Prisma, entzerren.«

Abel nimmt die Kladde in beide Hände und betrachtet die winzigen, gewölbten Zeichen aus nächster Nähe. Die dunklen Strähnen fallen in seine Augen, die er zusammenkneift.

»Und du meinst, es handelt sich hier um eine solche Anamorphose?«

Ich nicke und schüttele gleichzeitig den Kopf, was ziemlich komisch aussehen muss. »Ich weiß es nicht genau, aber die Zeichen sehen so gedehnt aus wie bei einer Anamorphose. Man braucht einen zylinderförmigen Spiegel, um das Bild zu entzerren. So was war nicht in der Tasche?«

Abel lässt das Notizbuch sinken. »Nein, einen solchen Spiegel habe ich auch noch nie bei meinem Vater gesehen.«

»Hm«, mache ich. »Aber es macht Sinn, dass dein Vater keinen Spiegel in der Tasche aufbewahrt hat. Sonst hätte er des Rätsels Lösung wie auf dem Präsentierteller mitgeliefert, und die ganze Verschlüsselung wäre sinnlos. Wenn es wirklich eine Verschlüsselung ist. Mochte dein Vater Rätsel?«

»Rätsel? Natürlich nicht.« Eine Sekunde lang blitzt die vertraute Arroganz in seinen Augen auf, doch dann wirkt er plötzlich überrascht. »Nein, er ... Moment, doch, als wir Kinder waren, hat er sich oft Rätsel und Geschichten für uns ausgedacht. Ich habe ewig nicht daran gedacht, das ist viel zu lange her. Was machen wir jetzt?«

»Wir brauchen einen Ersatzspiegel. Irgendwas, um die Verzerrung auszugleichen. Dann können wir erkennen, was dort steht.« Ich krause die Stirn.

»Und wie genau –«, Abel stoppt und dreht irgendwie alarmiert den Kopf zurück.

»Was ist?«, frage ich.

»Pst.« Er legt einen Finger an die Lippen und erhebt sich geräuschlos. »Ich hab etwas gehört. Ich glaube, da ist jemand in der Halle.«

Mein Herz schlägt einen Purzelbaum. »Was? Meinst du, das sind Vico und Hana?«

Abel hebt fast unmerklich die Achseln, schnappt sich die Tasche seines Vaters und geht dann durch unsere Reihe auf den Ausgang zu. Ich springe auf, um ihm, die Kladde und meine Tasche unter den Arm geklemmt, nachzurennen.

»Was hast du vor?«, flüstere ich und greife nach seinem Arm. »Sollen wir uns nicht lieber hier verstecken? Vielleicht hauen sie wieder ab, wenn sie nicht merken, dass wir hier sind.«

»Hier sitzen wir in der Falle«, erwidert er, ohne sich umzudrehen. »Wir müssen sie abhängen. Lass uns die Feuertreppe nehmen, und –«

»Warte!«, sage ich. »Vielleicht sollten wir in Ruhe mit ihnen sprechen und ihnen die ganze Sache erklären. Wir können ihnen von den anderen Zeitreisenden erzählen. Vielleicht wissen sie irgendwas, das uns weiterhelfen kann. Du kannst nicht ewig vor ihnen davon rennen. Die Wahrheit holt dich irgendwann ein. Und eigentlich wollen sie dir doch nur helfen.« Ich spüre, wie er die Muskeln anspannt, aber ich lasse seinen Arm nicht los. »Ich bin nicht scharf drauf, dass du in die Zukunft verschwindest«, ich beiße mir auf die Lippe. »Aber wo sollen wir denn hin? Sie finden uns überall.«

Abels Muskeln lockern sich. Er krümmt sich nach vorne und vergräbt das Gesicht in den Händen. Dann geht ein Ruck durch seinen Körper.

»Wir sprechen mit ihnen«, erklärt er. »Aber jetzt noch nicht. Erst müssen wir dieses Rätsel lösen. Komm jetzt, wir müssen hier raus.« Im nächsten Moment drückt er lautlos die schwere Eisenklinke und bedeutet mir, durch den Türspalt zu schlüpfen. Der Blick in die Eingangshalle wird durch den schweren Samtvorhang verhüllt, hinter den ich mich kauere. Ich atme den schweren Staub des Stoffes ein. Abel tritt hinter mich und schließt lautlos die Tür.

Mit angehaltenem Atem beobachte ich, wie er den Samtvorhang in Zeitlupe auseinander zieht, damit wir durch den winzigen Spalt ins Foyer sehen können. Ich erhasche einen Tunnelblick in die düstere Halle, kann aber außer dem ausgeblichenen Teppich und der gegenüberliegenden Wand nichts erkennen. Doch – da, ein Schatten! Eine dunkle, verschwommene Gestalt bewegt sich von der Eingangstür auf uns zu.

Siedend heiß fällt mir ein, dass meine Brille immer noch auf meinem Kopf feststeckt, und hastig werfe ich sie zurück auf die Nase. Keine Sekunde zu früh, denn Abel flüstert mir zu: »Lauf zur Treppe!«

Er reißt den Samtvorhang auseinander und stürmt vorwärts, direkt auf die Person im Foyer zu. Ich höre einen erstickten Schrei, dann rase ich los. Und stolpere fast über meine eigenen Füße, als hinter mir eine Stimme aufschreit, die mir auf wahnwitzige Art und Weise bekannt vorkommt: »Mila?! Oh Gott, hilf mir!«

30

»Tut mir ehrlich leid«, sage ich zum hundertsten Mal und drücke Peter den Eisbeutel fester gegen die Stirn. »Wir dachten, du bist – ein Einbrecher oder so was. Entschuldige bitte, dass wir dich angegriffen haben. Tut's sehr weh?«

Ich drehe mich zu Abel um, der mit verschränkten Armen und zerfurchter Stirn hinter mir steht.

»Tut mir leid«, sagt er nun ebenfalls mit zusammengebissenen Zähnen, und mir wird um ein weiteres Mal klar, dass Entschuldigungen nicht gerade zu seinen Steckenpferden gehören.

Peter rückt hoheitsvoll seine Fliege zurecht und greift dann nach dem Eisbeutel, um ihn sich selbst gegen die Stelle an seinem Kopf zu drücken, mit der Abel ihn gegen die Wand gepresst hat.

Die Oberlichter summen und fallen rötlich auf Peters sonst so freundliches Charlie Chaplin-Gesicht. Wir sitzen hinter dem Verkaufstresen nebeneinander.

»Schon gut«, sagt er und wirft mir ein verkniffenes Lächeln zu. »Ihr habt mir einen gehörigen Schrecken eingejagt. Warum habt ihr euch in dem alten Kinosaal verkrochen? Es geht mich zwar nichts an, aber meint ihr nicht, dass ein Hotel eine bessere Wahl gewesen wäre?«

Ich spüre, wie ich rot anlaufe, und schlage Peter mit der Faust gegen die Schulter. »So war das gar nicht!«

»Ach nein? Glaub mir, ich wusste von Anfang an, dass da etwas zwischen euch ist. Mein Näschen täuscht sich einfach nie.« Peter verzieht den Mund zu einem breiten Grinsen. »Ich war auch mal jung und verliebt, auch wenn man mir das heute nicht mehr ansieht. Also, wieso habt ihr euch gerade hier versteckt?«

»Das ist eine lange Geschichte.« Ich beiße mir auf die Lippe und überlege verzweifelt, wie ich Peter von diesem oberpeinlichen Thema abbringen kann. »Sag mal, Peter ...«

»Ja, Schätzchen?«

»Hmm, also ... Du hast doch eine Menge Kram hier rumliegen.«

»Ja, und darauf bin ich mächtig stolz. Du glaubst nicht, wie oft mir schon ein Schraubenzieher oder eine Packung Wäscheklammern das Leben gerettet hat. Was brauchst du denn, Schatz?«

»Wir brauchen – wir brauchen ein Prisma. Hast du so was vielleicht hier?«

Abel keucht hinter mir auf, und ich spüre, wie mein Gesicht immer röter wird.

»Ein Prisma? Was willst du denn damit?« Peter wechselt einen argwöhnischen Blick zwischen Abel und mir und zuckt dann die Schulter.

»Wir wollen etwas entzerren. Es ist eine Art Spiel. Deswegen mussten wir uns auch hierhin zurückziehen«, erkläre ich notdürftig. Ich spüre, wie Abel die Augen verdreht.

Peter beugt sich interessiert vor. Der Eisbeutel rutscht von seiner Stirn und plumpst auf seinen Schoß. »Ich habe zwar kein Prisma«, sagt er. »Aber ich glaube, ich kann euch trotzdem weiterhelfen.«

»Ein Löffel?« Nachdenklich halte ich mir das kleine silberne Ding, das Peter soeben aus einer der vielen Schubladen an der Theke hervorgekramt hat, vor die Nase – und zucke zurück.
Verdammt!
Abstrus verzerrt blitzt mir mein blasses Gesicht entgegen. Dunkle Ringe kringeln sich um meine rot geäderten Augen, und, oh Mann, meine dicken Haare sehen aus, als hätte es sich darin eine ganze Vogelfamilie bequem gemacht. Ich kann mich nicht erinnern, ob ich mich heute Morgen überhaupt gekämmt habe, doch wenn man mein wildes Spiegelbild betrachtet, lautet die Antwort definitiv: »Nein – und vermutlich die letzten zwei Wochen ebenfalls nicht.«

Warum ist Abel bei meinem Anblick noch nicht schreiend davon gelaufen? Wie sehen wohl die Frauen in der Zukunft aus? Diese Hana ist jedenfalls ziemlich hübsch. Ich lasse den Löffel sinken und schneide eine Grimasse.

»Na?«, gespannt blickt mich Peter an. »Ist meine Idee nicht absolut genial? Mit der Löffelspitze könnt ihr eurer Rätsel bestimmt lösen. Sie ist genauso gewölbt wie ein Prisma.«

Ich wechsele einen unschlüssigen Blick mit Abel. Dieser zuckt reserviert die Achseln.

Peter beobachtet uns aufmerksam, dann seufzt er und steht langsam auf. »Kinder, der Löffel hat mir irgendwie Lust auf einen Kaffee gemacht. Außerdem brummt mir immer noch der Schädel. Ich gehe jetzt ins Büro und mache mir einen extra starken Cappuccino. Wie sieht's mit euch aus? Wollt ihr auch einen?«

Ich schüttele den Kopf. »Nein, danke.«

»Nun gut. Dann bis gleich.« Mit einem letzten, neugierigen Blick verschwindet Peter ins Obergeschoss, wobei er sich ziemlich theatralisch den angeschlagenen Kopf hält.

Als er weg ist, ziehe ich die Kladde vor uns auf den Tisch und suche hastig die richtige Seite. Abel beugt sich zu mir.

»Probieren wir's einfach aus. Immerhin ist es eine Art Spiegel«, sage ich, als ich die Seite mit der vermeintlichen Anamorphose gefunden habe. Langsam setze ich den Löffel mit der Spitze nach unten auf die verzerrte Zeichnung.

Mein Magen krampft sich zusammen, denn unter Abels beobachtendem Blick fühle ich mich plötzlich wie in einer praktischen Prüfung. Hoffentlich falle ich nicht durch.

»Man muss den richtigen Winkel finden«, murmle ich, während ich den Löffel von links nach rechts drehe. Mit gerunzelter Stirn beuge ich mich vor und starre in die spiegelnde Oberfläche.

Nichts. Spiegelverkehrt und noch merkwürdiger gewölbt blicken mir die eckigen Zeichen entgegen. Nein, irgendwas stimmt nicht.

Ich verändere den Winkel des Löffels und drehe ihn mehrmals um die eigene Achse. Meine Augen brennen schon vor Anstrengung, als ich mich zum wiederholten Male über die Seite lehne. Meine Nasenspitze berührt fast das Papier, und ich muss ziemlich bescheuert aussehen. Langsam drehe ich den Löffel nach rechts, dann wieder ein Stück zurück. Das kleine Bild bläht sich in der Bewegung auf, sackt wieder in sich zusammen und zieht sich dann schräg in die Länge. Nie löst sich die

Verzerrung auf. Im Gegenteil, sie wird immer größer.

Entmutigt richte ich mich wieder auf und lasse den Löffel in das Notizbuch gleiten.

»Falscher Alarm, tut mir leid. Das war eine idiotische Idee«, sage ich niedergeschlagen. »Ich hab eine Anamorphose noch nie selbst entschlüsselt. Keine Ahnung, wie man das richtig anstellt. Vielleicht ist das Ganze wirklich nur eine kleine Kritzelei und kein versteckter Hinweis.« Ich drücke die Handballen gegen die Stirn, wodurch mein steifes Handgelenk unangenehm gedehnt wird, doch ich ignoriere das Ziehen.

Im nächsten Moment geht ein Ruck durch meinen Körper. Nein, ich kann jetzt nicht einfach so aufgeben. Ich war mir doch sicher, dass da irgendwas ist. Vielleicht habe ich etwas übersehen, irgendein winziges Detail.

Mein Magen fühlt sich vor Anspannung ganz verknotet an, als ich den Löffel wieder in die Hand nehme und ihn nun schräg, nicht senkrecht auf die aufgeschlagene Seite setze, direkt in den leeren, runden Kreis unter dem verzerrten Bild. Die Zunge im Mundwinkel betrachte ich das winzige Spiegelbild und bewege wieder den glänzenden Stab zur einen und dann zur anderen Seite.

Ich drehe ihn so lange im Kreis, bis sich die Erkenntnis in meine Netzhaut bohrt und ich unwillkürlich nach Luft schnappe. Der Löffel fällt mir aus der Hand und rutscht in den Mittelteil der dicken Kladde.

»Ludmilla?«, Abel lehnt sich ein Stück nach vorne. Betäubt merke ich, wie er nach dem kleinen Löffel greift und ihn senkrecht auf das Papier setzt. Mit gerunzelter Stirn dreht er den Stab von links nach rechts, bis ich schließlich die Hände auf seine lege. Seine glatte, kühle Haut verursacht in mir sofort einen Stromstoß.

Langsam schiebe ich seine Hand zum richtigen Winkel und beobachte gleichzeitig das winzige Spiegelbild im Löffel. Nach ein paar Sekunden zieht Abel scharf die Luft ein und beugt sich hastig über die Kladde.

»Das ist ja unglaublich«, sagt er heiser. »Da steht tatsächlich etwas.« Verblüfft hebt er die dunklen Augenbrauen und blickt mich an. Ich nicke und lehne mich weiter vor, sodass meine Wange fast die seine berührt.

»Ja, es sind Buchstaben und Zahlen. Dein Vater – oder wer auch immer – hat sie so perfekt verzerrt und gespiegelt, dass man sie nicht auf den ersten Blick lesen konnte. Wirklich beeindruckend. Dein Vater ist ein richtiger Künstler. Eine anamorphosische Abbildung zu zeichnen ist eine Königsdisziplin in der Malerei. Warum konnte er so was?«

»Ich wusste nicht, dass er sich damit auskennt. In meiner Zeit interessiert sich niemand für Kunst, auch nicht für Literatur oder Musik. Das wird als sinnlos angesehen. Niemand hat Lust, seine Zeit in solche – Dinge zu investieren. Meine Welt ist auf Effizienz ausgelegt. Kontrolle und Fortschritt sind das Wichtigste.« Seine Stimme klingt plötzlich wieder kühl, obwohl ich spüre, dass er das zu unterdrücken versucht.

Ich hebe den Kopf. »Das klingt – furchtbar. Meinst du nicht, dass zu viel Effizienz manchmal schädlich ist? Was ist das für ein Leben, wenn man immer nur nach Vorteilen strebt?«

Abel schiebt sich mit der Hand die wilden Haarsträhnen aus den Augen und zuckt die Achseln.

»Deswegen warst du so überrascht, als ich erzählt hab, dass Klimts Gemälde für 100 Millionen Dollar verkauft wurde«, wird mir plötzlich klar. »Deswegen stehst du Kunst so kritisch gegenüber. Deswegen hast du diese – ablehnende Einstellung gegenüber meiner Welt. Du glaubst, dass wir hier unsere Zeit verschwenden, anstatt sie mit Arbeit, Arbeit und noch mehr Arbeit vollzustopfen, hab ich recht?«

Abel sieht mich einen Moment abwartend an. »In meiner Welt streben wir nach einem sinnvollen Beitrag zur Zukunft unserer Firma. Gefühle und persönliche Interessen sind einfach nicht wichtig. Hier ist alles – anders und nicht so starr. Du bist auch anders. Für mich ist es komplett neu, meinen Tag nicht nach der Firma zu richten. Und mittlerweile glaube ich ...« Er bricht ab, räuspert sich und wirkt plötzlich verlegen. Zum ersten Mal. Mein Herz hüpft. Wie süß kann man eigentlich sein, wenn man verlegen ist?

»Ich glaube, dass es vielleicht nicht immer falsch ist, die Kontrolle abzugeben und an sich selbst zu denken«, fährt er schließlich bedächtig fort, als müsste er sich selbst noch davon überzeugen.

Ich schiebe lächelnd die Hand auf seine. Abel drückt sie und nickt dann zu der Kladde hinunter. »Wenn ich die Sache richtig verstanden habe, handelt es sich bei Anamorphosen nicht nur um ein künstlerisches, sondern vor allem um ein mathematisches Phänomen.«

»Wieso mathematisch?«, wiederhole ich verwirrt.

»Eine Anamorphose ist eine geometrische Erscheinung. Um eine Anamorphose zu entwerfen, muss der Grad der Verzerrung genau ausgerechnet werden, damit eine Entspiegelung funktionieren kann. Von daher müssen Künstler stets auch Mathematiker sein.« Abel reibt sich den Nacken, dann lässt er die Hand auf den Tisch fallen. »Mein Vater war Physiker und kannte sich mit der Verzerrung in Raum und Zeit aus. Außerdem – ist es seine Handschrift. Ich bin mir sicher, dass er das hier gezeichnet hat. Oder geschrieben. Ich hatte jedoch keine Ahnung, dass er malen konnte.« Er zieht einen Mundwinkel hoch. »Ich bin beeindruckt. Mit deinem Kunstverstand hast du eine Sache innerhalb von Minuten entschlüsselt, an der ich seit Wochen herumtüftele.«

Ich nicke. »Du siehst, Kunst bedeutet nicht nur, ein bisschen Farbe auf Papier zu schmieren. Okay, dann lass uns mal sehen, was hier steht. S ... B ... SBW120938SL. Was ist das denn für ein Durcheinander?« Ich runzle die Stirn, denn ich habe ein Wort erwartet, einen Namen, einen Ort – oder Koordinaten. SBW120938SL. Was soll das heißen?

Enttäuscht lehne mich in meinem Stuhl zurück und wiederhole stumm das gerade Gelesene. Plötzlich erhöht sich der Druck in meinem Bauch, als müsste ich mich an irgendetwas erinnern.

»Ist das irgendein Code aus deiner Zeit?«, frage ich Abel, ohne den Blick von dem Notizbuch zu lösen.

Er schüttelt langsam den Kopf. »Nein. Das ist keine Formel, keine Gleichung, keine Abkürzung. Keine Ahnung, was das bedeutet.« Er beißt die Zähne zusammen. »Was soll das Ganze?«

Ich kaue auf meiner Lippe herum. SBW120938SL. Das fühlt sich irgendwie vertraut an, als ob ich das schon mal irgendwo gelesen hätte. Aber das kann doch gar nicht sein. Oder?

In diesem Moment erklingen Schritte von der geschwungenen Treppe. Zuerst taucht Peters riesenhafter Schatten am Treppenabsatz auf, bevor er selbst sichtbar wird. In der Hand balanciert er eine altmodische rote Kaffeetasse, aus der es dampft. Ich schließe schnell die Kladde und bette die Unterarme darauf.

»Das habe ich ganz vergessen zu erzählen«, sagt mein Chef, als er die Theke erreicht. Er stellt die Tasse darauf ab und zieht seinen schwarzen Frack zurecht. Auf seiner Stirn leuchtet ein roter Fleck. Autsch. Automatisch reibe ich mit dem Handballen über die verheilte Schramme an meiner Schläfe. »Ach ja? Was denn?«, frage ich.

»Ich bin heute überhaupt in den Filmpalast gekommen, weil ich mich mein Vermieter angerufen hat. Mila, Schätzchen, du weißt schon, das ist der komische alte Kerl, der direkt oben drüber wohnt.« Peter weist mit dem Daumen zur Decke. Ich nicke. Ich kenne Herrn Lorenz; ein ziemlich griesgrämiger alter Typ, der mit Peter nicht gerade auf einer Wellenlänge schwimmt, schon gar nicht am Monatsende, wenn die nächste Miete fällig wird.

»Wenn der Filmpalast geöffnet ist, dann muss ich die Leute oft mit Sonderangeboten anlocken, damit sie hier vorbeischauen«, fährt Peter fort und pustet in seine Tasse. »Aber kaum machen wir die Schotten vorübergehend dicht, rennen sie einem die Bude ein.« Er trinkt einen Schluck Kaffee.

Abel erhebt sich langsam und schiebt eine Hand auf meine Schulter.

»Heute früh ruft mich also der alte Lorenz an und beschwert sich lang und breit, dass wir schon so lange geschlossen haben und trotzdem nicht dafür sorgen, dass es hier auf der Straße ordentlich zugeht.

'Wieso?', hab ich gefragt. 'Was war denn hier los?'

Und dann hat der alte Lorenz natürlich los gemeckert: 'Schon den ganzen Vormittag lungern zwei Gestalten vor dem Eingang herum. Sogar am Rolltor haben sie gerüttelt. Ich hab von oben runter gebrüllt, was das Theater soll. Dann sind sie abgezogen.'

Trotzdem hat er darauf bestanden, dass ich mal nach dem Rechten sehe, aber ich habe es erst nach ein paar Stunden geschafft. Dann war niemand mehr da. Niemand, außer – na ja, euch. Was die beiden Leute wohl wollten? Man sieht doch schon von außen, dass es hier nichts zu klauen gibt.«

Abels Hand ist plötzlich so schwer wie Blei. Einen Moment herrscht Schweigen, nur die Lüftung arbeitet ächzend irgendwo im Gemäuer.

»Zwei Personen waren es, sagen Sie?«, fragt Abel. Seine Stimme klingt dunkel und gewohnt autoritär. Peter blickt ihn neugierig an, und mein Magen krampft sich zusammen.

»Der alte Lorenz ist zwar fast blind, aber Störenfriede erkennt er auf hundert Meter Entfernung«, bestätigt er. »Es waren eine blonde Frau und ein großer Mann. Sie trugen beide dunkle Jacken und sahen wohl irgendwie gefährlich aus, da sie sich vor dem Laden herumgedrückt haben, als würden sie jemandem auflauern.«

31

»Wo sollen wir jetzt hin?«, frage ich Abel und streiche mir die Haare hinter die Ohren, die mir der kalte Wind immer wieder ins Gesicht pustet.

Hals über Kopf haben wir den Filmpalast über die Feuertreppe im Obergeschoss verlassen und hasten nun eine belebte Hauptstraße entlang. Immer noch sind hunderte Menschen auf den Beinen und schwenken Einkaufstüten oder zusammengeklappte Regenschirme.

Ich starre auf den mit feuchten Blättern verklebten Asphalt und spüre im Nacken ein feines Kribbeln. Hana und Vico sind uns auf den Fersen. Ich bin mir sicher, sie finden uns, egal, wo wir uns auch verstecken.

»Ludmilla, hör mir kurz zu, ich habe nachgedacht«, Abel bleibt plötzlich stehen.

Ich hebe den Blick. Das klingt aber gar nicht gut. »Was ist?«

Er beißt die Zähne zusammen. »Dieses Rätsel ist meine Sache. Du hast mit all dem nichts zu tun. Ich danke dir für deine Hilfe, aber jetzt muss ich alleine weitermachen. Ich kann dich nicht mit meinen Problemen belasten. Außerdem werden Hana und Vico uns irgendwann einholen. Dann darfst du nicht wieder in der Nähe sein. Je eher du von hier und mir verschwindest, desto besser.«

»Spinnst du?« Ich beiße mir auf die Lippe. »Ich lass dich doch jetzt nicht alleine.«

»Ich kann nicht einschätzen, worauf das Ganze hinausläuft, und je länger wir zusammen sind, desto mehr verändere und verkompliziere ich dein Leben. Wir haben keine Ahnung, was das für Auswirkungen haben wird. Bitte, geh nach Hause und bleib dort. Ich werde dich –«

»Auf keinen Fall«, unterbreche ich ihn. »Wir lösen dieses Rätsel zusammen.«

SBW120938SL. Die Buchstaben und Zahlen wirbeln in meinen Gedanken herum. Irgendwo in meinem Kopf klingelt es stürmisch Alarm. Woher könnte ich diese Zahlen- und Buchstabenkombination nur kennen?

Abel schließt einen Moment die Augen. »Warum bist du nur so verdammt stur? Willst du dich freiwillig in Gefahr bringen? Ich könnte morgen für immer verschwunden sein. Weißt du, was mir das für eine Angst macht, dich allein zurücklassen zu müssen? Und dich wahrscheinlich nie wiederzusehen? Nicht zu wissen, ob es dir gut geht, und ob dein Leben weiterhin sicher verläuft?« Sein Blick flackert. »Bist du bereit, für eine aussichtslose Liebe alles zu riskieren?«

Mein Herz macht einen Sprung. Aussichtslose Liebe? Liebe? Bedeutet das, er liebt mich?

»Nein«, antworte ich langsam. »Nicht alles. Aber eine Menge.«

Er starrt mich an. Dann greift er plötzlich mit beiden Händen nach meinem Gesicht und küsst mich auf die Lippen. Fest und leidenschaftlich. Ich schlinge die Arme um seinen Nacken und will ihn am liebsten nie wieder loslassen.

»Erzähl mir von der Zukunft«, sage ich irgendwann. »Wie sieht deine Welt aus? Bisher habe ich nur verstanden, dass es keine Kunst gibt, ihr ständig beobachtet werdet und keine Zeit für Hobbys habt. Das klingt ehrlich gesagt nicht gerade erstrebenswert.«

Abel antwortet nicht gleich. Mittlerweile sind ein paar Wolken aufgekommen, und es wird merklich kühler.

»Meine Welt ist etwa hundert Jahre von deiner entfernt«, sagt er dann. »Hundert Jahre klingen lang, aber wenn man bedenkt, dass die Erde schon fünf Milliarden Jahre existiert, ist das nur eine winzige Zeitspanne. Trotzdem haben sich einige Dinge geändert. Ich spreche Deutsch wie du, jedoch hat sich die Sprache mit den Jahren weiterentwickelt. Die Betonung ist anders, und neue Worte sind hinzugekommen. Deswegen hört es sich für mich so an, als hättest du einen Akzent, obwohl wir die gleiche Sprache sprechen.«

»Blödsinn, ich hab doch keinen komischen Akzent, sondern du!«, erwidere ich. »Du solltest dich mal reden hören. Total seltsam. Ich kann dich kaum verstehen.«

Abel lächelt schief. »Innerhalb der Zivilisation gibt es größere Veränderungen. Die wichtigste Umorganisation betrifft die Wirtschaft und das Gesellschaftssystem.« Er schweigt kurz. »Ludmilla, das hört sich für dich wahrscheinlich verrückt an, aber in meiner Gegenwart gibt es nur noch wenige Staaten. Die wirtschaftlich erfolgreichsten Firmen haben vor fast fünfzig Jahren immer mehr Länder subventioniert und damit vor der Überschuldung gerettet. Schleichend haben sie so Städte und Länder aufgekauft, sodass man irgendwann die Staatsgrenzen aufgelöst und stattdessen privates Firmengebiet eingerichtet hat.«

Ich sehe ihn verblüfft an. Politik und Wirtschaft gehören nicht unbedingt zu meinen besten Schulfächern, aber dass Wirtschaftsunternehmen unabhängige Länder aufkaufen, klingt sogar für mich unglaublich. »Und was ist mit den Menschen passiert, die in den alten Ländern und Städten gewohnt haben? Mussten sie gegen ihren Willen ihr Zuhause verlassen, weil dort dann Fabriken gebaut wurden?«

»Nein, das lief anders ab«, antwortet Abel. »Die Menschen konnten bleiben und sind durch ihren Wohnsitz zu Firmeneigentum geworden.«

»Was?!« Ich zucke heftig zusammen, doch er zieht mich unbeirrt weiter. Wir überholen zwei etwa zwölfjährige Mädchen in bunten Turnschuhen, die gemeinsam Musik auf einem iPod hören.

»Firmeneigentum?«, flüstere ich. »Was soll das denn heißen?«

»Das bedeutet, dass du als Person nicht mehr zu einem freien Land gehörst, sondern zu der Firma, auf deren Gelände du wohnst. Weil die Menschen damals offiziell in dem neuen Firmengebiet lebten, mussten sie auch für das Unternehmen arbeiten. Daran ging kein Weg vorbei – die Alternative wäre gewesen, irgendwo anders ganz neu anzufangen, ohne Sicherheit, ohne Geld, ohne Wohnung. Aber das haben die Wenigsten getan. Meine Eltern ebenfalls nicht. Ich bin dann als erste Generation direkt in die Firma hineingeboren worden.«

»Das ist ja total verrückt! Und wo arbeitest du in dieser ominösen Firma? Erfahre ich dieses Geheimnis jetzt endlich?«

Abel starrt an mir vorbei in den bewölkten Himmel. »Ich arbeite in der Sicherheitsabteilung von OPUS. Das ist der Name meiner Firma. Ich werde zu einem Agenten für Industriespionage ausgebildet und sorge dafür, dass keine wichtigen Informationen an andere Firmen gelangen. Der Zwang zur Geheimhaltung ist mir wohl bis ins Blut übergegangen.«

»Darauf wäre ich nie gekommen«, erwidere ich trocken.

Seine Augen verengen sich, und ein Schatten legt sich über sein Gesicht, als eine dunkle Wolke die Sonne verdeckt. »Ich war immer ein loyaler, ehrgeiziger Mitarbeiter, habe alles erfüllt, was OPUS mir aufgetragen hat, und nie etwas in Frage gestellt. Ich war auf dem Weg, einer der Besten zu werden, und wollte noch mehr erreichen. Weißt du, OPUS ist auf einem Status-System aufgebaut: Je höher deine Bildung und je größer dein Verantwortungsbereich ist, desto weiter oben befindet sich dein Status, der mit verschiedenen Vorrechten verbunden ist. Mein Status liegt – nein, lag im oberen Drittel, sodass es mir ziemlich gut ging und ich einige besondere Privilegien genießen konnte. Aber das hat mir nicht gereicht. Ich wollte mehr, ich wollte alles. Doch das ist jetzt Geschichte. Meinen Status kann ich als Sohn eines Mörders vergessen. Außerdem bin ich ohne Absprache in die Vergangenheit gereist. Die Auslese in unserer Firma hat strenge Kriterien. Meine Karriere und mein Leben sind gelaufen. Alles ist vorbei.« Er stößt die Luft aus und greift sich in die Haare. Ich drücke seinen Arm, damit er weiterspricht. Eine plötzlich aufkommende Windbö heult über die Dächer und zerrt an meinem Jackenkragen.

»Aber in der letzten Zeit denke ich mehr und mehr, dass ich früher nur wie ein Schatten gelebt habe. Du hast mich nach meinen Interessen gefragt und wolltest mich kennen lernen, aber ich hatte keine Ahnung, was du eigentlich damit erreichen wolltest. Es war in meinem Leben noch nie wichtig, was ich denke oder was mich interessiert, solange Leistung und Ehrgeiz gestimmt haben. Doch seit ich dich kenne, beschäftige ich mich zum ersten Mal mit mir selbst und frage mich, wer ich eigentlich bin. Ludmilla, du hast alles verändert.« Abwesend starrt Abel die Straße entlang. »Du glaubst nicht, was das für ein Gefühl ist. Ich bin zum ersten Mal frei. Ich fühle, wie ich denke, und es sind meine eigenen Gedanken, die nichts mit OPUS oder meiner Arbeit zu tun haben. Es ist unbeschreiblich. Ich halte deine Hand, und das ist alles, was wichtig ist. Ich hätte nicht gedacht, dass das Leben so einfach sein kann.«

Plötzlich spüre ich einen dicken Kloß im Hals. Wir schweigen mehrere Sekunden, bis Abel schließlich stehen bleibt und mich an den Schultern zu sich herumdreht. Seine Augen flackern dunkel, und der Wind bewegt sein Haar hin und her.

»Ludmilla«, sagt er ernst. »Egal, wie diese Sache ausgeht, ich möchte, dass du etwas weißt: Du bist der außergewöhnlichste Mensch, der mir je begegnet ist. Du bist wie das Leben – oder wie das Leben sein soll. Du bist die erste und einzige Person, die sich je für mich interessiert hat. Für meine Gedanken, für meine Ideen. Ich werde niemals vergessen, dass du mich zum Leben erweckt hast.«

Er beugt sich vor und küsst mich ganz kurz, ganz sanft auf die Lippen, trotzdem lässt diese Berührung meinen Körper erzittern.

»Wenn das hier vorbei ist«, sage ich. »Dann möchte ich noch mehr von dir wissen. Jede Kleinigkeit. Und du darfst nichts mehr verschweigen. Okay?«

Er küsst mich auf die Schläfe, und ich spüre, wie er nickt. Wir sagen beide nicht, dass wir nicht wissen, wie das funktionieren soll, denn schließlich kann er nicht in meiner Zeit bleiben. Stattdessen lehnt er die Stirn gegen meine. Sein Duft kitzelt meine Nase und lässt meinen Bauch prickeln.

»Und jetzt lösen wir dieses Rätsel«, sage ich, als er sich aufrichtet. »Wir schaffen das.«

Er nickt, und wir setzen uns wieder in Bewegung.

SBW120938SL. Woher kenne ich diese Nummer nur? Ich fange wieder an zu grübeln. SBW120938SL. Zahlen und Buchstaben. Buchstaben, die kein Wort ergeben. Zahlen, die kein Datum sein können. Ich bin nicht gerade ein Mathe-Ass, wo komme ich also mit Zahlen in Kontakt?

Im Supermarkt, wenn ich die Preise von Toast und Äpfeln zusammenrechne. Wenn ich eine neue Handynummer speichere. Wenn ich zu Hause über dem Mathebuch zusammenbreche.

Aber der entschlüsselte Code enthält nicht nur Zahlen. Er beinhaltet ebenso Buchstaben, die keinen Sinn ergeben. Woher soll ich dieses Durcheinander nur kennen?

Ich drücke mir im Gehen die Faust gegen die Stirn. Mein Kopf schmerzt schon von meinem Grübelmarathon. Wann verwende ich eine Kombination aus Ziffern und Buchstaben? Zum Beispiel bei meinem Passwort für den E-Mail-Account, für Amazon und den Online-Katalog der Bibliothek.

Ich erstarre und wiederhole im Kopf die Zeichenfolge. SBW120938SL. Einen Moment lang presse ich die Augen zusammen und stelle mir vor, wie ich an meinem altersschwachen, summenden Laptop sitze, genervt nach Büchern für Referate suche und mir die Buchsignaturen auf einen kleinen grünen Zettel schreibe. Auf einen kleinen grünen Zettel ...

Das ist es!

Ich schnappe nach Luft und stolpere über einen Riss im Asphalt. Abel hält mich fest und sieht mir irritiert ins Gesicht. Eine Familie mit drei kleinen Kindern marschiert an uns vorbei.

»Was ist?«, fragt er leise.

»Es ist verrückt, aber mir kommt diese Zeichenabfolge irgendwie bekannt vor. Mir ist jetzt eingefallen, woher ich sie kenne«, antworte ich aufgeregt. »Aber – das kann gar nicht sein. Nein, das muss nichts zu bedeuten haben.«

Abel starrt mich abwartend an. »Woran denkst du?«

»Die Zeichen erinnern mich an die Signaturen von Büchern aus der Stadtbibliothek«, sage ich. »Ich kenne das Mediensystem, nach dem die Bücher kategorisiert werden. Ich habe mir dort schon oft Bücher ausgeliehen. Bücher für die Schule und auch Romane für die Sommerferien. Ich habe die Signaturen schon hundertmal gelesen, wenn ich nach den Büchern gesucht habe. Die Signaturnummern sind nach dem gleichen Muster aufgebaut. SBW129383SL.«

Ich hole tief Luft, während ich vor meinem inneren Auge die verschiedenen Buchrücken aufsteigen lasse. »'SB' steht für Stadtbibliothek und 'SL' für 'Schöne Literatur'. Ich meine, es könnte dafür stehen. Unter 'Schöne Literatur' fallen die Romane. Alle besitzen eine bestimmte Kennnummer, die sich aus dem Nachnamen des Autors und irgendwelchen fortlaufenden Zahlen zusammensetzt.« Ich beiße mir auf die Lippe. Der Wind bläst mir die Haare aus den Augen. »Wie zum Beispiel SBW129383. Der dritte Buchstabe steht für den Nachnamen des Autors. Es muss sich hier um einen Autor handeln, dessen Nachname mit einem 'W' beginnt. Wie Oscar Wilde oder Virginia Wolf.«

Nun weicht Abels neutraler Blick einem entgeisterten Ausdruck. Ich unterdrücke ein Stöhnen. Oh mein Gott, ich rede totalen Blödsinn, oder? Wieso sollten die entschlüsselten Zeichen auf ein Buch in einer öffentlichen Bibliothek hindeuten? Die Kladde und Abels Vater kommen aus der Zukunft, und sonst stehen darin nur Formeln zu Wurmlöchern!

Doch Abel greift nach meinen Schultern und sieht mir gerade ins Gesicht: »Bist du sicher, Ludmilla?«

Ich fummle an meiner Brille herum. »Nein«, will ich sagen. »Überhaupt nicht.« Doch plötzlich weiß ich es.

»Ja«, ich nicke. »Ja, bin ich.«

Abel nickt ebenfalls. »Okay. Dann los.«

Hand in Hand rennen wir die mit hohen Kastanienbäumen gesäumte Straße entlang. Unter unseren Sohlen knackt das Laub. Die Luft ist deutlich kühler geworden, und ich halte mit der freien Hand meinen Jackenkragen zusammen.

In meinem Kopf überschlagen sich die Gedanken. Kann es wirklich sein, dass in der Kladde von Abels Vater eine verschlüsselte Buchsignatur steht? Was für ein Roman gehört dazu? Was will Abels Vater uns nur mit der ganzen Sache zu verstehen geben?

»Ich habe dir doch erzählt, dass das erste Chipsignal

in der Nähe der Stadtbibliothek aufgezeichnet wurde«, erklärt Abel. »Es kann kein Zufall sein, dass wir jetzt einen Hinweis auf eben diese Bibliothek erhalten haben. Ich glaube, wir sind auf der richtigen Spur.«

Ohne nach rechts oder links zu blicken strebt er voran und lässt meine Hand keinen Millimeter los. Ich ringe im Laufen nach Luft. Abel scheint das schnelle Tempo nicht im Geringsten anzustrengen, aber im Gegensatz zu mir ist er gut in Form. Nein, in Bestform.

Oder in normaler Form, wenn man ein Agent für Industriespionage ist. Wie abgedreht ist das denn?!

Endlich stehen wir vor dem denkmalgeschützten Gebäude, in dem die große Zentralbibliothek untergebracht ist. Die Baumkronen zerreißen das mittlerweile rötliche Nachtmittagslicht und werfen ein abstraktes, welliges Muster auf das altmodische Kopfsteinpflaster. Keuchend beuge ich mich nach vorne und atme tief ein.

Okay, wenn ich mit Abel mithalten will, muss ich tatsächlich dringend an meiner Kondition arbeiten. Ab morgen laufe ich jeden Tag dreißig Minuten um den Block.

Neben der Eingangstür sind ein paar Fahrräder abgestellt. Die aneinander geketteten Gestelle quietschen und schaukeln im Wind. Ein junger Mann schließt gerade sein Rad auf, bevor er seinen grünen Leinenbeutel auf dem Gepäckträger verstaut und sich dann auf den Sattel schwingt. Abel bleibt mit mir im Schatten stehen, bis der Junge in der Dunkelheit verschwunden ist. Jetzt ist die Straße wie ausgestorben, kein Mensch ist zu sehen. Ein Vogel stößt über uns einen lauten Schrei aus. Rascheln, dann wieder Stille.

Es ist ruhig, zu ruhig. Irgendetwas ist komisch an

dieser Stille, aber ich weiß nicht, was.

Ich steuere auf den Eingang der Bibliothek zu, in der Erwartung, dass die automatische Tür aufgleitet, aber nichts geschieht. Ich trete noch einen Schritt näher und drücke mir fast die Nase an dem kalten Glas platt, um in den dunklen Innenbereich zu blicken.

Die Notbeleuchtung fällt undeutlich auf eine Reihe von geschlossenen Schließfächern und einen Turm aus grauen Plastikkörben. Der sich anschließende Raum besteht nur aus dichter Schwärze. Allein die Displays der Ausleihcomputer blinken.

Die Erkenntnis trifft mich wie ein Schlag, und das Herz rutscht mir in die Hose.

»Oh, nein. Mist! Das habe ich total vergessen«, sage ich niedergeschmettert. »Die Bibliothek schließt samstags schon am frühen Nachmittag. Wir sind zu spät.« Ich drehe mich zu Abel um, der immer noch in das dunkle Gebäude starrt. »Was sollen wir jetzt machen?«

Seine Brauen ziehen sich ernst zusammen. »Ich habe da schon eine Idee.«

Immer wieder sehe ich mich über die Schulter um, und obwohl alles ruhig bleibt, wage ich nicht aufzuatmen. Mit hämmerndem Herzen wende ich mich wieder Abel zu, der sich wie ein Schatten am düsteren Hintereingang der Bibliothek zu schaffen macht. Verschwommen erkenne ich, wie er mit den Fingern den Spalt zwischen Wand und Metall abfährt und in regelmäßigen Abständen lautlos und prüfend die Türklinke nach unten drückt.

Ich kann immer noch nicht glauben, dass seine Idee darin bestand, einfach die Hintertür der Bibliothek aufzubrechen, um dann irgendwie das zu dem Code passende Buch zu finden. Mein Bauch kribbelt nervös. Ungeduldig trete ich von einem Fuß auf den anderen.

Ein Rascheln hinter mir lässt mich zusammenfahren. Mit angehaltenem Atem luge ich aus dem unbeleuchteten Hauseingang hinaus auf die Straße, die hinter dem schattigen Mitarbeiterparkplatz liegt. Der Platz ist verlassen, und auch auf der Straße fährt nur alle paar Minuten ein Auto vorbei. Habe ich mir das Rascheln nur eingebildet? Das Blut rauscht so laut in meinem Körper, dass ich fast nichts anderes wahrnehme.

Doch, da ist schon wieder dieses Geräusch! Ich kneife die Augen zusammen, während ich den Kopf erneut aus dem Hauseingang strecke. Mein Herz klopft wie verrückt gegen die Rippen.

Ich zucke zusammen, denn in diesem Moment schafft es Abel, die graue Metalltür mit einem fast lautlosen Knacken aufzubrechen.

»Na also!«, höre ich ihn murmeln.

»Du bist echt verrückt«, flüstere ich. »Gibt es eigentlich irgendwas, das du nicht kannst? Türen aufbrechen, Motoren kurzschließen, schießen?«

Er zieht nur ungerührt einen Mundwinkel hoch und nimmt meine Hand.

»Tanzen«, erwidert er. »Malen. Und kochen. Es gibt tausend Sachen, die ich nicht kann. Das hier war die leichteste Übung. Ab jetzt wird's spannend.« Er hält mir die aufgebrochene Tür auf, und ich schlüpfe als Erste in das stockdüstere Gebäude. Abel schließt die Tür leise hinter uns, wodurch der letzte Lichtschein erlischt. Bleierne Schwärze fällt vor meine Augen, sodass ich nicht mehr weiß, ob ich die Lider offen oder geschlossen habe. Ich klimpere mit den Wimpern. Kein Unterschied. Und jetzt?

Abel drückt meine Finger und zieht mich tiefer in den Raum hinein. Es ist hier merkwürdig kühl und riecht nach feuchter Pappe. Nur das laute Ticken einer Uhr beweist, dass die Sekunden verrinnen.

Ich schätze, wir befinden uns in einem fensterlosen Durchgangsraum. Ich strecke im vorsichtigen Gehen die Hand aus und berühre sogleich eine glatte Wand. Das Zimmer muss ziemlich schmal sein. Plötzlich habe ich das Gefühl, in einer kleinen Schachtel festzustecken, und das gefällt mir gar nicht. Mein Rücken verkrampft sich. Abel, dem die Dunkelheit offenbar nichts ausmacht, zieht mich hinter sich her. Meine Füße stolpern über den knotigen Läufer am Boden.

»Nicht so schnell«, flüstere ich und versuche, mich von ihm loszumachen. »Stopp, ich weiß überhaupt nicht, wo ich hingehe!«

»Sorry«, murmelt Abel und bleibt stehen. »Das habe ich vergessen, dir zu sagen. Ich –«

Ich kann nicht mehr hören, was er meint, denn im nächsten Moment rammt mein Knie etwas Schweres und Festes, das erst knirschend schwankt und dann auf den Boden poltert. Ich keuche erschrocken auf, Abel zieht mich an sich. Der dumpfe Aufprall hallt in meinem Ohren nach. Einen Moment verharren wir eng aneinander gepresst in der Dunkelheit. Warten. Nichts passiert.

Als ich die Augen wieder aufmache, haben sich meine Pupillen an die Schwärze gewöhnt, und ich kann einige Umrisse erkennen. Jetzt sehe ich, was ich gerade umgerissen habe: einen Turm schwerer Pappkartons. Wie riesige Dominosteine liegen diese nun verstreut an der linken Wand.

»Entschuldige«, flüstere ich in Abels Mantel. »Aus

mir wird bestimmt nie ein knallharter Agent.«

Abel greift nach meiner Hand und wendet sich zum Gehen: »Kein Problem. Ich hatte nicht mehr daran gedacht, dass du nicht so gut sehen kannst wie ich.«

»Hey, ich bin nicht gerade ein Blindfisch, auch wenn ich eine Brille trage«, erwidere ich fast ein bisschen beleidigt. »Aber du kannst mir nicht erzählen, dass du in diesem stockfinsteren Gang irgendwas erkennen konntest.«

»Ehrlich gesagt ...«, er verstummt. »... konnte ich alles sehen. Ich hab dir doch vorhin erzählt, dass OPUS auf einem Status-System aufgebaut ist. Die Menschen mit einem höheren Status genießen einige Privilegien.« Er reibt sich den Nacken, was ich in der Schwärze nur schemenhaft erkennen kann.

»Was denn für Privilegien?«, frage ich und tapse langsam über den verrutschten Teppichboden.

»Ich habe meinen Körper modifiziert«, erwidert Abel über die Schulter. Ich höre plötzlich Stolz in seiner Stimme. »Deswegen kann ich auch in vollständiger Dunkelheit noch ausreichend sehen.«

»Deinen Körper – was?« Ich schüttele überrascht den Kopf. »Was soll das denn heißen?«

»Für meine Arbeit ist es von Vorteil, dass meine Augen auch auf weite Entfernung und besonders nachts ausgezeichnet funktionieren. Dadurch bin ich unabhängig von Ferngläsern oder Lichtern. Vor ein paar Jahren habe ich mir ein spezielles Septum in die Augen injizieren lassen, das meine Sehkraft dauerhaft steigert. Das ist ziemlich teuer und wird nur Menschen eines bestimmten Status' angeboten. Meine Pupillen verändern sich dadurch kaum, aber sämtliche Sehschwächen werden verhindert, und ich kann zudem deutlich schärfer sehen als andere. Dieses Septum ist eine Entwicklung meiner Firma. Du siehst, das Leben in meiner Zeit hat durchaus Vorteile.«

Ich weiche verblüfft ein Stück vor ihm zurück und stoße mit dem Rücken gegen die Wand. Siedend heiß fällt mir mein chaotisches Aussehen ein. Und das soll Abel noch schärfer und selbst in dieser Dunkelkammer gut erkennen können? Was macht er dann noch hier?

»Mir ist schon aufgefallen, dass deine Augen irgendwie anders sind«, sage ich und versuche mein abstehendes Haar zu glätten. Sinnlos. Ich verdrehe die Augen, worauf Abel leise lacht.

»Oh Mann, vor dir kann man wirklich nichts verstecken. Ich bin schon gespannt, was ich noch alles über dich erfahren werde«, murmle ich. »Bis jetzt bist du mir gegenüber immer klar im Vorteil.«

»Das kommt auf die Perspektive an«, antwortet er und greift meine Hand fester. »Komm jetzt, wir müssen weiter.«

Am Ende des engen, schnurgeraden Flurs erreichen wir das Foyer der Bibliothek, von dem man über eine geschwungene Treppe in die oberen Stockwerke gelangt. Der Boden unter unseren Sohlen wechselt von dem rauen Teppich zu glattem Stein. Ich kralle meine Hand in Abels. Halb erwarte ich, dass sich unter unserer Bewegung die Beleuchtung einschalten und ein schriller Alarm losheulen wird, aber zum Glück bleibt alles düster und ruhig. Außer dem grünen Notausgangsschild über unseren Köpfen erhellt nur das dumpfe Nachmittagslicht den Raum. Es fällt durch die breite Glastür hinein, durch die wir eben noch von außen geblickt haben. Die Wände leuchten in einem verzerrten Mosaik aus rotem Licht und schwarzen Schatten.

»Wir müssen nach oben«, flüstere ich Abel zu. »Im ersten Stockwerk befinden sich die Romane.«

SBW129383SL, wiederhole ich stumm. Schöne Literatur. Ein Autor, dessen Nachname mit einem »W« beginnt. Was werden wir hier nur finden?

Nacheinander schleichen wir die dunkle Steintreppe hinauf und steigen dann über eine winzige Stufe in den stillen Lesesaal. Sofort schießt mir der vertraute Geruch nach altem Papier und Staub in die Nase.

Ich bleibe in der Tür stehen und überblicke den etwa fünfzehn Meter langen Raum. An der Längsseite besitzt er eine Fensterfront, durch die das schwindende Tageslicht auf ein paar schmale Tische und Stühle rieselt. Die glatten Tischplatten schimmern. Ich trete an einen der Tische heran und fahre langsam über die Oberfläche, sodass meine Fingerspitzen in das Licht tauchen. So oft habe ich hier gesessen und in den Büchern geblättert, die ich ausleihen wollte, und jetzt bin ich gerade mit einem Zeitreisenden mit modifizierten Augen in die gleiche Bibliothek eingebrochen. Das ist wirklich vollkommen verrückt.

Ich drehe mich zu Abel um, doch seine dunkle Gestalt ist verschwunden. Ich höre seine zielstrebigen Schritte zwischen den deckenhohen Regalwänden und husche ihm nach. An den Regalen sind auf Augenhöhe Schilder mit den Bücherkennungen angebracht. Wir suchen einen Autor mit dem Nachnamen »W«, also müssen wir bis ganz nach hinten.

Abel hat sich schon fast bis zur Rückwand des Saals entfernt und reckt sich in der Dunkelheit, um in die oberen Buchreihen zu blicken. Ich will ihm gerade leise zu rufen, ob er schon etwas gefunden hat, da lässt mich ein trockenes Klicken erstarren. Fast im selben Moment fällt mein eigener Schatten lang über den Linoleumboden. Meine Nackenhaare stellen sich auf. Für den Bruchteil einer Sekunde kapiere ich nicht, was die plötzliche Helligkeit bedeutet, die mich von hinten anstrahlt. Was ist das für ein Licht?

Ich blinzle einmal, zweimal. Wer –?

Oh, verdammt! Jemand hat das Licht im Treppenhaus eingeschaltet!

Von der Tür aus quillt es in den Lesesaal und teilt diesen in einen hellen und dunklen Teil.

Ich stürze nach vorne, direkt in den Schatten, der durch die hohen Bücherregale gespendet wird und in dem sich Abel glücklicherweise aufhält. Er wirbelt zu mir herum, das Gesicht in der weichen Dunkelheit verzerrt. Ich packe seine Hand.

»Da kommt jemand!«, flüstere ich. Er nickt knapp und zieht mich zwischen zwei sperrige Regale in Deckung. Mein Herz hämmert wie verrückt, als mir klar wird, dass wir in der Falle sitzen.

32

Im nächsten Moment erklingen die ersten Schritte aus dem hell erleuchteten Treppenhaus. Mein Herz rast. Abel legt den Finger an die Lippen. Über die Schulter blickt er über die eng stehenden Buchrücken in Richtung Tür. Ich klammere die Finger in seinen Mantel.

Jemand muss die aufgebrochene Hintertür entdeckt und die Polizei gerufen haben. Verdammt, gleich werden wir wie zwei Verbrecher abgeführt!

Ich spüre die Anspannung in Abels Körper, als er mich an sich drückt. Sein Herzschlag vermischt sich mit den lauter werdenden Schritten aus dem Treppenhaus.

Bitte, geht in ein anderes Stockwerk. Bitte, kommt nicht hier rein. Geht einfach weiter.

Ich ziehe scharf die Luft ein, als ich höre, wie sich meine Hoffnung ins Nichts auflöst. Jemand steigt die kleine Stufe zum Lesesaal hinauf.

Keine Worte, keine Stimmen, kein Hundegebell. Es ist nur eine einzige Person, wird mir klar. Ist das der Hausmeister, der misstrauisch geworden ist, weil er Geräusche gehört hat? Oder ist es Vico, der uns durch die aufgebrochene Hintertür gefolgt ist? Da war doch dieses Rascheln ... Gänsehaut kribbelt meinen Nacken hinauf.

Einen Moment ist es völlig still. Dann erfüllt plötzlich ein seltsam schabendes Geräusch die Luft. Ich hebe den Kopf, um Abel anzusehen, und er starrt mich im Dämmerlicht ebenso überrascht an. Es klingt fast so, als würde die Person etwas über den glatten Boden ziehen. Einen Koffer oder ...

Wusch!

In diesem Moment schaltet sich die Beleuchtung im Lesesaal ein und sticht wie ein Scheinwerfer in meine Augen. Die Halogenschienen beginnen zu summen. Unwillkürlich presse ich das Gesicht in Abels Mantelkragen. Ich spüre, wie er die Hände fest auf meine Schultern legt und mich nach unten drückt, als ob ich mich hinhocken soll. Ohne nachzudenken folge ich dem Druck seiner Finger. Er kniet sich ebenfalls hin und schirmt mich mit seinem Körper ab.

»Bleib unten«, murmelt er lautlos in mein Ohr. Ich reiße überrascht die Augen auf, als er langsam wie geräuschlos aufsteht.

Was hat er vor? Will er die Person angreifen? Ich schüttele heftig den Kopf und will nach seiner Hand greifen. Das gleißende Licht der Deckenbeleuchtung blendet mich und lässt meine Augen tränen. Meine Finger fassen ins Nichts. Abel wird jeden Augenblick in den offenen Gang treten!

Nein!

In der Sekunde, in der er sichtbar werden würde, stürze ich mich von hinten auf ihn und reiße ihn zurück in unser Versteck zwischen den hohen Bücherwänden. Abel stolpert unter dem Gewicht meines Körpers zurück und starrt mich an, als hätte ich nicht mehr alle Tassen im Schrank. Dann huscht ein amüsierter Ausdruck über sein Gesicht, als lache er über meinen unüberlegten Rettungsversuch.

»Bleib hier«, forme ich wütend mit den Lippen, während mein Blick über die bunten Bücherrücken in Richtung Tür huscht. Die Regale und Bücher stehen so dicht beieinander, dass ich niemanden sehen kann. Wo steckt die Person? Hat sie uns entdeckt?

Ich fahre zusammen, als ich wieder ein langsames, schabendes Geräusch wahrnehme, das über den Boden zu gleiten scheint. Was ist das nur? Es klingt irgendwie nass und ... Im nächsten Moment schnappe ich nach Luft, denn ich habe begriffen.

»Abel, hör zu«, wispere ich. Er nickt kurz zum Zeichen, dass er mich verstanden hat. Mit dem Arm zieht er mich näher zu sich heran. »Ich glaube – ich glaube, das ist die Putzfrau. Sie macht den Boden sauber.« Am liebsten würde ich in ein lautes Lachen ausbrechen. Daher kommt das Wischen, das Schaben, das Gleiten. Zum Glück ist es nicht die Polizei. Und Vico oder Hana ebenfalls nicht.

Ich reibe mir über die Stirn. Das schrubbende Geräusch kommt näher, gleichzeitig schwillt plötzlich die summende Stimme einer Frau an. Ich kriege eine Gänsehaut und spüre, wie Abel sich weiter anspannt. Neben ihm luge ich zwischen den Romanen ans andere Ende des Saals und erhasche einen Blick auf einen stämmigen Rumpf, der mit einer hellblauen Schürze bekleidet ist.

Es ist wirklich eine Frau. In den rundlichen Händen hält sie einen roten Plastikstiel – wahrscheinlich einen Besen – und sie bewegt sich schaukelnd hin und her, während sie den Boden wischt.

Erschöpft lehne ich mich mit dem Rücken gegen die Wand und bette für einen Moment das Gesicht in den

Händen. Eine singende Putzfrau, die fröhlich den Boden reinigt. Es hätte uns schlimmer treffen können.

»Was sollen wir tun?«, frage ich Abel lautlos. Er schüttelt ganz leicht den Kopf. Abwarten, heißt das.

Das fegende Geräusch kommt näher, genauso wie die weiche Singstimme. Ich gehe in die Knie und ducke mich so tief, dass ich fast auf dem Boden liege. Abel geht in die Hocke und rutscht zu mir herüber. Zusammengepresst wie zwei Pakete warten wir einfach. Ich drücke die Hände so fest zu Fäusten, dass meine Fingernägel in die Handflächen schneiden. Die Sekunden ziehen sich endlos hin. Das Fegen und Summen kommt immer näher.

Meine Beine schmerzen schon von der verkrampften Haltung. Ein unkontrolliertes Zittern geht durch meinen Körper. Abel atmet neben mir lautlos und konzentriert.

Dann brechen die Geräusche plötzlich ab. Mein Körper durchzuckt ein kleiner Stromstoß, als Abel die Finger auf meine Hand schiebt. Er hat den Kopf gehoben und lauscht angestrengt. Ich spitze ebenfalls die Ohren. Was macht die Frau? Hat sie uns etwa gesehen? Holt sie Hilfe?

Ein auswringendes Geräusch, ein Plätschern – nein, die Frau ist noch da und säubert scheinbar den Lappen in ihrem Wassereimer. Durch die Lücke zwischen den Regalen erkenne ich, wie sie sich mehrmals nach vorne beugt – weiteres Plätschern ertönt – und sich dann, Eimer und Besen in einer Hand, umdreht. Und zurückgeht. Zurück zur Tür. Rasch verschwindet sie aus meinem Sichtfeld, aber ich höre deutlich, wie sie den Eimer abstellt und sich nun an den Tischen zu schaffen macht. Mit einem knarrenden Geräusch schiebt sie die

Sitzgelegenheiten auseinander und putzt wahrscheinlich die Tischplatten.

Einige Augenblicke ist es still. Dann ein Quietschen, ein Schaben – die Frau rollt vermutlich ihren Reinigungswagen vor sich her. Dann wird das Licht mit einem Knacken gelöscht.

Dunkelheit breitet sich über uns wie eine Decke aus. Die Luft entweicht meinen Lungen, und ich strecke die Beine aus. Meine starren Muskeln brennen, und mein rechtes Handgelenk schmerzt vor Anspannung. Ich lehne den Kopf gegen die Wand und seufze tief.

Die Beleuchtung im Treppenhaus ist noch eingeschaltet und erhellt den Lesesaal bis zur Hälfte, doch das Licht reicht nicht bis zu dem Regal, hinter dem wir uns verstecken. Schemenhaft hebt sich Abels Gestalt neben mir ab. Jetzt steht er geräuschlos auf und zieht mich hoch. Ich klopfe mir den Staub von der Jeans und schneide eine Grimasse. Auch wenn wir von Glück sprechen können, dass die Reinigungskraft nur den halben Raum putzt, pflichtbewusst kann man ihr Verhalten nicht gerade nennen. Mr. Benett wäre nicht begeistert, wenn ich nur ein halbes Bild abgeben würde.

Abel zieht mich an sich, und einige Sekunden stehen wir still und lauschen. Das Licht im Treppenhaus bleibt eingeschaltet, aber keine Schritte oder Stimmen dringen in den Saal. Wahrscheinlich ist die Frau in die oberen Stockwerke verschwunden.

»Hey«, sage ich leise. »Wenn die Putzfrau in den anderen Etagen genauso schnell fertig ist wie hier, dann haben wir nicht viel Zeit. Wir müssen das Buch finden.«

Er nickt, und wir machen uns auf die Suche.

SBW120938SL.

»Hier!«, rufe ich wenig später mit gedämpfter Stimme und beuge mich näher an die Buchrücken heran. Ich knie vor dem vorletzten Bücherregal, das Romane von Autoren mit den Nachnamen »U bis W« beherbergt. Abel, der sich mit gerecktem Kinn die oberen Bücher angesehen hat, hockt sich neben mich.

»Und?«, fragt er. Seine dunkle Stimme klingt genauso unruhig wie ich mich fühle. Er wirft einen kurzen Blick zum erhellten Eingang, doch niemand erscheint im Türrahmen.

»Moment, warte.« Im Kopf wiederhole ich die decodierte Buchsignatur und vergleiche sie mit dem Buchrücken vor meinen Augen. Ja, kein Zweifel.

Meine Finger beben, als ich das schmale Taschenbuch aus der Reihe löse. Die Romane quetschen sich so dicht nebeneinander, dass ich die Finger tief zwischen die Einbände schieben muss, um den gewünschten Roman herauszuziehen. Ich halte den Atem an, als ich das Buch schließlich in der Hand halte und mein Blick über den Einband fliegt.

Es ist nur ungefähr 150 Seiten dick und abgesehen von den leicht vergilbten Rändern in tadellosem Zustand, was dafür spricht, dass es lange nicht mehr ausgeliehen worden ist. Das Cover spaltet sich in einen leuchtend blauen Teil und ein graues Bild, das eine seltsam aussehende Maschine darstellt.

Als meine Augen den Titel in der Dunkelheit erfassen, zittert meine Hand. Ich hätte alles erwartet – aber nicht das. Das Buch rutscht mir aus den Fingern und schlägt mit einem trockenen *Klack!* auf dem Boden auf. Ich keuche erschrocken auf. Einen Moment stehen wir still und lauschen, aber nichts rührt sich.

»Sorry«, murmle ich. Abel fischt das Buch vom Boden auf und dreht es um. Ich höre, wie er überrascht die Luft ausstößt. Langsam richte ich mich in der Dunkelheit auf und starre in seine weit geöffneten Augen, in deren Grün sich der Umriss des Buches spiegelt.

Ich blicke hinunter auf den Roman. Nein, ich habe mich nicht getäuscht. Und ich weiß nicht, warum ich so verwirrt bin. Wir wussten schließlich nicht, was für ein Buch wir finden würden, es hätte jeder Roman sein können. Aber gerade das ...

Ich fahre mir mit der Hand über die Stirn und lese dann wieder den Titel.

»Die Zeitmaschine« von H.G. Wells.

33

Dunkelblau wölbt sich der Himmel über den Dächern, als Abel und ich über den verlassenen Bürgersteig eilen. Seit wir aus der aufgebrochenen Hintertür der Bibliothek in die kühle Dunkelheit hinausgestürzt sind, hat Abel ein zügiges Tempo vorgelegt. Auch jetzt noch, mindestens drei Kilometer entfernt, strebt er geradeaus, als gebe es ein Ziel, das wir erreichen müssen. Doch seine zerfurchte Stirn und sein angespannter Kiefer beweisen, dass er wie ich keine Ahnung hat, wohin wir laufen sollen.

Wir brauchen Zeit und einen sicheren Platz, um herauszufinden, was Abels Vater mit dem Zeitreise-Roman mitteilen wollte.

Ich unterdrücke ein Seufzen. Mein Körper ist schrecklich müde, und mir tut alles weh. Die schlaflose Nacht und die vielen Informationen schmerzen in meinem Kopf. Gleichzeitig brennt eine knisternde Spannung durch meine Adern. Ich könnte mich jetzt nicht ausruhen, auch wenn ich wollte.

Abels Hand drückt sich fest um meine. Die Straße irgendwo im Nirgendwo ist bis auf zwei vorüberfahrende Autos leer. Ihre Scheinwerfer zerreißen für eine Sekunde die Dunkelheit.

In einer ruhigen Seitenstraße, einer Sackgasse gegenüber einer stillen Schule, bleiben wir schließlich stehen und holen tief Luft. Das heißt, ich ringe nach Luft, während Abel sich geistesabwesend durch die dunklen Haare streicht. Mein Atem haucht weißen Nebel in die Welt, so kühl ist es mittlerweile. In dem Himmel, der sich über unseren Köpfen und den Dächern spannt, blitzen die ersten Sterne.

Abel holt das schmale Buch aus seiner Manteltasche und starrt auf den Einband. Seine Augen schimmern in einem dunklen Grün. »Die Zeitmaschine. Was soll das bedeuten? Ist das ein schlechter Scherz? Das ergibt doch alles keinen Sinn. Was will mein Vater uns damit nur sagen?«

Ich kaue an meiner Lippe. »Ich weiß es nicht. Aber wir können zumindest sicher sein, dass dein Vater wirklich dieses Buch gemeint hat. Es kann kein Zufall sein, dass der Code auf einen Zeitreiseroman hindeutet. Aber es ist schon irgendwie – ironisch. Ein Zeitreisender lässt uns einen Zeitreiseroman suchen.«

Ich nehme ihm das Buch aus den Händen und öffne es willkürlich in der Mitte. Eine Windbö zerrt an meiner Jacke. Mittlerweile ist es schneidend kalt. Meine Fingerspitzen sind so kühl wie Eiswürfel.

»Kennst du das Buch?«, frage ich, worauf Abel den Kopf schüttelt. Zwischen seinen dichten Augenbrauen hat sich wieder die kleine Falte gebildet. Der Wind bewegt sein Haar und treibt es ihm immer wieder in die Stirn, als würden wir uns auf hoher See befinden.

»Ich habe es auch nicht gelesen«, erkläre ich. »Aber das Buch ist mehrmals verfilmt worden. Eine Verfilmung haben wir im Englischunterricht gesehen. Es geht um einen Mann, der mithilfe einer selbstgebauten Zeitmaschine in eine ziemlich weit entfernte Zukunft reist. In das Jahr 800.000 oder so.«

Abel blickt mich abwartend an.

»In dieser Zeit leben auf der Erde zwei verschiedene Menschenklassen. Ich weiß nicht mehr genau, wie sie heißen, aber es gibt die eine Kaste, die auf den ersten Blick glücklich und zufrieden oberhalb der Erde lebt, und dann sind da andererseits die seltsamen Höhlenbewohner, die schwer schuften. Man hat den Eindruck, dass sich die Höhlenmenschen für die Erdenbewohner abrackern, aber letztendlich ...« Ich krause nachdenklich die Stirn. »Letztendlich stellt sich heraus, dass es genau umgekehrt ist: Die Höhlenmenschen halten sich die Erdenbewohner wie Vieh. Sie sorgen für ihr Wohlergeben, um sie zu töten und zu essen. Die Erdenbewohner sind glücklich in ihrer Naivität und Sorglosigkeit – aber sie werden nur benutzt und wissen es gar nicht.«

In dem Wohnhaus, vor dem wir stehen, geht im Erdgeschoss das Licht an. Man hört klapperndes Geschirr und leise Stimmen. Abel zieht mich in den Schatten einer alten Eiche, deren Blätter im Abendwind rascheln.

Ich fange an zu zittern, so kalt ist es. Abel zieht mich eng an sich und schiebt eine Hand in meinen Nacken.

»Das ist vielleicht gar nicht wichtig, aber ... H.G. Wells, der Autor des Buchs, war bekannt für seine Kritik am Gesellschaftssystem«, fahre ich fort. In Abels Umarmung wird mir etwas wärmer. Ich schlinge die Arme um ihn und spreche an seiner Schulter. »Er hat sie in vielen seiner Werke ausgedrückt. Ich erinnere mich noch an ein paar Interpretationsansätze. Mit der dystopischen Zukunftszeichnung in 'Die Zeitmaschine' wollte Wells auf Missstände in der Gesellschaft aufmerksam machen. In der Zeit des Kapitalismus, in der er lebte, waren die Menschen in eine Arbeiterklasse und eine herrschende Klasse aufgeteilt. Ich glaube, dass er mit dem Roman eine Warnung aussprechen wollte, wohin diese Spaltung führen könnte. Dass man niemanden dauerhaft für dumm verkaufen und ausnutzen darf, nur um selbst ein komfortables Leben zu führen. Könnte dein Vater von dieser Deutung gewusst haben? Was könnte er dir damit sagen wollen?«

Ein paar Sekunden lang antwortet Abel nicht. Seine Hand liegt ruhig in meinem Nacken. »Ich bin mir nicht sicher. Ich muss darüber nachdenken«, sagt er schließlich. Er räuspert sich und zieht plötzlich seine Arme zurück, bevor er sich ein Stück zur Seite dreht, um in seine Armbeuge zu husten. Sein Keuchen klingt rasselnd und tief. Mein Magen krampft sich zusammen. Er leidet, und ich kann ihm nicht helfen, ein Gefühl, als würde immer wieder ein scharfes Messer durch meinen Körper stoßen.

»Es geht vorbei«, presst Abel hervor und bricht erneut in einen bellenden Husten aus, der seine Schultern schüttelt.

Wenige Augenblicke später richtet er sich wieder auf und schiebt sich das wild zerzauste Haar aus dem Gesicht. Seine Miene ist verzerrt, er versucht aber ein Lächeln. Ich greife nach seinem Arm und drücke ihn.

»Und jetzt?«, sage ich eher zu mir selbst. Ich blicke auf den Roman in meinen Händen hinunter und blättere die leicht vergilbten Seiten durch. Die Ausgabe stammt aus den 1980er Jahren, wahrscheinlich wurde das Buch seitdem nicht mehr ausgeliehen.

Als ich ungefähr in der Mitte angelangt bin, stocke ich, denn ein helles Aufblitzen, reflektiert durch eine Straßenlaterne, trifft mich direkt ins Auge. Ich kneife die Lider zusammen und blättere mit kalten Fingern zurück. Was war das denn?

Abel beugt sich zu mir. Als ich die richtige Seite wiederfinde – Seite 100 –, halte ich die Luft an.

»Abel.« Meine Stimme bricht. »Abel, schau her. Was ist das?«

Er nimmt mir das Buch aus der Hand und greift in der aufgeschlagenen Seite nach dem kleinen glatten Gegenstand, der mich geblendet hat.

Ich fange wieder an zu zittern. Der Schrei eines Vogels, gefolgt von einem leiser werdenden Rascheln, zerreißt die stille Abendluft. Abel hebt das winzige Ding mit den Fingerspitzen an und schließt dann die Faust darum. Ich beobachte seine Bewegung mit angehaltenem Atem. Als er die Hand öffnet, hebe ich die Brauen.

In seiner Handfläche ruht ein kleiner, goldener Chip, angeleuchtet durch das schummerige Laternenlicht. Feine Rillen führen über die glänzende Oberfläche. Der Chip ist ungefähr so groß wie mein Daumennagel und besitzt eine rechteckige Form. Die sanften Linien auf Abels Handfläche zeigen auf den Chip wie auf den Mittelpunkt einer Karte.

»Wow«, sage ich. »Meinst du, dein Vater hat diesen Chip versteckt?«

Abel schließt erneut die Faust. Ein kalter Wind wirbelt zwischen uns und schlägt meinen Jackenkragen gegen mein Kinn.

»Vielleicht. Das Ding sieht aus wie ein Daten-Chip.« Er schweigt kurz. »Kannst du dein Handy rausholen?«

»Mein Handy? Wieso?«

»Bei dem Chip handelt es sich vermutlich um eine SD-Karte. Und die gibt es doch schon in deiner Zeit, oder?«

»Eine SD-Karte?« Ich starre ihn verblüfft an. »Klar gibt's die heute schon.« Ich greife in meine Tasche, um nach meinem Smartphone zu kramen. Als ich es einschalte, leuchten auf dem gesplitterten Display zwei Nachrichten von Marie – »Alles okay? Schon was erreicht? Meld dich!« – und fünf verpasste Anrufe von Leo auf. Was will er denn so dringend? Egal, er muss jetzt warten.

»Was hast du vor? Denkst du –« Ich stocke. »Denkst du, mein Handy kann den Chip lesen?«

Abel schnappt sich mein altes Smartphone und öffnet das hintere Gehäuse mit einem trockenen Knacken, bevor er den Akku herausnimmt.

»Du hättest dir ein neues Handy kaufen sollen«, erklärt er stirnrunzelnd. »Das Ding ist fast hinüber.«

»Na klar«, gebe ich zurück. »Aber dann bitte schön mit meinem eigenen Geld und keinen Scheinen aus der Zukunft. Hör mal, wenn der Chip wirklich aus deiner Zeit und von deinem Vater stammt, muss er doch auf eine ganz andere Technologie zugreifen.«

Abel schiebt den winzigen, goldenen Chip vorsichtig mit der Fingerspitze in den SD-Speicherplatz.

»Ich glaube nicht, dass mein Handy die Daten abspielen kann, was immer da auch drauf sein mag«, wiederhole ich.

»Warten wir's ab«, erwidert er nur und schließt den Plastikdeckel auf dem Handyrücken. »Die SD-Karte hat sich als das zuverlässigste Datenmedium herausgestellt. Andere und neuere Technologien, die größere Datenmengen aufnehmen konnten, sind irgendwann zusammengebrochen.«

»Ernsthaft?«, staune ich. »Das ist ja verrückt, dass ihr in der Zukunft durch die Zeit reisen könnt und eure

Körper perfektioniert, aber weiterhin Daten auf popeligen SD-Karten speichert.« Meine Zähne fangen vor Kälte wieder an zu klappern, aber ich bin so aufgeregt, dass ich das Frösteln kaum bemerke. Abel schlingt den Arm um mich und drückt mir das Handy in die Hand, damit ich das Gerät wieder hochfahren kann.

Als die Programme gestartet sind, vibriert das Smartphone kurz.

Neue Datei empfangen.

Mein Herz beginnt wild zu hämmern.

»Oh Mann. Ich glaub's nicht«, murmle ich. Unter dem raschelnden Blätterdach der Eiche beugen Abel und ich das Gesicht über das zerkratzte Display. Darauf leuchtet jetzt ein Fenster mit hellen Außenkanten auf, das fast den gesamten gesplitterten Bildschirm einnimmt.

»Das ist ein Video«, flüstere ich überrascht. Ganz unten blinkt eine helle Linie. »Schau, eine Datums- und Uhrzeitanzeige.« 01.09.2149. Ich schlucke. Der Rest ist schwarz und undurchdringlich.

In dem Moment, als ich sagen will: »Passiert da noch mehr?«, erscheint in der rechten Seite des Quadrats ein heller Fleck, der langsam größer wird.

Abel keucht neben mir so plötzlich auf, dass ich das Handy fast fallen lasse. Ich reiße verwirrt die Augen auf, denn aus seinem Gesicht ist alle Farbe gewichen. Die dunklen Augenbrauen über den leuchtenden Augen stechen deutlicher denn je hervor. Er beißt die Zähne zusammen.

»Was ist?«, frage ich, aber er schüttelt nur den Kopf und nickt auf das Handy herunter. Mein Blick fliegt zurück zu dem Film auf dem Display. Der helle Fleck hat mittlerweile Gestalt angenommen: Es handelt sich um einen Menschen, nein, um einen Mann, der langsam ins Bild tritt. Die Kamera muss in einer oberen Ecke des Raums befestigt sein, denn sie zeigt den Mann aus der Vogelperspektive.

Obwohl die Aufnahme dunkel ist, besitzt sie eine so gestochen scharfe Qualität, dass ich nur staunen kann. Selbst der Riss in dem Display kann die Qualität kaum schmälern.

Als der Mann direkt unter der Kamera steht, kann ich deutlich seine Gesichtszüge erkennen. Er ist nicht mehr ganz jung, aber auch nicht alt. Sein helles Haar trägt er gescheitelt, und sein Gesichtsausdruck ist ernst.

Die Aufnahme zeigt, wie er sich an einen großen Schreibtisch setzt und im Schein der Tischlampe einen gedruckten Block studiert. Beim Umblättern der Seiten hebt er die Brauen und trommelt mit einem Stift auf der Tischplatte herum. Mit einem Mal lehnt er sich in seinem Stuhl zurück und verschränkt die Arme im Nacken, wobei er den Kopf von links nach rechts kreisen lässt, als lockere er verspannte Muskeln.

Als die Kamera sein Gesicht frontal einfängt, sticht mir die gewölbte Narbe über seiner Augenbraue ins Auge. Ich halte den Atem an, als ein eisiger Schauer über meinen Rücken läuft.

»Abel, spinne ich jetzt total?«, flüstere ich und gerate ins Stocken. »Ich kenne den Mann. Aber das – das kann doch nicht sein. Das ist doch ... Das ist ...«

Abel nickt mir mit grimmig verzerrter Miene zu. »Das ist Pawel Jakow. Der Mann, den mein Vater getötet hat.«

34

Meine rechte Hand, die das Handy umklammert, fängt so stark an zu zittern, dass Abel mir das Smartphone kurzerhand abnimmt. Der Film läuft weiter. Pawel Jakow hat sich wieder über die Papiere auf dem Schreibtisch gebeugt, und während er liest, tippt er auf einem Notebook-ähnlichen Computer herum.

Mein Atem geht flach, und ich habe eine dumpfe Angst vor dem, was jetzt kommt. Abels Arm spannt sich fest um meine Seite. Ich zucke zusammen, als der blonde Mann in dem Video plötzlich herumfährt. Sein Hinterkopf verschwindet aus dem Sichtfeld, sodass nur sein breiter, muskulöser Rücken in dem dunklen Hemd sichtbar bleibt.

Abel drückt an der Handylautstärke herum, aber das Gerät bleibt stumm. Jakow ist zwei Schritte zurückgetreten und stößt nun gegen den Schreibtisch. Man sieht ihn von der Seite. Eine zweite Person ist in das Zimmer getreten, und offensichtlich ist es kein erfreulicher Besuch. An Jakows Profil ist abzulesen, dass er überrascht und wütend zugleich ist. Er scheint etwas zu rufen und gestikuliert wild mit der Hand. Die beiden streiten, doch Jakows Gegenüber bleibt im Schatten. Nur den Umriss einer Person – eines Mannes in dunkler Jeans – kann ich verschwommen ausmachen.

Als ein plötzliches Blitzen die Dunkelheit zerreißt, schlägt mein Magen vor Schreck einen Salto. Die zweite Person hat einen glänzenden, metallischen Gegenstand gezogen, der die Lichtstrahlen der Lampe reflektiert. Jakow steht nun ganz still. Sein Körper ist wie versteinert. Dann will er hastig zurückweichen, aber der Schreibtisch in seinem Rücken behindert ihn. Der andere Mann kommt näher, und plötzlich schiebt sich eine Hand in den Lichtschein. Eine Hand, die eine glänzende Pistole umklammert. Die spitz zulaufende Mündung glitzert kalt.

Ich keuche auf. Plötzlich begreife ich, was Abel und ich uns gerade ansehen, und diese Erkenntnis schlägt über meinem Kopf zusammen wie eine Welle eiskalten Wassers, die mich mit sich ins tosende Meer reißt. Einen Moment lang fühle ich mich benommen und beiße mir fest auf die Lippe.

Das muss das gelöschte Video der Überwachungskamera sein.

Pawel Jakows Todesvideo.

Jakow hat seine passive, zurückweichende Haltung aufgegeben und will nach der Waffe seines Angreifers greifen. In diesem Moment wird die Pistole hochgerissen – ein Aufblitzen durchflutet die Dunkelheit – und Jakow schwankt zurück, prallt gegen den Schreibtisch. Die Lampe wackelt, sodass der Lichtkegel wild schaukelt. Ich presse eine Sekunde die Augen zusammen. Als ich sie wieder öffne, bricht Jakow zusammen und sinkt auf die Knie.

Abels Arm liegt wie ein Schraubstock um meine Taille. Er unterdrückt ein Stöhnen, ein tiefes Knurren. Jakows Körper fällt auf den Boden, den Kopf seltsam verdreht. Mit starren Augen bleibt er reglos liegen.

Breite Schultern schieben sich ins Bild, dann ein dunkler Haarschopf. Der Mörder hockt sich, mit dem Rücken zum Betrachter, neben den Toten und steckt die Pistole in seinen Hosenbund, bevor er sich über die Leiche beugt, um nach dem Puls am Hals zu tasten.

Als der Angreifer wieder aufsteht, halte ich die Luft an, denn in dieser Sekunde erhascht man einen winzigen Blick auf sein erhelltes Profil. Ich zucke wie unter einem Stromschlag zusammen. Das Gesicht des Mörders brennt sich in meine Netzhaut.

Eiligen Schrittes verschwindet der Täter in der Dunkelheit. Jakow bleibt allein im runden Schein der Lampe liegen. Unter seinem Körper breitet sich ein schwarzer See aus Blut aus.

Ein paar Augenblicke läuft das Video weiter, ohne dass sich etwas ändert. Dann tritt wieder eine Person in den Raum. Erstarrt, als sie Jakow am Boden liegen sieht. Rennt auf ihn zu, beugt sich über ihn. Es ist ein Mann, älter als Jakow. Totenbleich hebt er das Gesicht in die Kamera. Er hat volles graues Haar und einen dichten Bartschatten. Seine grünen Augen leuchten unter den dunklen Brauen. Ich bekomme einen riesigen Schreck, weil er mir so unheimlich bekannt vorkommt. In diesem Moment bricht der Film ab, und das Display wird so schwarz wie der Himmel über unseren Köpfen.

Ich öffne den Mund, doch kein Ton kommt heraus. Abels Gesicht ist weiß wie Schnee. Selbst seine Lippen sind blutleer. Unter seinen Augen liegen tiefe Schatten.

»Oh, Abel«, flüstere ich. »Das ist doch alles nicht wahr. Das kann doch nicht sein.«

Er schließt die Hand um das Handy. Weiß treten die Fingerknöchel hervor.

Wie ich hat er das Gesicht von Pawel Jakows Mörders gesehen. Er weiß es. Ich weiß es. Aber wie passt das alles zusammen? Ich drücke die Hände gegen die Schläfen, weil ich das Gefühl habe, dass mein Kopf gleich explodiert. Der Boden unter meinen Füßen schwankt wie bei einem Erdbeben.

Vor meinem inneren Auge taucht Jakows Leiche auf, seine starren Augen, sein überraschter Gesichtsausdruck. Ich unterdrücke ein Schaudern und fasse nach Abels Händen, umklammere sie wie einen Rettungsanker. Er drückt mich an sich und vergräbt das Gesicht in meinem Haar.

»Vico«, murmelt er heiser. »Wie konntest du das tun?«

Abel schüttelt im Gehen immer wieder den Kopf.

»Ich bin ein Narr. Ein absoluter Riesenidiot. Ich habe geglaubt, dass das gelöschte Überwachungsvideo ein Beweis für die Schuld meines Vaters ist«, presst er hervor. »Stattdessen beweist das Video seine Unschuld. Er muss in letzter Minute eine Kopie davon angefertigt haben. Aber warum hat er das Video mit in die Vergangenheit genommen? Und wieso ist er überhaupt geflohen, wenn er unschuldig ist? Das passt alles nicht zusammen. Die Flucht lenkt erst den Verdacht auf ihn. Dabei hat er doch gewusst, dass es Vico war, der ...« Er kann nicht zu Ende sprechen und holt tief Luft. Unsere Schritte hallen dumpf in der schmalen Gasse wider, durch die wir hasten. Wir sind auf dem Weg zurück zu meiner Siedlung. Wir müssen mit Hana sprechen. Sofort. Irgendwie werden wir sie schon finden.

»Warum hat mein eigener Bruder Jakow ermordet?

Die beiden kennen sich fast ihr Leben lang.« Abel knurrt wütend auf. Sein Akzent ist deutlich zu hören. »Und wie konnte er nur unserem Vater den Mord in die Schuhe schieben? Seelenruhig ist er mit mir in die Vergangenheit gereist, um nach ihm zu suchen. Er hat mich von vorne bis hinten belogen. Scheiße, was ist nur los mit meiner Familie?! Warum bringt mein Bruder einen Kollegen unseres Vaters um und lässt zu, dass unser Vater verdächtigt wird?« Seine Stimme bricht in der Dunkelheit. Er hustet hinter vorgehaltener Faust.

»Dein Vater wollte, dass du – oder irgendjemand – herausfindest, wer der wirkliche Schuldige ist«, überlege ich. »Er hat die ganze Sache so eingefädelt, dass du auf das Video stößt. Und Vico – vielleicht wollte er deinen Vater verfolgen, weil er wusste, dass er die Wahrheit kennt. Er wollte verhindern, dass du erfährst, wer der wahre Mörder ist. Aber ich hab keine Ahnung, wieso dein Vater überhaupt in die Vergangenheit geflohen ist, obwohl er doch gar nichts getan hat.« Immer wieder denke ich an das Gesicht von Abels Vater zurück. Seine entsetzte, bleiche Miene, als er die Leiche seines Kollegen entdeckt hat. Der entschlossene Ausdruck, mit dem er in die Kamera an der Zimmerdecke gestarrt hat. Er sieht Abel sehr ähnlich, trotzdem habe ich den Eindruck, dass ich ihn irgendwie kenne.

»Was soll ich jetzt machen? Was erwartet Vater von mir?«, unterbricht Abel meine Überlegungen. Er streicht sich heftig das Haar aus den Augen. »Soll ich in meine Zeit zurückkehren und allen das Video zeigen? Warum hat mein Vater das nicht selbst getan, wenn er Jakow doch gar nicht ermordet hat?«

»Ich weiß es nicht.« Mein Kopf fühlt sich ganz

schwer an von all den wirbelnden Gedanken. »Wir sollten uns sein Notizbuch nochmal in Ruhe ansehen. Möglicherweise befinden sich dort weitere Hinweise, die wir übersehen haben. Oder – oh!«

Das Handy, das ich immer noch in der Hand halte, leuchtet plötzlich auf. »Leonard Grimm« lese ich auf dem zerkratzten Display. Schon wieder. Was will er denn die ganze Zeit? Ich hab Abel doch schon gefunden!

»Das ist wieder mein Bruder«, sage ich zu Abel. Und dann ins Telefon: »Hey, Leo, was ist los?«

In der nächsten Sekunde erstarre ich zu Eis, denn irgendwas an dem Schweigen, das mir entgegen dringt, klingt ganz und gar nicht nach Leo. Mein Magen verkrampft sich zu einer harten Kugel.

»Hallo? Leo?«, sage ich nochmal. »Hörst du mich?« Abel dreht sich zu mir um und hebt fragend eine dunkle Braue.

»Ludmilla«, sagt eine Stimme ins Telefon – die nicht Leo gehört, die mir aber auf schrecklichste Weise bekannt vorkommt. »Ich dachte schon, dein Bruder ist dir vollkommen egal, so lange, wie du mich hast warten lassen. Hör mir jetzt ganz genau zu ...«

35

Mein Körper fühlt sich mit einem Schlag vollkommen taub an. Abel umfasst meine zitternden Schultern. »Was ist los?«, sagt er. »Wer ist das?«

Ich schüttele den Kopf. Meine Finger krallen sich um das Mobiltelefon zusammen. Ruhig bleiben. Ich muss ruhig bleiben. Trotzdem steigt vor meinem inneren Auge Vicos Gesicht mit den brennenden blauen Augen auf. Ich sehe, wie er sich über Pawel Jakows Leichnam beugt, nachdem er sich die Pistole in den Hosenbund geschoben hat. Ich spüre wieder seine Hand um meinen Hals.

»Was hast du mit meinem Bruder gemacht? Wo ist er?«, frage ich mit einer Stimme, die nicht wie die meine klingt. »Was willst du, Vico?«

Abel keucht neben mir auf und will mir das Handy aus der Hand reißen, aber ich drehe mich zur Seite.

»Das ist ganz einfach«, antwortet Vicos Stimme ruhig. »Ich habe etwas, das du willst – und du hast etwas, das ich will. Wenn du mir Abel bringst, ist dein Bruder frei.«

Eine kalte Hand legt sich um mein Herz – und drückt zu. Ich kriege keine Luft mehr und taumle ein Stück zur Seite. Abel fasst nach meinem Arm und hält mich aufrecht.

»Lass Leo in Ruhe, du Scheißkerl!«, flüstere ich.

»Ich habe nicht vor, ihm was anzutun«, erwidert Vico und klingt plötzlich wütend. »Ich will nur eins: Mit meinem Bruder zurück in unsere Zeit. Wenn du von Anfang an mit mir kooperiert hättest, wäre das alles nicht passiert. Du willst deinen Bruder unbeschadet wiedersehen? Dann heißt es jetzt: Bruder gegen Bruder. Komm mit Abel in das Schwimmbad in der Altstadt. Wir treffen uns dort. Dann muss niemandem etwas geschehen.«

»Schwimmbad? Wovon redest du? Spinnst du eigentlich total? Halt meinen Bruder da raus!«

»Das Schwimmbad in der Altstadt. Bis gleich.«

Ein Knacken, dann Stille. Vico hat aufgelegt. Mein Arm fällt herab. Als ich mich nach vorne krümme, stoße ich gegen Abels Brust. Betäubt merke ich, wie er mich dicht an sich zieht. Ich lasse mich in seine Arme sinken und von seinem Duft umhüllen. Einen Moment wünsche ich mir, dass ich nur die Augen lange genug schließen muss, um an einem stinknormalen Morgen aufzuwachen. Ein langweiliger Tag mit Lateinvokabeln, Mr. Benetts kritischen Augen und Christinas nerviger Stimme. Mit Kaffeeduft und zu wenig Schlaf. Fernsehen und gemütlichen Socken.

Ich zwinkere. Der Nebel lichtet sich. Aber nichts hat sich verändert.

Ich presse die Finger in Abels Mantel. »Vico hat Leo. Er erpresst uns, damit du in die Zukunft zurückkommst. Er will Leo gegen dich tauschen«, sage ich erstickt. »Vico muss beobachtet haben, wie ich heute früh mit Leo und Marie von zu Hause losgegangen bin. Ich hab mich seltsam verfolgt gefühlt, aber ich dachte, ich bilde mir das ein. Und dann hab ich nicht auf seinen Anruf reagiert, sondern das Handy ausgeschaltet. Oh Gott, es ist meine Schuld, wenn Leo etwas passiert!«

Ich spüre, wie Abel zusammenzuckt und mich noch fester umarmt. Das Bild von Jakows Leiche taucht vor mir auf, und ich erschaudere. Ich kann nicht verhindern, dass ich mir vorstelle, wie Vico eine Waffe auf Leo richtet – und abdrückt. Der Knall dröhnt in meinen Ohren. Leos Körper kracht auf den Boden. Seine grauen Augen stehen offen. Schwarzes Blut klebt an meinen Händen, und ich höre jemanden schreien, sodass mir fast der Schädel zerspringt.

Ich drücke mein Gesicht in Abels Brust. Seine kühlen, schlanken Hände umfassen meine Wangen und schieben meinen Kopf zurück.

»Ludmilla, schau mich an. Wo, hat Vico gesagt, sind sie? In einem Schwimmbad?«

Ich versuche, tief Luft zu holen, aber meine Lungen rebellieren in der Brust. Panik sitzt in meinem Körper wie ein fester Knoten Gift. »Er hat gesagt, dass er uns in dem Schwimmbad in der Altstadt treffen will. Das ist ein geschlossenes Hallenbad, soweit ich weiß.«

Abel nickt, als hätte er nie von einem vernünftigeren Ort gehört. Seine Augen blitzen entschlossen. Er blickt mich ernst an und drückt die Hände fest um mein zuckendes Gesicht. Genauso wie der Mann von dem Doppelportrait sieht er plötzlich aus.

»Wir holen Leo da raus«, erklärt er. »Ihm wird nichts geschehen. Ich verspreche es.«

»Was wollt ihr denn um diese Zeit in der verlassenen Bude?«, fragt der Taxifahrer vom Vordersitz. Vor der Fensterscheibe fliegt die abendliche Altstadt vorbei –

müßig restaurierte Häuserzeilen, kleine Cafés und Schnellrestaurants zwischen dünnen, eingezäunten Bäumen. Auf dem Bürgersteig tummeln sich allerhand Nachtschwärmer. Das Taxi bremst alle paar Sekunden scharf, wenn ein Fußgänger plötzlich die Straße überqueren will.

»Wir gehen auf eine Party«, höre ich Abel beiläufig und gewohnt cool antworten. Sein weicher Akzent schmiegt sich an die Worte. Er drückt meine kalte Hand.

»Ach, seid ihr nicht von hier?«, der Fahrer, ein Mann um die dreißig mit einem langen Zopf, wirft uns im Rückspiegel einen interessierten Blick zu. »Seid ihr extra für die Party her gekommen? Muss ja 'ne verdammt tolle Feier sein.«

»Ja, ziemlich große Sache«, bestätigt Abel vollkommen ernst, und wenn mir vor Nervosität nicht so schlecht wäre, würde ich über seine ungenierten Lügen lachen.

Das ehemalige Stadtschwimmbad befindet sich fünf Minuten von der Altstadt entfernt und ist über einen breiten Vorplatz, der früher als Parkplatz genutzt worden ist, zu erreichen. Da die Schwimmhalle schon seit Jahren geschlossen ist und weit zurück von der Hauptstraße liegt, harrt der gesamte Komplex in lebloser Dunkelheit aus. Ich war ewig nicht mehr hier.

Mit quietschenden Reifen hält das Taxi etwa zehn Meter vor dem ehemaligen Eingang. Unwillkürlich ziehe ich die Schultern hoch, als ich über das riesige, düstere Gebäude blicke, an das sich ein schwarzer Wald anschließt.

Die perfekte Kulisse für einen Horror-Film. Hier passieren garantiert keine guten Sachen.

»Sicher, dass die Party da drüben steigt?«, der Taxifahrer runzelt die Stirn. »Sieht ziemlich verlassen aus.«

»Wir sind hier richtig«, antwortet Abel. »Vielen Dank.« Er stopft dem verdutzten Mann einen Hundert-Euro-Schein in die Hand und sagt: »Bitte warten Sie noch einen Moment.«

Er steigt nach mir aus dem Taxi und fasst mit beiden Händen nach meinen Oberarmen. Es ist schrecklich dunkel, die nächste Laterne steht weit weg. Nur der bleiche Mond leuchtet alle paar Augenblicke hinter den dicken Wolken hervor und taucht den leeren Platz in kaltes Licht. Ein heftiger Wind fegt über den Boden.

»Hör zu, ich weiß nicht, was uns da drin erwartet«, sagt Abel. Seine Augen blitzen dunkel. »Vico ist ein hochintelligenter Kerl. Er wird uns Leo nicht einfach kampflos überlassen. Ich werde alleine hineingehen, um meinen Bruder zur Vernunft zu bringen. Du bleibst im Taxi, bis –«

»Das kannst du vergessen!«, unterbreche ich ihn. »Ich komme auf jeden Fall mit rein. Es geht um Leo, er ist fast meine ganze Familie, und das ist alles, was ich habe! Ich kann nicht hier draußen warten, sonst drehe ich durch!«

Abels Finger bohren sich in meine Arme. »Es ist gefährlich. Ich habe keine Ahnung, was Vico plant. Und er hat einen Menschen getötet. Ich will nicht, dass dir oder Leo was zustößt.«

»Und ich will genauso wenig, dass dir was passiert«, entgegne ich. Meine Stimme versagt, und ich muss heftig schlucken. »Ich komme mit rein, egal, was du sagst.«

Er stöhnt auf und schließt für einen Moment die Augen.

»Vico weiß nicht, dass wir herausgefunden haben, dass er Jakow umgebracht hat und nicht dein Vater«, fahre ich fort. Meine Unterlippe beginnt vor Anspannung und Kälte wieder zu zittern. »Das bedeutet, wir haben ihm gegenüber einen Wissensvorsprung. Vielleicht können wir ihn mit dieser Erkenntnis irgendwie – überrumpeln. Abel, ich weiß, was du vorhast, aber ich lasse dich auf keinen Fall mit ihm gehen, auch wenn er das für Leos Freilassung verlangt. Du kannst ihm nicht trauen. Er ist ein Mörder. Wir können uns von ihm nicht erpressen lassen.«

»Vico ist immer noch mein Bruder«, erwidert Abel mit matter Stimme. Er lässt meine Arme los und streicht sich die wilden Haare aus den Augen. »Wenn das seine Bedingung ist, um Leo freizulassen, dann können wir nichts dagegen tun.«

»Doch, irgendwie schaffen wir das«, widerspreche ich. »Wir holen Leo da raus und – überwältigen Vico. Irgendwas wird uns einfallen.« Ich hole tief Luft. »Ich bin bereit, für diese aussichtslose Liebe alles zu riskieren«, wiederhole ich seine Worte.

Abel zieht einen Mundwinkel hoch.

»Du bist wirklich unglaublich«, sagt er nur. »Unglaublich leichtsinnig und unbelehrbar.«

»Ich dachte, das magst du an mir«, erwidere ich bibbernd. »Also, bist du auch bereit?«

Abel blickt mich mit seinen Eisaugen an. Dann nickt er. »Ich bin bereit. Für diese aussichtslose Liebe und alles andere.«

»Hey, ihr Turteltäubchen, was ist jetzt? Habt ihr euch entschieden, oder soll ich euch zurück in die Stadt fahren?«, ruft uns der Taxifahrer aus dem heruntergekurbelten Fenster zu.

»Wir bleiben.« Abel geht zu ihm und steckt ihm einen weiteren Schein zu. Nach einem leisen Pfiff durch die Zähne winkt uns der Fahrer zu, wendet das Taxi und verschwindet holpernd in der Dunkelheit.

»Okay. Dann los. Aber du bleibst immer hinter mir. Wenn ich sage, renn, dann rennst du. Wenn ich sage, duck dich, dann duckst du dich. Keine Fragen, keine unüberlegten Aktionen«, erklärt Abel und klingt dabei ziemlich routiniert.

Ich nicke und antworte: »Dafür darfst du dich nicht einfach so gegen Leo eintauschen. Ich lasse nicht zu, dass du wegen uns aufgibst und verschwindest.«

Er beißt die Zähne zusammen.

»Versprich mir, dass du nicht den Helden spielst«, dränge ich weiter. »Du darfst meine Hand niemals loslassen. Okay?«

Nach einem Moment nickt er langsam. »Okay.« Er zieht seine Taschenlampe hervor und bedeutet mir, meine ebenfalls einzuschalten. Obwohl er wegen seiner scharfgestellten Augen selbst keine braucht, haben wir vorhin zwei Lampen in einer Tankstelle gekauft. Das Licht zeichnet ein wirres Muster auf sein ernstes Gesicht. Wir wenden uns dem verlotterten Eingangsbereich zu.

Mehrere Säulen stützen ein marode aussehendes Vordach. Die Glastüren sind fleckig, was den Blick ins Innere erschwert. Abel greift nach der verdreckten Eingangstür. Sie schwingt nach ein paar Sekunden ächzend auf. Nacheinander schlüpfen wir in die modrige Dunkelheit.

Das düstere Foyer wirkt ausgestorben, als hätte es seit Jahren niemand mehr betreten. Es gibt keinerlei Hinweise darauf, dass sich hier irgendwann Leistungssportler getummelt haben, große Sporttaschen über der Schulter, die nackten Füße in klatschenden Flipflops.

Ich beiße die Zähne zusammen und blicke mich schaudernd um. Unsere Schritte knirschen auf den Fliesen. Die Wände sind verstaubt und einzelne Kacheln herausgebrochen. Grelle Graffitispuren leuchten uns an, und Spinnweben spannen sich in den Ecken. In der kalten Luft hängt ein muffiger, feuchter Geruch, bei dem sich mir der Magen umdreht. Irgendwo tropft stetig Wasser in eine Pfütze. Und dann ist da plötzlich ein Rascheln, ein Schaben – ah!

Ich schrecke zurück, als zwei dicke Ratten durch meinen Lichtstrahl flitzen und um eine Ecke verschwinden.

»Wo können sie sein?«, flüstere ich Abel zu. »Sieht nicht so aus, als wäre vor Kurzem noch jemand hier gewesen. Vielleicht – hat er uns reingelegt?« Eine neue Angstwelle rieselt durch meinen Körper. Was, wenn wir zu spät kommen, und Vico Leo schon ... Nein, das kann nicht sein!

Ich beiße mir auf die Lippe und schüttele mich unwillkürlich wegen der stinkenden Luft, die sich in meine Lungen füllt.

»Wir gehen einmal das Gebäude ab und sehen dann weiter«, sagt Abel. Mit der einen Hand leuchtet er die verdreckten Wände ab, mit der anderen hält er meine Finger fest. Sein Lichtstrahl trifft auf eine halbhohe, verrostete Eisenstange, die mit einem ausgehängten Drehkreuz verbunden ist. Ein schmales Kassenhäuschen mit zerschlagenen Fenstern, in denen sich verzerrt das Licht der Taschenlampen spiegelt, deutet darauf hin, dass hier früher die Tickets gelöst wurden.

»Au!« Ich unterdrücke ein Stöhnen und reibe mir das pochende Knie. Mit zitternden Fingern leuchte ich nach unten und sehe, dass ich gegen einen morschen Metallstuhl gestoßen bin, der achtlos vor dem Kassenhaus abgestellt worden ist. Ausgerechnet den fast verheilten blauen Fleck vom Hockey musste ich mir nochmal anschlagen!

»Alles okay?«, fragt Abel. Ich nicke im Schein seiner Lampe. Seine Augen ruhen in tiefen Schatten.

»Lass uns hoch gehen.« Ich weise hinter das metallene Drehkreuz, wo eine schmale Treppe neben einem blinden, verschmierten Aufzug nach oben führt. Dort waren früher die Kabinen und Duschen untergebracht, und dahinter werden wir irgendwann auf die nun wahrscheinlich wasserlosen Schwimmbecken zulaufen. Bei dem Gedanken an die tiefen, leeren Becken läuft es mir kalt den Rücken hinunter. Wo steckt Vico nur?

Nacheinander schleichen wir die Treppen hinauf, wobei unter unseren Füßen immer wieder spitze Scherben knacken, und verharren kurz auf dem Absatz, um zu lauschen.

Nichts. Nur der Tropfen fällt immer wieder herab und zerschellt in einer Wasserlache. Langsam gewöhnen sich meine Augen an die feuchte Dunkelheit, doch mein Körper zittert immer stärker. Vor uns liegt ein schmaler Gang, in dessen rechte Seite mehrere Türen eingelassen sind, die schief und krumm in den Angeln hängen. Vermutlich führen sie zu den Umkleidekabinen. Die Lichtstreifen der Taschenlampen erhellen den Raum kaum merklich. Über die linke Wand zieht sich eine hüfthohe Theke, die im Widerschein der Taschenlampen staubig aufleuchtet. Die Mauer über der Theke hebt sich merkwürdig tief ab. Ist das eine Empore, oder ...? Ich trete einen Schritt nach vorne – und schrecke im gleichen Moment zurück, als sich eine dunkle Gestalt vor mir aufbaut. Mit einem lauten Klappern schlägt meine Taschenlampe auf die Fliesen und rollt zur Seite, wo ihr Licht erlischt. Ich presse die Fäuste an die Brust und beobachte mit hämmernden Herzen die starre Person vor meiner Nase.

Erst als Abel sich nach der Taschenlampe bückt, zucke ich überrascht zusammen. Langsam strecke ich die Hand aus, und meine Fingerspitzen stoßen gegen eine kalte Fläche.

Oh. Das ist nur die Spiegelwand, vor der sich die Leute wahrscheinlich früher die Haare geföhnt haben. Ich habe mich vor meinem eigenen Spiegelbild erschrocken. Ich schneide eine Grimasse. Das ist ja wieder mal typisch.

Abel leuchtet in den fleckigen Spiegel und blendet mich, bevor ich einen Blick auf mein blasses, angespanntes Gesicht erhasche. Abel sieht genauso ernst aus – und wütend. Ich spüre, wie es in ihm brodelt und fasse seine verkrampfte Hand fester.

Als wir die dunklen Umkleidekabinen und klebrigen Duschen endlich hinter uns gelassen haben, atme ich auf. Mir ist von der alten, muffigen Luft ganz schlecht. Mein Kopf dreht sich, und meine Nerven sind zum Zerreißen gespannt.

Schließlich kommen wir durch eine breite, zersprungene Doppeltür in die riesige Schwimmhalle. Wie ein tiefes, schwarzes Loch baut sich zuerst das Nichtschwimmerbecken vor uns auf. Ich leuchte nach unten und erkenne auf dem Grund einige alte Decken, die wahrscheinlich Obdachlosen gehören. Zum Glück ist die Luft hier viel besser als in den geschlossenen Umkleideräumen. Dafür beißt sich ein eisiger Wind in meine Haut und pfeift schrill in meinen Ohren. Wo kommt nur dieser Sturm her?

Mein Blick fliegt durch die dunkle Halle und bleibt an der gegenüberliegenden Seite hängen. Die einst pompöse Glasfront ist fast komplett zerstört. Der Wind fegt durch die Splitter ins Innere und bewegt die riesigen Spinnennetze geisterhaft hin und her.

An Abel gepresst stolpere ich an dem Kinderschwimmbecken vorbei und trete an den Rand des Schwimmerbeckens. An den Seiten erheben sich schemenhaft die ehemaligen Tribünen bis hinauf zur Decke: steinerne Sitzreihen für rund fünfhundert Besucher. Braune Blätter kleben an den Sitzen. Unter dem blitzenden Strahl meiner Taschenlampe erkenne ich, dass dicke Backsteine kantige Löcher in die Fliesen gerissen haben. Die Metallstangen, die über den einzelnen Stufen angebracht sind, hängen verbogen herunter. Die ganze Zerstörung und der ganze Verfall drücken schwer auf meine Schultern.

In der nächsten Sekunde fahre ich heftig zusammen, denn plötzlich hallen Schritte von der linken Tribüne zu uns herüber. Abel presst mich mit dem Arm an sich, und ich reiße den Kopf zur Seite, als eine dunkle Stimme durch den Raum schwingt und ein unheilvolles Echo erzeugt.

»Abel, Ludmilla. Da seid ihr ja.«

36

Meine Zähne schlagen hart aufeinander, und ich balle die Fäuste, sodass meine Fingernägel in die Handflächen schneiden. Mein verletztes Handgelenk pulsiert wütend zur Antwort. In der Dunkelheit starre ich über das Becken zur linken Tribüne. Das Mondlicht erhellt lediglich die ersten Reihen, daher erkenne ich nur schemenhaft eine schlanke Gestalt, die sich auf der verbogenen Metallbrüstung abstützt.

Die Silhouette gleitet einen Schritt zur Seite, sodass ihr Gesicht nun von Licht und Schatten gespalten wird. Mein Herz krampft sich zusammen. Es ist Vico. Natürlich.

Ein Schauer läuft über meinen Rücken. Am liebsten würde ich ihm die Augen auskratzen, aber Abel hält den Arm fest um mich geschlungen. Ich zapple in seinem Griff – und erstarre, als ein kurzes Zischen die Stille aufreißt. Augenblicklich erstrahlt die ganze Szenerie in gleißendem Licht. Ich stolpere zurück. Was ist hier los?

Halbblind schirme ich das Gesicht mit den Händen ab. Irgendjemand hat das Flutlicht eingeschaltet! Mit brennenden Augen starre ich zur linken Tribüne und blicke direkt in Vicos blaue Augen. Ihm scheint die plötzliche Helligkeit genauso wenig wie Abel auszumachen. Wahrscheinlich hat er sich auch irgendein Zeug in die Augen spritzen lassen.

Jetzt hoch aufgerichtet beobachtet Vico uns aufmerksam. Er trägt dunkle Jeans und seine Lederjacke.

»Oh nein!« Der Schock fährt mir in die Glieder, als ich eine zusammengekrümmte Gestalt neben Vicos Füßen bemerke. Lockiges, braunes Haar, eine blaue Jacke, Beine in Jeans ... Das ist Leo!

Ich schlage mir die Hand auf den Mund, um nicht laut aufzuschreien. Der Körper meines Bruders kauert auf der Seite, unbeweglich wie ein toter Schatten, die Augen sind geschlossen. Das Licht blendet mich immer noch stark, aber ich meine, dass sich auf Leos bleicher Stirn ein dunkler Streifen Blut hinab windet.

Blut. Mein Magen dreht sich um.

»Was hast du mit meinem Bruder gemacht?«, gellt meine Stimme über das Becken, und ohne nachzudenken renne ich los. Doch bevor ich auch nur zwei Meter weit gekommen bin, greifen zwei starke Arme nach mir und halten mich fest.

»Lass mich!«, schreie ich und strample in Abels Umklammerung. »Wir müssen ihm helfen! Er blutet, siehst du das nicht?«

Vicos geisterhaftes Lachen macht alles nur noch schlimmer. Abel zieht mich an sich. Keuchend lausche ich seinen leisen, gepressten Worten: »Leo wird nichts geschehen. Vico will ihm doch gar nichts tun. Er will uns provozieren, bis wir vielleicht einen Fehler machen. Hör auf mich und bleib ruhig. Du hast es versprochen.«

Ich zittere in seinen Armen und hole schließlich tief Luft, um meinen verkrampften Rücken zu entspannen. Natürlich. Er hat recht. Ich darf nicht durchdrehen.

Leos Leben steht auf dem Spiel.

Vicos Stimme erhebt sich in der Halle und kocht in meinen Ohren. »So viel Temperament, so viel Wut, so viel Lebendigkeit. Abel, ich kann verstehen, was du an dem Mädchen findest. Sie ist ein hübsches Ding und völlig anders als alles, was wir kennen. Fremdartigkeit zieht unser Interesse an. Das ist nur menschlich. Aber mit deiner Ausbildung und bei deinem Status hättest du dich eigentlich besser beherrschen müssen.« Er verschränkt die Arme vor der Brust. Die dunklen Haare fallen ihm – wie Abel – in die Augen. Bevor er fortfahren kann, erklingt plötzlich von irgendwoher eine helle Frauenstimme: »Vico, ich hab's geschafft! Oh – Abel, endlich!«

Mein Kopf fliegt zur Seite. Abels Arme lösen sich von mir, und er greift stattdessen nach meiner kalten Hand. Draußen heult der Sturm, und eine heftige Bö fegt durch die Glassplitter in die Halle.

Auf der Tribünenseite eilt eine junge Frau auf Vico zu. Sie trägt einen dunklen Mantel. Das blonde Haar fällt ihr in leichten Wellen ums Gesicht, das blass und entschlossen aussieht. Es ist Hana. Sie legt Vico die Hand auf den Arm.

»Ich wollte etwas Licht ins Dunkel bringen. Es hat ganz schön lange gedauert, bis ich in dieser Ruine das Stromnetz gefunden habe«, ruft sie zu uns herüber, als würden wir uns auf einer netten Party befinden – und als würde Leo nicht mit einer Kopfwunde einen Meter hinter ihr liegen. Eine neue Welle blinder Wut lodert in mir auf. Ich beiße die Zähne zusammen und zwinge mich, den Blick vom reglosen Körper meines Bruders zu lösen.

»Hana, ich hätte nicht gedacht, dass du so weit gehen

würdest«, knurrt Abel. »Dass ihr unschuldige Menschen mit in die Sache hineinziehen würdet, um mich zu erpressen.«

»Du lässt uns ja keine andere Wahl!«, ruft Vico sofort, aber Hana bringt ihn mit einer winzigen Handbewegung zum Schweigen.

»Hör mir zu, Abel«, sagt sie über das leere Becken. Sie wirkt unendlich müde, und ihr Akzent klingt noch weicher als Abels und Vicos. »Du weißt, dass ich es nicht zulassen würde, dass jemand ernsthaft verletzt wird. Dem Jungen hier wird nichts geschehen. Aber – ich bin verzweifelt. Mir sind die Hände gebunden. Du rennst vor uns davon, als wären wir deine Feinde. Was ist nur mit dir passiert? Du kannst nicht hier bleiben, das weißt du ganz genau. Du musst mit uns zurückkommen.«

»Hana, wir hatten einen Plan. Diesen verfolge ich immer noch«, entgegnet Abel. »Du hast uns geholfen, in die Vergangenheit zu kommen, damit wir unseren Vater wiederfinden und den Mordfall aufklären. Wir –«

»Dieser Auftrag ist erledigt«, unterbricht ihn Vico. »Unser Vater ist tot, er ist schuldig und für diesen ganzen Schlamassel verantwortlich. Es gibt hier nichts mehr für uns zu tun.«

»Vico hat recht. Er hat mir alles erzählt. Es bricht mir das Herz, das zu sagen, aber es ist vorbei«, ergänzt Hana. Ihre Stimme bebt, und sie reckt hilflos die Hände. »Abel, wir können hier nichts mehr tun, und es ist gefährlich, noch länger zu bleiben. Unsere Anwesenheit ist hier nicht vorgesehen und könnte den Verlauf der Ereignisse verändern. Alles könnte ins Chaos stürzen! Aber nicht nur das. Wenn du nicht mitkommst, wirst du vielleicht der Mordbeihilfe verdächtigt und das bringt uns alle in Gefahr. Am Ende verlieren wir alle unseren Status!« Hanas Stimme bricht. Ich sehe, wie sie zittert. »Was ist nur mit dir passiert? Abel, bitte, du hast eine Verantwortung in der Firma. Du bist ein hervorragender Agent, du wirst gebraucht. Niemand wird dich wegen deines Vaters anklagen, wenn wir strategisch vorgehen. Alles wird so sein wie vorher.«

»Abel, wir schaffen das, wenn wir zusammenhalten«, ergänzt Vico, und seine Worte erzeugen ein gespenstisches Echo. »Das hier ist nicht unsere Welt. Sie warten in der Zukunft auf uns.«

»Zusammenhalten?«, wiederholt Abel eisig. »Du sprichst von Zusammenhalt? Vico, gerade du?«

Dieser hebt überrascht den Kopf. »Worauf willst du hinaus?«, fragt er. Seine schwarze Lederjacke bauscht sich im Sturm und wirft einen verzerrten Schatten an die Wand.

Mein Herz setzt aus, als ich registriere, wie sich Leos Körper hinter Vicos Füßen regt. Wird er wach? Hat er Schmerzen? Ich drücke meine Finger in Abels Arm.

»Du weißt genau, wovon ich rede«, antwortet Abel. »Du hast mich die ganze Zeit belogen. Aber nicht nur mich. Du hast uns allen etwas vorgespielt. Ich frage mich, wie lange das schon so geht.«

Ein harter Ausdruck fliegt über Vicos Gesicht. Er steckt die Hände in die Hosentaschen und wippt mit den Füßen auf und ab. »Keine Ahnung, was du meinst. Dieses wilde Mädchen und diese ganze verdreckte Welt haben dir offensichtlich das Hirn vernebelt.«

»Ludmilla und Leonard haben mit all dem nichts zu tun«, erklärt Abel kühl. »Lass sie gehen. Wir machen die Sache unter uns aus.«

»Na endlich!«, ruft Vico. »Ich wusste, dass du Vernunft annehmen würdest. Bringen wir das Ganze hinter uns. Ludmilla, du kannst deinen Bruder mitnehmen. Abel, komm hier rüber.«

»Schnell, Abel!«, sagt Hana und streckt die Hand aus.

Abel nickt und lässt mich los. Ich starre ihn entsetzt an. »Was? Nein!« Ich packe seinen Arm und drücke so fest zu, dass meine rechte Hand zu stechen anfängt. »Du hast versprochen, dass du nicht mit ihnen kooperierst. Du hast gesagt, du bleibst bei mir!«

Abel wendet sich mir zu und lehnt die Stirn an meine. »Hör zu«, murmelt er. »Das Wichtigste ist, dass du dich und Leo in Sicherheit bringst. Bleib hier stehen.«

»Nein!«, sage ich mit zitternder Stimme. »Ich werde nicht zulassen, dass sie dich mitnehmen. Du hast versprochen, meine Hand nicht loszulassen!«

Abel sieht mir fest ins Gesicht. »Und du hast versprochen, das zu tun, was ich dir sage. Bleib hier stehen. Mir passiert nichts. Vertrau mir.« Dann schiebt er mich mit beiden Händen zurück. Meine Finger greifen ins Nichts, während sich Abel zu den anderen umdreht. Seine Schritte knirschen auf den kalten Fliesen, dann bleibt er auf halber Strecke zwischen Vico, Hana und mir stehen. »Bevor ich mit euch komme«, fängt er an. »Will ich die Wahrheit wissen. Du musst mir sagen, warum das Ganze passiert ist, Vico. Warum es so weit gekommen ist. Ich verstehe es einfach nicht.«

Ich halte den Atem an. Das Flutlicht flackert für eine Sekunde, und wie eine schwarze Decke wirft sich eine bleierne Dunkelheit über den riesigen Raum. Ich zucke zusammen, doch im selben Moment ist es schon wieder gleißend hell. Ich sehe, wie Vico die Fäuste ballt. Der Wind heult einmal kurz auf.

»Wir sind in die Vergangenheit gereist, um nach unserem Vater zu suchen. Wir konnten nicht glauben, dass er Jakow umgebracht hat«, fährt Abel fort. Er hält sich so aufrecht wie immer, und von hinten sehe ich, wie er das Kinn herausfordernd reckt. »Das Video der Überwachungskamera war gelöscht. Alle Beweise sprachen gegen ihn. Während unserer Suche nach ihm haben wir seine Tasche gefunden und darin seinen Zeitreise-Chip sowie sein Notizbuch. Und wir mussten erfahren, dass er tot ist.« Er macht eine Pause. Irgendwo fällt ein Wassertropfen zu Boden. Das Echo des *Platsch!* verursacht in mir eine Gänsehaut. Ich schlinge die Arme um meinen kalten Körper.

»Aber das ist nicht alles, was ich herausgefunden habe«, sagt Abel. »Nein, es gibt noch mehr. Vater hat in seinem Notizbuch einen versteckten Hinweis hinterlassen. Es war eine künstlerische Spielerei, ein Trick, auf den du nie geachtet hättest.«

Ich beobachte Vicos Gesicht mit den leuchtenden Katzenaugen. Seine Miene verrät keinerlei Emotion. Hana hat aufmerksam den Kopf gehoben und wartet darauf, dass Abel weiter spricht.

»Vico, wir wissen, was du getan hast«, presst er hervor. »Sag die Wahrheit und sag mir, warum.«

In mir krampft sich vor Anspannung alles zusammen. Das Schweigen hängt wie Blei zwischen uns. Hana bricht es schließlich, indem sie sich in Zeitlupe an Vico wendet. »Wovon spricht Abel?«, höre ich sie leise fragen. »Was geht hier vor? Vico, was meint er?«

»Ich habe keine Ahnung«, erwidert Vico mit grimmiger Miene. »Er spinnt total. Die ganzen Giftstoffe in der Luft haben ihn den Verstand verlieren lassen.«

»Ich habe noch nie so klar gesehen wie jetzt«, entgegnet Abel. »Vico, wir haben das Video gesehen. Das Überwachungsvideo, das nach der Tat gelöscht wurde. Vater hat eine Kopie davon erstellt und mit auf seine Reise genommen. Wir haben das Video gefunden. Es hat die Tat von vorne bis hinten aufgezeichnet.«

Hanas ruhige Fassade bröckelt. Sie packt Vico an den Schultern. »Das Video?«, hallt ihre Stimme durch den kalten Raum. »Was heißt das, Vico? Was hast du mit der Sache zu tun?«

»Spiel du nicht auch noch verrückt!«, Vico reißt sich aus ihrer Umklammerung. »Abel will uns gegeneinander aufhetzen!«

Mein Magen flattert wie wild, doch Abel ruft mit unbeeindruckter Stimme: »Hör auf zu lügen! Du hast keine Chance, dich herauszureden. Vater kam dir zuvor. Er hat das Video kopiert, bevor es gelöscht wurde.« Ich höre, wie er scharf die Luft zwischen den Zähnen einzieht. »Warum hast du das bloß getan? Warum hast du Jakow getötet?«

»Hörst du dir eigentlich selbst zu?!«, schreit Vico von der anderen Seite. Er greift sich mit beiden Händen an den Kopf und rauft sich das dunkle Haar. »Wenn ich es wirklich gewesen sein sollte, warum – warum hätte Vater dann eine Kopie des Videos in die Vergangenheit mitnehmen sollen? Er beweist doch seine Unschuld. Er hätte nicht fliehen müssen!« Er wendet sich an Hana, die mit hängenden Armen neben ihm steht und durch die zerstörte Fensterscheibe in die Dunkelheit starrt.

»Er lügt, Hana!«, knurrt Vico. »Es macht absolut keinen Sinn, was er erzählt. Abel hat den Tod und die Schuld unseres Vaters nicht verkraftet – und jetzt will er sogar hier bleiben, in dieser beschissenen Zeit! Er ist verrückt geworden.«

»Ich habe das Video auch gesehen!«, rufe ich, bevor ich nachdenken kann. »Es ist die Wahrheit! Jakow hat an seinem Schreibtisch gearbeitet, und Vico hat ihn überrascht. Sie haben sich gestritten, und dann hat Vico auf ihn geschossen. Ich habe gesehen, wie Jakow gestorben ist. Es war einfach grauenvoll!«

Die Erinnerung an den Todesschuss, an Jakows nach hinten verdrehten Kopf, an die Sekunde, die die Kamera Vicos Gesicht eingefangen hat – all das rauscht durch meinen Kopf, und unwillkürlich krümme ich mich zusammen.

»Ich habe das Video«, sagt Abel. »Hana, du kannst es dir ansehen, wenn du uns nicht glaubst.«

»Hör auf, sie zu manipulieren!«, brüllt Vico. »Nichts davon ist wahr!« Die Worte prallen gegen die hohe Decke, und das Echo schallt mehrere Sekunden lang durch die Luft.

»Weißt du, was ich glaube?«, fährt Abel fort. »Vico, ich glaube, unser Vater wollte dich schützen. Er wusste, dass du es warst, und er wollte das Video verstecken. Er hat die Schuld auf sich genommen, weil du sein Sohn bist. Er wollte verhindern, dass du verurteilt wirst und aus der Firma ausscheidest. Er hat es für dich getan – obwohl du ein Mörder bist.«

»Du erzählst so einen Müll! Warum hätte ich Jakow töten sollen?«, ruft sein Bruder wütend. »Das ergibt doch gar keinen Sinn!«

Die Worte sprudeln aus mir heraus, bevor ich sie stoppen kann: »Jakow ist mehrfach in die Vergangenheit gereist, und niemand hat davon gewusst. Und dann wird er von dir umgebracht, Vico? Da stimmt doch irgendwas nicht! Du weißt irgendwas – oder Jakow wusste etwas, und deswegen musste er sterben.«

»Jakow ist in die Vergangenheit gereist?«, wiederholt Hana. »Das kann nicht sein. Zeitreisen dienen nur Forschungszwecken und werden streng dokumentiert. Ich wüsste davon, wenn Jakow –«

»Es ist wahr!«, rufe ich dazwischen und stolpere ein paar Schritte nach vorne. »Ich habe mehrere Zeitungsartikel gelesen, die beweisen, dass er in verschiedenen Zeiten gelebt hat und immer wieder spurlos verschwunden ist. Aber nicht nur er: Nachweislich sind zehn Menschen aus eurer Zeit in die Vergangenheit gereist. Und mindestens eine weitere Frau ist jetzt tot!«

»Das kann ich nicht glauben«, erwidert Hana stockend. Mit ihren veilchenblauen Augen starrt sie mich bestürzt an.

»Hana, Ludmilla sagt die Wahrheit. Menschen aus unserer Zeit sind in die Vergangenheit gesprungen und haben sich dort an der wissenschaftlichen Forschung beteiligt. Autos, Pharmazie, Atomwaffen«, zählt Abel auf. Er streckt mir die Hand hin und zieht mich neben sich. »Was wird hier gespielt? Was sollen die ganzen Zeitreisen? Vico, was hast du mit der Sache zu tun?«

»Vico, stimmt das? Du …« Hana bricht keuchend ab, als Vico plötzlich in seinen hinteren Hosenbund greift – und eine Pistole hervorzieht. Eine kleine, schwarze Waffe, die im hellen Flutlicht glitzert.

Die Waffe aus dem Video.

37

Entsetzt weiche ich einen Schritt zurück. Mein Herz hämmert wie verrückt, als mein Blick auf Leo fällt, der direkt hinter Vico liegt. Vico könnte ihn auf der Stelle erschießen, und ich müsste machtlos daneben stehen! Kalte Angst rast meine Arme hinauf und quetscht die Luft aus meinen Lungen.

»Steck die Waffe weg«, knurrt Abel. Er schiebt mich hinter sich. »Mach es nicht noch schlimmer.«

»Schlimmer?«, wiederholt Vico und lacht. »Ihr habt echt keine Ahnung! Ihr wisst nicht, was in unserer Welt abgeht. Ich habe euch allen einen Gefallen getan, indem ich Jakow getötet habe!«

Sein Geständnis schießt mir direkt in den Bauch. Totenbleich weicht Hana ein Stück von Vico ab. »Du warst es? Vico, nein, das ist doch nicht wahr! Pawel war nicht nur ein Kollege. Er war unser Freund! Wieso? Wieso nur?«

»Hana, ich wundere mich nicht, dass du das nicht kapierst«, erwidert Vico wieder vollkommen beherrscht. »Du bist so naiv. Glaub mir, es gibt Menschen, die uns alle in Gefahr bringen. Menschen wie unser Vater. Und wie Pawel Jakow.« Noch während er spricht, hebt er geschmeidig den Arm und richtet die Waffe auf Abel und mich. Abel drückt mich hastig weiter hinter seinen Rücken und ballt die Fäuste.

»Sie sind eine Gefahr für OPUS. Für das System. Für alles«, fährt Vico ruhig fort. Hana tritt einen weiteren Schritt zurück. »Und deswegen mussten wir sie beiseite schaffen. Sie stellen Fragen, sie wollen Dinge anders machen – aber das System funktioniert nur, wenn alle an einem Strang ziehen. Wenn OPUS im Mittelpunkt steht und jeder sein Bestes für die Firma gibt. Andernfalls stürzt alles ins Chaos.«

»Und dafür musstest du einen Mord begehen? Was ist mit dem Obdachlosen vom Bahnhof passiert? Hast du den auch auf dem Gewissen?«, fragt Abel kalt. »Du bist das Letzte. Wer steckt mit dir unter einer Decke?«

»Der Penner war ein Kollateralschaden«, erwidert Vico und beißt die Zähne zusammen. »Er hätte Vater und uns niemals sehen dürfen. Ich musste ihn verschwinden lassen, um alle Spuren zu verwischen. Und Jakows Tod war leider ebenfalls – unvermeidbar.« Eine Sekunde flackert sein Blick. »Natürlich tut es mir leid um Jakow – und auch um Vater, der für meine Tat büßen musste. Aber ich habe ihn nicht darum gebeten, die Schuld auf sich zu nehmen. Durch den Mord habe ich uns alle beschützt und unsere Existenz gesichert.« Er hebt die Waffe ein Stück an und stabilisiert den rechten Arm mit der linken Hand.

»Glaubst du wirklich, was du da sagst?«, fragt Abel. »Dass du uns beschützt, indem du Freunde umbringst? Du bist wahnsinnig, Vico. Du begreifst überhaupt nichts.«

Der Pistolenlauf glänzt schwarz im Flutlicht. Vico hält die Waffe ganz fest. Hinter Abels Rücken sehe ich, dass er direkt auf seine Stirn zielt. Mir bricht der Schweiß aus. Die ganze Sache wird eskalieren! Ich muss irgendetwas tun! Ich winde mich in Abels Arm, mit dem er mich gegen seinen Rücken drückt.

Vicos Stimme schwankt, als er fortfährt: »Wenn ich euch die ganze Geschichte erzähle, werdet ihr mich verstehen – und mir danken. Jakow musste sterben, weil er aussteigen wollte. Er hat den Sinn unseres Vorhabens nicht begriffen und wollte an die Öffentlichkeit gehen. Das konnten wir nicht zulassen. Er hätte alles kaputt gemacht.«

Ich beobachte Vico mit angehaltenem Atem, wie er uns über die Waffe hinweg irgendwie nachdenklich mustert.

»Zeitreisen sind seit etwa zwei Jahren routiniert möglich. Gegen die Lungenprobleme wurden spezielle Medikamente und Atemmasken entwickelt, doch dieser Durchbruch wurde geheim gehalten. Unser Vater hat davon gewusst, aber im Gegensatz zu Jakow wollte er sich nicht an unserem Projekt beteiligen. Dieser Narr.« Vico schnaubt kurz. »Seit zwei Jahren reisen wir systematisch in die Vergangenheit, um OPUS den Weg zu ebnen. Wir wollen dafür sorgen, dass OPUS sich schneller und effizienter zu dem entwickelt, was es heute ist. OPUS ist unser Leben, unsere ganze Welt. Es ist unsere Pflicht, alles dafür zu tun, dass die Firma noch größer, mächtiger und sicherer wird.« Er holt tief Luft. »Wir verändern die Vergangenheit dahingehend, dass sämtliche großen Erfindungen, wie die ersten Automobilmotoren, bestimmte Medikamente oder Kriegswaffen, direkt auf OPUS zurückzuführen sind. Wir haben Jakow als OPUS-Biologen ins Jahr 2012 geschickt, damit er nachträglich das Patent als Entwickler des Meningitis-Impfstoffs einträgt. Dadurch sichern wir uns nicht nur die monetären Rechte an den

Entwicklungen, sondern besitzen auch diverse Privilegien, die uns allen zugutekommen. Hana, Abel, ist euch klar, dass wir es mittlerweile geschafft haben, dass nur die Mitglieder von OPUS Impfstoffe gegen Meningitis einsetzen? Alle anderen Unternehmen kämpfen weiterhin mit der Krankheit. Durch die Anpassung der Vergangenheit haben OPUS und all seine Mitarbeiter einen klaren Vorteil gegenüber den anderen. Wir sind gesund, sicher und leben in Wohlstand. Versteht ihr? Durch die Modifizierung der Vergangenheit schaffen wir eine perfekte Gegenwart, in der wir alle sorglos und glücklich arbeiten können.«

Hana entfährt ein spitzer Schrei. »Vico, das ist doch Wahnsinn! Ihr dürft die Vergangenheit nicht verändern, das kann schreckliche Konsequenzen haben, das weißt du genau. Die Veränderungen lassen sich absolut nicht kontrollieren. Was ist, wenn die Sache nach hinten losgeht und OPUS vielleicht nie gegründet wird? Ihr könntet alles zerstören!«

»Halt den Mund, Hana, du verstehst gar nichts. Gerade durch die Zeitmanipulation schützen wir OPUS und sorgen für das Wohlergeben aller. Du solltest mir dankbar sein. Ich verschaffe dir ein sicheres Leben.«

Mein Atem geht schnell, und meinem Kopf fällt es schwer, all die Informationen zu verarbeiten. Vico und die anderen Zeitreisenden wollen die Vergangenheit zugunsten von OPUS manipulieren? Sie wollen Impfstoffe horten und nicht allen Menschen zugänglich machen?

»Vico, wie kannst du nur so dumm sein? Für wen hältst du dich, für einen Gott?« Abels Stimme hallt durch das Schwimmbad. »Wolltest du deswegen, dass ich unter allen Umständen wieder in die Zukunft zurückkomme? Hast du mich aus diesem Grund verfolgt und Ludmilla angegriffen? Dir ging es dabei nur um dich selbst. Du hattest Angst, dass ich dir in die Quere komme und die Wahrheit herausfinde. Das ist es doch, oder etwa nicht? Vater und ich waren dir vollkommen egal, dir war nur dein Plan wichtig.«

»Du bist ein nicht einkalkulierter Risikofaktor, Abel«, knurrt Vico. Seine Augen funkeln. »Deine Anwesenheit in der Vergangenheit kann das ganze Projekt zum Scheitern bringen.«

»Wie kannst du für diese wahnsinnige Idee und für OPUS nur über Leichen gehen?! Sag schon, was springt für dich dabei heraus?«, bohrt Abel weiter. Entgegen meiner flatternden Nerven bleibt er vollkommen konzentriert. Nur an seiner geballten Faust merke ich, wie wütend er ist.

»Für mich? Mein Status erhöht sich, was glaubst du denn? Ich werde weit über dir stehen, viel weiter als jetzt schon – über euch allen. Und ihr habt meinen Befehlen zu folgen.«

»Du bist doch irre!«

»Nein, ihr seid es, wenn ihr das nicht versteht!«, Vico stabilisiert die Waffe. Der Wind heult gespenstisch auf und treibt ihm die Haare aus dem Gesicht. Seine blauen Augen leuchten merkwürdig kalt und irgendwie traurig, fast als bereue er, was er hier gerade tut. »Ich wollte ehrlich nicht, dass es so weit kommt. Du solltest mit mir nach Hause kommen und so weiterleben wie vorher. Ich hätte dafür gesorgt, dass unsere kleine Zeitreise nie an die Öffentlichkeit gelangt wäre. Wir hätten niemals unseren Status verloren, aber du musstest ja alles kaputt machen, indem du vor mir davon gerannt bist wie ein bockiges Kind. Jetzt habe ich keine andere

Wahl mehr. Ihr wisst zu viel. Ihr könnt die Menschen in Panik versetzen mit euer Schwarzmalerei.«

»Die Panik wäre gerechtfertigt!«, ruft Hana verzweifelt. Ihre blauen Augen sind entsetzt aufgerissen. »Manipulationen der Vergangenheit sind gefährlich!«

»Schluss jetzt!«, brüllt Vico, bevor er kurz die Augen zusammenkneift und flüstert: »Tut mir leid, Bruder. Leb wohl.« Dann drückt er ab.

Ich keuche heftig auf und stoße Abel instinktiv mit den Händen zur Seite. In der nächsten Sekunde dröhnt ein scharfer Schmerz durch meinen Kopf. Ich höre Abel wütend brüllen, dann fühle ich gar nichts mehr. Erst als ich die Augen mühsam öffne, merke ich, dass ich auf dem Boden liege. Die schmutzigen Fliesen schneiden in meine Wange, und der Boden riecht feucht und kalt. Ich stütze mich auf die Unterarme, doch Abel wirft sich sofort über mich. Ein weiterer, ohrenbetäubender Schuss ertönt und schlägt über meinem Kopf in die Kacheln. Mit einem lauten Klirren zerbricht die Keramik, und Scherben regnen auf mich herab. Die Haut an meinen Händen brennt durch die winzigen Stiche wie Feuer.

Obwohl mir die Brille von der Nase gefegt wurde, stellt sich das Bild vor mir langsam schärfer: Abel richtet sich auf und kniet sich mit geballten Fäusten vor mich. Hana ist an der Tribünenseite mehrere Schritte zurück gestolpert. Ihr Gesicht ist bleich, und sie presst die Hände vor den Mund. Vico steht mit gespreizten Beinen am Rand des leeren Schwimmbeckens.

Ich unterdrücke einen Schrei, als ich erkenne, dass er Leo im Schwitzkasten hält und ihm die Pistole an die Schläfe drückt. Mein Bruder hängt auf den Knien und umklammert Vicos Arm mit beiden Händen. Sein zerkratztes Gesicht ist schmerzverzerrt. Niemand rührt sich, alle warten ab. Als ein warmes Rinnsal an meiner Wange herabläuft, wische ich automatisch darüber und registriere verwirrt, dass mein Handrücken blutverschmiert ist.

Abel bemerkt meine Bewegung hinter sich und fährt herum. Seine Augen weiten sich, und ein entsetzter Ausdruck fliegt über sein Gesicht. Ich rappele mich auf und taumle auf ihn zu. Meine Aktion weckt die anderen auf. Leo wehrt sich plötzlich heftig in Vicos Umklammerung. Er versucht, auf die Füße zu kommen, wirft seinen Kopf zur Seite und bringt Vico dadurch auf den rutschigen Fliesen zum Stolpern. Gefährlich nahe am Beckenrand schwankt Vico – und stürzt mit Leo in das drei Meter tiefe Becken.

Ich reiße die Hand vor den Mund und warte auf den lauten Knall, mit dem die beiden auf die Kacheln krachen werden, doch stattdessen federt Vico den Aufprall mit ein paar schnellen Schritten ab und zerrt Leo mit sich über den verdreckten Grund. Ich hatte ganz vergessen, dass solche Stunts in der Zukunft wohl zu den leichtesten Übungen gehören.

In der nächsten Sekunde schnellt Vico herum und presst die Waffe wieder gegen Leos Schläfe.

»Leo!« Ohne nachzudenken renne ich los. Abel schreit: »Stopp, Ludmilla, spring nicht!«, aber zu spät. Der Sprung ist tiefer als gedacht. Die scharfen Fliesen rammen sich in meinen Körper, und für eine Sekunde wird alles schwarz um mich. Dann schießt ein heißer Schmerz durch mein verletztes Handgelenk, mit dem ich meinen irren Sturz abgestützt habe.

Undeutlich nehme ich wahr, wie jemand direkt neben mir auf dem Beckengrund aufkommt und mich an der Schulter packt.

»Ludmilla, schau mich an«, höre ich Abels dunkle Stimme, und obwohl mein ganzer Körper schmerzhaft pulsiert, hebe ich den Kopf und nicke ihm mit zusammengebissenen Zähnen zu.

»Alles noch dran«, murmle ich.

»Verdammter Mist, du hättest dir das Genick brechen können! Bleib hier, bis ich dich hole.« Abel zieht sich von mir zurück und geht mit großen Schritten auf Vico zu, der immer noch Leo umklammert hält.

»Lass ihn gehen, Vico«, knurrt Abel. »Er hat nichts damit zu tun.«

»Bist du verrückt? Der Kerl will die ganze Story veröffentlichen. Dann sind wir geliefert!«, erwidert dieser wütend.

»Geliefert bist du so oder so«, erklärt Abel.

Wusch!

In diesem Moment erlischt das Flutlicht. Ich zucke zusammen. Zuerst ist es vollkommen schwarz vor meinen Augen, dann bemerke ich das Mondlicht, das in die Mitte des Beckens fließt und den Grund schemenhaft erhellt. Ein paar Sekunden herrscht eine gespenstische Stille. Ich halte den Atem an und warte, dass das Licht wieder angeht, aber nichts passiert.

Verdammt, ausgerechnet jetzt! Mein Kopf, meine Hand und meine Seite schmerzen in dunklen Wellen.

Ich höre mehr, als dass ich sehe, wie sich Abels Schatten auf Vico stürzt. Mit voller Wucht rammt er ihm die Faust unters Kinn, sodass Vico Leo überrumpelt loslässt, dessen Körper über die Fliesen geschleudert wird. Ich höre meinen Bruder heftig aufstöhnen.

Im gleichen Augenblick kommt ein weiterer dunkler Schatten neben mir auf und zieht mich am Arm in eine aufrechte Position. Ich sehe Sterne aufblitzen, und mir ist so schwindelig, dass ich mich kaum auf den Beinen halten kann. Im verschwommenen Mondlicht erkenne ich ein Paar hellblauer Augen, das mich besorgt mustert.

Hana.

Mein Blick fliegt über den kalten Grund des Schwimmbeckens, in dessen Mitte zwei dunkle Gestalten miteinander ringen. Schnelle Schritte knallen auf die Fliesen, ich höre keuchenden Atem, gefolgt von Stöhnen und einem unterdrückten, wütenden Schrei. Ineinander verkeilt stolpern die Silhouetten auf den Rand des Beckens zu. Ich kann nicht unterscheiden, welcher von beiden Abel ist und welcher Vico, und auch nicht, wer die Oberhand hat. Und wo ist die Waffe?

Hana schiebt den Arm unter meine Achsel und stützt mich. Als ich tief einatme, sticht meine Seite, fast so, als hätte ich mir bei meinem Sprung die Rippen angeknackst. Auch das noch! Ich kneife in der Dunkelheit die Augen zusammen, um irgendwo in dieser verdammten Beckentiefe die Gestalt meines Bruders auszumachen. Mein Herz macht einen verzweifelten Sprung, als ich sehe, wie sich Leo ein paar Meter entfernt auf die Ellenbogen stemmt. Der Mond leuchtet seine gekrümmte Gestalt an. Gestützt von Hana stolpere ich über die zerkratzten Fliesen auf ihn zu.

»Hör auf!«, brüllt Vicos Stimme von rechts, als wir Leo erreichen. Ich packe ihn am Arm, und Leo erhebt sich schwankend.

»Mila ...«, stöhnt er und fällt wieder auf die Knie.

»Alles okay, wir bringen dich hier raus«, antworte ich, so zuversichtlich ich kann.

Am Rand des Beckens geht der Kampf weiter. Langsam können meine Pupillen die beiden schwarzen Silhouetten unterscheiden. Abel hat Vico seitlich in den Würgegriff genommen. Vico brüllt auf und rammt Abel seinen Fuß in den Körper. Mir entfährt ein entsetzter Schrei, als Abel aufstöhnt und Vico ihn am Arm herumwirbelt. Fast im selben Moment hat jedoch Abel wieder die Oberhand, indem er beide Hände auf Vicos Schulter stemmt und ihn rücklings auf den Boden wirft.

Fieberhaft zerre ich an Leos Arm. »Geht's?«, frage ich ihn. »Kannst du laufen?« Ich warte seine Antwort gar nicht ab. Obwohl ich mich selbst so fühle, als würde ich jeden Augenblick das Bewusstsein verlieren, hieve ich seinen schlaksigen Körper gemeinsam mit Hana nach oben. Mein Brustkorb zittert vor Anstrengung, aber endlich steht Leo aufrecht. Im Mondlicht kann ich ihm in die Augen sehen.

»Dein Gesicht ...«, murmelt er plötzlich und will mir an die Wange fassen, aber ich schüttele seine Hand ab.

»Ist egal«, sage ich. »Los jetzt!«

Hana packt Leo geistesgegenwärtig an der anderen Seite, und gemeinsam stolpern wir auf den dunklen Beckenrand zu, an der eine verrostete Metallleiter eingelassen ist. Ich habe keine Ahnung, wie wir Leo dort hinauf stemmen sollen, aber irgendwie muss es funktionieren. Ich streiche mir die Haare aus den Augen und schmiere mir dabei irgendwas Feuchtes über die Wange. Verdammt, blute ich etwa immer noch?

Ein hässlicher Schlag auf zerberstenden Kacheln lässt meinen dröhnenden Kopf herumwirbeln. Abel hat Vico bäuchlings auf den Boden gezwängt. Er presst ihn mit den Armen nach unten, einen Fuß auf seinem

Rücken.

Wusch!

Als sich in diesem Moment das Flutlicht wieder einschaltet, brennen meine Augen wie Feuer. Ich reiße den Arm vors Gesicht. Alles ist in flimmerndes weißes Licht getaucht.

»Nein!«, höre ich Hana schreien. »Nicht! Abel, pass auf!«

Ich blinzle heftig. Wie in einem überbelichteten Film sehe ich, wie Vico, auf dem Bauch liegend, mit zuckender Hand nach etwas aus den schmutzigen Fliesen greift.

Die Waffe!

Ich rufe mit wackeliger Stimme: »Abel, die Pistole!«

Mein Mund schmeckt plötzlich metallisch, aber ich achte nicht darauf, denn Abel ist nicht schnell genug. Bevor er die Waffe mit dem Fuß wegtreten kann, kommt Vico ihm zuvor. Fest schließen sich seine Finger um den Griff. Abel sprintet nach vorne, aber zu spät – in dieser Sekunde löst sich ein Schuss wie eine Explosion.

Obwohl sich alles innerhalb von Sekunden abspielt, dehnen sich die Ereignisse vor meinen Augen in eine grauenvolle Zeitlupe aus: Vico reißt den Arm nach oben. Ein Knall ertönt, ein Zischen, und die Kugel rast auf mich zu. Abel, die Augen weit aufgerissen, das blutige Gesicht verzerrt, schreit mir etwas zu, bevor er seinem am Boden liegenden Bruder die Pistole aus den Händen reißt. Auch Hanas Stimme gellt hinter mir auf, aber ich kann mich nicht rühren.

Ich schließe die Augen und warte auf den Stoß der Kugel, der mich zurückschleudern wird.

Eins. Zwei. In der nächsten Sekunde wirft mich eine

heftige Erschütterung zu Boden, und ich höre einen tiefen, erstickten Schrei, der mein Innerstes in Brand steckt.

Dann ist alles still. Viel zu still. Der Schuss dröhnt in meinen tauben Ohren.

Wie in Trance öffne ich die Augen. Ich liege auf der Seite, und mein Mund schmeckt kalt und nach Eisen. Ich blicke auf. Ein Schatten fällt auf mein Gesicht. Jemand steht über mir. Was, ich meine, wer ... ?

»Nein!« Ich werde halb wahnsinnig, als ich begreife, dass es Leo ist. Mit dem Rücken zu mir verharrt er dort und hat die Arme ausgebreitet wie Jesus am Kreuz. Sein Körper schwankt, und im nächsten Moment krampft sich sein Rücken zusammen. Er geht in Zeitlupe in die Knie. Dann fällt er langsam, ganz langsam nach vorne. Und bleibt auf dem Bauch liegen, die Arme vom Körper abgewinkelt.

Als wäre das Wasser ins Becken zurückgekehrt, drückt die Stille auf mein vibrierendes Trommelfell. Plötzlich habe ich das Gefühl, alles schon einmal erlebt zu haben, und gleichzeitig, als würde in Endlosschleife ein schrecklicher Film vor meinen Augen ablaufen, der niemals, niemals, niemals real sein kann. Denn das darf einfach nicht wahr sein. Nein, nicht Leo!

»Ich hätte besser auf dich aufpassen müssen«, hallt seine Stimme in meinem Kopf. »Irgendwann mache ich es wieder gut, du wirst schon sehen.«

»So war das nicht gemeint!«, will ich schreien, aber kein Laut kommt über meine Lippen. Ich kämpfe mich auf Knien zu meinem Bruder. Die spitzen Fliesen reißen meine Jeans auf. Ich packe Leo an den Schultern, um ihn umzudrehen. Als ich in sein Gesicht starre, rammt mir jemand ein Messer in den Rücken. Der

Schmerz ist so heftig, dass ich glaube, würgen zu müssen, explodieren zu müssen, zerspringen, platzen, verschwinden für immer. Und es braucht einen Moment, bis ich verstehe, dass es gar kein Messer gibt, sondern dass es mein Herz ist oder meine angeknackste Rippe oder sonst was, das so unendlich weh tut, dass ich schreien könnte.

Leos Gesicht sieht verwundert aus. Die Locken hängen ihm verschwitzt in die Stirn. Im hellen Flutlicht starrt er zu mir auf, doch seine grauen Augen blicken an mir vorbei. Warum sieht er mich nicht an? Ich kralle die Finger in seine blaue Jacke, unter der sich ein dunkler Fleck ausbreitet, der immer größer wird. Mit zitternden Händen berühre ich seine kalte Wange, aber sein Ausdruck bleibt derselbe. Und plötzlich schreit jemand. Der Schrei ist laut und grässlich, unsagbar schrill, er schmerzt in meinen Ohren, hallt an den toten Wänden des Schwimmbeckens wider und wider und wider und zerreißt mein Herz, meine Nerven, meinen ganzen Körper.

Ich ziehe meinen Bruder in die Arme und drücke das Gesicht gegen seinen Hals. Und nach ein paar Sekunden bemerke ich, dass ich es bin, die sich die Seele aus dem Leib schreit. Mein Hals tut weh, und ich spüre, wie mir etwas Warmes aus dem Mund läuft, aber ich kann die Augen nicht von Leo abwenden, der in meinen Armen liegt und mich nicht ansieht. Weil er tot ist.

Wie unter schwarzem Wasser gefangen registriere ich die folgenden Ereignisse. Ich hocke bei Leo und streiche ihm immer wieder über sein zerzaustes Haar, während sich der Schrei, der aus meiner Kehle bricht, langsam in ein dumpfes Wimmern verwandelt.

Vico ist aufgesprungen. Abel geht mit einem lauten Brüllen auf ihn los, doch plötzlich weicht er zurück. Sein Gesicht ist schmerzverzerrt und entsetzt. Er starrt nach oben, und ich folge seinem Blick, ohne zu verstehen, was hier passiert. Über uns am Beckenrand ist eine schwarz gekleidete Gestalt aufgetaucht. Ein schlanker, großer Mann mittleren Alters, der ebenfalls eine Waffe in den Händen trägt. Ich kann sein Gesicht nicht richtig erkennen, denn seinen Hut hat er tief in die Stirn gezogen und über seinem Mund liegt eine Art Atemmaske.

In der nächsten Sekunde klettert Vico über die morsche Leiter nach oben und stellt sich hinter den Unbekannten. Abel schreit etwas, aber ich kann nichts mehr hören, nur mein eigener Herzschlag dröhnt in meinen Ohren. Das blutige, weiße Gesicht von Leo verschwimmt vor meinen Augen, und im nächsten Moment spüre ich, wie ich auf seinem Körper zusammensacke. Alles wird schwarz.

38

»Hiermit erklären wir die Ausstellung für eröffnet!«
Fotolichter blitzen und Applaus brandet auf, der wie eine pulsierende Welle durch meine Schläfen rollt.

Ich halte mich an dem runden Stehtisch vor mir fest, denn die Welt mit den fröhlichen, geschäftigen Gesichtern dreht sich plötzlich wie auf einem Karussell. Die ganze Szene wirkt auf mich wie ein grellbunter Traum: Elegant gekleidete Personen haben einen weiten Kreis um mich gebildet, stecken die Köpfe zusammen und nicken mir anerkennend zu. An den weißen Wänden leuchten riesige Bilder und bewegte Installationen.

Nun sind Schritte zu hören. Hohe Absätze klappern auf dem spiegelnden Marmorboden und steuern auf die Kunstwerke an den Seiten zu. Lachen ertönt, und anerkennende Rufe werden in der Kunsthalle laut. Irgendwo wird leise Musik gespielt.

Weil meine Beine plötzlich schlapp werden, will ich mich unauffällig mit dem Rücken gegen die Wand lehnen, aber in diesem Moment schlingen sich seitlich zwei Arme um mich und halten mich fest. Marie schiebt ihr lächelndes Gesicht auf meine Schulter.

»Herzlichen Glückwunsch, große Künstlerin. Auf dich!« Sie drückt mir ein Glas mit Orangensaft in die Hand und stößt mit mir an. Auf meiner anderen Seite taucht Mama auf und umfasst meine Taille, während sie einen Kuss auf meinen Kopf drückt.

»Ich bin so stolz auf dich. Das hast du großartig gemacht«, sagt sie, doch ihre Stimme klingt wie gebrochenes Glas. Ich kann den Schmerz in ihren Augen sehen. Vielleicht wird sie mich nie wieder anders anschauen.

Ich stelle das hohe Glas auf den Tisch und lege jeweils einen Arm um Mama und Marie, um sie zu drücken – und um mich an ihnen festzuhalten.

»Danke. Das Ganze ist irgendwie so – unwirklich. Mir ist ganz flau.« Und ich fühle mich tatsächlich merkwürdig betäubt, was aber auch den Schmerzmitteln liegen kann, die ich vorhin großzügig eingeworfen habe.

»Oh, keine Sorge, das ist alles echt. Ich kann dir gerne nochmal das offizielle Schreiben zeigen«, sagt Marie. Sie trägt eine schicke schwarze Hose und eine Bluse mit aufgerollten Ärmeln. In ihren Ohren blitzen weiße Fleshtunnel.

Mein Magen vollführt einen unerwarteten Salto, als ich mich erinnere, wie ich ziemlich benebelt in meinem Krankenhausbett lag und Marie in das Zimmer stürzte. Sie wedelte mit einem Umschlag in der Hand: »Den Brief hat mir Mr. Benett heute gegeben! Von der Kunsthalle! Wow, Mila, kann es das sein, was ich glaube?«

Mit zitternden Fingern habe ich das Papier aufgerissen, darauf gefasst, enttäuscht zu werden. »Sehr geehrte Frau Grimm, leider müssen wir Ihnen mitteilen ...«

Doch stattdessen tanzten mir folgende Worte entgegen: »Wir freuen uns, Ihnen mitteilen zu können, dass wir Sie für das Projekt 'Die Schule der Kunst' ausgewählt haben. Ihre Bewerbung hat uns derart von Ihren künstlerischen Fähigkeiten überzeugt, dass wir Ihnen gerne die ersten Plätze in den Räumlichkeiten zur Verfügung stellen. Bitte lassen Sie uns fünfzehn Ihrer Werke zukommen ...«

Bei dieser Erinnerung muss ich lächeln, so abgedreht und wunderbar ist das alles, doch davon schmerzt nicht nur mein Kopf. Auch das schlechte Gewissen fährt seine Krallen aus und reißt eine weitere Wunde in meine Brust.

Erst vor ein paar Tagen bin ich aus dem Krankenhaus entlassen worden. Und auch wenn ich heute in ein elegantes grünes Kleid geschlüpft bin und mir das Haar frisch gewaschen und frisiert über die Schultern fällt, so fühle ich mich immer noch ramponiert und fehl am Platz – wie ein Möbelstück, das vom Umzugswagen gefallen und entzwei gebrochen ist. Weil man es nicht wegwerfen wollte, hat man es notdürftig zusammengeflickt.

Ich hole tief Luft und berühre mit den Fingerspitzen den Verband an meiner Schläfe, hinter der es beharrlich pocht. Als wäre das Ganze in einem anderen Leben passiert, sehe ich plötzlich Vico vor mir, wie er auf mich und Abel schießt – und mich am Kopf trifft. Zum Glück nur ein Streifschuss, aber die Wunde hat ziemlich stark geblutet. Bei meinem irren Sprung in das Schwimmbecken habe ich mir außerdem eine üble Gehirnerschütterung zugezogen. Dafür sind meine Rippen nur geprellt und nicht gebrochen gewesen. Und jetzt bin ich auf dem Weg der Besserung. Mit riesigen Schritten, wenn ich mich in dem eleganten Foyer der Kunsthalle umblicke, in der es vor Menschen wimmelt. Unglaublich, aber die meisten sind wegen mir hier.

Wahnsinn.

Ich lasse den Blick über die Besucher gleiten. Als ich merke, nach wem ich Ausschau halte, beiße ich mir auf die Lippe. Natürlich ist er nicht da. Trotzdem krampft sich mein Innerstes enttäuscht zusammen.

Ich habe Abel seit dem katastrophalen Abend im Schwimmbad nicht mehr gesehen. Marie hat erzählt, dass er im Krankenhaus tagein, tagaus an meinem Bett gesessen und meine Hand gehalten hat, aber daran kann ich mich fast gar nicht erinnern. Doch seitdem ich wieder wach bin, ist Abel verschwunden. Und ich kann ihn sogar verstehen.

Ich seufze, was Mama wohl als Zeichen der Aufregung deutet, denn sie drückt meine Hand. Ich schließe einen Moment die Augen.

Denk nicht an Abel. Heute ist dein Tag.

Ich atme wieder tief ein und setze ein breites Lächeln auf. Angeregtes Stimmengemurmel erfüllt die Luft.

»Mila, ich hab's dir doch gesagt: Deine Bilder schauen sie sich besonders lang an. Du wirst heute bestimmt alle verkaufen«, flüstert Marie mir zu, als würde ich immer noch im Koma liegen und alles gar nicht richtig mitkriegen. Ich drehe den Kopf zu der Reihe am Eingang, wo meine Werke präsentiert werden und wo sich wirklich die meisten Menschen tummeln. Ein riesiges Portrait in flammenden Pop-Art-Farben sticht als Erstes ins Auge. Es zeigt Leos Gesicht, verschmitzt und ernst zugleich. Die leuchtend graue Farbe seiner Augen verläuft über seine Wangen bis hinunter zum Hals, als wäre seine Iris nicht ganz farbecht.

Ich habe das Bild gestern erst vollendet, und unter meinen Nägeln klebt noch rote Farbe. Ich starre einen Moment auf meine Hände. Die Farbreste erinnern mich schmerzlich an all das Blut auf den zerkratzten Kacheln und an den unaufhaltsam größer werdenden Fleck unter Leos blauer Jacke. Sein leerer grauer Blick schießt mir durch den Kopf, und mein Magen krampft sich zusammen. Der Schmerz überrollt mich, und ich hab das Gefühl, dass ich gleich zusammenbreche, aber Mama und Marie halten mich fest.

»Hey, Leute, ich glaube, ich bin der Star des Abends. Schaut mal, wie viele Menschen vor meinem Portrait stehen!«, höre ich Leos amüsierte Stimme in meinem Kopf. »Wer wird wohl der Höchstbietende sein? Ich wette, Christina kauft das Bild! Ganz großes Kino, Mila, ehrlich, ich habe selten eine so tolle Ausstellung gesehen, und das will was heißen. Ich bin riesig stolz auf dich.«

Tränen brennen in meiner Kehle. Leo steht direkt neben seinem Portrait und weist mit dem Daumen nach hinten. Sein Grinsen ist breit, und seine Augen funkeln.

Doch natürlich ist er nicht da. Nicht wirklich.

Er wird für immer in dem Beckengrund des Schwimmbads liegen, die grauen Augen weit offen, mit einem Blutfleck unter der Jacke, der immer breiter wird.

»Hi, Mila ...«, höre ich plötzlich eine reale Stimme sagen. »Ich – ich wollte dich zu der Ausstellung beglückwünschen. Deine Bilder sind klasse.« Christina taucht an unserem Stehtisch auf. Ihr sonst so strahlendes Miss America-Lächeln sieht heute gequält aus, und ihre Augen sind genauso rot geädert und verquollen wie meine.

Ich bedanke mich, und auch wenn ich das nie für möglich gehalten hätte, liegen wir uns mit einem Mal in den Armen. Christina presst mich an sich und schnieft an meiner Schulter, dann richtet sie sich auf und streicht sich die hellen Haare aus den Augen. »Das Bild von Leo ist fantastisch. Meinst du, ich kann es haben? Mein Vater zahlt dir bestimmt einen guten Preis.«

Trotz des Kloßes in meinem Hals muss ich ein Lachen unterdrücken. Leo weiß wie immer einfach alles. »Lass uns ein andermal darüber reden«, antworte ich, denn ich glaube nicht, dass ich Leos Portrait jemals verkaufen kann.

In diesem Moment tritt Mr. Benett an unseren Tisch. »Ludmilla, ich freue mich ehrlich für dich. Ich habe gewusst, dass du es schaffst. Beeindruckende Werke«, er schüttelt mir die Hand.

»Vielen Dank«, sage ich. Und dann tauchen noch ungefähr dreißig weitere Personen auf, die mir ebenfalls die Hand geben wollen: Galeristen, Künstler, Kunstprofessoren und Händler, und sogar Peter schneit in seinem edelsten Frack herein.

Nach einer Stunde ist meine angeknackste Hand vom Schütteln ganz taub, und mein Gesicht schmerzt vom Dauerlächeln. Und nach einer weiteren Stunde gefüllt mit Smalltalk und klirrenden Gläsern teilt sich die Menge, sodass ich mir endlich die Kunstwerke der anderen Schüler ansehen kann.

Am Ende meines Rundgangs stehe ich vor einem meiner eigenen Bilder: der grünen Leinwand, die ich für das Projekt 'Farbe als Inspiration' angefertigt habe und die in der Farbe von Abels Augen leuchtet. Durch das helle Licht stechen die schwarzen Farbkleckse noch deutlicher hervor.

Ein paar Minuten starre ich auf die grüne Fläche, die

wie zersprungen aussieht. Ich habe das Gefühl, am Anfang und am Ende von etwas zu stehen, das ich noch nicht ganz begreifen kann. Mit diesem Bild hat alles angefangen, und heute erlebe ich so etwas wie einen Abschluss, der gleichzeitig der Beginn von etwas Neuem darstellt.

Ich blicke auf die kleine, weiße Karte in meiner Hand hinunter.

Luke Decker. Andy Warhol-Stiftung.

Der Mann in dem feinen, dunkelblauen Anzug hat sie mir in die Hand gedrückt, nachdem er lange Zeit schweigend das Pop-Art-Portrait von Leo betrachtet hatte.

»Sie haben erstaunliches Talent und einen eigenwilligen Blick auf die Welt, Frau Grimm«, er stand so plötzlich neben mir, dass ich heftig zusammengefahren bin. »Ich würde Sie gerne in unsere Stiftung aufnehmen. Wir fördern, vermitteln und vertreten junge, vielversprechende Künstler. Ich würde mich freuen, wenn Sie Kontakt mit uns aufnehmen würden.«

»Oh«, habe ich überrumpelt geantwortet. »Das klingt – das klingt toll.«

Meine Hand schließt sich um die Karte. Plötzlich bin ich mir sicher, dass ich es schaffen kann. Ich werde mich an einer Kunsthochschule bewerben und Malerin werden. Langsam streiche ich über mein immer noch steifes Handgelenk mit den blassen Narben.

Nein, es wird nie wieder so sein wie vorher. Ein einziger Moment hat genügt, und mein Leben ist in tausend Stücke zerbrochen. Aber aus diesen Scherben kann man etwas Neues bauen, das sich vielleicht auch als ganz brauchbar herausstellt. Jedenfalls wird mich mein Handgelenk nicht davon abhalten, meine Träume zu leben, das haben die letzten Tage bewiesen, in denen ich fast nur über meinen Bildern gesessen habe. Im Gegenteil, meine Hand wird mich immer an Leo erinnern und daran, was ich schaffen kann.

Papa, Leo, ich hoffe, ihr freut euch mit mir.

Ich lasse die Karte des Kunstagenten in meine Handtasche gleiten.

Immer weniger Stimmen fließen durch den hohen Raum, und das Klirren der Gläser ist fast verklungen. Mama steht mit Marie, Christina und Peter an unserem Tisch und blättert in einem Prospekt. Ihr gemeinsames, verhaltenes Lachen schallt zu mir herüber. Mit einem letzten Blick auf das leuchtend grüne Bild will ich gerade zu ihnen gehen, da spüre ich es, als hätte ich darauf gewartet: eine winzige Veränderung in der Luft, wie ein angenehm kühler Hauch, der über meinen Nacken streicht. Ich muss mich nicht umdrehen, um zu sehen, wer hinter mir steht.

Ich schließe die Augen und neige den Kopf, sodass mir ein paar Haarsträhnen ins Gesicht fallen. Ich fühle Abels Anwesenheit wie einen kräftigen Puls im ganzen Körper, der alle Taubheit und alle Benommenheit in mir aufbricht.

»Ludmilla.«

Niemand spricht meinen Namen so aus wie er. Als er von hinten die Hände auf meine Unterarme legt, halte ich die Luft an. Eine heiße Welle steckt meinen Körper in Brand. Langsam dreht er mich zu sich herum. Sein Gesicht sieht ernst aus und unglaublich müde. Ein bitterer Zug verzerrt seinen Mund.

»Hey«, sage ich leise. »Du bist hier.«

»Natürlich. Ich habe dir versprochen, dass ich zu deiner Ausstellung kommen würde. Du hast es geschafft.

Herzlichen Glückwunsch.« Seine Fingerspitzen streichen über meine Haut. Wärme breitet sich in meinem Inneren aus. Mein Körper fühlt sich plötzlich ganz leicht an.

»Deine Bilder sind bemerkenswert. Du kannst stolz auf dich sein.«

»Danke«, sage ich. »Dass sie mich wirklich genommen haben, finde ich immer noch unglaublich. Stimmst du mir nach all dem eigentlich zu, dass Kunst eine Bedeutung hat – und nicht nur austauschbarer Wandschmuck ist?«

»Wie könnte ich das nicht?«, fragt er zurück. »Durch die Anamorphose sind wir der Wahrheit erst auf die Spur gekommen. Ohne dich hätte ich das alles nie geschafft. *Kunst ist eine Waffe zum Angriff und zur Verteidigung gegen den Feind*«, wiederholt er leise Picassos Worte.

Ich nicke und muss lächeln, diesmal ganz echt. Abels Blick bohrt sich in meinen. Seine Augen sind fast schwarz. Als er den Verband an meiner Schläfe bemerkt, zuckt er zusammen. Langsam hebt er die Hand und berührt die goldene Klimt-Blume, die ich vor den Verband gesteckt habe.

»Ich finde keine Worte dafür, wie sehr ich es bereue, dass ich mein anderes Versprechen nicht gehalten habe«, sagt er heiser. »Es steht mir nicht zu, dich zu bitten, mir zu verzeihen. Ich kann mir selbst nicht vergeben. Niemals.«

Ich schlucke.

Seine Fingerspitze fährt ganz leicht über meine Haut. »Können wir uns draußen unterhalten?«

Ich nicke. »Ich hole schnell meine Jacke.«

Wie vor ein paar Wochen stehen wir uns auf dem Treppenabsatz vor der Kunsthalle gegenüber. Es ist schon spät, und der Halbmond schickt sein bleiches Licht über die glatten Stufen. Ein leichter, seltsam milder Novemberwind spielt in meinen Haaren und weht meinen Rocksaum zur Seite. Leise Stimmen dringen aus der Halle an mein Ohr.

Abel streicht sich die Haare aus den Augen und blickt starr an mir vorbei in den schwarzen Himmel. Dann stößt er plötzlich einen Schmerzenslaut aus, einen tiefen, verzweifelten Schrei, der mir bis ins Mark dringt. Er vergräbt das Gesicht in den Händen und geht in die Knie.

Wortlos starre ich ihn an, wie er sich zusammenkrümmt und seine wütenden Schreie mit den Fäusten erstickt.

Langsam hocke ich mich hin und schlinge die Arme um ihn. Mein Gesicht drückt sich in seinen wohlbekannten Mantel. Einen Moment verharrt Abel wie erstarrt, und ich spüre, wie er die Muskeln anspannt. Dann endlich umarmt er auch mich und legt das Gesicht an meinen Hals. So hocken wir auf der kalten Treppenstufe und halten uns wie zwei Ertrinkende aneinander fest.

Irgendwann richtet sich Abel wieder auf. Seine Haut ist bleich, und unter seinen Augen liegen tiefe Schatten. Wir setzen uns auf die Bank vor dem Eingang. Er nimmt meine Hand.

»Ich hätte euch beschützen müssen, wie ich es versprochen habe«, presst er hervor. »Nicht Leo hätte sterben dürfen, sondern ich. Nicht er. Niemals er. Das ist einfach nicht fair. Es ist alles meine Schuld. Ich habe das Schlimmstmögliche angerichtet, und –«

»Nein, stopp!«, sage ich und drücke seine Hand. »Ich habe doch ebenso mein Versprechen gebrochen. Wenn ich einfach das gemacht hätte, was du gesagt hast, wäre es vielleicht nie so weit gekommen – und Leo wäre nicht ...« Ich verstumme. Nein, ich kann es nicht aussprechen. Noch nicht. Vielleicht nie. »Ich bin in das Becken gesprungen, obwohl ich dir versprochen habe, nichts Unüberlegtes zu tun. Ich bin genauso schuld. Und schließlich – war ich bereit, alles zu riskieren.«

»Aber das war zu viel«, Abels Stimme schwankt. Er beißt sich auf die Lippe.

»Ja«, ich senke den Kopf. »Zu viel.«

Der Schmerz brennt in meiner Brust und frisst sich durch meinen Körper. Ich klammere mich an Abels Händen fest.

»Es tut mir so leid«, flüstert er. »Das alles hätte niemals passieren dürfen.«

Tränen drücken sich gegen meine Lider und verschleiern mir den Blick. Es tut so weh, dass meine Stimme nur noch ein Hauch ist, als ich antworte: »Was geschehen ist, ist geschehen. Es lässt sich nicht mehr rückgängig machen. Jetzt erzähl mir alles. Wo ist Vico? Und was ist mit Hana? Und wer war dieser Mann mit der Maske? Was ist überhaupt passiert? Ich kenne nur Maries und Mamas Bericht, nachdem der Krankenwagen ins Schwimmbad gekommen war.«

In meinem Kopf taucht die große, schwarz gekleidete Gestalt auf, die plötzlich am Beckenrand erschienen ist. Der Mann hat einen Mundschutz getragen und ebenfalls eine Waffe gezückt. Vico ist über die Leiter nach oben geklettert. Damit bricht meine Erinnerung ab. Konnte Vico fliehen?

Vico – der Mörder meines Bruders. Mit einem Mal lodert blinder Hass in mir auf, völlig unerwartet, denn die letzten Wochen habe ich mich wie in Watte gepackt gefühlt. Benebelt. Betäubt.

Abels grüner Blick brennt in seinem Gesicht.

»Hana ist noch hier, in der Vergangenheit, aber sie will so schnell wie möglich in die Zukunft zurückkehren. Vicos Geständnis, Leos Tod und die Geschichte mit den anderen Zeitreisenden haben sie geschockt. Sie erholt sich nur langsam.« Er schweigt kurz. »Und dieser Mann ... Ich konnte sein Gesicht nicht erkennen. Aber Hana und ich glauben, dass er aus unserer Zeit stammt. Er hat einen speziellen Mundschutz getragen, der erst in meiner Zeit entwickelt worden ist. Der Kerl hat Vico gerettet und ist mit ihm verschwunden. Daher stecken sie vermutlich unter einer Decke. Vielleicht ist er der Strippenzieher, aber ich bin mir nicht sicher. Ich schätze, sie sind in die Zukunft zurückgekehrt. Etwas anderes kann ich mir nicht vorstellen.«

Irgendwo schreit ein Käuzchen.

»Ich verstehe immer noch nicht, wie Vico meinem Vater den Mord an Pawel Jakow in die Schuhe schieben konnte«, murmelt Abel heiser. »Und warum mein Vater das mit sich hat machen lassen. Er wollte Vico schützen. Aber ist das wirklich der einzige Grund? Ich wünschte, ich könnte ihn fragen.«

»Dein Vater muss irgendetwas gewusst haben«, überlege ich. »Sonst wäre er nicht in die Vergangenheit gereist. Und erinnere dich an die Hinweise, die er dir in der Kladde hinterlassen hat: die Anamorphose und das Buch von H.G. Wells.«

»Darüber habe ich auch nachgedacht«, antwortet Abel und drückt meine Hand. »Es kann kein Zufall sein, dass mein Vater 'Die Zeitmaschine' als Versteck für den Video-Chip ausgewählt hat. Vico hat davon gesprochen, dass wir nur in Sicherheit sind, wenn wir unser Leben OPUS widmen und dass er in dem Status-System aufsteigen will. Ich glaube, mein Vater wollte mich vor einer solchen Entwicklung warnen. Durch das Status-System sind wir dabei, in eine Kasten-Gesellschaft zu zerfallen, in der die privilegierte Gruppe die andere unter dem Deckmantel von Frieden und Sicherheit unterdrückt. Ich habe noch nie ernsthaft darüber nachgedacht, aber jetzt glaube ich, dass die Menschen mit einem niedrigen Status nicht besonders fair behandelt werden. Ich muss herausfinden, was in meiner Zeit passiert. Und ich muss verhindern, dass diese wahnsinnigen Zeitmanipulationen weiter durchgeführt werden und noch mehr Unschuldige sterben.«

Mein Herz krampft sich zusammen. »Du gehst zurück, oder?«, frage ich mit krächzender Stimme.

»Ich muss«, erwidert er leise. »Du hast mir doch erst deutlich gemacht, dass ich vor der Wahrheit nicht davonlaufen kann. Ich kann mich nicht weiter verstecken und die Wirklichkeit, die mir vorgespielt wird, als Wahrheit akzeptieren. Nicht nachdem Vicos wahnsinniger Plan schon so viele Opfer gefordert hat. Ludmilla ...« Er löst seine Hand von meiner und greift in seine Manteltasche. Ich schaue verwirrt auf.

»Was —?«, setze ich an, doch ich verstumme, als er die Hand öffnet. In seiner Handfläche glitzert im Mondlicht ein goldener Chip. Feine Rillen laufen über die Oberfläche. Ein heißes Kribbeln fährt durch meinen Körper.

»Das ist ein Zeitreise-Chip«, erklärt Abel. »Hana hat drei Chips aus meiner Zeit mitgebracht, zur Sicherheit, falls die Chips von Vico, Vater und mir zerstört worden wären. Hana hat mir schon einen neuen Chip eingestanzt. Vico und mein Vater brauchen keinen mehr.«

Ich starre ihm in die Augen, die er schmerzvoll verengt. Er schließt die Hand um den Chip, und ich halte den Atem an, als er weiter spricht: »Ludmilla, ich möchte, dass du mit mir in meine Zeit kommst. Nein, hör mir kurz zu. Ich habe mit Hana darüber gesprochen: Du könntest in unserer Welt problemlos atmen und leben, denn deine Lungen würden sich innerhalb von Minuten an unsere gefilterte Luft gewöhnen.«

Er sieht mir ernst ins Gesicht. »Ich weiß, dass ich das nicht verlangen darf. Du gehörst hierhin, das hier ist deine Welt. Ich habe dir schon viel zu viel angetan, und ich hab keine Ahnung, welche Konsequenzen deine Anwesenheit in meiner Zeit haben könnte. Aber ich habe noch nie etwas so sehr gewollt wie dich. Ich werde verrückt bei dem Gedanken, dich zu verlassen. Ich brauche dich an meiner Seite.« Seine Stimme ist so dunkel wie der Himmel über unseren Köpfen.

»Aber das ist nicht alles. Ich habe einen Plan. Vico hat die Vergangenheit zugunsten von OPUS verändert. Und ich – verändere sie für dich. Ich werde alles rückgängig machen, und Leo wird leben, auch wenn ich mein eigenes Leben dafür geben muss. Ludmilla ... Ich bitte dich, komm mit mir.«

Meine Schultern beginnen zu zittern, und in meinem Kopf überschlagen sich die Gedanken. Leo retten? Alles ungeschehen machen? Ist das überhaupt möglich?

»Abel ...« Ich sehe mein Leben vor mir, die Leere, die Leos Tod hinterlassen hat, aber ich erkenne auch die Chance, mir als Künstlerin einen Namen zu machen. Dann blitzt plötzlich Mamas Gesicht vor mir auf. Der

Schmerz in ihren Augen sticht mir ins Herz – sie hat nur noch mich, und sie braucht mich. Sie braucht mich mehr als alles andere.

Vor meinem inneren Auge tauchen Marie, Christina, die Schule und der Filmpalast auf – und als ich blinzle, schießt mir Abels grüner Blick direkt in den Bauch. Eine Welt ohne Kunst, ohne Freiheit, kalt, völlig fremd und gefährlich – will ich dorthin gehen? In eine Welt, in der der Mörder meines Bruders zu Hause ist?

Ich beiße mir auf die Lippe und hole tief Luft, um Abel zu antworten.

DANKSAGUNG

Lange Zeit habe ich davon geträumt, ein Buch zu schreiben. Ein Buch, das ich selbst gerne lesen würde, ein Buch, das mir etwas bedeutet, mit Figuren, die eine Geschichte zu erzählen haben. Und dann habe ich es einfach getan. Denn wie auch Ludmilla irgendwann erkennt: »Wenn dir deine Träume keine Angst machen, dann sind sie nicht groß genug.« (frei zitiert nach Ellen Sirleaf).
Schnell habe ich gemerkt, dass es nicht ausreicht, eine brauchbare Idee und Spaß am Schreiben zu haben. Man benötigt eine Menge Durchhaltevermögen – und am besten jede Menge kritische Augen, die das Geschriebene rücksichtslos und geduldig prüfen.
Die hier vorliegende Endfassung bedeutet mir sehr viel und ist nur durch die Hilfe mehrerer Personen möglich geworden, denen ich hiermit meinen Dank ausdrücken möchte.

Ich danke C., der mich während des kompletten Schreib- und Kreativprozesses begleitet hat. Ohne ihn würde es OPUS nicht geben. Deswegen widme ich ihm OPUS mit all seinen Fortsetzungen.

Ich danke J. für seine unkonventionellen Ideen.

Ich danke meiner Testleserin Jasmin für ihre Ideen und die konstruktive und detaillierte Kritik.

Ich danke Mia Bernauer für das wunderschöne Cover.

Wie geht es jetzt weiter? Ist das das Ende von Ludmilla und Abel?

Nein, natürlich nicht, dafür sind mir die beiden viel zu sehr ans Herz gewachsen. In jeder der Figuren steckt ein Stückchen von mir selbst. Je weiter sich Ludmilla, Abel und die anderen entwickeln, desto mehr lerne ich über mich selbst.
Im Moment arbeite ich an einer Fortsetzung, die hoffentlich im Laufe nächsten Jahres veröffentlicht wird. In der Zwischenzeit könnt ihr euch auf meiner Website www.senta-richter.de über Neuigkeiten informieren. Ich freue mich auf euren Besuch.

Übrigens: Das Original zu der „traurigsten Geschichte", die Ludmilla Abel am Abend von Maries Geburtstagsparty erzählt, könnt ihr in Alices Munros Kurzgeschichtensammlung „Tricks" nachlesen. Alice Munro schreibt ganz wunderbar – es lohnt sich!

Printed in Poland
by Amazon Fulfillment
Poland Sp. z o.o., Wrocław